UPSIDE DOWN

De la même autrice chez Addictives

Under the Rain

EMMA S. JAMES

UPSIDE DOWN

addictives

PROLOGUE

Talia
Juillet

Le bip du four me sort de mes pensées. Machinalement, je me munis des gants de cuisine et sors les amuse-bouches, que je pose sur le plan de travail de la cuisine.

Je soupire.

Aujourd'hui, c'est le grand jour.

La nouvelle copine de mon père, Sofia, vient s'installer à la maison. Quatre mois de relation et ils sont déjà sur le point de se fiancer. Est-ce qu'ils se connaissent assez pour envisager le mariage ? J'ai un sacré doute.

Oh, bien sûr, elle ne débarque pas seule. Dans sa valise, elle emmène son fils de 18 ans. Me voilà donc avec une nouvelle belle-famille !

Une première pour mon père qui ne garde pas de femme plus de quelques semaines. Je ne sais toujours pas ce qu'il peut bien trouver à Sofia. Je reconnais qu'elle est belle, mais après ? Les fois où je l'ai vue, elle m'a paru vide, matérialiste et cupide. Peut-être que je la juge mal. Toutes les autres copines de mon père se sont avérées être de vraies manipulatrices assoiffées d'argent.

Peut-être que Sofia est différente.

Évidemment, mon père a fait les choses en grand, comme si la reine d'Angleterre avait décidé de venir nous rendre une petite visite. Traiteur hors de prix, décoration tout en fleurs dans la maison et principalement dans le salon, aménagement de ses appartements privés, grand ménage partout, nouveau jardin, et j'en passe.

Je suis réaliste, je sais que mon père sort le grand jeu pour en mettre plein la vue à sa nouvelle copine. Il vaut mieux pour lui qu'il montre ses bons côtés avant qu'elle ne réalise qu'il en a beaucoup plus de mauvais. De moins « attirants ». Je peux paraître assez dure, mais je connais mon père. Si les femmes ne restent pas, ce n'est pas pour rien.

Ma future belle-mère ne se fera jamais à la vie mondaine et particulière des Bellerive. Et je ne parle pas de son fils. Le cliché de bad boy décrit par mon père ne s'intégrera jamais ici. Ça peut paraître assez snob, mais je ne dis que la vérité. Je ne compte plus le nombre de personnes que j'ai vues tenter de faire partie de ce monde et finir par tout perdre.

N'enviez pas les riches, la plupart se sentent bien seuls et perdus…

Selon les dires de mon père, les rapports entre Roméo et sa mère sont pires que tendus. Mon père a sous-entendu qu'il était une sorte de pseudo-rebelle qui se drogue à la fumette.

Peut-être que mon père exagère. Et puis, *rebelle* et *fumette* ne veulent pas dire délinquant et dangereux. Si je me fie à son opinion, le fils de Sofia est la némésis parfaite du personnage de Shakespeare du même nom. Ni romantique, ni beau, ni poétique.

Je me demande si je vais bien m'entendre avec lui. En toute honnêteté, ça m'étonnerait. Lui et moi semblons être diamétralement opposés. Et de toute façon, je ne m'entends pas avec grand monde.

Je m'occupe de préparer le salon pour l'apéritif lorsque mon père me rejoint. Il s'est changé depuis ce matin. Il a troqué son costume sur mesure contre une belle chemise bleu nuit, un pantalon simple camel et des chaussures italiennes beiges, ses préférées. Aucune trace de nervosité ne transparaît sur son visage. Non, il préfère checker ses mails, le nez devant son écran de téléphone.

En presque dix-huit ans d'existence, je n'ai vu que très rarement une émotion passer sur son visage. Il est toujours si sérieux, si dur. D'ailleurs, ce n'est pas pour rien que la ride sur son front se creuse de jour en jour. À force de froncer les sourcils, les marques du temps finissent par s'installer.

– Sofia et Roméo arrivent dans une vingtaine de minutes, me dit-il.

J'acquiesce. Il lève les yeux de son portable afin de me détailler de la tête aux pieds.

– J'aimerais que tu ailles te changer, ajoute-t-il. Léonore t'a sorti une tenue, alors va la mettre.

Ça ne transpire pas l'amour entre nous. Bien au contraire. Je suppose que cela vient du fait que lui non plus n'est pas tellement proche de sa mère. Il ne l'appelle même pas maman, mais Léonore. Ma grand-mère a toujours refusé. Mme Bellerive pense que cela la vieillit, comme si « maman » allait changer son âge.

Elle n'a même pas élevé mon père, préférant le confier à des nounous, toutes plus strictes les unes que les autres. Heureusement pour moi, j'en ai eu une des plus douces et gentilles qui soient.

Je déteste que ma grand-mère soit présente à la maison. Sa froideur transforme les lieux en vraie prison de glace. Elle contrôle chacun de mes faits et gestes, mes tenues, ma coiffure et même mes fréquentations, sans oublier mon emploi du temps qu'elle gère comme bon lui semble. Enfin, elle essaie.

– D'accord, dis-je finalement.

Je monte à mon étage, le troisième. J'en suis la seule occupante depuis que Jules, mon frère aîné, a emménagé dans un appartement luxueux du centre-ville, dont l'immeuble appartient évidemment à notre famille. Les Bellerive sont fortunés depuis des générations, alors mon très cher frère en profite au maximum.

Malheureusement pour moi, ma solitude ne va pas durer longtemps puisque mon père a eu la brillante idée de donner l'ancienne chambre de Jules au fils de Sofia. Je n'ai aucune envie de partager un étage et une salle de bains communicante avec un inconnu. Il serait peut-être temps de poser un verrou, je ne tiens pas à être traumatisée par ce que je pourrais voir !

Je rejoins ma chambre, me change et enfile la robe de bonne sœur que m'a sortie ma grand-mère. À chaque fois, c'est la même rengaine, elle refuse que je porte des robes trop courtes, des minijupes, des shorts, des décolletés, des talons de plus de huit centimètres, des jeans trop moulants, des strings, et j'en passe. Je n'ai pas le droit de renvoyer l'image d'une fille facile et d'entacher la réputation des Bellerive.

J'attache mes cheveux en un chignon haut serré, puis me maquille à peine de mascara. Ah oui, le maquillage aussi est prohibé par sainte Léonore Bellerive. Toutes ces interdictions m'insupportent davantage de jour en jour.

Mes sandales aux pieds, je descends accueillir les nouveaux membres de ma « famille » au rez-de-chaussée. Rien que cette pièce suffirait à recevoir une trentaine de personnes.

Un œil à la fenêtre, je remarque qu'une voiture se gare dans l'allée principale. Ils sont là. Une vague d'angoisse s'empare de mon corps. C'est plus fort que moi, j'ai peur de la suite. Cette mauvaise impression que ma vie va être bouleversée ne me quitte pas.

Je prends une grande inspiration afin de m'insuffler le courage nécessaire pour supporter cette journée.

Une portière se ferme, tandis que l'autre claque dans un bruit sourd. Je suppose que la cohabitation ne plaît pas non plus au fils de Sofia. Le pauvre, il ne se doute pas un seul instant du monde spécial dans lequel il s'apprête à vivre.

Ma grand-mère débarque dans le hall d'entrée vêtue d'un ensemble pantalon tailleur motif pied-de-poule de haute couture. C'est triste et morose, ça lui ressemble. Comme à son habitude, elle a accessoirisé sa tenue de son éternel collier de perles en nacre, hérité de sa mère. Elle est le stéréotype de la vieille bourgeoise friquée qui se croit au-dessus de tout le monde.

Léonore m'inspecte de haut en bas, la bouche pincée et le regard plein de critiques. Je me sens bouillir. Je sais déjà qu'elle va trouver de quoi m'enfoncer. Comme toujours.

– Je pensais que cette robe tomberait mieux sur toi, mais cette poitrine et ces hanches sont beaucoup trop imposantes, crache-t-elle. On devrait augmenter l'intensité de tes cours de danse ou penser à une réduction mammaire.

– De la chirurgie, m'offusqué-je. Il en est hors de question !

Et puis quoi encore ?!

– Si ces formes ne disparaissent pas, tu n'auras pas le choix. L'Opéra de Paris n'accepte pas les corps aussi disgracieux que le tien, martèle-t-elle avec dégoût.

Je tente de faire comme si ses paroles ne m'avaient pas blessée, mais son venin m'a atteinte en plein cœur.

Elle se fout de savoir si j'accepte mon corps comme il est, elle ne cesse de vouloir le changer. Je la déteste tellement de ne penser qu'à l'image parfaite de cette maudite famille.

La perfection est un leurre, elle n'existe pas. Ce n'est qu'un mot synonyme de destruction.

– J'espère que tu ne me feras pas honte à New York. Tu vas suivre des stages de danse en mon nom, alors surveille ce que tu fais.

Je me retiens de souffler. Depuis deux mois, elle ne cesse de me gonfler avec New York. Lorsque j'ai appris que j'avais été retenue pour le stage d'été, j'ai sauté de joie. Toutes les ballerines du monde rêvent de suivre les cours de Katharina Ovalskoff, l'une des meilleures danseuses au monde.

Néanmoins, le fait que ma grand-mère s'acharne à me mettre la pression me donne de moins en moins envie d'y aller.

Je veux danser pour le plaisir et non pour renvoyer une image de petite poupée riche parfaite.

– Je ne plaisante pas, Talia. Si tu ne te comportes pas bien, je le saurai et…

Heureusement pour moi, elle n'a pas le temps de finir puisque mon père entre dans la maison, deux grandes valises en main, Sofia à sa suite. La belle brune rayonne dans son ensemble de soie vert pastel. Elle est la réplique parfaite de l'Italienne plantureuse au charme fou, une Monica Bellucci dans sa jeunesse. Dès qu'elle pose les yeux sur moi, elle sourit. Puis elle se tourne vers la porte d'entrée.

– Roméo, dépêche-toi, s'impatiente-t-elle.

J'entends quelqu'un soupirer fort avant qu'une silhouette d'environ un mètre quatre-vingt-cinq ne franchisse le pas de la porte.

Doux Jésus, c'est quoi, ça ?

Mes yeux se posent sur des bras presque entièrement couverts de tatouages. Des écritures, des dessins fins ou plus grossiers, des formes anguleuses, arrondies, il y en a tellement que je ne peux tous les catégoriser. À l'oreille droite, je remarque un anneau en argent, fin et délicat.

Ce mec en face de moi représente tous les clichés du bad boy que l'on voit dans les séries ou les films en plus insolemment beau encore. Sofia me l'a déjà montré en photos, seulement aucune d'elles ne lui rendait vraiment justice.

Roméo ressemble à ces hommes qui posent en caleçon pour des marques célèbres. Il a une beauté sauvage, brute, mais aussi un soupçon d'innocence dans ses yeux en amande. C'est assez déstabilisant et contradictoire.

Il en impose par le charme qu'il dégage, avec ses cheveux désordonnés et épais d'un beau noir corbeau. Une mèche tombe sur son front et me donne envie de l'entortiller entre mes doigts.

Merde, Talia, ça ne va plus !

Le plus surprenant chez lui, ce sont les yeux. Ils me coupent littéralement le souffle. Je n'en ai jamais vu d'aussi verts, clairs et hypnotiques. Ses iris me font penser à des pierres de jade parsemées de taches orangées qui tirent sur le marron. Roméo dégage une aura sombre, quasi dangereuse malgré son visage presque angélique.

Lorsqu'il pose les yeux sur moi, je me sens m'enflammer. Est-ce normal ? Jamais un seul regard de mon ex-petit ami ou d'un autre garçon n'a réussi à me faire un tel effet. Je ne saurais dire ce que je vois à travers lui, mais c'est intense et électrisant. Ce qu'il provoque dans le bas de mon ventre est aussi bon qu'effrayant.

Reprends-toi !

Je recouvre mes esprits en secouant légèrement la tête. Je perds les pédales parce que je suis fatiguée, c'est aussi simple que ça. Ces quatre heures de danse me font délirer.

Je me concentre sur Sofia qui ne cesse de sourire depuis qu'elle a franchi la porte. Elle s'approche de moi, embrasse mes deux joues et me serre dans ses bras. Je n'ai pas l'habitude d'une telle familiarité avec les copines de mon père. Ça me met mal à l'aise.

– Tu es encore plus belle que la dernière fois, Talilah, me dit-elle gentiment.

– Talia, la reprends-je.

Je ne suis pas une grande fan de mon prénom. Je n'ai jamais su pourquoi mes parents avaient décidé de m'appeler de cette façon. Sûrement une idée de ma mère. Il est si rare, que le nombre de personnes qui le portent doit se compter sur les doigts d'une main. Mon père l'a toujours prononcé avec une pointe d'amertume dans la voix.

De tristesse, aussi.

D'ailleurs, il le dit le moins souvent possible, lui préférant mon surnom « Talia ». Tout le monde a pris l'habitude de m'appeler ainsi et j'en suis ravie.

– Talilah ? répète Roméo. C'est réellement ton prénom ?

Bon Dieu, sa voix ! Rauque, délicieuse, envoûtante, elle glisse sur moi lentement et laisse une traînée de frissons sur mon épiderme. Je n'aime pas ça.

– Oui, pourquoi ?

Le rictus mauvais sur ses lèvres ne me dit rien qui vaille.

– Eh bien, c'est la première fois qu'un prénom correspond aussi bien à la personne qui le porte.

Il marque une pause, me reluque de la tête aux pieds,

mordille sa lèvre inférieure, puis balance sèchement :

– Il est aussi laid que sa propriétaire.

Je suis sans voix. Je ne m'attendais pas à ça. Le voilà le côté « rebelle » de Roméo. Piquer et provoquer pour se faire remarquer.

Sofia pousse un cri d'effroi, tandis que mon père et ma grand-mère le fusillent du regard. Je suis à deux doigts de répliquer lorsque Sofia me devance :

– Excuse-toi auprès de ta sœur, lui ordonne-t-elle.

– Elle n'est pas ma sœur.

Roméo m'accorde un dernier regard et me dépasse pour aller rejoindre la salle à manger. De tous les scénarios que je me suis faits, j'étais loin d'imaginer celui-ci.

– Je suis désolée, Talia, s'excuse Sofia, confuse. Roméo peut être quelqu'un de très cruel. Ce n'est pas contre toi, mais contre moi. Le divorce d'avec son père a été compliqué pour lui, sans compter que son…

Elle s'arrête net comme si la suite était trop difficile pour elle.

– C'est compliqué, se contente-t-elle de dire.

– Ce n'est rien, Sofia. Ses paroles ne m'ont pas atteinte, réponds-je en souriant.

Évidemment, je n'en pense pas un mot. Sa critique sur mon physique m'a fait mal, comme toutes celles de Jules ou de ma grand-mère. Seulement, je ne montrerai rien. Jamais.

– Il a tort, ma chérie, tu es magnifique, tente-t-elle de me rassurer.

– Merci…

Je n'y crois pas un seul instant, mais je ne vais pas me montrer cruelle avec elle. La pauvre a assez à faire avec son fils.

– J'espère que votre fils changera très vite de comportement ou ça risque de mal se passer, menace Léonore. Et ces tatouages, c'est n'importe quoi !

– Roméo se comportera bien, ne vous en faites pas, Léonore.

Quelque chose me dit que ça ne se passera pas comme elle le souhaite. Heureusement pour moi, je ne vais pas être là pour le voir. Demain, je m'envole pour New York et serai loin de ce pseudo-rebelle qu'est Roméo Castillon.

1

Talia
Fin août

– Talia, tu m'entends, m'apostrophe Manon, ma meilleure amie, en s'agitant sur sa serviette de bain.

Non, je n'écoute pas. Depuis ce matin, je suis en boucle sur le même sujet ; à savoir, mon voisin d'étage.

Roméo Castillon.

Je ne le supporte plus. Pire, je le déteste.

Je suis rentrée de New York trois jours plus tôt et son comportement n'est pas loin de me faire exploser. Il ne respecte rien ni personne. La salle de bains est dans un état déplorable, et sa chambre est encore pire. C'est un véritable dépotoir. Mais Monsieur le rebelle de pacotille s'en fiche puisque « nous avons une boniche pour ramasser notre bordel ». Ce sont ses mots.

À chaque fois que je le croise, j'ai envie de cogner son visage bien fait. Je n'ai jamais rencontré de personne aussi fourbe et hypocrite que lui. Roméo a réussi à berner son monde. La « boniche », plus communément appelée Marnie, l'adore, et je ne parle même pas de son mari, Hector, et accessoirement notre cuisinier, qui ne jure que par Roméo. Ça m'agace. Personne ne voit qu'il n'y a rien de gentil en lui.

Et je ne parle pas de sa mère !

Cette chère Sofia s'est approprié la maison comme si elle y vivait depuis toujours. Elle a changé toute la décoration, de la cuisine aux chambres. Elle s'est permis de redécorer ma chambre pour « créer un lien » entre nous. Qui agit ainsi, sérieusement ? Je déteste ce qu'elle en a fait. C'est trop rose pâle, épuré, froid, sans âme.

J'ai essayé d'en discuter avec mon père, mais tout ce qu'il a trouvé à me dire est que j'étais une gamine capricieuse et ingrate.

Merci papa !

Il laisse tout passer à sa fiancée, même le fait qu'elle a retiré presque toutes les photos de ma mère aux murs. Jamais Sofia Castillon ne remplacera ma mère, peu importe ce qu'elle fait pour y parvenir.

– Talia, insiste Manon.

Je sors de mes pensées et reporte mon attention sur l'une des personnes que j'aime le plus au monde. Manon est ma meilleure amie depuis la maternelle et même si nos parents ne se parlent plus, on a toujours gardé le contact. Elle est de ces amis qui le restent pour l'éternité.

– Talia, tu m'as entendue ? me demande-t-elle, presque agacée.

Le bruit des vagues ne parvient pas à calmer cette tornade aux cheveux miel. Je pensais que la plage serait une bonne idée pour nous retrouver après des semaines de séparation et décompresser au soleil, mais j'avais oublié à quel point Manon ne restait jamais en place.

– Désolée… Qu'est-ce que tu me disais ?

Je m'installe sur le dos pour lui accorder toute mon attention.

– Je te demandais comment ça s'était passé à New York ?

– Bien. J'ai dansé sept heures par jour, visité la ville, assisté à des spectacles et j'ai bu des tonnes de macchiato caramel !

Elle grimace. Si un tas de personnes raffolent de cette boisson, Manon l'exècre. Elle la trouve chimique et trop sucrée. Elle m'interdit même d'en boire pour, je cite « ne pas bousiller mon estomac, et pour repousser le diabète jusqu'à Tataouine ».

– Rassure-moi, tu me fais marcher ?

– Évidemment, souris-je. Je n'ai été autorisée à boire que des thés verts sans sucre !

Encore une fois, elle grimace. Elle sait qu'une alimentation stricte est nécessaire pour devenir ballerine, mais ne le comprend pas. Elle trouve stupide de maltraiter son corps dans le seul but de danser plus « léger ». Dans un sens, elle a raison. Seulement, chaque rêve nécessite des sacrifices.

– Et tu n'as fait aucune rencontre ?

Je savais qu'elle ne se retiendrait pas de me le demander. Les garçons sont son sujet de conversation préféré.

– Les mecs qui dansent le classique ne m'ont jamais intéressée, lui rappelé-je.

Non pas que je les snobe, mais tous ceux que j'ai rencontrés ne m'ont pas provoqué la moindre étincelle. Beaucoup trop axés sur la compétition et le désir d'être parfaits, ils ne m'inspirent aucun sentiment à part de l'exaspération.

– Tu n'as pas fréquenté que des chochottes en collants en six semaines !

Je ricane. Manon adore se moquer des danseurs classiques, qu'elle trouve ridicules pour une raison qui m'échappe. Bien que je ne sois pas attirée par eux, ils dégagent une grâce naturelle que peu de personnes détiennent.

Je hausse les épaules.

À vrai dire, j'ai bien rencontré d'autres personnes, mais

je préfère le garder pour moi. Ils représentent juste une petite parenthèse dans ma vie, une bulle dans laquelle j'ai eu le courage d'entrer le temps de quelques semaines. Grâce à eux, j'ai découvert un autre genre de danse, plus urbain, plus vivant. Et même si j'ai adoré cela, le classique est ce qui a été décidé pour moi. Le reste n'est pas assez bien pour ma famille.

– Tu me caches quelque chose, Talia, mais je vais faire comme si je ne voyais rien parce que je sais très bien que tu finiras par me le dire, dit-elle en riant.

Je lui tire la langue en guise de réponse.

Retrouver Manon me fait un bien fou. J'ai détesté l'ambiance de ce stage new-yorkais. La compétition entre toutes les danseuses m'a presque donné envie d'y renoncer. Je n'ai pas compris ce besoin d'écraser les autres pour briller.

– Tu ne devineras jamais avec qui Adèle est sortie, lance Manon.

Je fronce les sourcils.

Adèle est une de nos amies d'enfance, enfin, elle est la fille de bons amis de mon père. Donc, forcément, leurs enfants respectifs ont dû se fréquenter. Adèle et moi partageons aussi la passion de la danse, mais contrairement à moi, elle n'a pas été sélectionnée pour le stage et j'ai peur qu'elle m'en veuille un peu.

– Avec qui ? l'interrogé-je.

– Raphael !

Alors ça, c'est un scoop !

Ils se détestent depuis la nuit des temps se chamaillant pour être le ou la plus populaire du lycée. Ils sont exactement pareils, superficiels et imbus de leur personne, en gros, ils sont faits pour s'entretuer.

– Comment ? Quand ? Pourquoi ? demandé-je, sous le choc.

– À une soirée d'Adèle, le temps d'une nuit ou plutôt de trois allers-retours dans l'antre d'Adèle et parce qu'ils étaient pires que bourrés ! Je crois que Raphael a parié avec les gars qu'il pourrait la mettre dans son lit.

– Quelle bande de cons ! Jamais ils ne réussiront à grandir, soupiré-je en prenant du sable chaud dans mes mains, que je laisse s'écouler sur le sol lentement.

– Laisse tomber ces abrutis. Il ne nous reste qu'une année avec eux et après on rencontrera enfin de vrais mecs !

Mouais, j'en doute. Les hommes ne sont pas réputés pour être matures avant 30 ans, et encore ! L'université ne me fera pas changer d'avis, enfin, si j'en intègre une. Rien n'est encore certain. Ma grand-mère a d'autres projets pour moi.

Le reste de l'après-midi, j'écoute Manon me raconter les derniers potins des gens de notre lycée en prenant des couleurs au soleil. Je n'ai pas vraiment envie de tous les retrouver. Les drames des uns, les disputes des autres ou encore ce concours perpétuel de qui est le mieux habillé, ou plutôt qui porte la marque la plus chère, tout ça ne m'a pas manqué.

Le pire, c'est que nous avons tous un uniforme imposé par la direction de l'établissement privé. À croire que *Gossip Girl* a donné des idées à tout le monde !

En fin d'après-midi, je rentre à la maison. Je suis immédiatement surprise par le silence qui y règne.

Où sont-ils tous passés ?

Je me rends dans la cuisine dans l'espoir de trouver un mot, mais rien. Personne n'a jugé bon de me prévenir. Je ne devrais pas être surprise, c'est tout le temps comme ça. Mon père sort je ne sais où et oublie de me le dire. Parfois, il part plusieurs jours sans se préoccuper de moi. Heureusement, je peux compter sur Hector ou Marnie.

Et après, papa s'étonne que je les considère plus comme ma famille que les Bellerive !

Je prends une pomme dans le frigo quand j'entends une porte qui claque à l'étage.

Ah, je ne suis pas seule. Pourvu que ce ne soit pas un voleur ou un kidnappeur ! Quoique, si j'étais soustraite à cette famille, ce ne serait pas plus mal… Je me demande s'ils paieraient la rançon pour me sauver. J'en doute.

Je monte l'escalier lentement, pas rassurée.

Qu'est-ce que je fais si je me retrouve réellement face à un cambrioleur ?

Mon cœur s'emballe, il bat si vite qu'il est près d'imploser. Je déteste avoir peur. Jamais, je ne comprendrai ces personnes qui se passionnent pour les films d'horreur. Pour moi, il n'y a pas pire que le sentiment de peur.

Arrivée à mon étage, je reste bloquée lorsque je vois une fille sortir de ma chambre, nue. J'aimerais baisser les yeux, mais c'est plus fort que moi, je continue à la fixer. Je suis choquée par ce que je vois. Intriguée aussi.

Qui est-elle et qu'est-ce qu'elle foutait dans ma chambre ?

– Salut, me dit-elle, tout sourire. Je suis Anya !

D'accord, la fille ne ressent aucune gêne à être nue devant moi. Dans un sens, c'est compréhensible, elle a un très beau corps. Cependant, ce n'est pas très respectueux de se présenter nue face à une inconnue.

Soudain, je comprends quand, à son tour, Roméo sort, mes draps recouvrant son corps certainement nu aussi.

Quelle espèce de…

Je n'arrive pas à croire qu'il ait eu l'audace de faire ses cochonneries dans ma chambre. De quel droit il se permet de faire ça ? N'a-t-il aucun respect pour les autres ?

– Déjà rentrée, sœurette, me taquine-t-il.

Je fulmine. Jamais, je dis bien jamais je ne serai la sœur de cet enfoiré. La lueur pleine de fierté et de vice dans ses yeux me donne envie de le frapper. Je ne suis pas violente, mais à cause de ce type, je peux le devenir. C'est plus fort que moi, à chaque fois que je le vois, j'ai des envies de meurtre.

– Ton plumard est bien mieux que le mien ! Il est vraiment confortable. Pas vrai, Anna ?

– C'est Anya, connard.

Elle bouscule son épaule et retourne dans ma chambre faire je ne sais quoi. Je comprends qu'elle soit vexée, il vient de sous-entendre qu'il n'en avait rien à faire d'elle en se trompant délibérément de prénom. Roméo n'est pas stupide, loin de là. C'est sa manière à lui de dire à cette nana qu'il n'y aura pas de prochaines fois.

– Tu n'as vraiment aucun respect, balancé-je, sur les nerfs. Et tu as une chambre où tu peux faire toutes tes saletés !

Il ricane.

– Toutes mes saletés ? répète-t-il, hilare. Si tu n'étais pas aussi coincée, Talia, tu saurais que ce ne sont pas des saletés. Tu pourrais même y prendre goût…

Sa voix suave coule sur moi comme une traînée de lave brûlante. Pourquoi est-ce que ça me produit encore cet effet ?

– Encore faudrait-il qu'un mec veuille te toucher, ajoute-t-il, cinglant.

Ses mots me percutent de plein fouet, comme lors de notre rencontre. Je me décompose, incapable de lui répondre. La jubilation dans ses yeux me rend folle, et pourtant je ne dis rien. Je le laisse m'attaquer encore une fois. Tout comme lorsque mon frère m'envoie ses réflexions à la figure.

J'aperçois son torse dessiné et me maudis de le trouver attirant. Je suis plus intelligente que ça, pourquoi est-ce que je suis déstabilisée par un corps à moitié découvert ? Ce ne sont que des abdominaux parsemés d'encre noire, rien de plus. Je ne devrais pas avoir envie de les toucher du bout des doigts ni même de…

Je secoue la tête avant que mes pensées ne m'emmènent trop loin. C'est un enfoiré et son physique plus qu'appréciable ne me perturbera plus ! C'est terminé.

Roméo regagne sa chambre sans un mot et claque la porte. Quelques secondes plus tard, Anya sort de la mienne, habillée, et quitte la maison en s'excusant d'avoir « utilisé » mon lit. Dès que j'entre dans ma chambre, je m'empare des draps restants et les mets immédiatement dans la machine.

Demain, je changerai de matelas et jamais plus je ne lui adresserai la parole.

2

Roméo

Je suis déchiré.

Encore une fois. Je ne compte plus le nombre de soirs où je me suis retourné la tête pour échapper à ma misérable existence. C'est la seule solution que j'ai trouvée pour oublier l'endroit où je vis ; l'enfer.

Habiter dans cette immense baraque avec les Bellerive me tue à petit feu. Je les déteste tous. Ces riches se prennent pour les rois du monde, surtout Jules, l'aîné des enfants. Il se croit supérieur à tout le monde parce qu'il roule en Porsche. À chaque fois qu'il rend visite à sa famille, il se pavane dans la maison comme si elle lui appartenait.

Tout me fait gerber dans cette famille. Si tu n'as pas de fric, tu ne vaux rien pour eux.

Je ne comprends pas ma mère. Comment a-t-elle pu tomber amoureuse de ce type qu'est Jonas Bellerive ? Il est tout l'opposé de mon père. Il n'y a rien de gentil chez lui, la générosité ne le définit pas, bien au contraire. Cette famille pue le *fake* et ma mère ne voit rien. Ou alors, elle ne veut pas voir.

Qui renoncerait à une vie de château où l'argent coule à flots ? Certainement pas Sofia Castillon.

Je regrette ma vie d'avant, celle dont les Bellerive ne faisaient pas partie. Surtout, je regrette que mon père soit parti avec cette pétasse de Lexie à Paris pour sa carrière d'actrice. Elle ne m'inspire aucune confiance et elle me déteste.

Malheureusement, il est fou amoureux de sa jeunette de 28 piges et je ne peux pas me mettre en travers de son bonheur, je l'ai assez fait souffrir par le passé.

C'était soit gâcher sa vie, soit partir avec ma mère.

Me voilà donc à vivre avec des enfoirés jusqu'à ce que j'obtienne mon diplôme. Comme si le bac allait m'aider pour l'avenir !

Je devrais être heureux pour ma mère, surtout après tout ce que notre famille a vécu.

Enfin, une famille qui s'est dissoute quatre ans plus tôt… Après son divorce d'avec mon père, ma mère a cru ne jamais retrouver quelqu'un et elle s'en foutait royalement.

Mais elle est tombée sur ce con d'avocat, le richissime Jonas Bellerive. Jackpot pour Sofia Castillon. Le bonheur est revenu !! Je pense qu'elle l'aime, mais je crois que le fait qu'il possède autant d'argent l'a plus attirée que le reste.

Dans cette maison de fous, le seul que j'apprécie réellement est Hector, le cuisinier de la famille. Je n'ai jamais rencontré quelqu'un d'aussi gentil. Sa douceur compense presque ma venue en enfer. Lui au moins ne s'est pas fié aux rumeurs qui courent sur moi. Ce n'est pas comme la pimbêche qui vit au même étage que moi.

Talilah Bellerive, alias la Princesse de glace, a tout de l'archétype de la bourge coincée et prétentieuse. Elle pète plus haut que son cul parce que Madame vise l'Opéra de Paris. Quelle merde. Je n'ai jamais compris pourquoi les nanas adoraient ce style de danse, c'est d'un ennui !

Je préfère de loin les genres urbains comme le breakdance ou le hip-hop. Eux au moins parviennent à embraser une foule. Je ne crois pas que Miss Tutu soit capable de me provoquer la moindre émotion en dansant.

Si insipide !

Chaque soirée, je me casse de cette baraque. La plupart se finissent dans le lit d'une nana sans intérêt ou en bagarre avec de parfaits inconnus. J'ai juste besoin de me défouler et je n'ai rien trouvé d'autre qu'utiliser mes poings.

Voilà ce que je suis devenu ; un pauvre type violent qui boit trop, baise et qui est accro à l'herbe. Si mon père me voyait, il m'arracherait la tête. Et puis merde, il n'est pas là, il préfère batifoler avec une blondasse siliconée et se fout bien de son fils.

Qu'il aille se faire foutre !

Encore une fois, je rentre en pleine nuit dans un état lamentable. Ce soir, j'ai dragué la meuf d'un pauvre naze juste sous son nez pour le provoquer. Je l'ai même embrassée jusqu'à ce que je sente son poing dans mes côtes. La nana avait l'air d'adorer ma langue, elle m'aurait ouvert les cuisses sans aucun souci.

La serrure de la porte arrière ne me pose aucun problème. Ces abrutis sont pétés de tunes, mais niveau sécurité, c'est du grand n'importe quoi. Un cambrioleur n'aurait aucun mal à se faufiler à l'intérieur. J'aimerais bien voir les têtes de Léonore et Jonas s'ils étaient dépossédés de tous leurs biens. Leur arrogance finira bien par se retourner contre eux. Je n'attends que ça.

Je rentre en faisant le moins de bruit possible. Ce serait con de réveiller la vieille acariâtre de Léonore. Vivement qu'elle se casse, celle-là. Je monte l'escalier et, à chaque marche, la douleur dans mes côtes s'intensifie. Putain, ça fait un mal de chien ! Le mec n'y est pas allé de main morte en me frappant.

L'alcool m'enfonce. J'ai l'impression que ma chambre se trouve au sommet d'une montagne.

Par miracle, j'atteins enfin mon étage lorsque la lumière du couloir m'aveugle.

– Je n'y crois pas ! Tu te fous de moi, Roméo, maugrée la voix de ma mère qui ne laisse aucun doute sur la colère qu'elle ressent.

Merde, coincé.

– Pas du tout, maman.

Ma bouche est terriblement pâteuse, mes yeux me brûlent à cause des joints que j'ai fumés et je peine à rester droit tant je tangue.

– Il est trois heures du matin et tu es complètement bourré, souffle-t-elle, lasse.

Je ris comme un idiot, incapable de garder mon sérieux. Ma mère me fusille du regard. Elle pourrait tuer avec ses yeux. Elle est belle, c'est un fait. Son physique a toujours plu aux hommes. Mon père l'a aimée dès le premier regard. Elle aussi. À peine 18 ans et elle le suivait jusqu'à Marseille.

Je n'ai rien d'elle, mis à part la couleur des yeux, quoique les siens soient un peu plus foncés.

Elle s'approche de quelques pas et pousse un cri horrifié en découvrant mon visage tuméfié. Ah oui, j'ai oublié de préciser que l'enfoiré du bar m'a aussi cogné au visage. En me passant la langue sur la lèvre inférieure, je sens le goût de fer de mon sang.

– Tu t'es encore battu, constate-t-elle, inquiète.

– Bravo, dix points pour Gryffondor !

Je tape des mains pour la féliciter et grimace.

Mes côtes !

– Combien de temps encore tu vas agir comme un gamin immature ? soupire-t-elle. Je n'en peux plus de ton attitude. Je croyais qu'en emménageant ici tu te comporterais bien et que tu changerais, mais tu es toujours aussi autodestructeur.

– Tu me donnes mal à la tête, me lamenté-je.

– Qu'est-ce que tu cherches, Roméo, à te détruire ? À me causer du tort ou à te venger parce que je suis avec Jonas ?

– Tu baises avec qui tu veux, maman.

Cette fois, je suis allé trop loin. Elle me gifle si fort que je décuve en deux secondes. Son regard est partagé entre la colère et la tristesse. Je lui ai fait de la peine, encore une fois. Très vite, elle prend une expression plus neutre, pleine d'assurance. Côtoyer les riches lui a donné une nouvelle confiance visiblement.

– C'est la dernière fois que tu me manques de respect de cette façon ou que tu rentres dans cet état. Je t'interdis de boire et de prendre toutes ces merdes d'herbes, ordonne-t-elle.

– Sinon quoi ? je la provoque.

– Tu sais où tu finiras.

Elle me lance un dernier regard plein de menaces avant de quitter le couloir et de me laisser comme un con, seul. Elle n'a pas eu besoin de préciser où, je le sais pertinemment.

À quel moment ma mère est devenue une vendue qui se préoccupe plus de son mec que de son fils ? Je n'existe plus pour elle. Dès qu'elle a rencontré cet enfoiré d'avocat, elle m'a oublié. Je ne la reconnais plus.

Ou alors elle m'a oublié quand nous l'avons tous perdue…

Avant, elle se serait rangée de mon côté sans se poser de questions. Aujourd'hui, tout a changé, elle ne me croit plus, se méfie de moi parce que son connard de mec lui a mis des idées de merde dans le crâne.

J'avance de nouveau dans le noir puisque ma très chère mère a pris soin d'éteindre la lumière. Je parviens à me glisser dans la salle de bains, appuie sur l'interrupteur et me poste devant le miroir.

Putain, c'est encore plus moche que je ne l'aurais cru !

Ma joue droite est enflée, mon œil droit est déjà bleu, mon arcade sourcilière gauche pleine de sang sec et ma bouche font peur. Il m'a bien amoché, le con.

Je me nettoie le visage et passe mes phalanges sous l'eau froide. Je retire difficilement ma veste en cuir et mon tee-shirt, puis découvre l'énorme hématome que j'ai sur le flanc gauche. Je ne crois pas que ce soit cassé. Je l'espère en tout cas. Les hôpitaux et moi, ça fait trente.

– Oh, mon Dieu, s'écrie la voix insupportable de la bêcheuse.

Il ne manquait plus qu'elle !

Elle est aussi horrifiée que ma mère l'a été. Son regard passe de mon visage à mon torse. Elle ne perd pas une seconde et s'approche de moi pour constater les dégâts. Je la laisse faire n'étant pas d'humeur à la repousser encore.

Talia me fait asseoir sur le rebord de l'immense baignoire et se met à fouiller dans les placards. Je la mate sans aucune gêne. Malgré sa chemise de nuit en soie beaucoup trop ample pour elle, je n'ai aucun mal à deviner les courbes envoûtantes de son corps. Sa poitrine et son cul me font de l'œil. Ça devrait être interdit d'être aussi belle.

Elle revient vers moi et lève la main vers mon visage. Elle hésite quelques secondes comme si me toucher risquait de la brûler. Dans un sens, ce n'est pas totalement faux. Les filles comme elle finissent par être salies par les types comme moi. Je ne suis pas quelqu'un de bien, juste un pauvre type plein de haine et de colère.

Elle est rentrée de son séjour à New York il y a une semaine et je crois que je n'ai jamais été agréable avec elle. Les seules fois où l'on se parle, c'est pour se balancer des horreurs à la figure. Je l'insulte en la qualifiant de coincée, elle me traite de chien. Repartie au point mort chez la bourge.

J'observe son visage, détaillant la beauté de ses traits. Elle est belle, c'est vrai. Je ne m'attendais pas à devoir cohabiter avec une fille aussi canon et j'aurais préféré qu'elle soit laide ou plutôt qu'elle ne m'attire pas.

Cette nana a quelque chose de fou dans les yeux, une lueur qui s'apparente à des flammes qui dansent. Je ne saurais définir une couleur tellement il y en a. Du noisette, du vert, de l'or et même des éclats de cuivre qui donnent cette impression de feu. Je n'ai jamais rien vu de tel. C'est magnifique et déstabilisant.

Je fixe ses longs cils noirs et épais et l'imagine me regarder pendant que je goûterai à sa douce chatte.

Merde, ce n'est pas le moment d'avoir une érection.

J'humecte ma bouche, pris d'une envie furieuse de capturer la sienne. Je n'ai pas décuvé, pour avoir autant envie de cette bourge coincée ? Elle est tout ce que je déteste ; naïve, soumise, polie et terriblement ennuyeuse. À part son physique appréciable, elle n'a rien. Ce n'est qu'une coquille vide.

La pauvre fille ne sait même pas se défendre. Y a qu'à voir le jour où j'ai baisé une nana dans son lit. Un mot méchant et elle s'est fissurée, incapable de me répondre. Toute sa vie, elle se fera marcher sur les pieds.

Je pourrais regretter d'avoir délibérément sali ses draps, mais non. Elle mérite d'être bousculée dans sa parfaite petite vie tranquille de vierge ennuyeuse.

– Ça risque de faire mal, me prévient-elle.

– Ce n'est pas ton désinfectant à la con qui va me faire mal, rétorqué-je sèchement.

Elle lève les yeux au ciel avant de mettre le coton imbibé de désinfectant sur la plaie de mon arcade avec violence. Je grogne et grimace. Elle esquisse un sourire, heureuse de m'avoir fait mal.

Quelle petite peste !

Elle s'applique à me soigner avec un peu plus de douceur, mais en évitant de croiser mon regard. Je sais que je lui fais de l'effet, son corps parle pour elle. Cependant, je ne la toucherai jamais. Les saintes-nitouches ne m'ont jamais attiré. Et soyons réalistes, ce serait stupide de ma part de coucher avec la fille qui partage mon étage. La croiser tous les jours après l'avoir jetée, très peu pour moi.

– Tu ne me demandes pas ce qui s'est passé ? interrogé-je.

– Ça ne me regarde pas.

– Je suis sûr que tu t'es déjà fait ta propre idée sur moi, ricané-je amèrement. Je suis le rebelle qui se bat, celui qu'il faut éviter parce qu'il n'a aucun cœur, le diable en personne !

Elle ne répond pas et baisse la tête. Les gens adorent porter des jugements sur ce qu'ils voient en surface sans creuser plus loin. Ils s'en foutent. C'est mieux de ranger une personne dans une case et de se complaire dans la sienne.

– Tu ferais mieux d'éviter le diable, toi la pure et parfaite Talilah Bellerive, me moqué-je.

– Je ne suis pas parfaite, rectifie-t-elle en plantant ses yeux dans les miens.

Les éclairs que son regard me lance font tressauter ma queue. Le mot « parfaite » a l'air d'être une insulte pour elle. Un caprice de petite fille. Pourtant, elle respire la perfection dans la manière dont elle s'habille et se comporte.

Je juge sans creuser comme le bon hypocrite que je suis. Il vaut mieux pour elle que je ne m'approche pas et qu'elle me déteste. Je ne suis que de passage dans sa vie, autant ne pas la gâcher.

– Non, c'est vrai, tu ne l'es pas, asséné-je.

Elle fronce les sourcils, méfiante.

– Poitrine sans intérêt, des hanches larges, jambes lourdes, yeux trop immenses. Tu es d'une banalité affligeante, disgracieuse, rien d'attirant, craché-je en la détaillant de bas en haut, plein de dégoût.

Elle écarquille les yeux, choquée. La pauvre, elle n'a encore rien vu. Je peux être d'une cruauté sans nom quand je suis en forme. Et aujourd'hui, c'est le cas.

– Tu n'es qu'une pâle imitation de la vieille snob qui te sert de grand-mère, ajouté-je, méprisant.

Talia fait tomber le coton et le désinfectant sur le carrelage de la salle de bains, offusquée par mes mots. Pendant plusieurs secondes, elle semble ailleurs, torturée, fragile, en pleine bataille avec ses pensées. J'en viens à m'en vouloir, surtout lorsque des larmes naissent au coin de ses beaux yeux.

Mais elle change d'expression et pose un regard incendiaire sur moi qui me retourne le bide. Cette flamme dans ses yeux est vive, excitante, prête à tout ravager sur son passage.

– Va te faire foutre, gueule-t-elle. Je préfère être comme je suis qu'être une pâle imitation de rebelle à la con qui se bourre la gueule uniquement pour attirer l'attention de sa maman chérie ! Tu es pathétique, un cliché de bad boy minable en manque d'amour !

Elle sort de la salle de bains comme une furie tout en me traitant de petite bite.

Je ne peux réprimer un sourire, amusé par la fougue de sa repartie. La bêcheuse devient intéressante.

Que le jeu commence…

3

Talia

– Plus souple sur tes bras, grandis-toi et sois plus légère dans tes pas, souffle Léonore pour la énième fois en moins d'une heure.

Ce matin, ma grand-mère a débarqué dans ma chambre aux aurores pour improviser un entraînement de classique. Elle a décidé de reprendre le contrôle de mes répétitions parce que mon stage de danse à New York m'a fait régresser, selon elle. Elle tient à ce que je sois parfaitement prête pour l'Opéra de Paris.

Son but, pas le mien !

Ce n'était pas suffisant qu'elle se mêle de mon alimentation, il fallait aussi qu'elle s'incruste dans mes cours de danse. Léonore a réussi à me dégoûter du classique. Cette obsession de la perfection, la discipline stricte qu'elle a instaurée et la fréquence des entraînements ont fini de faire de ce genre mon pire ennemi.

Elle est tellement passionnée par ce style de danse qu'elle a créé sa propre école il y a vingt-cinq ans, qui a su se faire un nom dans le monde des arts. Mais, d'après elle, je mérite l'Opéra de Paris, comme elle dans sa jeunesse.

Petite, j'étais si passionnée par le classique que j'ai participé à un tas de concours de jeunes talents. J'étais toujours la plus jeune des concurrentes, mais ça ne m'a pas empêchée d'en gagner une partie. J'adorais cette adrénaline si particulière des concours, je vivais pour ça. Mais tout s'est transformé en quelque chose de plus sombre et je suis tombée la tête la première dans un engrenage presque mortel.

Plus jamais ça.

Je tente de suivre ses conseils à la lettre, mais mes efforts ne semblent pas la satisfaire puisqu'elle soupire bruyamment et tape le sol plusieurs fois avec son maudit bâton qui donne le rythme. Je serais capable de le lui faire manger juste pour qu'elle se taise. Je ne supporte plus son regard plein de mépris sur moi.

Et, bon sang, qu'est-ce que j'ai mal aux orteils !

– Non, non et non ! Tu fais n'importe quoi, s'époumone-t-elle. Tu n'as aucune grâce. J'ai l'impression de regarder un éléphant danser !

– Je fais de mon mieux, Léonore. Tu as mis la barre trop haut…

– Cesse de te trouver des excuses, Talilah. Tu ne fais aucun effort. Tu es devenue feignante et cette graisse sur tes cuisses t'empêche d'atteindre la perfection. Est-ce que tu suis le régime que je t'ai prescrit ?

Léonore la diététicienne est de retour !

– Je n'ai pas réduit les protéines, mon corps en a besoin, tenté-je de lui faire comprendre.

– Encore des excuses stupides et sans fondement, raille-t-elle. Une ballerine se passe de protéines, elle est prête à tout pour réussir, et ce n'est pas ton cas. Regarde-toi, tu es grosse.

Je me sens bouillir. Si j'exècre le terme « parfait », ce n'est rien comparé au mot « grosse ». Il est phonétiquement laid, péjoratif et cinglant. Il peut provoquer plus de dégâts qu'un océan de reproches.

Mon reflet dans le miroir ne me renvoie pas l'image d'une fille en surpoids. Cette graisse qu'elle persiste à voir est invisible pour moi. Cette période est terminée. Et je refuse qu'elle revienne. J'en ai assez bavé.

– Peut-être que je ne suis pas faite pour la danse classique, lui fais-je remarquer. Je ne suis pas toi, Léonore.

– Ce ton plein d'insolence ne me plaît pas, jeune fille. Ton comportement a intérêt à changer, m'avertit-elle. Tu feras ce que je te dis, que ce soit pour la danse ou ton alimentation. Je n'ai pas sacrifié toutes ces années et dépensé des milliers d'euros pour que tu échoues lamentablement.

Comme si je lui avais demandé ça !

– Maintenant, remets-toi au travail, on a assez bavardé pour rien, ajoute-t-elle sèchement.

Je soupire, mais me force à reprendre là où on en était.

Pendant deux heures, je serre les dents encaissant toutes les critiques de ma grand-mère sur mon poids et ma poitrine. Je suis comparée à une baleine, un hippopotame, et j'en passe. Elle tient à ce que je comprenne que je ne suis plus aussi maigre qu'avant mon entrée en enfer.

***

L'après-midi, je rejoins Manon dans notre café préféré de la ville. Il se trouve dans un quartier populaire de Nice, loin des rues touristiques ou luxueuses fréquentées en masse les mercredis après-midi ou les week-ends.

J'adore le café de Maria, la propriétaire. Cette Italienne pure souche a débarqué à Nice il y a une dizaine d'années pour ses vacances et a flashé sur ce commerce. Un an après, elle revenait pour l'acheter. Elle propose des boissons de son pays faites avec des produits naturels. Nous sommes loin des décoctions affreuses et sucrées présentes dans des enseignes bien plus connues et que Manon déteste.

– Alors, ton demi-frère est toujours le roi des enfoirés ? me demande Manon avant d'avaler une gorgée de son café gourmand.

Je grogne.

Parler de Roméo me provoque toujours la même réaction, à savoir la colère ou l'envie de meurtre.

– Ce n'est pas mon demi-frère et oui, c'est toujours le roi des enfoirés ! Ce mec est un cliché à lui tout seul. Il se prend pour un rebelle à la noix qui boit et fume pour oublier à quel point il est pathétique. Il aime se battre et se comporter comme un con. Il est si…

– Beau, sexy à en crever, aussi excitant que Scott Eastwood ? termine-t-elle en me faisant un clin d'œil.

– Roméo n'a rien à voir avec Scott Eastwood ! Scott est un homme, Roméo n'est qu'un gosse en pleine crise d'adolescence.

Manon secoue la tête. Lorsqu'elle fait ça, sa frange part dans tous les sens et tombe sur ses yeux. Elle pioche dans son sachet de Schoko-Bons et en met plusieurs dans sa bouche. Ces chocolats représentent son péché mignon, elle en a toujours dans son sac. Elle prétend que c'est au cas où elle ferait une crise d'hypoglycémie, mais elle et moi savons que c'est seulement par gourmandise.

– Tu n'exagères pas un peu ?

– Bien sûr que non, m'offusqué-je. Il est insupportable, parle mal à tout le monde, provoque sa mère et se comporte comme un connard arrogant qui se croit irrésistible !

Manon sourit.

– Quoi ?

– Il ne te laisse pas indifférente, lance-t-elle sûre de ce qu'elle avance.

Je la regarde en écarquillant les yeux. Pas indifférente à Roméo ? La blague. Il faudrait que je sois complètement stupide pour être attirée par un être aussi cruel et mauvais. Les mots qu'il a eus à mon égard ne cessent de tourner en boucle dans mon esprit.

– Je le déteste, Manon, rien de plus.

– Je n'y crois pas un seul instant, mais je vais faire comme si !

Je lève les yeux au ciel. Manon est terriblement butée. J'admire aussi sa force de caractère et sa personnalité. Elle vit au jour le jour sans se préoccuper de ce qu'on pense d'elle. Ses formes plantureuses ne la dérangent pas, elle a réussi à en faire une force et un atout. Ma meilleure amie est belle, forte, généreuse, drôle, loyale. On ne peut pas rêver mieux comme amie.

– Je ne t'ai pas parlé de mon dernier plan Tinder ?

Enfin on change de sujet !

– Le blond étudiant en économie ? l'interrogé-je.

Elle secoue la tête, puis me gratifie de ce sourire qui dit combien cette femme est épanouie. Manon s'est inscrite à Tinder l'année dernière après une rupture douloureuse avec son amour d'enfance, Romain. Ils sont sortis ensemble pendant dix ans et elle était folle de lui, mais cet enfoiré l'a trompée avec plusieurs filles du lycée. Il lui a brisé le cœur et aujourd'hui elle préfère s'amuser plutôt que de se poser.

Pour beaucoup, le fait qu'elle soit inscrite sur ce genre d'appli à 19 ans choque. Elle est considérée comme une fille facile par les élèves du lycée ou notre entourage. Franchement, je ne vois pas en quoi ça les concerne.

Manon est majeure depuis un an et fait ce qu'elle veut de sa vie. Elle se protège et ne cause de tort à personne, alors pourquoi ne pas la laisser vivre comme elle l'entend ?

Cette société est devenue bien triste.

– Raconte-moi, laisse-moi vivre tes histoires par procuration, dis-je en plaisantant.

– Il s'appelle Kanae, il a 21 ans, est d'origine hawaïenne et il est carrément canon ! Un vrai mec *caliente* aux abdos en béton et à la bouche pulpeuse. Je te jure, il est tellement hot que ma culotte était trempée !

– Tu vas le revoir ?

– Bien sûr que non ! Je ne couche jamais deux fois avec le même mec même s'il m'a fait jouir avec sa queue et sa langue. D'ailleurs, sa langue est si magique qu'il m'a…

– Trop de détails, l'interromps-je en me bouchant les oreilles.

Je veux bien vivre par procuration, mais les détails que me fournit Manon me mettent le plus souvent très mal à l'aise. Je n'ai jamais vécu ça. Je n'ai aucune expérience dans le domaine du sexe. Rien. Nada. Juste de petites pratiques en solitaire. Je n'ai jamais vu de sexe d'homme en vrai.

Je remarque que des clients du café sont tournés vers nous. Ils ont entendu Manon, c'est évident vu leur amusement pour certains et leur consternation pour d'autres.

– Ne fais pas la prude, Talia, dit-elle en riant. Crois-moi, le jour où tu goûteras aux joies du sexe, tu adoreras parler des détails !

– Ouais, ben ça n'arrivera pas de sitôt !

– Si tu n'avais pas laissé Valentin en plan avec une érection de malade, tu ne jouerais plus les vierges effarouchées !

Je la fusille du regard. J'ai toujours honte de ce que j'ai fait à mon ex-petit ami. Pauvre Valentin, je ne lui ai pas encore reparlé. J'ai peur de m'expliquer. Je ne pensais pas être aussi lâche un jour. C'est pour cette raison que je ne tiens pas à retourner au lycée.

Cependant, c'était au-dessus de mes forces. Je n'ai pas pu le laisser me toucher. Il voulait coucher avec moi et je n'étais pas prête. J'ai fui de chez lui en prétextant avoir une urgence. Depuis, je l'ai bloqué, trop peureuse pour l'affronter. Je me sens vraiment honteuse, ça ne me ressemble pas, qui plus est.

– Je sens que la rentrée va être très intéressante, jubile-t-elle, amusée.

– Tu es la pire des meilleures amies, je ne t'aime plus, balancé-je en avalant une gorgée de cappuccino.

– Mais non, tu m'adores !

Je lui tire la langue, puis ne peux retenir un sourire. Elle a raison, je l'adore. Manon est sans conteste la meilleure amie au monde. Elle est toujours là pour moi, même quand je suis affreuse ou que tout dérape dans ma vie.

– Talia, Talia Bellerive, c'est bien toi ?

Je lève les yeux vers mon interlocuteur et manque de recracher mon café par le nez en découvrant devant moi le fantasme vivant de mon année de seconde, qui répond au doux nom de Louis Marois.

Louis est le meilleur ami de mon frère depuis toujours, ainsi que le frère de cette chère Adèle. J'ai eu le béguin pour lui pendant des années avant de me faire une raison. Ce n'est un secret pour personne d'ailleurs, pas même pour lui.

En même temps, qui ne craquerait pas pour ses cheveux châtain clair épais, ses yeux bleu océan, son large sourire charmeur, sa mâchoire carrée, ses épaules larges et son style vestimentaire parfait ?

Manon toussote légèrement pour me ramener sur terre. J'ai dû ouvrir la bouche comme un poisson mort, pas vraiment séduisant. C'est un miracle qu'un filet de bave ne soit pas apparu au coin de ma bouche.

– En chair et en os, réponds-je en souriant comme une idiote.

Je me lève pour le saluer comme il se doit lorsqu'il me serre dans ses bras affectueusement. J'en ai rêvé pendant des années, qu'il me montre un minimum d'intérêt, alors j'ai un peu de mal à comprendre pourquoi il est en train de le faire aujourd'hui. Louis sent toujours aussi bon, un mélange d'agrumes qui fait voyager au soleil. Je me détache de lui me sentant soudainement gênée que ses bras se trouvent autour de ma taille.

Je n'aime pas qu'on me touche à cet endroit du corps.

Je n'aime pas qu'on me touche tout court.

– Ouah, qu'est-ce que tu as changé, lance-t-il en me détaillant de haut en bas. Tu es sublime !

Je sens mes joues s'empourprer. Voilà que je me transforme en nunuche dès qu'un garçon mignon me complimente. Des mois à clamer haut et fort que je suis une jeune femme forte et indépendante anéantis par un compliment de mon ancien béguin.

– Je… euh… merci.

– Jules ne m'avait pas dit que tu avais autant changé, il a…

– Laisse-moi deviner, il a employé des mots comme « insipide » ou « banale » ? l'interromps-je.

– Pas loin, dit Louis en souriant. Il a tort en tout cas, tu es vraiment… belle.

Je souris timidement. Je ne suis pas habituée aux compliments de Louis. Rectification, je ne suis pas du tout habituée aux compliments d'où qu'ils viennent. À vrai dire, je suis plus familière des critiques, surtout dans ma famille. J'en ai entendu tellement qu'un simple « tu es belle » est susceptible de me faire tourner la tête.

Encore aujourd'hui, mes joues surchauffent à cause d'un petit compliment.

Le portable de Louis sonne dans la poche de son jean. Il le regarde, grimace et reporte son attention sur moi.

– Je ne peux pas rester plus longtemps, je dois rejoindre un ami… Qu'est-ce que tu dirais si on allait dîner ensemble un de ces soirs ?

Hein ? Quoi ? Répète un peu !

J'ai rêvé cette invitation, je ne vois pas d'autre explication. Pourquoi Louis Marois voudrait sortir avec moi ? Je ne comprends pas.

– Je…

– Elle accepte avec plaisir, intervient Manon.

– Parfait, je t'enverrai un message pour convenir d'une date qui nous arrange tous les deux.

– D'accord.

Louis dépose un baiser sur ma joue, puis quitte le café. Je me rassois à ma place, complètement sous le choc. Je ne m'attendais pas à croiser Louis et surtout pas à ce qu'il me propose un dîner.

Est-ce que c'est un rencard ?

Manon me regarde avec un grand sourire collé aux lèvres. Je n'ai pas besoin qu'elle dise le moindre le mot pour savoir à quoi elle pense. Elle est encore plus surexcitée que moi à l'idée de ce rendez-vous.

– Bordel de merde, tu vas bientôt perdre ta virginité avec Louis Marois ! Et dans moins d'un an, on célébrera votre mariage, s'ensuivront un tas de petits bébés trop mignons, s'extasie-t-elle, pleine d'imagination.

– Tu es folle. Ce n'est qu'un…

– Un rencard avec le mec le plus sexy de Nice, me coupe-t-elle.

Je souris comme une idiote ne réalisant pas que je vais bientôt sortir avec Louis. Ma grand-mère serait fière de moi. Pour elle, il s'agit d'un très bon parti avec un bel avenir devant lui, un futur homme d'affaires riche et influent. Ce devrait être une raison pour fuir Louis, mais il m'a toujours plu. Il faudrait être stupide pour refuser un rendez-vous avec un jeune homme aussi gentil et bien élevé.

– Ce n'est pas ton plan Tinder, le mec le plus sexy de Nice ? la taquiné-je.

– Kanae est canon, mais Louis est digne d'un Scott Eastwood ! D'ailleurs, il pourrait lui servir de doublure tant il est son sosie, fait-elle remarquer.

Elle n'a pas tort. Louis ressemble assez à l'acteur mannequin américain. Un charme fou qui fait certainement mouiller toutes les petites culottes.

Mon Dieu, Manon déteint sur moi !

J'en viens à ressortir ses expressions dans mes pensées. Plus rien ne va. Bref, Louis est une version un peu plus jeune de Scott Eastwood, mais tout aussi séduisante. Et, j'ai rencard avec lui !

– Pourquoi est-ce que c'est moi qu'il invite ? demandé-je, intriguée.

– Parce que tu es canon ! répond-elle comme si c'était une évidence.

Je plisse le front, pas convaincue. Je ne suis pas de celles qu'on qualifie de « canons ». Louis a dû se sentir obligé ou c'est une mauvaise blague organisée par mon tortionnaire de frère.

– Talia, tu te regardes dans un miroir de temps en temps ? Tu es belle, alors tu vas dire à la voix dans ta tête de fermer sa gueule !

Je souris. Manon est la seule à savoir que j'ai encore du mal à m'accepter telle que je suis. Chaque jour, elle m'aide à prendre confiance en moi. Elle a raison, il est temps que cette voix dans ma tête se taise pour toujours. Elle n'a plus sa place dans ma vie. Elle ne l'a jamais eue.

– Évidemment, nous allons devoir nous réserver un après-midi shopping pour éviter que tu ressembles à une nonne sortie du couvent à ton rencard ! Ou peut-être que Louis aime ça. Il sera le démon qui corrompt la pure Talilah Bellerive au péché de chair. Ta grand-mère en aurait eu une crise cardiaque, plaisante-t-elle.

– Louis pourrait faire ce qu'il veut de moi, elle s'en ficherait puisqu'il vient d'une noble famille pétée de tunes, lui fais-je remarquer.

– Les riches sont vraiment étranges, grimace Manon.

Pire que ça, oui !

Je souris. Elle adore répéter cette vérité une dizaine de fois par jour. Contrairement aux autres étudiants de notre lycée, Manon est boursière et non la fille d'un homme plein aux as. Mais elle est certainement la personne la plus riche à mes yeux, pour ce qu'elle a dans le cœur, et non dans le portefeuille.

Mon portable vibre sur la table, faisant un bruit monstre. Un message de mon père. Je soupire.

[Sofia a préparé un dîner pour la famille.
Sois prête à 20 heures.]

Putain, je n'ai vraiment pas envie de supporter un dîner entier en compagnie de Roméo.

4

Talia

Je finis par rentrer à la maison en fin d'après-midi. Apparemment, Sofia a passé des heures à cuisiner. Grand bien lui fasse. Elle a surtout mis une sacrée pagaille. Quand Hector va venir demain, il ne va pas être ravi de voir que tout a été dérangé. Notre cuisinier est assez maniaque et organisé, et sa cuisine, c'est son endroit.

La seule bonne nouvelle concernant ce repas est que ma grand-mère n'y assistera pas. Mme Bellerive a un dîner important avec un politicien. Elle tente de faire entrer mon père dans le monde de la politique espérant qu'un jour il devienne le maire de la ville. Ses ambitions pour lui n'ont aucune limite et elle est prête à tout pour qu'il y parvienne.

Mon père en futur Sarkozy, non merci !

Léonore a beau être absente ce soir, elle m'a sorti une tenue de nonne pour ce fichu dîner. Évidemment, la robe est ample pour cacher toutes les « formes » qu'elle déteste tant. Je pourrais mettre une autre tenue, mais je suis certaine qu'elle l'apprendra et me le fera payer. Je n'ai pas l'âme d'une rebelle, j'obéis pour ne pas avoir de problème.

Je ne suis pas Roméo.

Lorsque j'arrive dans la salle à manger, je suis épatée par tout ce qu'a préparé Sofia. La table est tellement remplie qu'elle pourrait nourrir une équipe de rugby entière. L'odeur du poulet au citron et aux olives m'ouvre l'appétit, beaucoup plus que la viande rouge qu'elle a cuisinée pour faire plaisir à Jules. Mon frère aîné déteste le poulet et fait son caprice pour avoir de la viande rouge à chaque fois qu'il vient dîner à la maison.

Quel con.

J'aurais préféré qu'il ne soit pas présent ce soir. Jules est loin d'être un frère aimant. Je sais déjà qu'il va se montrer ignoble avec moi. C'est ce qu'il fait sans arrêt. Rabaisser les autres lui donne l'impression d'être puissant, alors qu'il ne vaut pas mieux.

Je m'installe à ma place. Sofia me lance un sourire chaleureux, tandis que je force le mien. À voir les tenues de mon père et celle de la belle brune, je comprends le choix de la mienne. Elle porte une robe noire moulante, très classe, qui a sûrement coûté plus cher que mes études. Mon père, lui, est en chemise sur mesure et pantalon de costume. Je reconnais qu'ils sont bien assortis.

Papa et Sofia sont installés chacun en bout de table, Jules vers notre père. Le « prince » Roméo n'est toujours pas arrivé. À mon avis, il ne va pas venir du tout. Il est certainement déjà en train de cuver dans un bar ou en pleine bagarre.

C'est son quotidien, après tout.

– J'espère que le dîner vous plaira, j'ai cuisiné selon vos goûts, nous informe Sofia en souriant.

Elle a l'air stressée comme si mon affection pour elle se jouait sur ce dîner. En quelques semaines, je lui ai à peine adressé la parole. Je n'ai pas envie d'apprendre à la connaître. Je ne sais pas pourquoi, mais elle ne m'inspire pas confiance.

Au moins, je ne peux pas lui reprocher de ne pas faire d'efforts avec nous.

– Ta grand-mère m'a donné une liste des aliments qui te sont interdits. Aucune viande, aucune protéine, aucun…

– C'est très gentil, Sofia, la coupé-je. Mais je sais ce que je dois manger, je n'ai aucune liste à respecter.

Léonore commence sérieusement à m'agacer avec toutes les restrictions qu'elle m'inflige. Elle ferait mieux de s'occuper de son spa, son école de danse classique ou son hôtel de riches !

– Je prendrai volontiers du poulet, dis-je en lui tendant mon assiette.

L'Italienne lance un regard interrogateur à mon père, qui acquiesce favorablement à ma requête. Sofia me sert ce que j'ai demandé en s'assurant qu'aucune graisse n'est présente sur mon bout. Je suis sûre qu'elle doit être inquiète que ma grand-mère l'apprenne et le lui reproche par la suite.

Sa majesté Roméo Castillon nous fait enfin l'honneur de sa présence. Il s'installe en face de moi en marmonnant un salut à sa mère et à mon père. Il doit sortir de la douche puisque ses cheveux sont encore légèrement mouillés et tombent sur son front. Son visage est toujours marqué par les coups qu'il a reçus quelques nuits plus tôt.

– Un verre de vin, Roméo ? propose mon père. J'ai entendu dire que tu aimais bien ça…

Roméo fusille sa mère du regard sans que je comprenne pourquoi. Si c'est elle qui a révélé ça à mon père, je ne vois pas en quoi c'est mal.

– Il a toujours été très fort pour en deviner les effluves, révèle sa mère.

– Vraiment, parce qu'il a goûté autre chose que du vin bon marché ? se moque Jules, condescendant.

– Ma famille possède un vignoble en Italie, explique Sofia. Roméo a passé des étés entiers à découvrir une multitude de vins. Eh oui, autres que bon marché !

Je vois un rictus se dessiner sur le visage de Roméo, ravi que sa mère ait pris sa défense avec, je l'avoue, classe.

– Pardonne-moi, Sofia, mais je doute que ta famille produise du vin Chianti comme le Bolgheri, balance Jules.

Roméo serre les poings comme s'il se retenait de les envoyer dans la figure de mon frère. Le visage de Sofia se décompose. Jules l'a vexée. Évidemment, mon père n'intervient pas pour défendre sa fiancée. Son petit protégé a tous les droits, même de manquer de respect à la femme qu'il compte épouser.

– Je suis sûre qu'il est délicieux, Sofia, affirmé-je pour détendre l'atmosphère.

Mon père réitère sa demande auprès de Roméo, qui refuse. Peut-être a-t-il décidé de se montrer raisonnable durant ce repas. Quant à moi, j'aurais voulu goûter ce fameux vin, mais puisque je n'ai pas encore 18 ans, je n'ai pas le droit.

La vraie excuse est qu'une femme d'un milieu « important » ne peut boire de l'alcool sans être mal vue. Ce n'est pas distingué !

Le dîner se passe dans l'ennui le plus total. Papa et Jules discutent d'affaires politiques ou du tribunal, ils sont dans leur monde et ne font pas tellement attention à nous, simples mortels. Je me demande s'ils sont capables d'avoir d'autres sujets de conversation que leur maudit boulot d'avocat.

– Ton père m'a dit que tu étais une très bonne danseuse, Talia, confie Sofia, curieuse.

Je ne peux pas lui enlever qu'elle essaie d'apprendre à me connaître.

– Je ne suis pas aussi bonne qu'il le dit, rectifié-je.

Je vois Roméo tiquer au mot « bonne ». Qu'est-ce qu'il a de si particulier pour qu'il réprime un sourire amusé ?

– Tu n'es pas mauvaise, Talia, marmonne mon père.

Ce demi-compliment lui arrache presque la gueule. Je sais qu'il ne l'a formulé que pour se faire bien voir de Sofia. Il se fout bien de mes compétences en danse. Il ne s'y est jamais intéressé.

– Roméo aussi a fait de la danse à Marseille plus jeune, du hip-hop. C'est ça, mon chéri ? demande-t-elle en se tournant vers son fils.

– Ouais, grommelle Roméo.

Je suis assez surprise de savoir que Roméo danse, ou plutôt a dansé. Je ne m'attendais pas à avoir le moindre point commun avec lui. Lui et moi sommes aussi opposés que le feu et la glace. Pourtant, ce côté de lui m'intéresse et m'intrigue. Je ne serais pas contre le voir danser. Je ne connais pas bien le hip-hop et je pourrais le découvrir davantage grâce à lui.

Ne rêve pas, Talia, tu ne partageras jamais rien avec ce type !

– Ce n'est pas son genre, ajoute-t-il, presque condescendant.

– Et quel est mon genre ? répliqué-je, agacée.

Roméo lève les yeux vers moi et esquisse un sourire. Il a fait exprès de m'attaquer pour provoquer une réaction de ma part. Je devrais le savoir, Roméo aime chercher des poux dans la tête des autres. Il ne vit que pour irriter les gens, les rendre fous et je viens de tomber la tête la première dans le piège. J'avais promis de ne plus lui adresser la parole, et voilà que je faillis à cette promesse.

– Le genre danse en tutu ridicule qui te sied à merveille.

– Roméo, s'il te plaît, ne commence pas, soupire sa mère.

– Elle m'a posé une question, je lui réponds, tout simplement. La danse classique est une discipline pour bourges coincés du cul et Talilah les représente divinement bien !

– Tu te bases sur des stéréotypes stupides, mais ça ne m'étonne pas vu le vide abyssal de ton cerveau, rétorqué-je en feignant un sourire.

Je m'attends à ce qu'il me réponde de façon cinglante, mais il n'en fait rien. Il se contente d'esquisser un sourire, amusé. Je devrais le laisser me provoquer sans riposter, or c'est plus fort que moi. Il fait naître en moi un puissant sentiment de colère et de rébellion.

– Ta grand-mère vise l'Opéra de Paris pour toi, c'est très ambitieux, admire Sofia.

– Ce n'est…

– La danse n'est qu'un passe-temps, coupe Jules, agacé par cette conversation. Talia ferait mieux de se concentrer sur ses études pour avoir un vrai métier.

De quoi il se mêle ?

La complaisance dans sa voix me donne envie de le gifler pour lui remettre les idées en place.

– Ne l'encourage pas sur cette voie, Sofia, reprend-il. Notre rang ne nous permet pas de suivre un rêve bidon. Grand-mère le sait et c'est pour cette raison qu'elle gère aussi des spas de luxe parce que sa compagnie bidon de classique ne rapporte pas assez ! Danser, c'est pour les pauvres.

Mais quel con !

Roméo fusille Jules du regard. La réflexion de mon frère ne lui a pas du tout plu et je peux le comprendre. Jules prend les gens de haut comme s'il valait cent fois plus. Il a tort. L'argent ne rend pas meilleur, bien au contraire.

– Tu parlais de stéréotypes, trésor, commence Roméo en me regardant droit dans les yeux, mais ton frère est le stéréotype du riche qui se prend pour le roi du monde et qui pète plus haut que son cul, alors qu'il ne vaut pas plus qu'une merde de chien !

Il m'a surnommée « trésor » ou je rêve ?

Pourquoi est-ce que c'est la seule chose qui m'intéresse, alors qu'il vient de déclarer la guerre à Jules ? Je ne suis pas normale.

Plus personne ne parle à table. Sofia couvre sa bouche de sa main pour étouffer un cri. Mon père est furieux, tandis que Jules est prêt à commettre un meurtre. Roméo est allé trop loin.

Pourtant, je ne pense qu'au nom dont il m'a affublée. Il devrait me taper sur les nerfs. Néanmoins, ce qu'il provoque en moi est semblable à un feu ardent qui se propage entièrement dans mon corps.

Je n'aime pas les sensations qu'il déclenche en moi. Je ne sais pas y faire face puisque je n'ai jamais connu cela. Même Louis n'a pas réussi à me faire cet effet avec ses compliments. Je connais à peine Roméo et le peu que j'ai vu ne me plaît pas, alors pourquoi est-ce qu'il parvient à faire naître des papillons dans mon ventre ?

– Pour qui est-ce que tu te prends petite merde, crache Jules en se levant de sa chaise, qui manque de s'écraser contre le mur.

Je reviens sur terre immédiatement.

– Pour quelqu'un qui vaut cent fois plus que toi, réplique tranquillement Roméo en continuant à manger. Tu crois que tu surpasses les autres parce que tu es né avec une cuillère en or dans la bouche, mais tu ne vaux rien.

– Et c'est un bâtard rejeté par son père qui me dit ça, assène Jules plein de mépris.

Roméo se lève à son tour violemment en repoussant son assiette si fort qu'elle tombe juste à côté de moi et se brise en plusieurs morceaux. Sofia et mon père se redressent à la vitesse de l'éclair et font barrage entre Roméo et Jules. Mon abruti de frère se sent puissant parce qu'il sait que notre père empêchera Roméo de lui refaire le portrait. Il se tairait, sinon.

– Répète un peu ça, hurle Roméo.

Si sa mère ne le retenait pas, il ne ferait qu'une bouchée de mon frère. Ce serait mérité…

– Ton père ne veut pas de toi. Il aurait préféré que ce soit toi qui meures et pas…

Là, tout part en vrille. Roméo se jette sur Jules et lui administre un coup de poing violent dans le nez. Le geste est si fort que Jules s'écroule par terre. Sofia, en pleurs, supplie, son fils d'arrêter. C'en est trop pour mon père, qui se saisit de Roméo par le col et le plaque contre le mur. Les yeux de Roméo sont injectés de sang et ses pupilles sont tellement dilatées que le vert a presque disparu.

Je m'attendais à un dîner explosif, mais à ce point sûrement pas. Roméo est un jeune homme rempli d'une rage qu'il ne contient pas. Son impulsivité est dangereuse pour les autres, mais surtout pour lui.

– Tu vas me le payer, sale merde, le menace Jules en se relevant.

Mon frère aîné se tient le nez d'où le sang commence à couler à flots. Je ne ressens pas une once de sympathie pour lui, Jules l'a cherché. Sa méchanceté envers Roméo est démesurée. Je reconnais que Roméo l'a provoqué, mais il ne méritait pas les insultes de mon frère. Ni sa cruauté.

– Insulte-moi encore et je te pète les dents, rétorque-t-il en essayant de s'extraire de l'emprise de mon père.

Papa resserre la pression sur les épaules de Roméo afin de l'empêcher de bouger. Jules quitte le salon tout en ordonnant à Sofia de l'emmener aux urgences. Mon frère ne s'en remettra pas si son nez est déformé. Ce sera amplement mérité. Son physique égalerait enfin la laideur de sa personnalité.

– Touche-le une fois encore et je t'envoie en prison! le prévient mon père, menaçant. Je te rappelle que je suis ton avocat, un seul faux pas de ta part et tu finis derrière les barreaux. Me suis-je bien fait comprendre?

Roméo ne répond pas. Ils s'affrontent du regard, déterminés à ne pas lâcher l'affaire. Il y a un passif entre eux. J'en suis certaine.

Pourquoi est-ce que mon père est son avocat? Qu'est-ce que Roméo a fait pour avoir besoin de ses services? Je commence à croire que papa n'a pas rencontré Sofia dans un restaurant, mais dans son cabinet d'avocat.

– Je t'ai posé une question, Roméo, insiste mon père.

– Il n'y est pour rien, le défends-je. C'est Jules qui a…

– Ne t'en mêle pas, Talia, me coupe papa sur les nerfs. Monte dans ta chambre!

Le ton de sa voix ne me plaît pas. Je ne l'ai jamais vu aussi en colère. Malgré son ordre, je ne l'écoute pas et reste dans le couloir. Je ne sais pas pourquoi, mais je suis inquiète pour Roméo. Tout ce qui se passe est injuste. Il ne mérite pas ça. Jules a été ignoble. Roméo n'a fait que se défendre, mal, je le conçois, mais n'empêche qu'il a simplement répondu aux attaques de Jules.

Je laisse traîner une oreille, piquée par la curiosité.

– Tu as intérêt à changer de comportement rapidement, Roméo. Je ne tolérerai plus cette violence sous mon toit et encore moins que tu oses regarder ma fille comme tu le fais. Elle sera bientôt ta demi-sœur et je refuse que ce genre de relation incestueuse naisse dans ma maison! Si j'apprends que tu l'as manipulée avec tes belles paroles et ta gueule d'ange, je…

– Tu vas quoi ? M'envoyer en taule ? C'est ta menace préférée, ricane Roméo. Tu ne me fais pas peur, Jonas. Je me fous de ta fille, elle ne m'intéresse pas, elle est aussi insipide que cette famille. Tout comme je me fous de ton fils, ton nom et ta réputation.

Sans comprendre pourquoi, ses paroles me font mal. J'ai l'habitude de n'intéresser personne, mais l'entendre de la bouche de Roméo me vexe beaucoup plus que je ne veux l'admettre.

– Une dernière chose, Jonas, allez vous faire foutre, toi et ton fils !

Je n'ai même pas le temps de m'enfuir à l'étage que je suis surprise par Roméo. Il s'arrête net devant moi et me coule un regard à la fois furieux et désolé. Est-ce qu'il regrette ce qu'il a dit ? Je regarde sa main, rougie par le coup de poing qu'il a administré à Jules. S'il ne met pas de la glace dessus, elle va doubler de volume.

Roméo me regarde de haut en bas, puis s'approche de moi. Je ne bouge plus, non pas parce qu'il me fait peur, mais à cause de l'effet étrange qu'il a sur moi. Il se penche au-dessus de mon oreille, son souffle fouettant ma nuque.

– Ne laisse pas cette famille te contrôler, trésor. Tu vaux mieux que ça…

Je ne comprends pas où il veut en venir. Il a clairement dit à mon père qu'il se foutait de moi, alors pourquoi ce revirement ?

Peu importe, je crois bien qu'il est déjà trop tard. On ne sort pas de l'enfer aussi facilement…

5

Roméo
Septembre

Ce matin, je suis réveillé à cause du réveil de Talia. Je regarde l'heure sur mon portable et constate qu'il est à peine six heures.

Putain !

Qui de normalement constitué se réveille à cette heure-ci pour aller courir avant le lycée ? Cette fille ne l'est pas. Elle répète pendant des heures dans sa salle de danse et ça ne lui suffit pas. Elle a aussi besoin de courir au moins une heure par jour.

Quand est-ce qu'elle se repose ? Ou mange ? Je ne la vois presque pas manger et lorsque c'est le cas, elle picore dans son assiette et regarde les aliments comme s'ils étaient ses ennemis. C'est plus fort que moi, je m'inquiète pour elle à cause de l'effet néfaste qu'a cette famille.

Je tente de me rendormir, mais c'est impossible. Mon cerveau est assailli de pensées qui m'empêchent de trouver le sommeil. À chaque fois, c'est pareil, dès que mon cerveau carbure, je repense à cette sombre période de ma vie, mais surtout à *lui*.

Quand est-ce que la colère et la tristesse se dissipent et laissent place à un sentiment plus doux ? Quand est-ce que je me souviendrai de lui en ne repensant qu'aux bons moments ? Certainement jamais.

J'enfile un jogging et un sweat, puis vais fumer devant la piscine tout en faisant attention à ne croiser personne en sortant. Il n'y a que l'herbe qui peut me calmer les nerfs et m'empêcher de trop cogiter. Il vaut mieux que j'évite l'alcool un moment.

Ou plutôt cette famille.

Jules se permet de me provoquer parce qu'il sait que son père a un moyen de pression sur moi. Sans son papa chéri, il n'est rien.

Je retourne dans mon immense chambre sans âme, prends une douche bien chaude et fais l'effort de traîner ma carcasse jusque dans la cuisine. Je marmonne un bonjour à Hector tout en m'installant sur le tabouret en face du plan de travail. Je préfère déjeuner ici en sa compagnie que seul autour de l'immense table de la salle à manger.

– Prêt pour ce premier jour de rentrée ? demande-t-il.

Je grogne en guise de réponse, ce qui fait ricaner Hector. Je n'ai aucune envie d'intégrer ce lycée de bourges à la con. Ces filles et fils de riches ne vont pas cesser de péter plus haut que leur cul, d'étaler leur fortune et de se pavaner comme s'ils étaient des rois.

– Tout se passera bien, Roméo, ne vous en faites pas !

– Mouais, pas sûr que j'en aie envie, marmonné-je.

Encore une fois, il ricane. Il est persuadé que je réussirai à me faire une place dans ce monde particulier. Perso, j'en doute fortement. Je n'ai rien à voir avec eux.

– Je croyais avoir précisé que je ne voulais pas être vouvoyé, ajouté-je. Je ne suis pas un petit snob !

– Et je le répète, Roméo, vous êtes le beau-fils de mon employeur, je me dois de vous vouvoyer !

– Quelle connerie, raillé-je.

La première fois que j'ai rencontré Hector, j'ai été choqué. Non seulement il m'a vouvoyé, mais il m'a aussi appelé « Monsieur ». J'ai pris vingt ans d'un coup. J'ai bataillé pendant des semaines pour qu'il cesse les « Monsieur » à tout-va. Je reste confiant, il finira par me tutoyer.

Sa femme le fait, alors pourquoi pas lui ?

Tous les matins, je refuse qu'Hector me prépare mon petit déjeuner. Je ne suis pas un putain d'assisté comme les autres et j'aime la cuisine. En ce qui concerne le ménage dans ma chambre, je laisse Marnie s'en occuper. Franchement, le ménage et moi, ça fait trente. De toute façon, il est impossible d'aller contre l'avis de Marnie Vernier.

Aujourd'hui, j'ai la flemme de me cuisiner un vrai petit déjeuner, un bol de céréales suffira. Hector me laisse faire, s'affairant aux plats des Bellerive.

D'un coup, la porte d'entrée s'ouvre et se ferme avec fracas. Talia pénètre dans la cuisine en poussant un long soupir. Elle tourne la tête vers nous et fronce les sourcils, étonnée de me voir déjà réveillé.

Elle retire les écouteurs de ses oreilles et les range dans la poche de son mini-short.

Bordel de merde, ce corps !

Moulée dans une brassière de sport qui ne laisse aucun doute sur la forme arrondie et la fermeté de ses seins, elle est si sexy que je me sens à l'étroit dans mon pantalon. Talia a beau être dégoulinante de sueur, ça ne m'empêche pas d'avoir envie de la toucher partout et de la prendre contre ce comptoir.

Putain, elle n'aurait pas pu être laide ?!

– Bonjour, Hector, le salue-t-elle en allant lui déposer un baiser sur la joue.

Je suis surpris qu'elle s'adresse à lui de cette façon, elle n'est pas snob, juste amicale.

Elle ébauche un léger signe de tête à mon attention en guise de bonjour, ce qui me fait esquisser un sourire. Sa froideur m'amuse parce que je sens qu'elle cache autre chose.

– Combien de temps aujourd'hui ? demande Hector.

– Une heure je crois, répond-elle en haussant les épaules. Je vais aller faire une série de…

– Non, jeune fille, tu vas aller prendre une douche et revenir avaler ton petit déjeuner. Talia, tu reprends le lycée aujourd'hui. Il te faut des forces pour supporter la journée, donc arrête les entraînements et viens manger, lui ordonne Hector, soucieux de son bien-être.

– OK, cède-t-elle.

Il lui parle comme si elle était sa propre fille. Elle ne lui en tient pas rigueur, au contraire. Elle apprécie qu'il se soucie d'elle. Il ne l'appelle pas Mademoiselle ou Madame, signe qu'elle a refusé ou qu'ils sont assez proches pour ne pas s'embarrasser de telles formules de politesse.

Talia écoute les conseils d'Hector et quitte la cuisine. J'en profite pour regarder son cul bombé dans son putain de mini-short. Les pensées qui m'assaillent n'ont rien de catholiques. Je me vois la prendre par-derrière en levrette les yeux fixés sur son joli cul, mon foutre se répandant sur son dos et elle me suppliant de continuer et jouissant en disant mon nom.

Maudite petite bourge bien trop bandante !

– On ne regarde pas sa sœur de cette façon, Roméo, me réprimande Hector en fronçant les sourcils.

– Elle n'est pas ma sœur, rectifié-je. Et ne vous en faites pas, je ne touche pas aux petites-bourgeoises coincées !

Ce n'est pas un mensonge, je ne baise jamais avec une bourge dans son genre…

***

Dans la voiture qui mène au lycée, Talia ne me décroche pas un mot. Dans son uniforme à l'effigie du lycée pour friqués, elle représente l'innocence même et, putain, ça me provoque une érection de dingue !

Quand je pense que je dois moi aussi porter cet ensemble ridicule !

Chemise blanche, pantalon, veste de blazer et cravate bleu nuit, ou pull en cachemire noir, sans oublier les chaussures vernies qui me broient les doigts de pied. Je ne vais pas supporter cette supercherie longtemps.

À sept heures quarante-cinq, nous arrivons devant le lycée ou plutôt devant un bâtiment ancien semblable à un château à la façade de couleur rouille. Affreux !

– Je vais t'accompagner jusqu'au bureau de la principale, m'explique Talia, mal à l'aise. Mme Marois demande toujours à rencontrer les nouveaux. Ce serait bien vu que tu ailles te présenter.

Je suis surpris qu'elle me vienne en aide. Néanmoins, j'acquiesce d'un signe de tête. Elle entre dans le bâtiment tout en s'assurant que je la suive bien. Je ne m'attarde pas sur la décoration des lieux, c'est vieux et froid. Un lycée de bourges quoi ! Le couloir semble interminable, je n'en vois pas le bout.

Putain, où est ce satané bureau ?!

Talia a peut-être décidé de me tuer en m'emmenant dans une pièce secrète où elle cache tous les autres corps des pauvres mecs qui ont osé l'approcher. Les gens trop parfaits dissimulent de très lourds secrets, ma danseuse n'échappe pas à la règle.

D'un coup, Talia s'arrête net en plein milieu du couloir. Elle se retourne brusquement, les yeux grands ouverts.

– Fais chier, marmonne-t-elle.

Je tente de comprendre ce qui la met dans cet état, mais à part un mec aux cheveux châtains à l'autre bout du couloir, je ne vois pas. Ce mec est encore au stade prépubère et pas fait pour une fille comme Talia. Il ne tiendrait jamais la distance.

Les mecs de ce lycée ne seront jamais à sa hauteur !

Talia me passe devant et s'apprête à partir lorsque je la retiens par le bras.

– Le bureau de la principale, lui rappelé-je.

– Plus tard.

– Talia, crie la voix du gringalet.

– Merde, merde, merde, panique-t-elle.

Elle regarde partout autour d'elle comme si elle évaluait toutes les options possibles. Avant que je ne comprenne ce qui se passe, Talia m'entraîne par le bras je ne sais où. Je pourrais l'arrêter, mais je me laisse faire, amusé par son comportement plein de lâcheté. En un instant, je suis emmené dans une pièce sombre qui m'a l'air assez étroite.

La seule chose que je sais, c'est que Talia fait barrage entre la porte et moi.

– Qu'est-ce qui te prend ?! la questionné-je, amusé.

– Chut, dit-elle en mettant sa main sur ma bouche. Je ne veux pas qu'il me trouve…

Je vois. La pauvre petite fille riche a eu peur que je la balance à sa crevette. Elle a eu raison. Je l'aurais dénoncée dans la seconde rien que pour l'emmerder.

– Qui, il ? demandé-je, toujours la bouche contre sa main.

– Tu n'as pas besoin de le savoir, s'agace-t-elle. Maintenant, tais-toi !

Je ne peux m'empêcher de ricaner contre sa main. La Talia autoritaire me plaît bien. Je la distingue à peine dans ce foutu placard, mais je sais qu'elle est en panique.

– Dis-le-moi, exigé-je après avoir enlevé sa main de ma bouche.

Je fais un pas vers elle, tandis qu'elle recule jusqu'à sentir la porte contre son dos. Sa respiration s'est coupée, la chaleur a grimpé d'une dizaine de degrés, c'est étouffant et excitant. Son cœur tambourine à une vitesse de malade. J'ai presque envie de le sentir battre à travers ma main.

Je n'aime pas ce que je ressens quand je suis près d'elle. Je ne devrais même pas l'approcher de cette manière, mais c'est plus fort que moi. Cette fille est comme un aimant et, putain, ça me fait chier. J'ai l'impression que mes neurones ne fonctionnent plus. Mon cerveau se transforme en bouillie dès que la bêcheuse se trouve dans les parages.

– Si tu ne me dis pas pourquoi tu évites cette crevette, je sors de force de ce maudit placard et je lui balance où tu te caches, la menacé-je.

– En plus d'être un abruti, tu es du genre maître chanteur, s'indigne-t-elle. Je savais que tu étais bourré de défauts, mais à ce point, c'est répugnant !

– Dis-le-moi, ordonné-je.

Elle soupire bruyamment.

– Je suis sortie avec Valentin pendant quelques semaines, commence-t-elle à expliquer, et… Nous étions chez lui. Je suis partie en plein… Puis j'ai rompu sans lui donner d'explication valable. Je n'étais pas prête à…

– Baiser, finis-je pour elle.

Elle retient un cri, choquée par ma vulgarité. J'ai vu juste, elle a refusé de coucher avec cette pauvre crevette et l'évite depuis ce jour. La petite vierge qu'elle est se révèle être encore plus coincée que j'aurais pu le penser.

– Je ne baise pas, je…

– Rectification, trésor, tu ne fais rien du tout, la taquiné-je.

Elle me tape l'épaule, ce qui me fait sourire. Je l'imagine parfaitement prendre la fuite une fois que les choses sérieuses commencent afin de ne pas renoncer à sa précieuse virginité. Le pauvre garçon, il est resté sur la touche. Sa main droite a dû le consoler.

– Bon, on ne va pas rester cloîtrés dans ce placard une éternité. À moins que tu aies décidé de pimenter le cache-cache en quelque chose de plus excitant, murmuré-je au-dessus de son oreille.

Talia frissonne, mais ne laisse rien paraître. Elle me fusille du regard, puis se décale de la porte pour me laisser passer.

Au moment où je trouve la poignée de la porte, elle m'arrête en posant sa main sur la mienne. Je fais de mon mieux pour ne pas montrer que je suis perturbé par la douceur de sa peau ou par son odeur de cerise qui fait pulser ma queue dans mon boxer. Elle m'électrise en un seul regard.

– Tu n'as pas intérêt à dire à quelqu'un ce qui s'est passé entre Valentin et moi, me met-elle en garde.

– Ou sinon ? la provoqué-je.

– Je t'arrache les yeux avec une petite cuillère !

Je ricane.

– Tu te vengerais si je le faisais ?

– Oui.

Son assurance fait tressauter ma queue.

– Dans ce cas…

J'ouvre la porte et prends bien soin d'enlever sa main posée sur la mienne. Je sors, suivi de très près par Talia. Je cherche du regard le gringalet et le reconnais très vite grâce à ses cheveux châtains coiffés à la perfection. Il est de dos, en compagnie d'un autre mec tout aussi insignifiant que lui.

Je me tourne vers Talia, le sourire mauvais. Elle déglutit comme si elle avait deviné mes pensées. Je ne la lâche pas une seule seconde du regard quand je crie :

– Valentin ! Talia est là et a hâte de te dire pourquoi elle n'a pas voulu coucher avec toi !

Talia écarquille les yeux, ouvre grand la bouche, choquée et humiliée. Le couloir est rempli d'une vingtaine d'élèves, je ne donne pas une heure avant que tout le lycée ne soit au courant de sa petite mésaventure avec la crevette. Je me penche vers elle, juste au-dessus de ses oreilles pour déclarer plus bas :

– Je te défie de te venger.

Je la laisse plantée en plein milieu du couloir, les yeux remplis de colère. Je souris en voyant débouler la crevette vers elle, furieux.

La bourge : 0. Le rebelle : 1.

6

Talia

Le connard.

Je n'arrive pas à croire qu'il m'ait joué ce tour-là. J'aurais dû écouter mon instinct et ne pas lui faire confiance ne serait-ce qu'une nanoseconde. Il vient de me foutre la honte devant une partie du lycée. Je n'ai déjà pas la cote auprès de mes camarades, alors une nouvelle humiliation ne risque pas de m'aider.

Bien au contraire.

Valentin est furieux et me fusille du regard depuis une bonne minute, tandis que son groupe d'amis pouffe. Je n'ai aucune idée de la manière de me sortir de cette situation. Je ne peux pas m'enfuir une nouvelle fois, ni attendre la sonnerie. Non. Il ne me reste plus qu'à assumer mon comportement et à lui parler.

Putain, je te maudis Roméo Castillon.

Je ne comprends pas pourquoi ce crétin persiste autant à me pourrir la vie. J'ai naïvement cru que nos rapports avaient un peu changé, mais force est de constater que je ne suis qu'une idiote. Roméo prend un malin plaisir à me torturer et je le laisse faire. Mais c'est terminé.

Un raclement de gorge me ramène sur terre.

Valentin est devant moi, me surpassant de son mètre quatre-vingts. Je suis minuscule face à lui, mais peu importe, je ne vais pas me laisser impressionner par lui.

Le menton fier, je relève la tête, prête à l'affronter comme il se doit. Je suis sortie avec lui pour de mauvaises raisons. Il ne méritait pas que je me comporte aussi mal avec lui.

– J'attends une explication, s'impatiente-t-il. Pourquoi tu es partie comme une voleuse ? J'ai fait quelque chose de mal ? Je suis allé trop vite, c'est ça ? Et pourquoi tu as rompu avec moi ? Je croyais que ça marchait entre nous…

Je ne sais pas quoi lui répondre. Il y a beaucoup trop de questions ! Et comment dire à quelqu'un qu'il ne nous a provoqué aucune once de plaisir et qu'il n'a pas su susciter le désir ? C'est un sujet délicat.

– Je suis désolée, Valentin… J'ai été nulle et terriblement lâche avec toi. Tu ne méritais pas ça.

– Non, ça c'est sûr, opine-t-il, cynique.

– Je n'étais pas prête… Je le croyais, mais je me suis trompée. Je ne suis pas prête à avoir une relation amoureuse avec qui que ce soit. Je m'en suis rendu compte un peu trop tard. Je ne savais pas comment te le dire, alors je n'ai pas répondu à tes messages.

Je cherche des excuses afin de ne pas lui faire trop mal, mais je crois que je m'enfonce un peu plus. Valentin est furieux contre moi. Je peux comprendre la colère dans ses yeux qui me foudroient. Je me suis comportée comme une idiote et une peste. Mais c'est aussi mon droit de dire non si je ne suis pas encore prête. Je ne regrette pas ma décision, juste la manière dont j'ai agi.

Je déteste être en face de lui et avoir cette conversation déplaisante qui me rappelle que pour tout le lycée je ne suis qu'une vierge coincée. Je suis la dernière de mes amies à n'avoir pas perdu sa virginité. Manon avait 15 ans, les autres autour de 16 ans. Je me sens comme un ovni.

– Tu te fous de ma gueule, s'énerve-t-il. La seule raison pour laquelle tu m'as laissé, c'est que tu as peur de coucher !

– Non, ce n'est pas…

– Arrête de mentir, me coupe-t-il, furieux. Je n'en ai rien à foutre de toi, Talia.

Pardon ?

Pourquoi est-ce que je sens que la suite ne va pas du tout me plaire ? L'arrogance et le dédain sur le visage de Valentin ne me disent rien qui vaille.

– La seule chose qui m'intéressait, c'était d'être celui qui arriverait à déflorer la précieuse Talilah Léonore Bellerive, crache-t-il, méprisant. Personne ne veut d'une fille bizarre et coincée comme toi !

Prends ça dans tes dents, Talia !

J'ai l'habitude d'entendre ce genre de mots et de m'en prendre plein le visage à cause de mon nom, de mon physique ou de mon éternel célibat, mais ce n'est pas pour autant que ça ne me fait rien. Cette course à la perte de virginité me dépasse.

– Tu resteras une pauvre fille coincée toute ta vie, continue-t-il. À moins que le mec avec toi ait réussi à te déflorer dans le placard à balais !

Une crise de jalousie, sérieusement ?

– Il ne s'est rien passé, me défends-je maladroitement.

– Évidemment qu'il ne s'est rien passé, ricane-t-il. Regarde-toi, Talia, tu es loin d'être belle. Les types comme lui ne s'intéressent pas aux filles comme toi. Toutes ces formes n'ont rien de séduisant. Elles sont repoussantes. Comme toi.

Ses mots se répandent sur mon corps comme une traînée de venin qui tue à petit feu. J'ai déjà été détruite par des mots il n'y a pas si longtemps. Je sais à quel point ils peuvent être dévastateurs. J'ai beau faire semblant, ils me blessent encore. Les mots sont aussi destructeurs qu'ils sont puissants.

Valentin me laisse en plein milieu du couloir, satisfait d'avoir pris sa revanche. Je regrette de ne pas avoir su me défendre. Je pensais avoir gagné en courage et confiance, mais force est de constater que je suis toujours une sacrée trouillarde.

La sonnerie retentit, annonçant le début des cours. Je me rends dans la salle de philosophie comme un robot téléguidé. Je n'écoute pas un seul mot en classe. Mon esprit est complètement empoisonné par la méchanceté de Valentin. Il est parvenu à m'atteindre. Il n'était pas intéressé par celle que j'étais réellement, mais par la gloire qu'il aurait eue en réussissant à coucher avec moi.

Les cours de la matinée passent sans que je m'en rende compte. Manon a bien essayé de discuter avec moi, mais je n'ai quasiment rien capté. J'ai tout de même tenté de m'intéresser à son histoire avec le gars de Tinder et de rire à ses blagues, pour qu'elle ne voie pas à quel point je n'étais pas moi-même. J'aurais dû envoyer mon poing dans le nez parfaitement droit de cet enfoiré de Valentin.

Non, mieux. Un bon coup de genou dans les testicules aurait été plus utile.

Je n'ai même pas fait attention à la présence de Roméo dans le lycée. Je ne sais pas si tout se passe bien pour lui, s'il a eu un entretien avec la principale ou s'il a pu s'intégrer. À vrai dire, je m'en fous. Tout est de sa faute. Il m'a forcée à parler à Valentin et à supporter le venin de ce con qui a un pénis à la place du cerveau. Et pour quoi au juste ? Un stupide défi de vengeance ? Ce type n'a aucune limite.

À midi, je me rends au réfectoire et m'installe à ma table habituelle. Manon me raconte le dernier film qu'elle a vu. Apparemment, Zendaya, son icône a sorti un nouveau long métrage où elle est incroyable. C'est souvent le cas avec cette actrice. J'ai bien essayé de comprendre le pitch de l'histoire, mais Manon m'a perdue avec tous les détails qu'elle m'a contés.

Adèle nous rejoint, suivie de sa petite cour, plus communément appelée Laurie et Daphné. Je ne les ai pas forcément choisies pour être mes amies, elles m'ont été imposées. Comme beaucoup de choses. Nos parents sont amis, alors ils estiment que leurs enfants doivent aussi l'être.

C'est d'une stupidité !

– Ton frère est l'attraction de la matinée, annonce Manon. Les filles n'arrêtent pas d'en parler !

– Ce n'est pas mon frère, grincé-je.

Il ne le sera jamais.

– Presque… Bref, toutes les filles rêvent qu'il leur arrache leurs culottes toutes mouillées, affirme Manon.

– Il n'est pas si beau, mens-je.

Évidemment qu'il est beau, mais sa personnalité le rendrait presque laid. Je vois Manon esquisser un sourire, pas convaincue par mon mensonge. Au moins, elle le garde pour elle. Il ne manquerait plus qu'Adèle et ses sbires sachent que je ne suis pas totalement insensible au charme de Roméo et qu'elles s'en servent contre moi.

Le passe-temps de ces trois comparses : faire courir des rumeurs sur tous les élèves du lycée et en particulier celles et ceux qu'elles estiment être une menace pour elles. Si tout le monde sait que je suis vierge, c'est à elles que je le dois. Je n'ai jamais pu le prouver, mais je ne suis pas dupe. Adèle adore me le rappeler parce que, pour elle, le fait que je n'aie pas couché prouve qu'aucun garçon ne s'intéresse à moi.

Si je suis vierge, c'est par choix. Je ne tiens pas à perdre ce que j'ai de plus précieux avec n'importe qui.

– Tu as de la merde dans les yeux, Talia. Toutes les filles du lycée sont d'accord pour dire que c'est un vrai canon, plus que Raphael et ses potes ! lance Laurie.

Adèle grimace en entendant le nom de Raphael. Je compatis, être l'objet d'un pari n'a rien de gratifiant. Une belle bande d'enfoirés.

– Rien que son prénom est un sacré aphrodisiaque ! Je donnerais tout pour être sa Juliette.

Je soupire. Laurie est encore plus nunuche que d'habitude.

– Tu parles, ils meurent à la fin, ton Roméo et ta Juliette, rétorqué-je, agacée.

– Rien à faire, leur histoire d'amour est trop belle, n'en démord-elle pas.

Cette fois, je lève les yeux au ciel. Le concept « on préfère mourir ensemble plutôt que de vivre séparément » est beau. Seulement, ils n'avaient que 14 ans. Ce n'étaient que des enfants qui ont cédé à une passion qui les dépassait, et qui ont agi avec stupidité.

Je n'ai jamais compris un tel engouement pour cette histoire d'amour.

– N'oublie pas que tu ne seras jamais sa Juliette ! J'ai posé une option sur lui ce matin, lui rappelle Adèle, près de sauter à la gorge de Laurie.

– Oui, je sais… Je disais ça pour rire, se rattrape-t-elle.

Comme si l'option qu'Adèle a mise allait tout changer. Roméo n'est pas un jouet dont elle peut disposer comme elle le souhaite. Elle a tellement eu tout ce qu'elle voulait pendant son enfance qu'elle est devenue capricieuse. Ses parents lui cèdent tout. Heureusement que Louis est différent de sa sœur !

– Hé, mais ce n'est pas Roméo là-bas ? demande Manon.

Je me tourne vers l'entrée du self et constate que Roméo est là, seul, son plateau maintenu par ses mains, le regard dans le vide à la recherche d'une place ou de quelqu'un. Je pourrais avoir de la pitié de lui en le voyant si perdu, mais vu le coup qu'il m'a fait ce matin, je n'en ai aucune.

Adèle et les autres retirent leur veste d'uniforme et bombent le torse. Qu'est-ce qu'elles cherchent, que Roméo leur reluque les seins ? Ce comportement m'agace. Pourquoi vouloir l'attention de ce type ? Il n'a rien de particulier.

Et il n'y a pas grand-chose de gratifiant à être seulement appréciée pour son physique. Oui, c'est flatteur, mais la beauté intérieure devrait primer sur la beauté extérieure. Je préfère être jaugée pour celle que je suis et non pour mon apparence.

– Mon Dieu, qu'est-ce qu'il est sexy ! s'émerveille Adèle. Avant la fin de l'année, il sera mon mec !

– Vous formerez le plus beau couple du lycée, l'adoube Daphné, hypocrite.

– Je sais.

Manon me regarde en faisant semblant de vomir. Je souris. Elles sont ridicules. J'ai l'impression d'être dans une série américaine pleine de clichés. Le pire, c'est qu'elles ne se rendent pas compte de leur superficialité.

À mon grand désespoir, Roméo vient s'installer à la table d'à côté, là où se trouvent Raphael et sa cour. Depuis quand sont-ils amis ? Je ne pensais pas que Roméo fréquenterait des mecs comme eux, ils sont tout ce qu'il déteste, des sortes de copies de mon frère.

Décidément, il ne cesse de me décevoir.

Je remarque que les phalanges proximales de la main droite de Roméo sont rougies et égratignées. Cet abruti a dû se battre. Encore une fois.

Bonne impression pour ton premier jour, idiot !

Je ne relève pas la tête vers lui, me concentrant sur mon assiette, que je n'ai même pas encore entamée. Je sens sa présence à quelques mètres de moi et je déteste ça. Je ne suis même plus la conversation des filles, beaucoup trop concentrée sur le parfum de Roméo qui flotte dans l'air : un mélange particulier de cèdre et d'iris qui donne une odeur boisée, presque ambrée.

Reprends-toi, ce n'est qu'une odeur parmi tant d'autres…

Je ne touche pas à mon assiette de toute la durée du repas. Je ne fais que jouer avec la nourriture à l'aide de ma fourchette et tente de me convaincre de manger un peu. En vain. Je n'arrête pas de penser à ce que Valentin m'a dit. Je ne sais pas ce qui me prend. Pourquoi ses paroles me font autant de mal ? Je n'ai pas le droit de le laisser m'atteindre de cette façon.

Personne ne le peut.

D'ailleurs, mon très cher ex entre dans le réfectoire. Très vite, je remarque son œil violacé. Il s'est battu ?

– Oh, mon Dieu, qu'est-ce qui est arrivé à Valentin ? s'enquiert Daphné en mettant une main devant sa bouche.

Toutes les filles regardent vers Valentin et écarquillent les yeux. Valentin est populaire, il est apprécié dans le lycée, sûrement parce que son père est un homme important à Nice, un entrepreneur en joaillerie de luxe. Il fait lui aussi partie des fortunes les plus importantes de la région. Comme presque tous ceux qui fréquentent ce lycée.

– Il n'avait rien quand je suis arrivée ce matin, nous informe Manon.

– Il a dû prendre un coup au sport, suppose Adèle.

– Il est sexy, ça lui donne un air mauvais garçon, s'extasie Daphné.

Elle a toujours eu un faible pour Valentin bien qu'elle prétende le contraire. Je suis sûre qu'elle s'est fait un plaisir d'aller le consoler dès que j'ai rompu avec lui. Peu importe, s'ils peuvent se convenir l'un l'autre, tant mieux.

– Il vient ici, s'affole Daphné.

Elle replace ses cheveux blond foncé à la va-vite, bombe le torse et tire sur son pull pour que l'on voie la naissance de sa poitrine. Elle sourit tellement qu'elle va finir par se décrocher la mâchoire.

Valentin ne s'installe pas à la table de Raphael comme prévu, mais à la nôtre, et plus précisément devant moi. Merde, je n'ai pas envie de répéter la scène de ce matin. J'ai eu ma dose d'humiliation pour la journée.

Son œil est rouge à l'intérieur, un vaisseau a sûrement éclaté. Je ne comprends pas qu'il ne soit pas allé à l'hôpital. Valentin pose ses yeux sur moi, mal à l'aise. Il jette un regard vers Roméo, puis revient vers moi.

– Je… J'aimerais te présenter mes excuses pour ce matin… pour ce que j'ai dit, grommelle-t-il en passant une main nerveuse dans sa chevelure épaisse. Je n'aurais pas dû me montrer aussi… méchant. Se faire larguer n'est jamais un plaisir, alors je te l'ai injustement fait payer. J'espère que tu me pardonneras.

Je suis sur le cul. Littéralement. Je n'arrive pas à croire qu'il se soit excusé. Ce n'est pas du tout son genre. J'acquiesce, ne pouvant prononcer le moindre mot. Avant de partir, Valentin regarde une nouvelle fois Roméo, qui lui fait un discret signe de tête. Ne me dites pas que c'est lui qui a refait le portrait de Valentin ? Ça n'a pas de sens !

Pourquoi a-t-il agi ainsi ?

7

Talia

Dès que je rentre à la maison, je me change pour aller danser. Je profite que Léonore soit à Paris pour danser comme je le souhaite. Pas de classique avec des chaussons qui me broient les pieds, ni de critiques acerbes de mon acariâtre grand-mère au programme. Je fais ce dont j'ai envie ; à savoir bouger mon corps sur une musique de Sia, « Angel by the Wings ».

Lorsque je danse un autre style que le classique, j'oublie tout ce qui m'entoure. Je suis libérée de tout complexe et de toute peine et souffrance. Je vis, quand je danse. Je ne sais pas très bien expliquer ce que je ressens, mais dès que je finis une chorégraphie ou un entraînement, je me sens détendue, envahie par une multitude d'endorphines.

Si je ne danse plus, je meurs. Il n'y a qu'à travers la danse que je parviens à m'exprimer et à montrer ce que je ressens. Sans elle, je ne suis qu'une coquille vide, un puits sans fond et jamais satisfait ou comblé. La danse est mon oxygène.

Petite, je suis tombée amoureuse de la danse classique lorsque j'ai regardé une vidéo d'une représentation de ballet londonien où la plus belle des ballerines au monde se produisait. Je savais que je voulais être comme elle. En faisant du classique, je me rapprochais un peu plus d'elle. C'est le seul moyen que j'ai trouvé pour lui ressembler un peu.

Mais aujourd'hui, je ne suis plus sûre de vouloir être une ballerine. En grandissant, cette discipline a fini par me sortir par les yeux, certainement à cause de ma grand-mère. À présent, je veux pouvoir danser et me sentir libre. Ce n'est pas le cas quand je répète avec la tortionnaire. Je me sens comme un animal en cage qui lutte pour en sortir, mais n'y parvient jamais.

À New York, j'ai découvert d'autres genres qui m'ont énormément plu. J'ai adoré danser sur du contemporain, du modern jazz et même faire des claquettes. Pour une fois, je suis sortie de ma zone de confort et, bon sang, qu'est-ce que ça m'a fait du bien ! La danse ne s'arrête pas à un genre et tous se complètent pour former la plus merveilleuse des chorégraphies.

Vers vingt-deux heures trente, je me décide à aller dormir. Je n'ai pas envie que mon père me surprenne. Il n'apprécie pas que je danse en dehors des entraînements imposés par Léonore. Lui aussi pense que tout ça n'est qu'un passe-temps. Les chiens ne font pas des chats après tout.

J'éteins les lumières de la salle, prends ma bouteille d'eau et sors. Pour rejoindre ma chambre, je dois traverser le jardin entier, ce qui me permet de récupérer et de reprendre mon souffle tranquillement. La nuit est atrocement fraîche pour un mois de septembre, peut-être que j'aurais dû prendre une veste.

Une odeur étrange flotte dans les airs, pas seulement de la fumée, quelque chose de plus exotique. J'ai déjà senti cette odeur dans la semaine ou même en soirée. Du cannabis.

Soudain, j'entends un gros plouf. Quelqu'un a plongé dans la piscine.

J'avance doucement lorsque je vois, sur un pavé du chemin qui mène à la piscine, un joint à peine fini. Je comprends que Roméo est là. Qui d'autre fumerait du cannabis ?

Décidée à ne pas le croiser trop longtemps, je presse le pas en baissant les yeux. Au fur et à mesure que j'avance, je découvre un tas de vêtements éparpillés au bord de la piscine. Je m'arrête net quand je marche sur ce qui semble être son caleçon. Il n'est quand même pas…

Oh, bordel !

Je ne résiste pas à l'envie de jeter un œil vers la piscine. La tentation est trop forte.

Oh, Put… !

Il est nu. Totalement nu. Il nage le cul à l'air, et bon sang, quelle paire de fesses !

Elles sont juste sublimes. Est-ce possible pour des fesses ? J'en viens même à m'imaginer les toucher, les caresser, les embrasser et les croquer.

Nom d'une pipe, mes pensées sont polluées par des fesses !

Encore une fois, mon corps réagit à son physique, c'est comme un désir incontrôlable qui prend possession de tout mon être. Je déteste ça.

– Te voilà voyeuse, maintenant, ma jolie perverse, se moque Roméo qui a, sans surprise, arrêté de nager.

Je ne sais plus où me mettre. Impossible de mentir ou de nier puisque je suis grillée comme une enfant qui a fait une bêtise et que ses parents ont prise sur le fait.

Bravo pour la discrétion, Talia !

Il me sourit diaboliquement comme s'il savait qu'il avait les cartes en main. Je devrais courir et m'enfermer dans ma chambre, mais je suis incapable de bouger.

– Je… Tu…

Je hais ce type et sa manière horripilante de me regarder. Ne trouvant aucune bonne repartie, je m'empare de son caleçon et lui balance à la figure en criant pathétiquement :

– On n'est pas dans un club réservé aux nudistes, ici, alors rhabille-toi !

Il explose de rire, m'irritant un peu plus. Sur l'échelle de l'agacement, il est au plus haut niveau. Je ne comprends pas comment une femme comme Sofia a pu engendrer un garçon aussi agaçant et moqueur. OK, il est beau comme un dieu, mais cela n'excuse pas tout et surtout pas son comportement. Je suis sur le point de partir quand sa voix m'interpelle à nouveau.

– Talia, je suis désolé…

Je m'arrête en me demandant si j'ai bien entendu des excuses ou si je suis en train de rêver. Roméo n'est pas le style de personnes à demander pardon.

– J'aimerais que l'on reparte sur de bonnes bases, continue-t-il, confus. Je n'ai pas été très gentil avec toi et je le regrette. Ce matin, je n'aurais pas dû te mettre dans cette situation.

Tu m'étonnes !

Je hausse un sourcil, pas convaincue. En gage de bonne foi, il remet son caleçon, puis s'avance jusqu'au bord de la piscine s'appuyant sur ses coudes. Son regard est doux, mais percutant. S'il ne passait pas son temps à se comporter comme le trou du cul qu'il est, il pourrait être sympathique. Une part de moi aimerait le croire et prendre un nouveau départ, or une autre me dit que je devrais me méfier de lui comme de la peste.

Mes yeux se posent sur ses bras tatoués. Ses dessins, fins, anguleux, m'attirent autant qu'ils m'intriguent. Je distingue un Big Ben en miniature, une paire de gants de boxe avec une lettre au-dessus, « L ». Qui est ce L ? Si je pouvais, je suivrais le contour de ses tatouages du bout des doigts, puis continuerais avec ma bouche et ma langue.

Reprends-toi, bordel !

– Est-ce que c'est toi qui as frappé Valentin au visage ? demandé-je pour changer de sujet.

– Je ne vois pas de quoi tu parles, nie-t-il.

J'aurais dû m'en douter. Il ne le reconnaîtra pas, pourtant, je suis sûre de moi. Valentin avait l'air presque apeuré, comme s'il redoutait la sentence de Roméo.

Je lève les yeux au ciel abandonnant mon envie de savoir la vérité.

– Ce qui est certain, c'est qu'il ne t'approchera plus, et ne parlera plus sur toi, trésor, m'assure-t-il en plantant ses magnifiques yeux de jade dans les miens.

Je tressaille légèrement en l'entendant me surnommer une nouvelle fois de la sorte. C'est beaucoup trop perturbant et excitant. Je ne devrais pas ressentir cette attraction pour lui, ce n'est pas bien.

– Amis ? propose-t-il en me tendant la main et me sortant de ma léthargie.

Je soupire, sachant pertinemment que je suis en train de céder. En faisant une trêve avec lui, je me laisse une chance qu'il me foute la paix. Mais si je n'accepte pas ses excuses, ce sera la guerre et il ne me laissera pas une seconde de répit. Je ne peux pas prendre le risque de bouleverser ma tranquillité ou alors je dis adieu à mon rêve.

Je m'avance, tendant à peine la main quand Roméo se lève brusquement, se saisit de mon bras et m'attire dans l'eau. Je tombe la tête la première, buvant la tasse, puisque, gourde comme je suis, j'ai ouvert la bouche pour l'insulter en chutant.

L'eau est froide à cause de la température basse de l'air extérieur. La violence de ma chute dans cette eau gelée me fait l'effet de coups de poignard dans tout le corps. Je vais me choper une pneumonie, cet abruti a trouvé un moyen de me tuer.

Foutu karma !

J'émerge de l'eau sous le rire machiavélique de Roméo. Il est carrément hilare, à s'en tenir le ventre. Je le hais.

– Tu es tellement naïve que c'en est vraiment trop drôle, se moque-t-il.

Comme si je ne le savais pas, tête de con !

Furieuse, je l'éclabousse, mais rien n'arrête son rire. Je me mets à battre plus fort des bras pour qu'il soit envahi d'eau, mais il se jette sur moi et appuie sur ma tête pour me faire boire la tasse. Je déteste cette sensation de suffoquer sous l'eau et de manquer d'oxygène, j'ai l'impression de mourir. J'émerge à nouveau, le regard plein de haine envers mon tortionnaire. Il rit encore, amusé par mon malheur.

Soudain, son sourire s'efface, laissant place à une expression beaucoup plus sérieuse. Son regard se baisse sur ma poitrine totalement visible à cause de mon débardeur blanc. Mes tétons pointent en direction de Roméo qui se lèche la lèvre inférieure, avant de se la mordre. Je ne sais même pas si c'est à cause de l'eau froide ou de l'excitation. Je crois déceler du désir dans ses yeux.

Est-ce que je lui fais de l'effet ?

– Jolie poitrine, tout n'est pas à jeter chez toi, lance-t-il, moqueur.

– Va te faire foutre !

Je ne reste pas une seconde de plus dans l'eau, ne pouvant le supporter davantage. Il m'agace, m'horripile et m'insupporte.

Je sors de l'eau quand j'entends à nouveau sa voix qui lance :

– Ton cul aussi est pas mal !

Je me retourne en lui adressant un doigt d'honneur tout en le foudroyant du regard. Ma repartie est au point mort face à lui, je ne sais pas me défendre. Je laisse les autres m'attaquer sans répondre parce que je crains les répercussions.

Mais là, c'est différent.

Ce type me met tellement hors de moi que je pourrais en venir aux mains. La rage qu'il me fait ressentir est nouvelle, impossible à contrôler et, bon sang, je dois le fuir rien que pour cette raison.

– Bonne nuit, Talilah, ajoute-t-il en ricanant.

Mon prénom sonne comme une insulte dans sa bouche. Il retire de nouveau son caleçon, qu'il balance plus loin, me jette un dernier regard provocant, esquisse un sourire, puis recommence à nager à poil. Son stupide défi me revient en tête.

« *Je te défie de te venger* », m'a-t-il dit. Eh bien, très bien, à moi de me venger !

8

Roméo

Le lycée de bourges est une putain d'horreur !

Je n'y suis que depuis une longue semaine et je sature déjà. Je ne supporte pas quatre-vingt-dix pour cent des élèves et des profs. Les élèves sont tous obnubilés par la réussite, les notes au-dessus de quinze et l'argent que leur donnent leurs parents. Quant aux profs, si tu n'es pas le fils ou la fille DE, tu n'es personne.

C'est d'un ridicule.

Si je reste avec Raphael et toute sa bande, c'est seulement pour qu'ils me foutent la paix. Je ne les apprécie pas, en partie pour ce qu'ils représentent, des friqués à la con.

L'excellente réputation de son lycée compte plus à ses yeux que le reste. Avant de rejoindre ce lycée de bourges, j'ai vu une interview de cette chère directrice sur les réseaux sociaux. Il ne faut pas sortir de Saint-Cyr pour lire entre les lignes. L'excellence qu'elle exige a une incidence sur sa réputation.

Je joue un rôle de connard arrogant irrespectueux pour endormir ces péteux à la con. Ils n'y voient que du feu. Grâce à eux, je suis au courant de tout ce qui se passe au lycée. Mais un seul sujet m'importe, étrangement ; Talia Bellerive.

La fille de Jonas est sur toutes les bouches. Ils en parlent tous, enfin, surtout de sa virginité. Ça les fascine et les pousse à faire une multitude de paris là-dessus.

J'ai aussi appris qu'elle était jalousée par un tas de nanas et plus particulièrement par la fille de la directrice, Adèle.

La fille Marois ne supporte pas que les regards ne soient pas sur elle. La pauvre, elle est invisible à côté de Talia. Ma bêcheuse préférée attire un tas de mecs de ce bahut. Ils rêvent de lui prendre sa virginité.

Je ne les laisserai pas faire. Pas après ce que j'ai vu d'elle.

Depuis cette soirée dans la piscine, où j'ai vu les courbes hallucinantes de son corps, je n'arrête pas de penser à ce que j'ai envie de lui faire. Ma bouche s'est asséchée dès que mes yeux se sont posés sur sa poitrine moulée dans son débardeur blanc et mouillé. Je me suis imaginé lécher ses tétons rosés et les prendre entre mes dents, pendant que mes mains parcouraient son délicat corps.

Putain, rien que d'y penser, je sens ma queue durcir !

Les longues douches matinales, la main s'activant sur mon membre, ne m'ont pas fait passer cette obsession pour cette maudite tentatrice. Je deviens cinglé à cause d'elle.

Mais ce n'est pas le pire. Ce soir-là, je l'ai observée danser et mon cœur s'est arrêté. Jamais de ma putain de vie je n'ai été aussi touché par une simple prestation. Son cœur a parlé à travers ses pas et, putain, rien que d'y penser, je sens ma poitrine se serrer. Je ne sais pas l'expliquer, c'est comme si j'avais vu son âme.

J'essaie par tous les moyens de l'éviter, mais tout me ramène vers elle. Elle m'attire comme un putain d'aimant !

Cette foutue attirance commence à me faire dérailler. Je suis obsédé par le désir de la mettre dans mon lit et ça me rend marteau ! Oui, elle est sexy, mais je ne peux m'empêcher de croire qu'elle ne cessera pas de me casser les couilles après une nuit. Je ne tiens pas à ce qu'elle soit dans mes pattes. Bandante ? OK. Chiante ? Non merci !

Ce matin, j'ai tenté de joindre mon père. À vrai dire, j'essaie depuis des jours, mais je tombe sans arrêt sur sa messagerie. Depuis mon emménagement chez les Bellerive, j'ai à peine eu de ses nouvelles. Sa nouvelle vie avec Lexie occupe tout son temps, il m'a relégué au second plan.

Je comprends qu'il m'en veuille pour ce que j'ai pu faire ces derniers mois, mais est-ce au point de m'ignorer ? Ce n'est pas juste. A-t-il conscience que je suis en vie, contrairement à *lui* ? Il n'a pas le droit de m'abandonner.

Dans les couloirs du lycée, je sens plusieurs regards sur moi et entends les élèves chuchoter. Ils ne sont pas vraiment discrets. J'ai l'habitude qu'ils m'observent du coin de l'œil ou parlent sur moi, mais cette fois, j'ai le sentiment que c'est différent. Les mecs de S ricanent lorsque je passe devant eux.

Je prends sur moi et les dépasse en me retenant de leur exploser le nez. Ma mère me tuerait si je me faisais renvoyer après une bagarre. Ce n'est pas l'envie qui me manque.

Je déteste ces types. Sous-catégorie de Raphael et sa bande, ils espèrent prendre le « contrôle » du lycée. En première, ils font la misère à tout le monde, épaulés par quelques amis de Raphael. Leurs cibles préférées, les nouveaux, les geeks ou les nanas timides sans répondant.

Pour ce qui est des nanas coincées, tu fais exactement pareil, hypocrite. L'une d'elles en particulier…

Je sens mon portable vibrer dans la poche de mon jean. Je le saisis et vois le nom de Raphael s'afficher en message.

[Tu nous avais caché ça, mec !
Hugo ne veut plus t'approcher…
Quel débile.
Perso, je n'y crois pas,
je t'ai vu emballer une nana dans un bar !
Ta demi-sœur est une sacrée peste, mdr.]

De quoi il parle ?

Une photo accompagne le message. Je l'ouvre et comprends. Je suis allongé sur mon lit, le visage recouvert d'un masque rose en tissu. Certaines mèches de mes cheveux sont enroulées dans des bigoudis et mon corps est emmitouflé d'une couverture rose bonbon, la sienne.

Bordel, qu'est-ce qu'elle a avec cette couleur à la con ?

Je pourrais prétendre que c'est un montage, mais la petite peste s'est donné beaucoup de mal pour sa vengeance.

À vrai dire, je n'y croyais plus. J'ai défié Talia de se venger le soir de la rentrée, soit quelques jours plus tôt, et j'ai fini par me faire à l'idée qu'elle n'a pas eu le cran de m'affronter. Elle est bien plus ingénieuse et redoutable qu'elle le laisse penser. Je ne sais pas quand est-ce qu'elle m'a joué ce tour, mais je vais devoir faire plus attention lorsque je dors.

Le joint avant de me coucher est à proscrire si je ne veux pas dormir comme une souche et me faire coiffer et prendre en photo par une petite bourge alléchante.

Tu vas me le payer, Talia !

Toute la journée, je subis les moqueries des autres élèves. Je dois faire un effort surhumain pour ne pas leur coller mon poing dans la figure. Ce n'est pas le fait d'être attaqué qui m'énerve, mais l'acharnement dont font preuve les lycéens. La communauté LGBT est toujours aussi persécutée. Le monde n'a pas évolué chez les riches, il est resté bloqué au Moyen Âge.

Est-ce qu'ils se rendent compte qu'ils peuvent détruire des vies avec leurs conneries puériles ?

Les gars de première se sont amusés à taguer mon casier pendant l'heure du déjeuner. Je ne suis pas stupide, je sais qu'ils sont responsables. Une nana de ma classe les a vus faire et me l'a dit. L'inscription « Sale tarlouze » a failli me faire péter un plomb. J'ai horreur de ça. J'ai déjà vécu ça et il est hors de question que ça recommence !

Lorsque je nettoie mon casier dans l'après-midi, j'aperçois Talia au bout du couloir, confuse. Toute sa culpabilité se lit sur son beau visage. En prenant cette photo et en me jouant ce tour, je suis certain qu'elle ne s'attendait pas à de telles conséquences. Je ne peux pas lui en vouloir. J'ai mérité qu'elle me fasse payer ma méchanceté avec elle. Je l'ai défiée. Mais je reconnais qu'elle a tapé fort.

Je ne la sous-estimerai plus.

– Effacer les preuves ne nous fera pas oublier que tu es un gros pédé !

Je me retourne d'un coup et trouve devant moi Baptiste, un de ces petits péteux de première. Le sourire provocateur au visage, il n'est venu que dans un seul but ; me faire perdre mon calme.

– Passe ton chemin, le préviens-je.

– Sinon quoi ? La tarlouze va essayer de me frapper ? Dis-moi, quand tu baises, tu préfères faire la fille ou le mec ?

Je fulmine. Contenir mes nerfs est plus que difficile. Je sais que je n'ai pas le droit à l'erreur auprès de ma mère. Pour ce que j'en ai à foutre ! Elle ne se préoccupe pas de moi, alors pourquoi ne pas en faire autant ?

Je l'ignore, m'apprête à partir quand il me retient par le poignet.

– J'ai fait mon enquête sur toi. Toi et ta misérable mère viviez à Marseille avant. Des rumeurs ont circulé sur… Comment il s'appelait déjà ? Ah oui, Leone !

Cette fois, je vrille.

J'attrape ce branleur par le col de sa chemise et le plaque contre le mur.

– Ne prononce pas son nom, le menacé-je.

– Oh, ne me dis pas que c'était ton petit copain, se moque-t-il. Quel dommage qu'il soit…

Je ne le laisse pas finir et lui administre un coup de poing si fort dans le nez que je peux entendre ses os craquer. Il hurle de douleur et s'effondre au sol tout en tenant son nez qui pisse le sang. J'ai essayé de garder mon calme, mais il n'aurait jamais dû dire son nom. Il n'a aucun droit de parler de lui, ni même de penser à lui.

Personne ne le peut à part moi ou mes parents…

Je reste planté devant lui, admirant l'état dans lequel je l'ai mis. Sa belle gueule de petit gendre idéal aura du mal à s'en remettre. Il est temps que ces petits bourges comprennent que je ne suis pas là pour être leur putain de punching-ball. Ils ne me tortureront pas comme ils le font avec ceux qui sont différents.

– Roméo, il faut que tu t'en ailles, me murmure la voix douce de Talia. La directrice va arriver…

Sa main sur mon bras me fait sortir de ma contemplation. Ses yeux remplis d'innocence me percutent de plein fouet. Pourtant, je n'oublie pas que tout est de sa faute. Si elle n'avait pas fait cette stupide photo, je n'en serais pas là.

– Je me vengerai, trésor.

Elle vacille, inquiète par ce que je suis capable de faire. Elle fait bien de me craindre, elle est loin d'avoir vu jusqu'où je peux aller.

Si je peux l'humilier, je n'hésiterai pas. J'aime ce jeu qui s'est installé entre nous et je suis prêt à tout pour qu'il dure le plus longtemps possible. La voir devenir folle à cause de moi m'excite.

– Je te détruirai, Talilah Bellerive, lui promets-je.

D'un coup, l'expression de son visage change. Toute sa fragilité a disparu. Je ne saurais dire ce que je lis sur son beau visage, mais l'esquisse de son sourire m'intrigue.

– Tu ne peux pas détruire quelqu'un qui l'est déjà, me répond-elle.

Elle me laisse seul et je me sens comme le mec le plus con que cette terre ait porté. Où veut-elle en venir en disant cela ? Je reconnais qu'elle a ce côté plein de fragilité, mais je commence à me demander ce qui lui est arrivé.

9

Talia

Je suis allée trop loin.

J'ai cru que le coup de la photo allait être une excellente idée de vengeance, mais je ne m'attendais pas à de telles répercussions. Les rumeurs qui en ont découlé me font sentir comme la personne la plus horrible au monde. Ce n'est pas ce que j'ai voulu. Lorsque j'ai vu ce tag sur son casier, les larmes me sont montées aux yeux.

L'adaptation de Roméo au sein du lycée est déjà assez difficile. À cause de moi, c'est encore pire. Il s'est battu avec Baptiste et a écopé d'un avertissement par la directrice. Mon père et Sofia se sont disputés et, maintenant, c'est la guerre froide à la maison. Je n'aurais jamais dû faire ça.

Entrer dans le jeu de Roméo a été une grosse erreur.

Quelle idiote !

Depuis ce jour, je l'évite comme la peste. Je sais qu'il va répliquer. Je n'en dors même pas la nuit. Contrairement à lui, je n'ai pas un sommeil lourd. Néanmoins, il peut réussir à me prendre en photo sans que je le remarque. Si les autres élèves me voient en chemise de nuit de grand-mère, je ne donne pas cher de ma peau. Ils auraient une excuse pour se moquer de moi. Une de plus.

Il a promis de me détruire, après tout.

Cependant, il ne sait pas qu'il n'y parviendra jamais. J'ai déjà touché le fond une fois, il est impossible de tomber plus bas. On ne détruit pas quelqu'un qui n'est pas encore réparé. Ma famille s'est évertuée à me faire tout le mal possible et imaginable, Roméo ne fera rien de plus.

Je me prépare pour le lycée, lorsque quelqu'un frappe à la porte de ma chambre.

– Entrez !

Je souris en voyant ma nourrice passer la porte. Marnie est la femme la plus extraordinaire au monde. Aussi loin que je me souvienne, elle s'est toujours occupée de mon frère et de moi. Mon père ne le pouvait pas. Marnie est comme la mère que je n'ai pas eue ou plutôt qui m'a été enlevée.

Hector, son mari, et elle font partie des personnes les plus importantes de ma vie, avec Manon. Ils ont beau être considérés comme des domestiques par ma grand-mère et mon père, pour moi, ce sont des membres de ma famille à part entière.

Ils auraient plus mérité d'avoir des enfants que mon propre père.

– Hector t'attend pour le petit déjeuner, ma libellule.

Encore une fois, je souris. J'adore quand elle m'appelle « ma libellule ». Elle le fait depuis toujours et, à chaque fois, je me sens spéciale à ses yeux et surtout aimée.

– Je vais descendre, Marnie.

– Tu as encore couru ce matin ?

– Oui, j'avais besoin de me vider la tête…

Marnie plisse le front accentuant un peu plus sa ride du lion. Je sais à quoi elle pense. Ma nourrice ne voit pas d'un bon œil que je courre autant ou que je passe des heures à danser. Elle a peur que je retombe dans mes anciens travers.

– La présence de ta grand-mère te perturbe, suppose-t-elle.

– Non, rassure-toi, c'est juste la culpabilité qui me fait courir plus longtemps !

Marnie sait tout du tour que j'ai joué à Roméo. J'ai eu droit à une belle leçon de morale, bien méritée. Elle me trouve dure avec Roméo et a essayé de me persuader de faire un effort avec lui, mais je ne pense pas qu'elle comprenne à quel point c'est dangereux. Je ne veux pas passer du temps avec lui. À vrai dire, j'en ai peur parce qu'il m'attire bien plus que je ne veux l'admettre.

Je reconnais que cette petite guéguerre m'a sortie de mes sentiers battus et que j'ai aimé ça. Seulement, je regrette tout ce que cela a engendré.

Je ne voulais pas qu'il devienne la risée du lycée et qu'il ait des problèmes avec la directrice.

– Roméo n'est pas idiot, il sait que tu n'es pas responsable de la bêtise des autres élèves de votre lycée. Il ne se vengera pas sur toi, ma libellule.

Sa naïveté me fait sourire. Hector et elle se sont attachés à Roméo, mais ils sont vraiment aveugles s'ils ne voient rien de la rage qui anime leur nouveau protégé. Roméo vit pour la colère qui coule dans ses veines.

J'ai provoqué le diable et je sais que je vais le regretter.

– Tu devrais lui laisser une chance. Apprenez à vous connaître, me conseille-t-elle. Il va devenir ton frère après tout !

– Jamais il ne deviendra mon frère !

Pourquoi est-ce que tout le monde tient à ce que nous soyons comme frère et sœur ? Cette simple idée me donne envie de vomir et m'agace.

– Talia, tu as conscience que ton père et Sofia sont fiancés ? Ils se marieront sûrement au printemps ou cet hiver…

Quelle idée affreuse !

– Je le sais, oui, soupiré-je, contrite. Seulement, un bout de papier, une alliance ou un nom, ne feront pas de Roméo mon frère ! Au mieux, on sera cordiaux l'un envers l'autre. Je n'ai pas besoin d'un autre frère. Puis je suis certaine qu'il ne me considérera jamais comme sa sœur. Sur ce point, on est d'accord !

Marnie lève les yeux en soufflant. Elle sait qu'elle ne réussira pas à me convaincre.

Comme promis, je descends prendre mon petit déjeuner. Hector m'a préparé un véritable festin. OK, j'ai compris le message.

Talia, il faut que tu manges !

Leur inquiétude va un peu loin. Ce n'est pas comme si j'avais perdu une dizaine de kilos. Juste un ou deux. Rien d'alarmant. J'avale ce qu'Hector m'a concocté pour les rassurer lui et Marnie. Je ne tiens pas à ce qu'ils se fassent inutilement du souci pour moi.

Je vais bien.

***

Dans la voiture qui nous conduit au lycée, Roméo est étrangement calme. Coupé du reste du monde, grâce à ses écouteurs branchés à son portable, il ne fait attention à rien. D'habitude, il profite de ce trajet pour discuter avec David, notre chauffeur. Mais aujourd'hui, rien. Peut-être que cette histoire l'a vraiment blessé.

Mais non, idiote, c'est impossible !

Roméo n'est pas du genre à être atteint par un tag mensonger. Il prépare sa vengeance en toute tranquillité.

Une fois devant le lycée, Roméo trace sans faire attention à moi. Je souhaite une bonne journée à David en sortant de la voiture, puis pénètre dans la cour.

Immédiatement, je suis rejointe par Manon. Sa bonne humeur me fait tiquer. Il n'y a qu'une seule chose qui puisse la faire autant sourire, un plan Tinder qui a très bien matché.

– Toujours pas de vengeance ? interroge-t-elle, à la fois inquiète et enthousiaste.

– Non.

– Il a peut-être déclaré forfait !

– Tu rêves ! Je suis allée beaucoup trop loin pour qu'il laisse tomber aussi facilement. Puis ce n'est pas ce à quoi il m'a habituée. Il est comme un lion qui joue avec sa proie avant de la manger toute crue.

La comparaison déclenche une vague de frissons dans mon dos. Je n'ai pas peur.

Bon, peut-être un peu…

Mais je suis surtout excitée à la perspective qu'il me mange toute crue.

Je me demande quelle serait la sensation de sa main caressant ma peau ou de sa bouche dans mon cou. Est-ce que je ressentirais du plaisir ? Mon expérience avec Valentin m'a laissée penser que je n'en étais pas capable.

Cependant, ce que provoque Roméo en moi n'a rien d'innocent. C'est si fort que j'ai du mal à comprendre. Je ne connais rien de lui à part sa noirceur, ça ne peut être cette partie de lui qui m'attire.

Je ne tourne plus rond. D'autant qu'il a promis de me détruire. Il n'y a rien qui puisse faire office de séduction entre nous.

Je chasse ces pensées de mon esprit et me concentre sur Manon.

– Un tas de filles aimeraient se faire manger par lui, fait-elle remarquer. La première en chef s'appelle Adèle !

– Grand bien lui fasse !

Je suis décidée à ne pas poursuivre ce sujet de conversation, qui m'irrite. Il vaut mieux se concentrer sur Manon.

– Tu ne m'avais pas dit que tu avais matché avec un mec hier ? lancé-je.

– Un vrai malade, commence-t-elle alors que nous empruntons les couloirs qui mènent à nos casiers. Au début, tout se passait bien, il était amusant. Mais il a déraillé et s'est lancé dans un délire chelou de doigts de pied… Je l'ai supprimé dans la minute !

J'explose de rire sans me contenir. Il n'y a qu'à elle que ce genre de situation arrive, non pas qu'elle attire les tarés des sites de rencontres, mais elle a une poisse qui défie toutes les théories du monde.

Je tente d'ouvrir mon casier. Cependant, la porte me résiste. Elle coince tellement que je suis obligée de forcer pour l'ouvrir.

D'un coup, un tas de petits sachets en aluminium tombent du casier et s'entassent à mes pieds.

Qu'est-ce que… ?

Des préservatifs !

Une trentaine de préservatifs viennent recouvrir mes pieds en moins de dix secondes. Je suis tellement sous le choc que je reste figée, le regard fixé sur eux. Le lion a fini par agir dans le plus grand des calmes. Pas de photos humiliantes pour se venger, non juste une attaque directe sur ma virginité. Il me provoque. Une fois de plus.

Je savais qu'il ne fallait pas le sous-estimer et que son silence n'était pas normal. Quand est-ce qu'il a préparé son coup ? Et comment a-t-il pu se procurer mon code de cadenas ? Je ne sais pas quoi faire. Je n'arrive même pas à sortir de mon état de léthargie.

Marnie a eu tort. Son protégé est capable du pire. Les rumeurs qui ont circulé sur sa pseudo-homosexualité ne sont pas de ma faute, et tout le monde sait que c'est faux. Cependant, en ce qui me concerne, ma virginité est réelle. Et Roméo a décidé de s'en servir contre moi.

Je me sens humiliée. Les rires des autres élèves me ramènent sur terre. Je fais de mon mieux pour ignorer les moqueries qu'ils me lancent et leurs téléphones braqués sur moi, mais ce n'est pas facile. Je sais déjà que cette histoire va me suivre jusqu'à la fin de l'année.

Je m'accroupis précipitamment et tente de faire disparaître ces horreurs dans mon sac. Manon m'apporte son aide sans un mot.

– Eh bah, alors, Talia, tu as décidé de perdre ta précieuse virginité, persifle Kévin, un première.

Les autres pouffent. La colère grimpe en moi, je ne suis pas loin de perdre patience et de tous les envoyer se faire voir chez les Grecs. Je range les derniers préservatifs dans mon sac, tout en me promettant de le faire payer à Roméo.

– Si tu as besoin d'un cobaye, je suis ton homme, propose Baptiste, le mec qui s'est battu avec Roméo quelques jours plus tôt.

Décidément, il n'en a pas eu assez puisqu'il continue à provoquer tout le monde.

– Arrête, Bapt, elle ne sait même pas comment on enfile une capote, ricane Kévin. Je suis sûr qu'elle croit que ce sont des chewing-gums !

Sa réflexion déclenche les rires hilares de tous les élèves présents devant mon casier. Ils sont tous friands des humiliations, ça remplit leurs journées ennuyeuses et répétitives.

– Elle a besoin de cours, renchérit Baptiste.

C'en est trop pour moi. Je ne supporte plus qu'ils me manquent de respect comme si je n'étais pas là. Je vaux mieux que ça.

Je suis vierge et alors !

– Je vous remercie pour l'intérêt que vous portez à mes connaissances en matière de préservatifs, mais si j'avais vraiment l'intention de les utiliser, je ne le ferais pas avec deux mecs qui ne savent pas ce qu'est un clitoris, où il se trouve et à quoi il sert.

Manon glousse, tandis que les autres se taisent, surpris par ma repartie.

– Puis entre nous, les mecs, vous n'êtes pas réputés pour avoir des attributs qui dépassent les cinq centimètres, ni pour réussir à tenir plus de dix secondes pendant l'acte, alors franchement, vous feriez mieux de la fermer et d'aller vous cultiver sur le sujet, asséné-je, cinglante.

Je leur adresse mon sourire le plus hypocrite, puis marche en direction des salles de cours en roulant des hanches et la tête bien haute, sous les rires des autres élèves.

Je sais, c'est petit d'utiliser la taille de leurs attributs contre eux, mais ils l'ont bien mérité. Je n'en peux plus de me laisser marcher sur les pieds. Soit je suis critiquée à cause de mon physique, soit parce que je n'ai jamais eu de relations sexuelles. Je ne vaux pas moins qu'un ou une autre qui a déjà couché.

La vraie valeur réside dans les cœurs. Tout comme la richesse. Il n'y a pas plus grande richesse que la bonté d'âme.

– Tu as été grandiose, me félicite Manon. Kévin et Baptiste ne vont pas s'en remettre !

– Ils vont me le faire payer, oui, soupiré-je.

– Tu plaisantes ?! Ils t'ont regardée comme si tu étais une sorte de déesse. Ils vont te manger dans la main !

– Génial, ironisé-je.

Manon et moi, nous nous dirigeons vers notre salle de cours, lorsque j'aperçois Roméo en plein fou rire devant son téléphone. Mon sang ne fait qu'un tour. Je fonce droit sur lui et m'apprête à le gifler, mais Roméo intercepte mon poignet en plein vol. Il me plaque contre le mur et appuie son corps contre le mien.

– Doucement, trésor, tu vas te faire mal, se moque-t-il.

– Lâche-moi !

Roméo esquisse un sourire tout en accentuant sa prise. Il pose une main sur ma hanche, qu'il presse doucement. Ma respiration se coupe. Mon cœur s'accélère. Je peine même à soutenir son regard brûlant. Je n'aime pas ce qu'il provoque en moi. Toute cette colère et ce désir qu'il fait naître dans mon corps m'effraient.

Je suis partagée entre l'envie de lui arracher les yeux et celle de l'attirer plus près de moi. Je perds toute logique en sa compagnie et mon cerveau me hurle de l'éviter à tout prix.

– Ma surprise t'a plu ?

– Tu m'as humiliée.

Ce crétin ricane, fier de lui.

– Chacun son tour, trésor, réplique-t-il, taquin. La balle est au centre, à toi de jouer !

– Je n'ai aucune envie de jouer.

– Ne me dis pas que tu veux déjà abandonner ! Je te pensais un peu plus aventureuse, mais je constate que tu es aussi coincée qu'on le dit.

Il me provoque, je le sais. Pourtant, je n'ai qu'une envie, lui montrer de quoi je suis capable.

– Je ne rentrerai pas dans ton jeu.

– Tu l'as déjà fait, trésor. Tu aimes ce que le jeu déclenche en toi, affirme-t-il. Cette sensation t'excite et te rend dingue. Je le sens.

Il penche son visage vers moi et suspend sa bouche au-dessus de mon oreille. Encore une fois, ma respiration se coupe et je sens même mon cœur rater un battement.

– Je t'excite, murmure-t-il dans un souffle.

Je fais de mon mieux pour ne pas lui montrer combien il me fait de l'effet, mais les fourmillements dans mon bas-ventre me font honteusement croiser les jambes.

– Ton arrogance t'aveugle, Roméo. Tu ne m'excites pas et ne m'exciteras jamais, lui assuré-je, la tête haute.

– C'est un défi ?

Mon Dieu, pourquoi tout est propice à un défi avec lui ?

– Crois-moi, trésor, ce défi sera mon préféré, et je n'en rate jamais un, promet-il avant que je n'aie répondu.

Il se détache de mon corps et part en laissant derrière lui une sensation désagréable de vide. Je le regarde s'éloigner, choquée par le désir qui parcourt mes veines. La sensation humide qui naît dans ma culotte est étrange, mais pas désagréable. Je ne sais pas ce qui m'arrive.

C'est à la fois effrayant et prodigieusement excitant.

10

Roméo

Ce matin, je me lève tôt.

J'ai passé une nuit atroce, remplie de cauchemars. Mon esprit torturé m'a renvoyé à Marseille à une période de ma vie très différente de mon présent. J'étais heureux, nous l'étions tous jusqu'à ce que je revive ce drame en cauchemar.

Je me souviens de chaque instant. Je me souviens de ses yeux sans vie, de son corps allongé au sol, de son visage blanc, livide. Et surtout, je me souviens de cet homme qui nous a dit que c'était la fin, qu'il ne reviendrait pas.

À chaque fois, la douleur s'intensifie. Jamais elle ne disparaîtra. Tout comme ma colère. Il ne méritait pas ça. Et ceux qui sont responsables de son geste s'en sont sortis avec une liasse de billets donnée au juge.

Cette justice me fout la gerbe !

Je méprise toutes ces personnes qui se disent « justes » alors qu'elles sont corrompues par le fric. Les harceleurs sont en liberté, mais *lui* n'est plus là. Rien ni personne ne pourra réparer ce mal en moi.

Peut-être que mes parents ont fini par l'oublier, mais pas moi. Il était mon modèle, une partie de moi, mon équilibre dans ce monde pourri.

J'ai réussi à joindre mon père dans la soirée. Notre conversation n'a duré qu'une minute, voire deux, que des échanges de banalités. Il a prétexté être occupé et attendu pour mettre fin à notre appel. Il me manque. Mon père d'avant le drame me manque.

Est-ce qu'un jour il me verra à nouveau comme son fils ?

Putain de pensées négatives !

J'enfile un short, un tee-shirt et des baskets pour me réfugier dans la salle de danse privée de Talia, où j'ai fait aménager un sac de frappe. La vieille peau de Léonore Casse-burnes a râlé, prétextant que la salle serait dénaturée, mais Talia a pris mon parti en la convainquant de me laisser l'utiliser.

Ma belle danseuse n'est pas rancunière malgré le coup que je lui ai fait.

La rage dont elle a fait preuve en tentant de me frapper m'a vraiment excité. C'était grisant. J'ai adoré voir cette flamme particulière dans ses yeux, ça m'a donné une furieuse envie de l'embrasser.

L'effet que cette maudite bourge a sur moi me rend barjot !

Je tape dans le sac de frappe et fais ressortir toute la colère que j'ai en moi. Pourquoi est-ce qu'il ne m'a pas dit que ça n'allait pas ou que ces connards le harcelaient pour ce qu'il était ? J'aurais pu l'aider même si je n'avais que 15 ans à l'époque. S'il m'avait parlé, je suis certain qu'il serait toujours là aujourd'hui.

Le soleil tape fort ce matin. J'ai tellement chaud que je suis obligé de retirer mon tee-shirt. J'aime bien cette salle, même si elle respire le luxe. Je n'ai jamais connu un parquet aussi noble pour danser. Il est l'une des raisons qui m'ont donné envie de reprendre le hip-hop. Ça et la rencontre avec un mec de la salle de boxe que je fréquente.

En moins de dix minutes, je me suis lié d'amitié avec Diego et, le soir même, il me présentait au Crew, dont il fait partie. Au début, je ne voulais pas les rejoindre. Le dernier groupe que j'ai intégré est parti en couilles et je n'y suis pas pour rien.

Mais quand je les ai vus danser, je n'ai pas pu résister et les ai rejoints.

Je suis fait pour ça, je le sais.

– Eh ben putain, tu ne te fais pas chier, Rome !

Je me retourne, un rictus amusé aux lèvres. Diego ne s'embarrasse pas de politesse, il s'en contrefout. Ah oui, et il m'appelle Rome, comme tous les membres du Crew.

– Ce n'est pas chez moi, rectifié-je.

– C'est là où tu pionces, alors si, c'est chez toi ! Salle privée de danse, tu te mets plus que bien.

– Je préfère largement le bar de ton père que cet endroit à la con !

– Arrête tes conneries, le bar de mon vieux est petit. Ici, c'est le paradis des danseurs !

Je lève les yeux au ciel. Oui, la salle de la bêcheuse peut impressionner, mais elle n'est pas heureuse quand elle y danse, alors que dans le bar du père de Diego, tout le monde respire la joie.

– Qui est-ce qui t'a laissé entrer ?

– Une nana. La quarantaine, cheveux en bataille, rousse, canon pour son âge !

Je ricane. Ce mec pourrait s'envoyer toutes les nanas de la terre, peu importe leur âge.

– C'est Marnie, la femme de ménage !

– Putain, t'es vraiment un petit bourge en fait, plaisante-t-il.

Je secoue la tête. Plutôt mourir que de ressembler à un bourge comme Jonas Bellerive. Je vois Diego pianoter sur son téléphone et me regarder en souriant.

– Quoi ? l'interrogé-je.

– Alice me demande si tu viens à la répèt' ce soir !

– Et ?

– Et elle est chaude comme la braise et veut goûter à la sucrerie italienne, dit-il en riant.

Je soupire. Alice est l'une des membres du groupe, elle a beau être mignonne, elle ne m'intéresse pas. Pour une nuit, peut-être, mais je sens qu'elle est le genre de nana à vouloir plus. Elle en est déjà à harceler Diego pour savoir si je viens à une stupide répétition.

– Alice ne m'attire pas, alors qu'elle passe à autre chose ! Puis je ne crois pas que sortir avec un membre du groupe soit une bonne idée.

J'ai déjà vécu cette situation et il est hors de question que ça recommence. J'apprécie ce Crew.

– T'es qu'un rabat-joie ! Mon cousin ne se priverait pas pour mettre Alice dans son pieu, fait-il remarquer.

– Tant mieux, elle ne me cassera pas les couilles, comme ça.

Je suis dur, je le reconnais, mais les nanas collantes, très peu pour moi ! De toute façon, aucune fille ne trouve grâce à mes yeux depuis que j'ai vu Talia danser. Je ne sais pas pourquoi, je n'arrête pas de penser à elle.

Diego lève les yeux au ciel. Il ne comprend pas qu'on puisse dire non à Alice. Mais je ne vais pas me la taper pour lui faire plaisir.

– J'ai dit à Wade et à Tao de nous rejoindre, ça ne te dérange pas ?

– Non, t'inquiète. Personne n'est là aujourd'hui, donc ils ne risquent pas de nous emmerder !

Jonas est à Marseille pour une affaire, ma mère est je ne sais où en train de faire du shopping, la vieille Léonore est à Paris pour sa compagnie en tutu et Talia a disparu de la circulation. En somme, je suis seul, ou du moins avec Marnie et Hector.

Tao et Wade finissent par arriver une demi-heure plus tard. La particularité du Crew est la diversité qui est représentée à travers ses membres. Ils viennent tous des quatre coins de la planète.

Par exemple, Diego est d'origine argentine. Wade est américain, de New York, Tao de Singapour, Rina de São Paulo et j'en passe. Leur nom « Melting » leur correspond à merveille, ça signifie « fusion ».

Certains ont débarqué à Nice en famille quelques années plus tôt, d'autres sont venus pour leurs études. Si j'ai bien retenu ce que Rina m'a raconté, elle a rencontré Wade à la fac de la ville et ils se sont rapprochés lorsqu'ils ont compris qu'ils partageaient la même passion pour la danse. Un soir, ils ont échoué au bar du père de Diego et voilà comment le Crew est né. Les autres se sont joints à eux au cours de soirées en boîte ou en battles.

Chacun d'eux représente une nationalité et apporte une touche en plus liée à son origine. Diego a transmis sa passion pour les danses latines au reste du groupe, Wade son style plus urbain américain et Tao une technique impressionnante.

Je suis le plus chanceux des mecs d'être tombés sur eux.

J'ai toujours aimé danser, mais ces deux dernières années, j'ai presque laissé ma passion de côté, trop occupé à me pourrir l'existence ou plutôt à me punir. Avec Diego et les autres, je retrouve cette excitation pour la danse que je croyais à jamais perdue. Danser, c'est être libre de pouvoir tout ressentir.

Pendant plus d'une heure, j'apprends les pas créés par Wade, le chorégraphe attitré du Crew. Tao l'aide toujours à rendre la routine plus complexe. Ils visent toutes les battles de fin d'année et espèrent participer à la battle de l'année regroupant les meilleurs Crew de France et qui se déroule ici en avril prochain. Ils ont l'ambition de devenir professionnels, et même si je ne les connais que depuis peu, je suis persuadé qu'ils peuvent y arriver.

Inspiré par la musique et la choré, j'improvise une figure au sol, en équilibre sur une main, le buste décollé, une jambe pliée et l'autre droite, horizontale, dont mon autre main tient le pied. Je tourne sur moi-même effectuant une toupie dans les airs et finis sur mes deux jambes, accroupi. Je n'avais pas fait ce pas depuis bien longtemps, mais j'avais envie d'essayer, le moment s'y prêtait.

Lorsque je me relève, je vois les mecs me regarder bouche bée.

– Putain, mec, c'était génial ! me félicite Diego. Où tu as appris ça ?

– À Marseille…

– Tu as d'autres pas de ce genre ? me demande Wade. Parce que je suis carrément pour les intégrer dans les chorés !

– J'en ai quelques-uns, mais je suis un peu rouillé, alors je ne promets rien, ricané-je.

– Putain, on va les exploser, s'enthousiasme Diego. Ces petits enfoirés de Savage ne vont rien comprendre ! Déjà, quel nom merdique. Je n'ai jamais rien entendu d'aussi débile ! Comme s'ils étaient indomptables, une connerie dans ce genre. Sérieux, ça ne les fera pas gagner. Ils ne s'attendent pas à se retrouver face à l'Italien beau gosse. Tu vas conquérir toutes les petites chattes de Nice et, en plus de ça, t'es un killer sur la piste de danse. On va devenir pros en moins d'un an !

L'emballement de Diego me fait sourire. Ce mec a une imagination débordante et quand il commence, rien ne peut l'arrêter. Il nous voit déjà à Las Vegas en train de nous produire sur la scène d'un des plus grands hôtels-casinos, si célèbres qu'on réussit à avoir toutes les mannequins du monde. Ça ne me déplairait pas, mais il faut être réaliste, il est presque impossible d'arriver à ce niveau-là.

Tao et Diego prennent une pause pour mater les nanas sur les réseaux sociaux. Si en apparence Tao se montre discret et timide, il cache bien son jeu. Il est pire que Diego ou moi. Ses commentaires sur les filles feraient criser les féministes du monde entier.

Ce mec est un putain de macho !

– La figure que tu as faite, tu l'as créée, n'est-ce pas ? m'interroge Wade.

J'acquiesce.

À Marseille, j'adorais apporter ma petite touche à une figure existant déjà. Je voulais qu'elle soit à mon image, compliquée et inoubliable.

– Tu as ça dans le sang, affirme-t-il. Pour beaucoup, la danse s'apprend et tu peux devenir bon avec des heures et des heures d'entraînement, mais toi, tu l'as carrément en toi. Ça se sent, ces choses-là !

– Je pense que tu devrais arrêter le shit, dis-je en riant.

– Je ne fume pas autant que toi ou Diego, réplique-t-il. Et je suis sérieux ! Je baigne dans la danse depuis toujours, je sais reconnaître un danseur-né. Cet été, à New York, j'ai croisé un tas de danseurs qui dansaient juste pour la frime, ils n'avaient rien de particulier. Je suis tombé sur deux personnes à peine qui ont su me toucher et m'impressionner. Et toi, tu viens de m'épater, j'ai hâte de voir tes autres pas !

– Je les ai oubliés pour la plupart, révélé-je.

– Je ne me fais pas de souci, je suis certain que ça reviendra !

J'en suis moins sûr que lui, mais quelque chose me dit qu'il est impossible de lui faire entendre raison quand il est convaincu par ce qu'il affirme. J'apprécie Wade, il est sûrement celui qui me ressemble le plus parmi tous les membres du Crew. Son accent prononcé new-yorkais me fait toujours rire, d'autant qu'il marche du feu de Dieu avec les nanas. Elles adorent ça !

– Cet endroit détonne vraiment avec ta personnalité, lance Diego. C'est comme si la meuf qui sera ta sœur débarquait dans le quartier où je vis avec une robe blanche, toute innocente, elle n'aurait rien à faire là-bas !

– Talia ne sera jamais ma sœur et tu ne peux pas dire ça, tu ne l'as jamais vue, grincé-je.

– Ose me dire qu'elle n'est pas le parfait petit stéréotype de la bourge coincée du cul et pédante !

– Tu connais le mot « pédante » ? se moque Wade.

Je pouffe.

– Mec, je connais beaucoup de mots !

Faux. Diego est certainement la personne qui a le moins de vocabulaire dans mon entourage. Ça n'a rien d'un reproche, juste une constatation.

– Je le pensais, oui, mais elle ne l'est pas vraiment… C'est une emmerdeuse, ça c'est certain, mais elle n'est pas comme les autres membres de sa famille !

Je n'en dis pas plus, n'ayant aucune envie qu'ils comprennent qu'elle ne me laisse pas indifférent. OK, je la voyais comme une bourge coincée, mais aujourd'hui, je n'en suis plus certain.

Wade me regarde en fronçant les sourcils. Je l'ignore, inquiet qu'il puisse avoir compris. J'emballerai une nana devant ses yeux et il ne se posera plus de questions.

Mon portable se met à sonner plusieurs fois d'affilée, signe que j'ai reçu plusieurs messages. Qui me harcèle un mercredi après-midi ? Putain, j'espère que ce n'est pas cette sangsue d'Alice parce que je n'ai aucun besoin qu'elle me prenne la tête avec ses envies de me voir. Elle doit comprendre qu'elle ne m'intéresse pas.

J'ouvre les messages et suis surpris de constater qu'il ne s'agit pas d'Alice, mais d'Adèle. Une autre sangsue.

[Hé, Roméo, c'est Adèle.
Je suis au spa
avec ta demi-sœur et des amies,
ça te dirait de nous rejoindre ?
Évidemment, tu ne paieras rien
vu qu'il appartient à Léonore !
On pourrait aller dans le jacuzzi
rien que tous les deux et faire
plus ample connaissance...]

[Ou alors, on peut aller faire un tour
dans une des salles de massage,
il paraît que j'ai des mains extraordinaires]

[Il y a des douches à l'italienne là-bas,
elles sont assez grandes pour deux...]

Elle accompagne ses messages d'une photo d'elle, un selfie où elle est dans un jacuzzi, dans un maillot deux pièces qui ne cache rien de son corps. Elle n'est pas mal, mais je la trouve bien trop maigrichonne.

– Putain, cette nana est carrément chaude et elle veut ta bite, mec, assure Diego.

– Elle ne m'intéresse pas.

– Pourquoi ? Elle est chaude et plutôt bonne, qu'est-ce que tu attends ?

– C’est un nid à emmerdes, une bourge capricieuse et elle ne me plaît pas du tout !

Je n’ai aucune envie de me taper Adèle Marois.

– Mec, elle propose un spa gratuit, alors même si tu ne comptes pas te la taper, fais-nous profiter de quelques heures de détente avec des nanas canons !

Ils me regardent tous les trois en me suppliant d’accepter. Je n’ai pas vraiment envie de supporter Adèle et sa cour, mais le simple fait d’imaginer que ma présence emmerdera Talia me pousse à accepter.

Le pervers que je suis se dit que ce sera une occasion de la voir en maillot et je sais déjà que les flammes dans ses yeux vont danser de colère en me voyant débarquer. Sans compter que j’ai un défi à gagner.

Je me saisis de mon portable et tape une réponse à Adèle.

[Je viens.]

11

Talia

Je m'ennuie.

Cet après-midi spa avec Adèle et ses sbires était une mauvaise idée. Je ne sais pas ce qui m'a pris d'accepter. Peut-être que l'insistance de Manon a joué. Elle m'a bassiné les oreilles pendant tous les cours de la matinée pour que j'accepte de me coltiner les jumelles diaboliques et leur reine machiavélique.

Je ne sais pas pourquoi mais, depuis la rentrée, j'ai de plus en plus de mal à supporter Adèle. Elle est mauvaise avec tout le monde et trouve marrant de se moquer des autres parce qu'ils ne sont pas « huppés ». Je ne tolère plus cette arrogance et ce mépris pour ceux qui ont moins d'argent qu'elle.

J'essaie de lui trouver des circonstances atténuantes, mais son comportement dépasse tout entendement. Je comprends qu'elle ait mal vécu l'épisode avec Raphael. Cependant, elle n'a pas à se venger sur les autres. C'est injuste.

C'est plus fort que moi, elle m'agace. Depuis dix minutes, elle n'arrête pas de pianoter sur son téléphone, le sourire aux lèvres. Je ne sais pas ce qu'elle manigance, mais ça ne m'inspire pas confiance.

Manon m'a assuré qu'un après-midi au spa de ma très chère grand-mère me détendrait, mais elle s'est trompée.

Ici, je sais que je suis scrutée par les employées de ma grand-mère. À chaque fois que je viens, c'est pareil. Ils lui font un compte rendu de mes faits et gestes, et si je ne suis pas irréprochable, j'en prends pour mon grade.

La prochaine fois, j'irai me détendre en allant danser et non en supportant la médisance d'Adèle.

– Youhou, Talia, tu m'écoutes ?

Je reporte mon attention sur Daphné qui, visiblement, tente de me parler.

– Ça ne te dérange pas que je sorte avec Valentin ? s'enquiert-elle.

– Pas le moins du monde !

Elle et Valentin ensemble, c'est dans l'ordre des choses, ils sont exactement pareils, après tout. Alors je me fous bien de leur couple, ce n'est pas comme si j'avais aimé Valentin. Daphné est folle de lui, elle le traitera bien mieux que moi.

– Au moins, avec Daphné, il ne risque pas de se retrouver la queue au garde-à-vous sans que sa copine ne sache quoi faire ou prenne la fuite, se moque Adèle.

Je la fusille du regard, tandis que les jumelles gloussent.

Ne réplique pas, Talia, tu sais très bien qu'elle va tout répéter à ta grand-mère !

– C'est sûr que Talia est moins facile que Daphné, rétorque Manon.

Le sourire de Daphné disparaît. Elle ne s'attendait pas à ce que Manon prenne ma défense. Adèle ricane, peu encline à apporter son soutien à celle qu'elle considère comme sa « meilleure amie ». Tant que ce n'est pas d'elle dont on se moque, elle préfère se taire ou rire. La compassion ne fait pas partie de ses qualités.

La réplique de Manon a eu le mérite de nous faire changer de sujet. Je n'ai aucune envie de m'épancher sur Valentin, et encore moins sur ma virginité. Ça ne regarde que moi, malgré tout ce que peuvent penser Adèle et sa cour.

Après une demi-heure des plus ennuyantes dans le jacuzzi, Adèle décide que nous devons aller dans l'immense piscine du spa. Évidemment, il a été privatisé. Je n'ai qu'à donner mon nom pour avoir tout ce que je veux dans la minute. Si je désire un massage, je demande et l'obtiens aussitôt.

Au début, je reconnais que j'adorais ça et j'en abusais. En grandissant, j'ai compris que tous ces privilèges ne rendaient pas heureux. Jamais aucun d'eux n'a su remplacer le manque de ma mère. Aucun.

– Yes ! hurle Adèle plus qu'enthousiaste.

On la regarde toutes, les sourcils froncés.

– Qu'est-ce qui se passe ? demande Laurie qui s'est relevée de son transat moelleux.

Adèle me jette un regard, le sourire narquois.

OK, qu'est-ce qu'elle a encore fait ?

– Ton demi-frère débarque avec ses amis, répond-elle dans le plus grand calme. Je l'ai invité et il a accepté. En même temps, qui oserait me dire non ?

Elle ricane, arrogante.

Pitié, qu'on me vienne en aide pour réussir à la supporter de nouveau !

– Comment ça, il vient ici avec ses amis ? l'interrogé-je.

– Il arrive pour partager du temps avec moi, explique-t-elle. C'est sûr qu'il est déjà sous mon charme ! Vois ça d'un bon œil, Talia, grâce à moi, vous pourrez mieux vous entendre. Je lui dirai de mieux se comporter avec toi. Le pauvre, il ne sait pas comment réagir face à toi. Il n'a jamais eu de sœur, encore moins une aussi… compliquée que toi. Ne te vexe pas, tu sais que c'est vrai !

Je ne réponds pas. L'envie ne me manque pas, mais si je le fais, je risque de lui envoyer mon poing dans la figure. Je ne vais pas mettre en péril ma relation avec son frère parce que ce n'est qu'une pimbêche qui aime descendre les autres pour se sentir mieux. Je vaux mieux que ça.

– Roméo n'est pas quelqu'un de fréquentable, Adèle, la préviens-je. Il traite les femmes comme de vulgaires objets et…

– Il ne le fera pas avec moi. Je te l'ai dit, je lui plais et on ne dit pas non à un Marois ! La preuve, dès que mon frère t'a proposé un rencard, tu as sauté sur l'occasion pour lui dire oui. Tu es folle de lui depuis des années et Roméo est dingue de moi. Je nous vois déjà sortir tous les quatre ensemble et…

– Ta famille n'acceptera jamais quelqu'un comme Roméo, lui fait remarquer Manon.

Adèle fait un signe de la main pour balayer la réflexion de Manon. Cette dernière a marqué un point important et elle le sait. Jamais Adèle n'ira contre l'avis de sa famille. Ils la déshériteraient et ça c'est impossible pour elle puisqu'elle aime trop l'argent.

La conversation est interrompue par l'arrivée de Roméo, accompagné de trois mecs dans le même style que lui. Il déambule dans la salle de la piscine intérieure comme si elle lui appartenait.

Dans son short de bain vert, il est époustouflant. Ses cheveux noirs coiffés en arrière dégagent son visage aux traits parfaitement symétriques. Ce mec possède la beauté d'une œuvre d'art. Je lutte pour ne pas loucher sur son torse nu, mais c'est bien trop difficile. Mon regard est attiré par lui et la vision que j'ai sous les yeux me coupe le souffle.

Bon sang, pourquoi faut-il qu'il soit aussi beau et bien bâti ?

Ses abdominaux sculptés m'appellent et me font saliver. Je me perds sur la courbe de ses hanches dessinées et qui forment un V parfait. Je sens ma bouche s'assécher et mon cœur s'aventurer dans une course folle. Je ne contrôle pas les sensations que me procure son corps, et encore moins cette vague de chaleur qui s'empare du mien.

Il faut absolument que je me ressaisisse. Je ne peux pas autoriser ce genre de réaction à prendre possession de mon corps. Ce n'est pas bien et c'est surtout ridicule.

Lorsque je relève les yeux, je surprends le regard de Roméo sur mes courbes non dissimulées. Je porte seulement un maillot de bain deux pièces rouge, qui ne couvre pas assez mon corps. La lueur enflammée dans ses yeux ne me dit rien qui vaille, mais elle électrise ma peau avec tant d'intensité que je ne suis pas loin de défaillir.

Il a beau faire une chaleur étouffante dans cette salle, je sens mes tétons pointer sous le tissu de mon maillot.

– Roméo ! hurle Adèle. Je suis tellement heureuse que tu sois là !

Elle se lève de son transat pour se jeter dans ses bras. Une petite pointe de jalousie pique mon cœur lorsque ses mains se posent sur les hanches d'Adèle.

– Je suis vraiment ravi d'être ici avec toi, lui répond-il en insistant sur le mot « ravi ».

Je lève les yeux au ciel, agacée. Je ne suis pas stupide, il n'est pas venu ici pour elle, mais pour me torturer. Il s'agit de son jeu favori, après tout.

Laurie et Manon observent les amis de Roméo avec envie. Je ne les ai même pas vues se lever, bien trop occupée à regarder, ou plutôt à mater, mon voisin d'étage. Je reporte mon attention sur les mecs qui ont accompagné Roméo quand…

– Les filles, je vous présente mes amis, Diego, Tao et…

– Wade, dis-je, choquée et heureuse à la fois.

Sans pouvoir m'en empêcher, je quitte mon transat pour aller me jeter dans les bras de ce garçon fantastique qui a su voir en moi autre chose qu'une ballerine sans âme. Je n'arrive pas à croire qu'il soit là, contre mon corps. Je ne pensais pas le revoir un jour.

– Mystic ! s'exclame affectueusement Wade en resserrant sa prise.

Je souris dans son cou. J'ai toujours adoré qu'il me surnomme « Mystic ». C'est le premier mot qu'il a dit la première fois qu'il m'a vue danser. Tous les autres élèves du stage de danse avaient déserté la salle, il ne restait plus que moi et j'avais une furieuse envie de danser comme je l'entendais. J'ai suivi la mélodie et me suis laissé emporter.

Je n'avais pas remarqué la présence de Wade. Il a vu toute ma prestation et, depuis ce jour, il a assisté à toutes les autres et m'a montré une autre manière de bouger. Il m'a appris les bases du hip-hop pour que je réussisse à me lâcher plus. Sans lui, ces six semaines de stage auraient été des plus ennuyeuses.

À présent, il est là, devant moi.

Il me repose à terre et me gratifie d'un sourire si lumineux que mes lèvres s'étirent toutes seules. Ce mec a un don pour réchauffer les cœurs, c'est dingue !

– Je n'arrive pas à croire que tu sois là ! Tu ne m'avais pas dit que tu vivais à Nice, me fait-il remarquer dans sa langue natale.

Son accent new-yorkais est si prononcé que j'entends Manon gémir derrière moi. Elle adore les accents. Je suppose que le physique attrayant de Wade penche aussi dans la balance, il est tout à fait son style.

– Toi non plus, lui réponds-je dans un américain approximatif. Il ricane.

Un raclement de gorge nous interrompt. Je tourne la tête et fais face à l'air meurtrier de Roméo. S'il pouvait m'achever avec un regard, je serais déjà six pieds sous terre. Tout comme Wade. Je crois qu'il n'apprécie pas que je puisse connaître l'un de ses nouveaux amis.

Les autres nous observent, pour le moins intrigués. Je peux les comprendre. Les chances de revoir un mec de la Grande Pomme étaient quasi nulles. Ça n'arrive que dans les films ce genre de choses, et encore, entre personnages qui sont destinés à être ensemble.

Dans notre cas, c'est juste impossible. Je ne vois pas Wade comme un potentiel petit ami et c'est pareil de son côté. Nous sommes juste amis.

– Tu nous expliques et nous présentes, demande Manon sans lâcher Wade des yeux.

Merde, je m'en veux.

Je n'ai jamais parlé de lui à Manon. Il représente la petite bulle que je me suis créée à New York, une part de ma vie que je voulais garder secrète.

– J'ai rencontré Wade à New York et on a dansé plusieurs fois ensemble, expliqué-je brièvement.

Je n'ai aucune envie de m'étendre sur le sujet. Si Adèle sait que je n'ai pas fait que de la danse classique, elle s'empressera de le répéter à ma très chère grand-mère.

– Cette nana danse comme une déesse ! Je n'ai jamais vu autant de talent chez une personne avant elle. Putain, je suis trop heureux que tu sois ici ! Il faut absolument que l'on se voie pour reprendre les cours de danse et…

– Talia, bien danser ? ricane Roméo. Elle a un balai dans le cul, oui !

Je le fusille du regard. Je sais très bien qu'il dit ça pour me blesser puisque c'est son passe-temps favori.

Adèle éclate de rire et en profite pour placer sa main sur le torse de Roméo.

– Attends, c'est elle ta sœur ? demande Wade.

– Elle ne sera jamais ma sœur, grince Roméo.

– Putain, le monde est petit, c'est dingue ! Je n'avais pas fait le rapprochement, mais je comprends mieux…

– Comprendre quoi ? l'interrogé-je.

Wade secoue la tête comme pour dire « laisse tomber ». Je ne suis pas enchantée que Wade et Roméo soient amis. Pour moi, ils sont tellement différents. Wade n'a pas une once de méchanceté en lui. Il ne passe pas son temps à me torturer.

– Talia a fait des rencontres à New York, tant mieux pour elle, on ne va pas passer l'après-midi à en parler, s'agace Adèle.

Sa condescendance me donne envie de lui envoyer ma main dans la figure, mais encore une fois, si je fais ça, je risque d'anéantir le peu de chances que j'ai avec son frère. Je suis certaine qu'elle le sait et que c'est pour cette raison qu'elle se permet d'être aussi affreuse avec moi.

Ou alors, elle est bel et bien jalouse de ne pas avoir suivi ce stage de danse.

– Et si on allait dans le jacuzzi, Roméo ? lui propose-t-elle.

Lorsqu'elle lui parle, elle ronronne presque. C'est ridicule. Évidemment, ce crétin en joue et en abuse.

– Ce serait avec plaisir, accepte-t-il en me lançant un regard si provocant que j'en frissonne.

Je refuse de les accompagner. Je préfère avaler le poison le plus mortel du monde plutôt que de voir Adèle faire son numéro de charme à Roméo. Les autres les suivent. Wade me dit à plus tard et ne résiste pas à l'envie de se poser dans l'eau bouillante et remuante. En tant que danseurs, ce genre de repos est un luxe pour nos muscles, alors autant en profiter.

Je reste allongée sur mon transat en compagnie de Manon et ne parviens pas à lire un paragraphe entier de mon bouquin. Je ne peux empêcher mes yeux de fureter vers le jacuzzi. Adèle profite de chaque occasion pour se coller à Roméo et, bon sang, ça m'agace ! D'ailleurs, pourquoi est-ce que ça m'irrite autant ? Je ne comprends pas ce qui se passe en moi, ni la colère qui m'anime à chaque fois que je les vois aussi proches.

Je ne suis pas sûre de survivre à cet après-midi.

Une demi-heure plus tard, Wade décrète qu'il en a assez du jacuzzi et court se jeter dans la piscine. Le plat qu'il effectue en plongeant nous fait exploser de rire. Le pauvre, ça doit faire un mal de chien !

Je sens le regard accusateur de ma meilleure amie sur moi.

– Pourquoi tu ne m'as pas dit que tu avais rencontré un mec plus que canon à New York ? me reproche-t-elle pendant que Wade s'éloigne à la nage.

– Je ne sais pas trop... Je ne pensais pas le revoir...

– Il s'est passé quelque chose avec lui ? C'est pour ça que tu ne voulais rien dire ? Petite cachottière, tu as perdu ta virginité !

– Quoi ? Mais non !

Si quelque chose de ce genre était arrivé, elle aurait été la première au courant. Or, ce n'est pas le cas. Avec Wade, on n'a rien fait de plus que danser et rire.

– Je n'en ai pas parlé parce que... C'était une sorte de parenthèse qui m'appartenait et qui, je le pensais, resterait un souvenir agréable. J'étais loin d'imaginer le revoir un jour ! Mais je peux t'assurer qu'il ne s'est rien passé d'intime avec Wade. C'est un ami, rien de plus.

Manon me scrute avec attention comme si elle essayait de déceler un mensonge quelconque. Elle aura beau chercher, elle ne trouvera rien.

– En tout cas, votre lien a carrément irrité Roméo ! S'il avait pu tuer Wade à mains nues, il l'aurait fait !

– Il est en colère parce que je connais un de ses amis, rien de plus !

– Putain, tu es vraiment aveugle, c'est dingue, me dit-elle en m'envoyant une pichenette sur le front.

– Aïe, t'es malade, me plains-je.

Je me frotte le front pour faire passer la douleur, alors que cette traîtresse se moque de mon sort.

– Roméo n'en a rien à faire que tu connaisses un de ses amis, il est jaloux de votre complicité, assure-t-elle.

– N'importe quoi. Il est obnubilé par Adèle, alors je pense, même je suis sûre, que tout va bien pour lui !

Bon, en réalité, je suis persuadée que ce n'est pas le cas. Il se fout d'Adèle. Il s'intéresse à elle uniquement pour continuer son petit jeu de torture envers moi. Le pire dans tout ça, c'est que ça fonctionne. J'ai envie de l'étrangler.

– Franchement, Talia, quelquefois, je doute sérieusement de tes capacités intellectuelles !

Je suis sur le point de lui répondre quand ils débarquent tous. Tao et Diego portent Laurie et Daphné, tandis que Roméo porte Adèle, qui le regarde amoureusement. J'ai envie de vomir. Ils se jettent tous à l'eau et remontent à la surface, morts de rire. Manon les rejoint, prise d'une envie de se rapprocher de Wade. Je crois que le beau métis lui a tapé dans l'œil.

Ne souhaitant pas aller dans l'eau, je reste sur mon transat et reprends mon bouquin des plus ennuyeux. Je n'ai pas franchement envie de lire, mais ce sera toujours mieux que de regarder Roméo faire le beau auprès de sa basse-cour.

Laurie flirte avec Tao, Diego essaie de s'attirer les faveurs de Daphné, mais elle est bien trop amoureuse de Valentin pour remarquer la drague d'un autre mec. Je tente de ne pas observer le rapprochement entre Roméo et Adèle, mais c'est plus fort que moi. Je déteste les voir se toucher, se tourner autour et même se parler. À chaque fois qu'elle le touche, je sens une vague de colère s'emparer de moi.

Le pire, c'est l'amusement que je vois dans les yeux de Roméo. Il aime provoquer cette colère en moi. Adèle l'intéresse uniquement pour ça.

Wade sort de l'eau et vient s'installer au pied de mon transat.

– Rome est ton frère alors ?

Rome ? Quel surnom étrange !

– Il ne sera jamais mon frère, m'agacé-je. Wade ricane.

– Je vois que l'entente est toujours aussi douce entre vous, se moque-t-il.

À New York, je lui ai fait part de ma rencontre houleuse avec Roméo. Je ne sais pas l'expliquer, entre nous, le courant est passé naturellement et immédiatement. Wade est un coup de foudre amical, ce qui n'arrive pas souvent dans une vie.

– Comment tu peux être ami avec lui ? lui dis-je, presque sur le ton du reproche. Vous êtes tellement différents ! Toi tu es gentil et lui, ce n'est qu'un petit rebelle à la con et provocateur !

– Tu exagères, Talia. Rome est cool et il a le cœur sur la main. Ne le juge pas trop vite, je suis certain que vous avez un tas de points communs ! Vous n'avez jamais pensé à danser ensemble ?

Je secoue la tête. Cette idée est ridicule.

– Je suis persuadé que vous feriez des étincelles ensemble. Tu continues à apprendre le hip-hop ?

Encore une fois, je secoue la tête.

– Avec ma grand-mère dans les parages, c'est impossible, expliqué-je.

– N'arrête pas de danser, Talia. Tu es douée, vraiment très douée. Le classique gâchera ton talent. Peu importe ce que ta grand-mère veut, tu es la seule à décider de ce dont tu as envie. Tu sais qu'une place t'attend dans l'école de danse de ma tante.

– C'est gentil, Wade, mais…

– N'oublie pas qu'il s'agit de ta vie, Talia, pas de la sienne…

Je lui souris timidement.

Bon sang, qu'est-ce que ses conseils m'avaient manqué !

Pendant des semaines, il a tenté de me faire comprendre que je devais vivre pour moi et non pour les autres. Il a tout fait pour que je réussisse à me lâcher, à être libre quand je danse. Ces derniers temps, je dois avouer que j'ai oublié comment faire.

Comme tout le reste.

Zorah, sa tante, m'a vue danser sur une des vidéos de Wade. Elle m'a proposé de rejoindre son cours de danse du monde dans une école prestigieuse de New York en septembre prochain, mais j'ai décliné. Ma grand-mère ne me laisserait jamais partir.

Ce n'est pas à elle d'en décider, me rappelle ma conscience.

Pour être honnête, je ne suis pas sûre d'en être capable.

Je ne me vois pas partir seule à des milliers de kilomètres, je ne pense pas être assez courageuse.

Adèle continue son numéro de charme auprès de Roméo, elle ne cesse de le coller. Elle le suit partout et se frotte à son torse dès que l'occasion se présente. Il se laisse faire tout en s'assurant que je les regarde.

C'est quoi son but au juste ? Me montrer qu'il peut avoir qui il veut d'un claquement de doigts ?

Franchement, je m'en tamponne.

Ils sortent de l'eau et vont s'installer sur le même transat, l'un contre l'autre. Adèle en profite pour coller son dos contre le torse de Roméo. Ce dernier dépose un baiser sur sa joue en me provoquant du regard. Je sais qu'il veut me faire payer ma relation avec Wade, alors il se venge en utilisant Adèle. Il se fout d'elle.

Il se fout de tout.

Ne supportant plus son petit manège, je me lève de mon transat pour aller prendre ma douche dans les vestiaires de la piscine.

Son flirt avec Adèle est aussi pathétique que lui. Je n'aime pas son comportement de joueur. Faire du mal à quelqu'un pour s'amuser est un concept que je ne comprendrai jamais. Je préfère m'éloigner de tout ça avant d'y laisser une partie de ma santé mentale.

J'atteins à peine les vestiaires que je sens une main solide et encore mouillée se poser sur mon bras. Je me retourne, faisant face à Roméo.

– Qu'est-ce qui se passe, Talia, tu es jalouse de ne pas être à la place d'Adèle ? me provoque-t-il.

La lueur intense dans ses yeux m'agace autant qu'elle m'enflamme. Je n'aime pas ce qu'elle déclenche en moi.

– À quoi est-ce que tu joues avec elle ? Adèle ne te plaît pas…

– Tu n'en sais rien, rétorque-t-il.

– Ose me dire le contraire, le défié-je.

Il sourit, fier de susciter mon agacement.

– Elle ne me plaît pas… Mais Adèle est, comment dire ? plutôt facile, et ça, j'aime beaucoup !

– Tu n'es vraiment qu'un connard, fulminé-je. Je t'interdis de toucher un seul de ses cheveux ou je te jure que tu le regretteras !

– C'est un défi ?

Bon sang, je n'en peux plus de ses défis grotesques !

Roméo fait un pas vers moi, je recule instinctivement jusqu'à sentir le mur dans mon dos. Il penche sa tête vers mon oreille, bloquant ma respiration par la même occasion. Je sens mon cœur rater plusieurs battements, ne supportant pas la proximité de Roméo.

Je ne baisse pas les yeux. Il est hors de question qu'il remarque mon trouble. S'il comprend qu'il a un effet de ce genre sur moi, je suis foutue parce que je sais qu'il en jouera.

– J'ai hâte de voir comment tu comptes te venger cette fois, trésor…

Bordel, de quelle vengeance il parle ? Il m'a fait tellement de crasses que j'ai fini par perdre le compte.

Roméo dépose un baiser en dessous de mon oreille déclenchant des fourmillements au creux de mes reins. Le désir qui me submerge est à la fois déroutant et effrayant. Je n'ai jamais rien connu de tel. Ses lèvres chaudes provoquent un océan de fourmillements dans tout mon ventre et dès qu'elles quittent ma peau brûlante, je me sens vide, voire pire : en manque.

Il sort des vestiaires, tandis que je tente de reprendre mon souffle. Je ne sais même pas comment je parviens encore à tenir debout.

Intriguée par ce que compte faire Roméo, je retourne à la piscine. Je déchante rapidement en assistant à un échange de salive entre lui et Adèle. Sans que je comprenne pourquoi, je ressens une douleur lancinante dans la poitrine. Je déteste le voir embrasser une autre fille. Et je déteste le mal que ça peut me faire.

Ses provocations me mettent hors de moi.

Après un petit tour à l'accueil, ainsi qu'à mon casier, je me réfugie dans les vestiaires des hommes. Obtenir les clés du casier de Roméo n'a pas été compliqué. L'employée à l'accueil m'a à la bonne depuis des années, je peux lui demander tout ce que je veux. Je n'ai pas mis longtemps à la convaincre de me donner les clés.

Elle a trop peur de se faire virer, même si je serais incapable de provoquer une telle chose.

Je reconnais immédiatement le sac bleu nuit de Roméo. Sans réfléchir, je le prends, ainsi que sa serviette. Je ne lui laisse qu'un préservatif, un de ceux qu'il a sournoisement mis dans mon casier quelques jours plus tôt et que je n'ai toujours pas enlevés de mon propre sac. J'ajoute un petit mot :

Je ne suis pas cruelle.
Tu as de quoi couvrir ton arrogance !

Il voulait que je me venge, le voilà servi.

12

Talia

À peine cinq minutes après mon coup, je suis partie. Je n'ai pas eu envie de rester pour assister à l'officialisation du nouveau couple Roméo/Adèle.

Je sais qu'ils ont prévu de tous sortir ensemble pour boire un verre, mais ça ne me disait rien malgré l'insistance de Manon et Wade. Maintenant que je sais que mon ami new-yorkais est à Nice, je compte bien passer une partie de mon temps libre avec lui. Nous aurons un tas d'occasions de nous voir, j'en suis persuadée.

Et à mon avis, leur petite virée alcoolisée risque d'être compromise, au moins pour ce cher Roméo. Sans sac ni affaires pour se changer, il ne peut espérer qu'un bar de nudistes. Il l'a bien mérité, ce petit con arrogant !

Pendant tout le chemin du retour, je ne cesse de me repasser l'image de Roméo embrassant Adèle à pleine bouche.

Pourquoi s'obstine-t-il à me provoquer et à me faire du mal ? Qu'est-ce que j'ai bien pu lui faire pour qu'il se montre aussi cruel ?

D'accord, je comprends le fait que débarquer dans une famille comme la mienne peut s'avérer compliqué, mais je n'y suis pour rien. Je n'ai pas voulu qu'on se déteste à ce point.

J'ai assez d'un frère qui me méprise…

Dès que je rentre à la maison, je constate qu'elle est bien vide. Mon père et Sofia sont à Monaco pour un dîner d'affaires et ne rentrent que dans la nuit. Ma grand-mère est encore à Paris pour je ne sais quoi. Marnie et Hector ont obtenu une soirée de congé et Roméo est aux abonnés absents.

Je suis seule.

Je devrais avoir l'habitude, mais j'ai toujours autant de mal à me faire à la solitude. Dans ces moments-là, je ne peux m'empêcher de penser à *elle* encore plus que d'ordinaire. Chaque jour, ma mère me manque un peu plus, mais lorsque je suis seule comme ce soir, son absence devient insupportable.

Toute ma vie, je ressentirai ce manque qu'elle a créé en moi dès ma naissance. On ne survit pas vraiment à la mort d'un parent, encore moins quand elle survient aussi tôt.

Comment est-ce que l'on parvient à faire le deuil d'une personne qu'on n'a même pas connue plus de quelques heures, mais qui sera toujours tout pour soi ?

Sentant ma morosité gagner du terrain, je me réfugie dans le meilleur remède, à savoir le chocolat. Tant pis si je risque de voir apparaître des boutons sur mon visage, j'ai besoin de manger pour me consoler.

Netflix est aussi un bon moyen de penser à autre chose. N'importe quel film à l'eau de rose réussit à tempérer ma déprime. À cette période de l'année, elle s'intensifie toujours un peu plus au fil des jours qui passent, jusqu'à mon anniversaire, où elle atteint son apogée. Un anniversaire qu'on ne fête quasiment pas dans cette famille.

Avachie dans le canapé de l'immense salon sans âme, je regarde cette pauvre fille qui tente désespérément d'intéresser le garçon qu'elle aime, sans comprendre comment on peut s'abaisser à tant de choses pour un mec qui n'en vaut pas la peine.

Est-ce que l'on devient toutes idiotes une fois amoureuses ?

Mon portable vibre sur la table pendant que le mec du film se bat pour la énième fois pour sa nana. Un message de Manon.

[Bien joué le coup du casier vide ;)
Roméo était sur le cul, mais amusé !
Bon, je dois quand même te dire que
les mecs lui ont prêté des fringues
pour qu'il ne se retrouve pas à poil.
Adèle aurait aimé…
Bref, on part tous boire un verre,
tu es sûre que tu veux pas venir ?]

[Non merci, bonne soirée :)]

Quelle conne je fais !

J'aurais dû me douter qu'il trouverait une solution pour s'en sortir.

– Encore à te goinfrer devant la télé, Fiona[1] ?

Je suis tellement surprise par la voix de Jules que je sursaute et fait tomber le paquet de chocolats par terre.

Jules me scrute de haut en bas avec un dégoût qui me donne l'impression d'être la personne la plus repoussante au monde. Ce n'est d'ailleurs pas la première fois. Je pensais être plus forte qu'avant pour supporter ses regards, mais je constate que ce n'est pas le cas.

– Regarde-toi, Talia, tu ne fais vraiment aucun effort pour qu'on t'apprécie ! Tu ferais mieux de prendre un

1. Personnage de la princesse-ogresse dans *Shrek*.

peu plus soin de toi si tu veux espérer intéresser Louis, crache-t-il, méprisant.

– Louis est moins superficiel que toi…

Il pouffe, moqueur.

– Ma pauvre Talia, tu es vraiment naïve ! Louis t'a invitée à dîner parce qu'il t'a trouvée, je ne sais pas pourquoi, à son goût. Seulement, si tu continues à t'empiffrer comme l'ogresse que tu es, tu peux être sûre qu'il te jettera à la première occasion. Ouvre les yeux un peu, tu es banale et loin d'être mince ! Maman aurait honte d'avoir engendré une fille comme toi.

Ses mots m'atteignent en plein cœur et me font si mal que je sens un coup de poignard me transpercer. Jules m'a toujours détestée, mais jamais il ne s'est montré aussi violent dans ses paroles.

Pendant des années, j'ai essayé de comprendre pourquoi il me méprisait à ce point, puis j'ai fini par me rendre compte qu'à cause de moi il avait été privé d'une mère. Cela n'est pas pardonnable. Alors j'ai appris à encaisser et à ne pas lui tenir rigueur de sa méchanceté, mais plus le temps passe, plus ça devient difficile.

Sans un mot, je monte dans ma chambre et m'y enferme. Tant pis si les chocolats restent éparpillés sur le sol ou si je n'ai pas éteint la télé, je n'ai besoin que de rester dans ma bulle le temps de digérer.

Face au miroir, je me répète en boucle les mots de Jules. Est-ce qu'il dit vrai ? Jusqu'à présent, je me suis efforcée de ne pas écouter ses reproches sur mon physique, mais le reflet que me renvoie le miroir me pousse à lui donner raison.

J'ai pris du poids. Je le vois sur mes hanches, ma poitrine, mes cuisses, que je touche avec rage. Je suis affreuse. Cette graisse sur ma peau me donne envie de vomir. Je déteste que ma poitrine soit si volumineuse. Je n'ai pas le corps d'une ballerine. Léonore a raison.

Personne ne voudra de moi si je continue à garder ce physique immonde. Non, je ne peux pas l'accepter. Hors de question que je prenne le moindre kilo.

Peut-être que c'est vrai, ma mère n'aurait pas voulu d'une fille comme moi, elle qui a toujours été fine et élégante, aux dires de la famille.

J'enfile une tenue de sport et pars me réfugier dans la salle de danse. Je suis prête à danser pendant des heures pour éliminer tout ce maudit chocolat que j'ai ingurgité.

J'enchaîne les chorégraphies de classique, encore et encore jusqu'à ce qu'elles soient réalisées à la perfection. Peu importe si le niveau a augmenté, je veux réussir et être aussi parfaite que Léonore le désire, à la hauteur de ce qu'ils attendent tous de moi depuis cette victoire à New York quatre ans plus tôt.

Mon poids ne m'empêchera pas d'être la meilleure danseuse. Rien ne m'en empêchera.

Même si je ne prends aucun plaisir.

Trois heures plus tard, je suis incapable de faire le moindre mouvement tant je suis épuisée. J'ai utilisé toutes mes forces, mais je sais que je ne l'ai pas fait en vain. Je me sens plus légère. Si je continue sur ce chemin, je réussirai à perdre mes kilos en trop en quelques semaines. Trois tout au plus.

J'arrive à mon étage lorsque je remarque la lumière dans la chambre de Roméo, dont la porte est entrouverte.

Quand est-ce qu'il est rentré ?

Piquée par la curiosité, j'avance le plus discrètement possible quand j'entends un gémissement rauque.

Il n'est pas en train de…

Je continue mon chemin jusqu'à arriver devant sa chambre. Je sais que je devrais m'enfermer dans ma chambre, malheureusement c'est plus fort que moi, j'ai besoin de savoir. Je pousse légèrement la porte et me fige sur-le-champ.

Mon Dieu, qu'est-ce que...

Roméo est assis au bord de son lit, nu, tandis qu'une fille aux cheveux blonds est agenouillée devant lui, la bouche autour de son sexe.

Encore une fois, mon cœur se serre face à cette scène. J'ai mal et j'ai surtout honte de m'infliger ça. Sans que je comprenne pourquoi, je ressens une douleur lancinante dans la poitrine. Je déteste le voir avec une autre fille. Et je déteste le mal que ça peut me faire. Ça n'a pas de sens. Je ne peux pas éprouver de colère, il n'est rien pour moi, ou juste le voisin emmerdeur de mon étage.

Mais ce que je déteste encore plus, c'est ce qu'il arrive à provoquer en moi pour la première fois de ma vie.

Du désir.

Je ne parviens pas à décoller mes pieds du sol. Je suis hypnotisée par ce que je vois et, bon sang, ce n'est pas normal !

Roméo ouvre les yeux et les pose sur moi comme s'il avait senti ma présence. Ses mains viennent se poser sur le crâne de la blonde et appuient dessus avec fermeté. Son regard est rempli d'arrogance, d'insolence et de désir, pas pour elle. Pour moi.

Sans comprendre pour quelle raison, je sens déferler une vague de chaleur dans tout mon corps, mon sexe pulse dans ma culotte certainement déjà trempée, mes tétons durcissent et pointent sûrement à travers mon débardeur blanc. Roméo le remarque, sourit et maintient plus fort la tête de la blonde, ses iris toujours plantés dans les miens.

Ma main se pose en dessous de ma poitrine, là où j'ai de plus en plus chaud. J'ai envie de la descendre sur mon ventre et plus bas, mais je ne peux pas. C'est mal. Je serre les jambes pour éviter que coule mon excitation. J'ai l'impression d'être en plein rêve et de ne pas assister à cette scène si surréaliste.

Jamais je n'aurais cru être témoin d'une fellation et en être excitée.

Je me sens tellement stupide.

La vue de Roméo se trouble pendant qu'il laisse échapper un long soupir d'aise qui résonne jusque dans ma culotte. Il vient de jouir.

Mon Dieu, je n'arrive pas à croire que je sois restée jusqu'au bout. Qu'est-ce qui cloche chez moi ?

La blonde s'essuie la bouche d'un revers de la main et se relève. Légèrement de profil, je la reconnais et manque de crier.

Adèle. Évidemment.

– Le spectacle t'a plu, trésor ? me lance-t-il, provocateur, en remettant son boxer.

Adèle se retourne, choquée et humiliée d'avoir été surprise. Si je ne lui avais pas interdit de la toucher, il ne l'aurait pas fait. Quelle idiote ! Je ne peux en vouloir qu'à moi-même de me retrouver dans cette situation grotesque.

Je me rends compte de l'absence d'Adèle uniquement lorsque j'entends la porte d'entrée claquer avec force. J'étais si obnubilée par mon ressenti que je n'ai même pas pensé à elle. Roméo l'a humiliée et je suis persuadée qu'elle n'en restera pas là.

– Je ne savais pas que la fille de Jonas était une sacrée perverse, ajoute-t-il.

– Tu n'es qu'un porc, craché-je.

– Un porc qui t'excite, trésor, et que tu rêves d'avoir en bouche. Je l'ai vu dans tes yeux et à tes jolis tétons durs pour moi, énumère-t-il tout en se léchant les lèvres.

Comment ose-t-il ?

– Va te faire foutre, éructé-je.

– Non, mon cœur, c'est toi que je vais foutre, rectifie-t-il.

Folle de rage, je l'insulte une dernière fois, claque sa porte et pars m'enfermer dans ma chambre.

Je me déteste de ressentir du désir pour cet être immonde et sans morale qu'est Roméo Castillon. Il a eu ce qu'il voulait ; la preuve qu'il m'excite.

Il a gagné. J'ai perdu. Le jeu est terminé.

13

Roméo
Deux semaines plus tard

Je suis un enfoiré.

Qu'est-ce qui m'a pris de me taper Adèle Marois ?

Depuis ma connerie, c'est la guerre froide à la maison. Talia refuse de me parler, elle s'efforce même de ne m'adresser aucun seul regard. Je suis devenu invisible à ses yeux et, putain, je ne le supporte plus !

Je n'explique pas ce qui m'est passé par la tête. Lorsque je l'ai aperçue dans les bras de Wade et que j'ai compris qu'ils se connaissaient, j'ai vrillé. Je n'ai pas aimé le voir entourer ses hanches de ses mains, rire dans son cou et encore moins savoir qu'ils avaient partagé du temps ensemble.

Il connaît une partie d'elle qui m'est interdite et je déteste ça !

Alors j'ai voulu lui faire payer, lui rendre la monnaie de sa pièce en utilisant Adèle. Je sais qu'elles ne s'apprécient pas plus que ça et je m'en suis servi. Il n'a pas été difficile pour moi de me taper Adèle, elle était déjà dingue de moi, alors j'ai pu lui demander tout ce que je voulais.

J'ai adoré voir Talia nous observer pendant que sa copine me suçait. Adèle n'est pas une experte, mais dès que j'ai surpris le regard de ma bêcheuse préférée sur moi, mon désir a été décuplé. Je n'ai pas pu lâcher ses yeux aux couleurs d'automne en imaginant que c'était sa bouche autour de ma queue.

L'excitation que j'ai vue dans ses iris m'a rendu fou. J'ai retrouvé ce feu ardent prêt à enflammer tout sur son passage et, bon sang, je n'ai jamais eu autant envie de brûler qu'à cet instant ! Elle aura beau le nier, je sais qu'elle a eu envie d'être à la place d'Adèle.

C'était la pipe la plus excitante de ma vie parce que Talia nous a regardés.

J'ai envie d'elle, je ne peux pas faire semblant. Elle m'attire. Dès que je la vois, mon corps prend dix degrés et ma queue se lève en un instant. Je la désire à un point inimaginable.

– Roméo, est-ce que tu nous écoutes ?

Pas le moins du monde !

Je lève la tête de mes céréales pour faire face au regard accusateur de ma mère. Bon sang, qu'est-ce qu'elle a changé !

Dans son ensemble en soie rose pâle, elle me fait penser à une de ces femmes pleines de pognon qui passent leur journée à papoter dans des clubs privés, ou à se créer une image de femme parfaite en préparant des soirées caritatives pour enfants défavorisés. Elle n'a plus rien de la femme simple qu'elle était. Ma mère a changé.

– Tu disais ? demandé-je.

Jonas grimace et se retient d'intervenir. Vaut mieux pour lui, je ne suis pas d'humeur.

– Ce week-end, Jonas et moi serons à Paris pour affaires. Vous serez seuls avec Talia. N'en profitez pas pour faire une soirée avec vos amis du lycée, c'est interdit. Nous ne voulons pas que la maison se transforme en capharnaüm !

– Je n'ai pas l'intention de faire une fête, surtout avec les gamins de ce lycée de friqués !

Encore une fois, Jonas a un rictus agacé sur le visage, tandis que ma mère soupire.

– Je ne suis pas stupide, Roméo, je sais que tu es capable de les inviter uniquement pour braver mon interdiction !

– S'il y a une soirée ici, j'en serai immédiatement informé. Ma fille ne le laisserait pas faire, intervient Jonas. Elle ne me cache rien !

Mon pauvre Jonas, si tu savais !

Il ne connaît pas sa fille, pas du tout même. C'est à se demander s'il s'intéresse vraiment à elle.

– OK, pas de soirée. D'autres interdictions pour illuminer ma journée ? lancé-je, sarcastique.

Jonas grimace et se retient d'intervenir. Sage décision ! Je m'attends à ce que Jonas me tombe dessus, mais il ne fait rien.

– À notre retour, nous allons organiser une réception pour officialiser nos fiançailles, répond ma mère en prenant la main de Jonas, tout sourire.

Bordel !

– Nous tenons à ce que tout le monde sache que notre union est pour bientôt. Nous allons former une vraie famille, alors je compte sur toi pour ne pas… je ne veux pas que tu te comportes mal à cette réception… C'est important pour moi, tente-t-elle de me faire comprendre.

Je soupire. Je n'en ai rien à foutre de son union avec cet homme pourri. Il se moque d'elle, mais elle ne voit rien, aveuglée par son compte en banque ou son physique.

– Ton fils se comportera bien, Sofia, ne t'en fais pas, la rassure cet enfoiré. Il sait qu'il a beaucoup à perdre s'il ne fait pas ce qu'on attend de lui.

Je le fusille du regard. J'ai envie de l'encastrer dans le mur ou de péter ses dents parfaites. Pourquoi a-t-il fallu que je sois aussi stupide par le passé ? Et que ma mère rencontre ce type ? Tout ça, c'est à cause de moi.

Je finis par quitter la table. J'ai assez supporté leur présence. Ma mère a cessé de me voir comme son fils, je suis devenu un problème pour elle. Rien de plus.

Qui plus est, les petits déjeuners sans Talia n'ont aucune saveur. Depuis plusieurs jours, elle ne prend pas la peine de redescendre à la salle à manger après son footing matinal. Son comportement inquiète même Hector et Marnie. Leur petite protégée s'est muée dans un silence étrange, et je me sens responsable.

Et si j'étais allé trop loin ?

En regagnant ma chambre, je ne peux m'empêcher de m'arrêter devant la porte entrouverte de Talia. C'est plus fort que moi, j'ai besoin d'attirer son attention. J'ai besoin qu'elle n'oublie pas que je suis là.

Je suis sur le point d'entrer lorsque je la surprends plantée devant son miroir en sous-vêtements.

Oh. Putain. De. Merde !

Mon regard se perd sur ses courbes alléchantes et renversantes. Je pourrais mourir pour avoir le droit de les caresser ne serait-ce que du bout des doigts. J'imagine ses jambes athlétiques entourer ma taille pendant que je bougerai en elle jusqu'à ce qu'elle crie mon nom.

Mes yeux remontent sur son cul bombé dans sa lingerie affriolante. Bordel, je ne pensais pas qu'elle mettait des sous-vêtements aussi sexy ! Où est passée sa chemise de nuit de grand-mère ?

J'ai envie de palper ses fesses, de les prendre avec fermeté et de me nicher entre elles. Je ne parle même pas de sa poitrine. Je suis certain que ses tétons durciraient sous les assauts de ma langue. C'est fou d'avoir un corps de malade et de ne pas laisser quelqu'un en profiter.

Moi, en l'occurrence. L'effet qu'elle a sur moi est dingue. Jamais de ma putain de vie, je n'ai ressenti un tel désir pour une nana.

Je finis par lever les yeux vers son doux visage. Si elle savait combien de mecs fantasment sur sa bouche pulpeuse, elle arrêterait sûrement de la mettre en valeur avec du gloss rosé.

La tristesse dans ses yeux me fait froncer les sourcils. Je ne sais pas ce que le miroir lui renvoie, mais elle n'apprécie pas du tout ce qu'elle voit. Elle touche son ventre et soupire, presque dégoûtée.

Putain, ne me dites pas qu'elle complexe dessus ?

Quelles conneries lui a encore rabâchées sa grand-mère, ou son frère ? Ne voit-elle pas qu'elle est magnifique ?

***

Vingt minutes plus tard, nous sommes déposés par David devant le lycée. Encore une fois, nous arrivons en avance.

À peine Talia met un pied en dehors de la voiture qu'elle se dépêche de me fuir. Seulement aujourd'hui, je ne compte pas la laisser faire. Elle me manque et j'ai besoin qu'elle pose les yeux sur moi ou qu'elle me parle, même si c'est pour me balancer une insulte, tant pis, au moins, elle ne m'ignorera plus.

Dans le long couloir de l'entrée, je la colle de si près qu'elle soupire.

– Plus de vengeances ? demandé-je.

– Non.

Elle est sèche, mais elle répond. À moi de la provoquer.

– Manque d'imagination ? Je me disais bien aussi que c'était un miracle que tu puisses avoir le cran de me tenir tête ! Mais en fait, tu n'es qu'une petite bourge trouillarde et ennuyeuse !

Aïe, peut-être un peu trop provocant !

Talia s'arrête d'un coup et se retourne, le regard enflammé. J'aime tant cette lueur incendiaire dans ses yeux qu'elle me donne un tas d'idées. Elle est si belle quand elle laisse la colère la submerger.

– Je suis parfaitement capable de te tenir tête espèce d'abruti ! Je n'ai simplement plus envie de jouer à tes défis stupides. Et encore moins de te parler, répond-elle, agacée.

– Dis plutôt que ta grand-mère, la tyrannique Léonore Casse-burnes t'a ordonné de plus m'approcher ou alors c'est ton père qui a…

– Je me fous de leur interdiction à la con, me coupe-t-elle. C'est moi qui n'ai plus envie de te donner de l'importance. Tu n'en vaux pas la peine.

Aoutch, ça fait mal.

Je l'ai vraiment blessée en me tapant Adèle. Peu importe, il est hors de question que je la laisse m'échapper.

– Je ne savais pas que tu avais l'âme d'une rebelle, Talia. Est-ce que ta grand-mère sait que tu as fréquenté des mecs comme Wade à New York ? Sa petite fille en danseuse de hip-hop, elle n'apprécierait pas…

Talia me lance un regard si noir qu'elle pourrait me tuer sur place.

– Du chantage, Roméo, vraiment ? s'offusque-t-elle.

– Ce serait légitime qu'elle le sache, après tout ce qu'elle sacrifie pour toi, qu'elle…

Je m'interromps quand je vois Adèle passer la porte d'une salle de classe. Putain, je n'ai aucune envie de la voir et de supporter son regard énamouré. Elle me fatigue à m'envoyer des messages toutes les deux minutes, persuadée qu'on ferait un super beau couple. Elle ne lâche jamais et est prête à tout. Cette dingue m'a envoyé des *nudes* pour tenter de me convaincre.

Qui fait ça ? Une psychopathe !

Je regarde partout autour de moi afin de trouver un moyen de l'éviter. Ces derniers jours, ça devient de plus en plus compliqué. Je suis sur le point de me barrer quand Talia me retient par le bras.

– On n'a pas fini cette conversation, me rappelle-t-elle, sur les nerfs. Si tu dis…

Je ne la laisse pas terminer, la saisis par la main et l'entraîne vers la seule issue que j'ai trouvée. Le placard à balais. Ce fameux placard où elle m'a emmené le premier jour quand elle évitait son abruti d'ex.

Je nous enferme et fais barrage entre Talia et la porte. Hors de question qu'elle sorte d'ici et révèle ma cachette.

Elle s'apprête à me hurler dessus, mais je l'attire à moi et plaque ma main contre sa bouche. Ses yeux me foudroient et me font sourire. Si elle savait à quel point sa fureur m'excite, elle cesserait immédiatement.

Je sais que notre proximité ne la laisse pas indifférente. Je le ressens à travers les battements forts et irréguliers de son cœur. Son odeur printanière s'infiltre en moi et me donne envie de plonger mon nez dans son cou, que je rêve de goûter.

Elle tente de communiquer avec moi, seulement ses paroles sont incompréhensibles. Je ricane, moqueur, et déclenche une nouvelle fois sa rage. Elle frappe mon pied avec le sien et tente de me mordre la paume de la main. Une vraie petite sauvage.

J'adore ça !

– Tu promets de ne pas crier si je te lâche ? l'interrogé-je, sur mes gardes. Je ne parlerai pas de Wade à ta grand-mère, ni de ce que tu as fait à New York, mais ne crie pas.

Talia acquiesce. Je retire ma main et attends qu'elle hurle, mais elle ne fait rien. Elle tient parole.

– Qu'est-ce qui t'a pris de m'emmener ici ? me demande-t-elle, calmée.

– J'avais envie d'un tête-à-tête avec toi dans un endroit terriblement humide, étroit et romantique, répliqué-je, taquin.

Elle lève les yeux au ciel tout en esquissant un léger sourire. Cette nana est beaucoup trop belle pour que je ne succombe pas.

– Tu évites Adèle, n'est-ce pas ? dit-elle. Elle ne te satisfait plus ?

Elle ne peut retenir son sourire triomphant.

– J'ai comme l'impression que ça te fait plaisir…

– Ah oui, et pourquoi ?

J'avance d'un pas, collant mon corps au sien. Elle recule jusqu'à toucher l'étagère du fond, bloquée et à ma merci. Si je le voulais, je n'en ferais qu'une bouchée. Je pose une main sur une de ses hanches et penche la tête vers son cou.

Sa respiration se coupe, ses yeux évitent de croiser les miens et son cœur tambourine à un rythme soutenu dans sa poitrine. C'est fascinant. Elle ne peut nier être attirée par moi ou, du moins, nier l'effet que j'ai sur elle, parce qu'elle provoque le même sur moi.

Mon visage se baisse au-dessus du sien, tandis que mon torse se colle à sa poitrine ferme dont les tétons pointent à travers le tissu de sa chemise blanche. La chaleur qui se dégage de son corps me rend dingue. J'ai du mal à avaler ma salive et je ne parle même pas de l'énorme bosse dans mon caleçon.

À qui est-ce que je mens en prétendant ne rien ressentir pour elle ?

Le pouvoir qu'elle a sur moi est bien trop évident pour le nier.

– Tu aurais rêvé d'être à sa place… Être celle qui m'accueille dans sa bouche, que je touche ou à qui j'accorde de l'importance. Tu étais jalouse d'Adèle, chuchoté-je près de son oreille.

– Tu es trop sûr de toi, Roméo. Je ne suis pas attirée par toi, ment-elle.

– Ce n'est pas moi que tu dois convaincre, trésor, mais toi-même. Si tu veux savoir la vérité, j'aurais adoré que ce soit toi qui m'avales.

Je la sens frissonner contre moi. J'appuie sur sa hanche, me colle un peu plus à tel point que je suis certain qu'elle sent mon érection contre son ventre. Le gémissement presque inaudible qui franchit ses lèvres manque de me faire flancher.

– On pourrait remédier à ça… Ici. Tu pourrais te mettre à genoux et…

– Tu n'es qu'un porc, lance-t-elle sèchement.

– Un porc que tu rêves d'avoir dans ton lit, trésor… Tu n'as qu'à me demander et je te prends ta précieuse virginité. Tu ne seras plus la petite bourge coincée du cul du lycée !

Sa main s'abat sur ma joue si violemment qu'elle manque de me décrocher la mâchoire. Je l'ai mérité.

– Ne t'approche plus jamais de moi, Roméo. Fais ce que tu veux avec Adèle et les autres, mais je ne veux plus jamais avoir affaire à toi !

Elle n'ajoute rien de plus, me passe devant et sort du placard sans un seul regard pour moi. Je masse ma joue pour atténuer la douleur, mais ce n'est pas ici que j'ai le plus mal. La fissure que je sens dans la poitrine me surprend et me brûle atrocement.

Je comprends que j'ai fait une grave erreur et que j'ignore comment la réparer.

14

Talia

– Tu as la maison pour toi toute seule et tu n'organises pas de fête, mais tu es dingue ! s'offusque Manon à l'autre bout du fil.

– Je n'ai pas la maison pour moi toute seule, rectifié-je. Hector et Marnie seront là et Roméo aussi, alors...

Elle souffle bruyamment.

– Hector et Marnie seront partis à vingt heures au plus tard. Quant à Roméo, soit il sera partant pour la fête, soit il sera sorti avec ses potes. Mais je préférerais qu'il débarque à la fête avec ses amis... D'ailleurs, tu ne pourrais pas proposer à ton ami de New York de venir, comment il s'appelle déjà ? West ?

– Wade, ricané-je.

À chaque fois, elle fait semblant d'oublier son prénom, même si elle en parle tout le temps depuis deux semaines. Elle est tombée sous le charme du bel Américain, mais je ne sais pas si c'est réciproque. Wade ne me parle que de danse, il tient à ce que je continue à me laisser porter par la musique et non à m'enfermer dans le classique strict.

Pour être tout à fait honnête, je refuse de reprendre les entraînements de hip-hop avec Wade de peur que ma grand-mère l'apprenne. Si je me laisse porter par ce désir de danse, où est-ce que ça va me mener ?

– Voilà, Wade, invite-le ! Ou invite l'Espagnol, il est canoooon !

Ah oui, elle apprécie aussi Diego !

– Je ne vais pas organiser de fête, Manon, lancé-je, catégorique. Je n'ai personne à inviter et c'est très bien comme ça.

– Tu sais parfaitement que la moitié du lycée viendrait. Du moment que l'alcool coule à flots, ils sont contents, fait-elle remarquer.

– Peut-être, mais je déteste la moitié du lycée !

Manon grogne à travers le téléphone. Elle sait que je suis têtue.

– J'ai déjà prévu de répéter une bonne partie de la soirée, ajouté-je, et…

– Tu répètes H24, Talia, fais une pause ! Depuis deux semaines, on n'a même pas réussi à se voir plus d'une heure en dehors des cours tellement tu passes de temps dans ta salle de danse, se plaint-elle. Ma meilleure amie me manque…

Je ne réponds pas, étant envahie par la culpabilité. Manon a raison, je l'ai délaissée, comme j'ai délaissé tout le monde en m'acharnant à être la meilleure ballerine au monde. J'ai même supporté toutes les critiques de ma grand-mère sans broncher. Il faut que ça cesse, je ne vais pas m'empêcher de vivre à cause de tout ce qu'on m'a balancé au visage.

– Je suis désolée, Manon, réponds-je. Je te promets de me rattraper… Tu veux venir à la maison ce soir ?

– Netflix et chocolats ? précise-t-elle.

– Netflix et chocolats ET sushis ?

– Parfait ! Je viens vers vingt et une heures, j'ai un plan Tinder avant…

Je pouffe en secouant la tête. Bien qu'elle soit attirée par Wade ou Diego, elle ne cesse pas de flirter sur son application favorite. Je ne sais pas où elle trouve toute cette énergie, mais je l'envie d'être aussi libre.

Nous finissons par raccrocher quelques minutes après. Manon a tenu à me raconter en intégralité l'échange qu'elle a eu avec Adxx06.

Je passe le reste de la journée dans ma salle à danser encore et encore jusqu'à ce que mes pieds ne puissent plus décoller du sol. Les nouvelles figures imposées par Léonore sont trop difficiles pour moi. Je n'y arrive plus ou alors la motivation a déserté mon corps. J'ai envie d'autre chose.

Le fait d'avoir évoqué Wade m'a rappelé ses mots durant toute la fin de la journée. Il a raison. Je suis la seule à pouvoir décider de ce que j'ai envie de faire de ma vie et même quel genre de danseuse je veux être.

Mon séjour à New York m'a fait goûter à la saveur de la liberté et il n'y a rien de plus délicieux que de se sentir libre et légère lorsque l'on danse. Et depuis que je suis revenue, je l'ai presque perdue par peur d'affronter ma grand-mère.

En fin d'après-midi, je pars répéter dans la salle de danse, au milieu du jardin. Arrivée devant la sono, je me surprends à ne pas lancer la playlist imposée par ma grand-mère, mais plutôt à en démarrer une qui me correspond plus.

Je me laisse porter par les musiques qui défilent sans me préoccuper du temps qui passe. Dans ces moments-là, j'oublie tout, il n'y a que ce que me procure la danse qui occupe entièrement mes pensées. Chaque pas que je fais traduit ce que je ressens au plus profond de moi. Je ne me cache pas quand je danse. La vraie Talia s'exprime et hurle au monde sa peine.

La première fois que j'ai vraiment dansé, c'était pour *elle*, ma mère. Je pensais que si je dansais bien, elle descendrait des étoiles pour me féliciter. J'ai continué encore et encore jusqu'à ce que je comprenne que jamais elle ne me prendrait dans ses bras. Son absence est toujours aussi dure à supporter.

J'en veux à mon père de ne jamais parler d'elle et de faire comme si elle n'avait jamais existé. J'en veux à mon frère de me détester parce que je l'ai privé d'elle. Et je m'en veux surtout à moi d'être la cause de sa mort. Je n'ai rien demandé ni voulu. Si j'avais pu décider, je ne serais pas venue au monde.

Lorsque la dernière musique se finit, je me sens vidée de toute mon énergie tant j'ai mis mon âme dans l'interprétation. Mon sang pulse jusque dans mes tempes et mon cœur bat si fort que je ne sais pas bien comment je parviens encore à tenir debout.

– Putain, Mystic, c'était grandiose ! me complimente une voix que je connais bien.

Je me retourne d'un coup, recouvrant par la même occasion mon énergie, et fais face à Wade et à son nouveau meilleur ami, ce très cher Roméo, à l'entrée de la salle. Depuis l'incident dans le placard à balais du lycée, je me force à ne lui accorder aucune attention, mais le regard enflammé qu'il coule sur mon corps me fait serrer les jambes.

J'ai détesté chaque seconde de notre moment passé dans le placard, non pas parce que sa présence m'insupporte, mais parce que ce que je ressens quand je suis si proche de lui m'effraie. L'attraction qu'il dégage devient de plus en plus difficile à ignorer et à combattre.

– Je savais que tu ne résisterais pas longtemps avant de laisser ton corps s'exprimer ! Tu as la danse dans le sang, Talia, affirme-t-il, sûr de lui.

– Qu'est-ce que vous faites là ? soupiré-je.

– On a entendu la musique depuis le jardin et j'ai insisté pour te voir danser. Rome a essayé de m'en empêcher, mais il ne sait pas encore combien je suis têtu, ricane-t-il.

Roméo lève les yeux au ciel.

– C'est bon, tu as vu la sauterelle sous LSD bouger dans tous les sens, on peut aller préparer la fête ? dit-il, agacé.

– Mec, ta sœur n'a rien d'une sauterelle qui bouge dans tous les sens. Elle est douée et si tu n'étais pas d'aussi mauvaise foi, tu le reconnaîtrais !

– Je ne suis pas sa sœur, rectifié-je pour la millième fois.

Roméo esquisse un léger sourire. Notre seul point commun est de ne pas vouloir nous considérer comme une famille.

– Et comment ça, vous allez organiser une fête ? ajouté-je. Les parents ont interdit de…

– Fais pas ta coincée, Talilah. Ton papa chéri ne l'apprendra pas et tu ne seras pas privée de spa, se moque-t-il.

Je le fusille du regard. Sa condescendance envers moi me donne envie de lui arracher les yeux. Il est injuste en utilisant ma « richesse » contre moi. S'il prenait la peine de me connaître, il verrait que l'argent ne me rend pas plus heureuse et que je n'en ai rien à faire.

Wade lui tape l'épaule et lui murmure quelques mots. Je suis trop loin pour entendre ce qu'ils se disent.

– N'écoute pas cet abruti, me conseille Wade. Viens à la fête, on pourrait reprendre les cours de danse. Je suis certain que rencontrer le Crew va te donner envie de danser, comme à New York. Zorah t'attend…

Je souris.

Rien que d'imaginer New York me fait chaud au cœur. Les cours de danse avec Wade et Zorah me manquent tellement, tout comme cette ville.

Mon sourire s'efface dès que je pose les yeux sur Roméo. La colère que je lis dans ses prunelles émeraude me fait froid dans le dos, mais électrise inexplicablement mon bas-ventre. Quelle est cette sensation nouvelle, à la fois terrifiante et excitante ?

Je n'ai rien fait de mal. Je n'y peux rien si j'ai un passé commun avec son nouvel ami. Le monde est petit, tout simplement.

Roméo entraîne Wade dans la maison, comme pour l'éloigner de moi. Monsieur ne partage pas, apparemment. Son comportement est puéril. Je n'ai pas l'intention de m'immiscer dans leur Crew, je ferais tache au milieu de tous ces danseurs de hip-hop, moi la novice et la ballerine coincée.

Je finis par me réfugier dans ma chambre. La sonnerie du dictaphone au portail retentit. Par la fenêtre, j'observe les autres membres de leur groupe qui traversent la cour, les mains chargées de bouteilles d'alcool ou de sacs certainement remplis de nourriture.

Si mon père apprend qu'on lui a désobéi, je ne donne pas cher de notre peau. Je me demande où sont Hector et Marnie. Ah oui, ils ont pris leur soirée, convaincus qu'ils pouvaient nous faire confiance. Quelle erreur ! J'espère de tout cœur qu'ils ne paieront pas les pots cassés si mon père est mis au courant.

– La souris est rentrée dans son terrier pour se cacher. Tu es tellement prévisible, ricane Roméo.

Bon sang, je ne l'ai même pas entendu arriver !

– Tu fais bien de ne pas venir, continue-t-il en se déplaçant dans ma chambre. Cette fête n'est pas pour les petites filles.

Il prend ma boîte à musique dans ses mains et l'ouvre. La ballerine danse en tournant, tandis que la douce mélodie me replonge des années en arrière. Cette boîte est le seul objet me reliant à ma mère. Elle l'avait achetée pour ma naissance.

– Pose ça, lui ordonné-je.

Il obéit, un rictus aux lèvres.

– C'est bien ce que je disais, une vraie petite fille ! Ton père serait fier de toi, enfermée dans sa cage dorée attendant qu'un gentil prince vienne la délivrer.

– Je ne suis pas une petite fille, dis-je, agacée.

Encore une fois, il ricane. La colère s'empare peu à peu de moi. Ça m'insupporte qu'il me prenne pour une gamine coincée et encore plus pour une fille à papa.

Il fait un pas vers moi, ses yeux de jade plantés dans les miens. Je sens mon corps s'embraser à travers son regard. Assez près de moi, il penche son visage vers le mien. Le crépitement dans mon ventre me déstabilise. Je ne suis plus maîtresse de mes mouvements ou de mes émotions et je déteste ça !

– Prouve-le-moi, me dit-il, en me mettant au défi.

***

Une demi-heure après le départ de Roméo de ma chambre, je suis enfin prête à affronter cette soirée. Je me suis douchée, habillée, coiffée et maquillée en un temps record. Devant le miroir, je ne me reconnais pas. Je n'ai pourtant pas fait d'efforts vestimentaires, un short en jean noir et une blouse légère rose pâle, mais je me sens différente.

Je devrais peut-être me changer. J'ai l'impression que

cette tenue fait ressortir mes complexes. Mes seins menacent d'exploser à travers le tissu de mon soutien-gorge blanc et mes cuisses me paraissent très grosses. Les mots de ma grand-mère tournent en boucle dans ma tête.

Toutes ces heures à danser ne se reflètent pas sur mon corps, bien au contraire.

Je soupire et me décide à descendre en recevant un SMS de Manon pour me prévenir de son arrivée. Ça n'a pas été difficile de la convaincre de venir plus tôt. Je n'ai eu qu'à prononcer le nom de Wade pour qu'elle se prépare et saute dans sa voiture. L'avantage d'avoir une année de plus que moi, c'est qu'elle a le permis depuis un an.

Dès que je pénètre dans le salon, je ne le reconnais pas. Les canapés ont été déplacés contre les murs, les deux tables en marbre aussi, afin de laisser la place aux danseurs pour s'exercer. Tout a été préparé avec soin, mais tout de même sans chichis. Les amis de Roméo semblent aimer la simplicité.

Ils ne sont qu'une petite quinzaine ce soir, et ça me convient. Je reconnais avoir eu peur que la maison soit envahie par une centaine de personnes déchaînées dont le seul but est de finir ivres mortes.

Le peu de filles présentes, qui ne dansent pas, admirent les membres du Crew, plus beaux les uns que les autres. Personne ne peut leur en vouloir, c'est humain, et pour les défendre, c'est vrai qu'ils sont tous assez attirants.

Fascinée par leurs mouvements, je reste en retrait. Ils s'amusent tous à se défier en petites battles de figures et à se chambrer gentiment quand l'un d'eux échoue. Mes yeux se posent sans le vouloir sur Roméo. C'est la première fois que je le vois danser ; eh merde, son talent me coupe le souffle.

Je ne l'ai jamais vu bouger aussi indécemment, c'est sexy et excitant.

Sexy et excitant, vraiment… ?

Je ne comprends pas ce qu'il se passe en moi.

Quand il danse, deux sentiments émanent de lui et me frappent en plein cœur. La souffrance et la rage. Qu'est-ce qu'il lui est arrivé pour qu'il soit aussi en colère et triste ? C'est comme si ses souffrances faisaient écho aux miennes.

Manon débarque vers moi, tout sourire, et me tend une bière, qu'elle décapsule avec son briquet.

– Allez, Talia, montre à Roméo qu'il se trompe sur toi et, surtout, fais-les tous baver, me murmure-t-elle, complice.

Elle passe son bras sous le mien et m'entraîne vers la cause de mes insomnies.

Au moment où nous arrivons à leur hauteur, Roméo tourne la tête vers nous. Ses prunelles émeraude détaillent ma tenue de haut en bas. Il esquisse un sourire appréciant ce qu'il découvre. Merde, je croyais l'agacer en sortant de ma cage dorée ou l'impressionner, mais je me rends compte que j'ai fait exactement ce qu'il attendait de moi.

Est-ce que je viens de foncer droit dans la gueule du loup ? Sans aucun doute.

– Ma danseuse préférée, lance Wade en s'approchant.

Immédiatement, il entoure mes épaules de son bras et m'attire contre son torse.

Je porte la bouteille de bière à ma bouche et avale une longue gorgée sans quitter des yeux Roméo, un air de défi dans le regard. Je suis peut-être tombée dans son piège, néanmoins je ne compte pas m'avouer vaincue.

Wade m'emmène devant les autres danseurs du Crew parce qu'il tient absolument à me les présenter. Parmi eux se trouvent deux filles très belles qui dégagent un charme fou. L'une blonde aux allures de Barbie sauvage, l'autre brune et métis qui n'a rien à envier à la beauté de Rihanna.

– Les mecs, Alice, Rina, je vous présente Talia, la non-sœur de Rome, m'introduit Wade. Je l'ai rencontrée cet été à New York et je vous assure que cette nana est une sacrée bonne danseuse !

Je rougis. J'ai toujours autant de mal avec les compliments, surtout quand ils concernent mes « talents » de danseuse.

– Et canon, ajoute un beau blond aux yeux gris. Pourquoi tu l'as cachée, Rome ?

– Je ne l'ai pas cachée, grogne Roméo.

La lueur nouvelle qui anime ses iris verts attise la flamme dans mes reins, dont la divine sensation parcourt mon corps et laisse une traînée de chaleur électrique sur son passage.

C'est si bon...

Tour à tour, Manon et moi sommes présentées aux membres du Crew, ainsi qu'à leurs amis. Tous sont si chaleureux que je me sens à l'aise en un instant. Très vite, je comprends pour quelle raison le groupe a été nommé Melting. Chaque personne appartient à une origine particulière et pour eux la danse n'a aucune frontière.

Le message véhiculé par leur nom me plaît énormément.

En moins d'une heure, je sympathise avec Rina. Elle est si gentille et solaire que sa bonne humeur est contagieuse. Elle m'a raconté toutes les mésaventures du Crew en se moquant ouvertement des mecs qui se mettent dans des situations dingues et hilarantes.

Si mon père et ma grand-mère me voyaient traîner avec une fille comme Rina, ils en feraient une crise cardiaque ou m'enverraient dans le couvent le plus proche. Le style vestimentaire non conventionnel et les bras tatoués de ma nouvelle amie ne leur plairaient pas. Ils la trouveraient vulgaire à cause de son rouge à lèvres bordeaux et de sa mini-jupe en cuir.

Les apparences avant tout pour les Bellerive !

– Et si on faisait un jeu ? propose Diego en s'installant dans l'un des canapés.

Manon s'assied à côté de lui. Apparemment, son attirance pour Wade est passée à la trappe. Elle n'a d'yeux que pour le bel Espagnol. Il faut dire qu'ils s'entendent à merveille tous les deux. Puis Wade est bien trop occupé à regarder Rina toutes les trente secondes.

– Un jeu ? répète Wade. Sérieux, mec, t'as quel âge ?

– Vingt ans ! Ne fais pas ton rabat-joie, Wade, mes jeux n'ont rien d'enfantin.

– Sans moi, déclaré-je.

Je commence à partir lorsque je percute un torse musclé. L'odeur boisée et citronnée ne laisse aucun doute sur le propriétaire de ce corps. Je relève la tête et découvre le sourire sardonique de Roméo.

– Tu te dégonfles, Talilah, me provoque-t-il. Je croyais que tu n'étais pas une petite fille ?

Je le fusille du regard. Comment parvient-il à me taper sur le système aussi facilement ? Il ouvre la bouche et je me retrouve partagée entre l'envie de l'étrangler et celle de l'embrasser ?

L'embrasser, vraiment, Talia ?

Intérieurement, je fulmine, mais je ne le montrerai pas. Je suis descendue de ma prison dorée pour lui tenir tête, je ne vais pas me dégonfler maintenant.

Un petit jeu ne peut pas me faire de mal, si ?

Je rebrousse chemin et vais m'installer dans le canapé en face de celui où sont assis Manon et Diego. Je suis rejointe par Wade, Rina et les autres. Roméo s'assied en face de moi, sa sangsue de blonde à son bras.

– C'est parti pour le jeu des défis ! annonce Diego. C'est très simple, je vais noter des défis à réaliser sur ces papiers, dit-il en les agitant. Je les mets dans le saladier, vous piochez et devez les faire. Si vous refusez, il faudra boire un verre d'eau-de-vie à la prune cul sec !

Rien ne me paraît difficile dans ce jeu. Je ne pense pas que les défis demandés soient si complexes à exécuter. Diego nous sert à chacun un verre de ce breuvage dosé en alcool. Je n'ai qu'à sentir ce truc pour savoir qu'une gorgée me transformerait en cracheuse de feu.

– Celui qui réalise le défi désigne le prochain à piocher, ajoute-t-il.

Rina est la première à se lancer. Elle plonge sa main dans le saladier et en sort un bout de papier.

– Fais une danse lascive, récite-t-elle. Sérieux, Diego, tu connais le mot « lascive » ?

Ah d'accord, il s'agit de ce genre de défi…

Diego répond par un doigt d'honneur, vexé. Je glousse. Les liens qui unissent leur bande d'amis sont beaux à voir. Ils se chamaillent et se taquinent, mais l'amour qu'ils se portent saute aux yeux.

Rina fait signe à Tao d'enclencher la musique, prête à relever son défi. Elle monte sur la table basse après avoir enlevé ses chaussures. « Earned It » de The Weeknd résonne dans les enceintes, tandis que Rina commence à bouger.

Dès les premières secondes, je suis complètement fascinée par sa danse. Les gestes de Rina ont sûrement subjugué toutes les personnes présentes dans cette pièce. La sensualité qu'elle dégage m'ensorcelle. Elle ondule des hanches, balance ses fesses de droite à gauche, meut ses bras dans les airs, pendant que ses jambes enchaînent des pas sensuels, sexy et hypnotisants. Mes yeux ne peuvent se détacher du spectacle qu'elle nous offre.

Je n'ai jamais vu autant de charme se dégager d'une personne qui se déhanchait de cette façon. Elle est magnifique. À sa place, je serais ridicule.

– Je crois que c'est suffisant, lâche-t-elle en descendant de la table. Tu es convaincu ?

– Carrément. Je suis à l'étroit dans mon boxer !

Manon tape l'épaule de Diego, qui ricane.

Rina s'installe à nouveau dans le canapé et avale une gorgée de bière. Elle désigne Alice comme la prochaine à jouer. Elle jubile en lisant son papier.

– Lèche le cou de ton voisin de droite, annonce-t-elle.

Alice ne cache pas son enthousiasme puisque son voisin de droite s'avère être Roméo. Son sourire m'agace. Ça ne devrait pas autant m'énerver, mais c'est plus fort que moi, je ne supporte pas de voir Roméo avec une autre fille.

Elle ne perd pas de temps, penche son visage au-dessus du cou de Roméo et passe sa langue baveuse dessus. Elle ne se prive pas pour lui mordiller l'oreille. Son geste ne déplaît pas à Roméo puisqu'il esquisse un léger sourire.

Ses yeux se posent sur moi, provocants. Il a senti mon agacement et je suis certaine qu'il en jouera.

– Défi relevé, accorde Diego. À toi de choisir !

Alice observe chaque joueur tout à tour avant de s'arrêter sur moi, le sourire mauvais.

– Pioche, princesse, c'est à toi !

Elle hausse un sourcil et me gratifie d'un regard hautain. Elle rêve si elle croit m'intimider. Je tire un papier sans lâcher les prunelles noisette de ma nouvelle ennemie.

Je déplie le papier dans un silence de plomb. L'appréhension me submerge. Je n'ai jamais joué à ce genre de jeu, sûrement parce qu'on ne m'a pas beaucoup invitée à des soirées. Adèle et les jumelles préfèrent des jeux comme la bouteille ou encore cette appli de téléphone où tout le monde embrasse tout le monde. Ce n'est pas vraiment pour moi.

Je me sens défaillir en lisant à voix haute le défi. Je n'arrive pas à en croire mes yeux. Je n'en suis pas capable.

Pourquoi a-t-il fallu que ça tombe sur moi ?

« Embrasse le mec que tu trouves le plus canon ce soir. »

15

Roméo

« Embrasse le mec que tu trouves le plus canon ce soir. »

Sérieux ?

Je fusille Diego du regard pour avoir écrit ce défi à la con.

Tout est ma faute. Si je ne l'avais pas cherchée, elle serait restée dans sa chambre. Mais c'est plus fort que moi, j'ai besoin de l'emmerder. Elle a cette peur constante de sortir de sa coquille mais, putain, lorsqu'elle le fait, elle est juste incroyable.

Sa manière de danser tout à l'heure m'a retourné le bide. Elle était belle, forte et fragile à la fois, libre, presque sauvage, j'ai entrevu son âme et ça m'a donné envie de la découvrir encore plus et surtout de comprendre d'où vient cette fragilité.

Si elle avait pioché le gage de Rina, je suis certain qu'elle n'aurait pas pu le faire. Talia est une excellente danseuse, mais elle ne connaît rien à la sensualité. Je l'ai vue envier la belle métisse et sa façon de bouger aussi naturellement. Cette fascination dans ses yeux m'a provoqué une trique d'enfer. J'ai eu envie de lui apprendre tellement de trucs que des images ont court-circuité mon cerveau.

Bon, j'aurais préféré qu'elle n'enfile pas une tenue qui la mette autant en valeur. J'ai cru devenir fou en la voyant débarquer dans ce short minuscule qui dévoile ses jambes de malade et cette blouse qui ne cache pas sa poitrine ronde et, j'en suis sûr, ferme.

Tous les mecs l'ont dévorée du regard, surtout Wade et Béni. Il est hors de question que je les laisse l'approcher. Personne ne la touchera. Wade a beau être mon pote, il peut dire adieu à ses cours de danse avec elle et à ses couilles s'il la touche.

Ils ne sont plus à New York. Je suis là maintenant. Si elle a besoin d'un prof de danse, ce sera moi et personne d'autre.

Bordel, je deviens complètement fou ! Je n'ai jamais été aussi possessif avec une nana, c'est ridicule !

Talia devient pâle comme un linge. Elle fixe le papier comme si elle espérait en changer le contenu. Elle ne le fera pas. Embrasser un mec relève de l'impossible pour elle, elle est beaucoup trop coincée. Puis nous savons tous les deux que si elle se décide à agir, c'est moi qu'elle va devoir embrasser.

Ce n'est pas de la prétention, juste du bon sens. Je ne suis pas aveugle, je sais que Talia est attirée par moi, peut-être autant que je le suis par elle. Mais elle ne me choisira pas à cause de nos parents.

Et putain, ça me met hors de moi ! La société m'interdit d'avoir envie de ses seins dans ma bouche, de ses lèvres autour de ma queue ou de sa chatte qui m'avale jusqu'à la garde.

– Alors, princesse, c'est trop pour toi, la titille Alice, sournoise.

Talia la foudroie de ses beaux yeux ambrés. L'animosité entre elles est flagrante. Ma jolie brune ne supporte pas de voir Alice si près de moi. Je sais qu'elle est jalouse, je le sens.

Mes potes s'agitent à leur place, ils espèrent être choisis. Mon cul, dans leurs rêves !

– Ce n'est pas trop pour moi, Barbie, réplique Talia, irritée.

– Talia, tu n'es pas obligée de le faire si tu n'en as pas envie, intervient Manon.

– Un baiser ne va pas me tuer, Manon, la rassure-t-elle.

Putain, moi si !

Je bouillonne. Je n'ai pas envie de la voir embrasser un autre mec.

– Un baiser avec la langue, souligne Alice.

La garce.

– Le défi ne le précise pas, fait remarquer Talia.

– Diego, interpelle Alice.

– Avec la langue, princesse, confirme mon ex-ami.

Putain !

Alice jubile. Elle s'en prend à Talia parce qu'elle a remarqué ma manière de la regarder. Elle est jalouse que je sois attiré par une autre.

Encore une fois, ma jolie danseuse ne se laisse pas démonter. Elle est si déterminée que personne ne la dissuadera d'abandonner.

Je ne tiens plus en place sur mon siège. J'ai envie de me tirer de cette baraque et d'emmener Talia avec moi. Finalement, j'aurais préféré qu'elle reste dans sa cage dorée et que personne ne puisse voir combien elle est précieuse et incroyable, même si ça fait de moi le dernier des salauds.

Talia se décide à agir. Elle avance tout droit vers Wade, l'attrape par le col de son tee-shirt et écrase sa bouche sur la sienne sans aucune hésitation.

Mon sang tambourine dans mes tempes et mon cœur se serre tant la douleur est forte. Je me fais violence pour ne pas me lever et aller crever les yeux de Wade. Ses mains sur la taille de Talia ne sont pas loin de me faire exploser, des envies de meurtre naissent au plus profond de mon être.

Il lui rend son baiser, apprécie sa bouche. Elle aussi et, putain, ça me fout en l'air !

Ce nouveau sentiment qui envahit chaque parcelle de ma peau me rend dingue. Je n'aime pas ça, je n'ai même jamais connu ça. La jalousie est un foutu sentiment destructeur. Je serre les poings si fort que mes articulations blanchissent. Wade est mon pote, mais je vais éclater sa tête contre le mur s'il ne se détache pas de Talia.

Au bout de quelques secondes, c'est elle qui rompt le baiser. Elle se tourne vers Diego et Alice, les joues rougies et la bouche légèrement gonflée.

– Défi relevé ? demande-t-elle en reprenant son masque de froideur.

– Haut la main, princesse, approuve Diego.

Putain, je vais lui broyer les couilles s'il continue à la surnommer de cette façon !

– Les attentes de Barbie ont-elles été satisfaites ? lance Talia, taquine.

Alice la foudroie du regard. Elle s'est fait avoir à son propre jeu en sous-estimant Talia parce qu'elle n'est pas aussi ouverte que les autres, comme je l'ai moi aussi fait lors de notre rencontre.

Talia n'ose même plus me regarder dans les yeux. À chaque fois qu'ils se croisent, elle baisse les siens. Est-ce qu'elle a senti combien je suis fou de rage ? Est-ce qu'elle sait que j'ai envie de tout envoyer péter ?

A contrario, sa meilleure amie ne cesse de me fixer en fronçant les sourcils. Elle n'est pas dupe. Elle a compris.

– À toi de jouer, Diego, annonce Talia.

Le reste du jeu ne m'intéresse pas. Mes yeux restent braqués sur Talia. Je veux qu'elle me regarde, j'en ai viscéralement besoin. C'est moi qu'elle aurait dû embrasser. Pas l'Américain. Cette pensée ne veut pas me quitter.

Les conversations et les défis des uns et des autres n'ont plus aucune importance pour moi. Alice tente d'accaparer mon attention une bonne vingtaine de fois, je la renvoie chier à chaque fois. Je me contrefous de cette fille. La seule que je veux est la seule qui me repousse malgré son désir évident.

Et pourquoi au juste ?

Parce qu'elle ne veut pas gâcher le bonheur de nos parents ? Parce qu'elle veut éviter de couvrir de honte les Bellerive ?

Pitié, qu'ils aillent au diable !

Voir Talia rire avec Wade me tue à petit feu et je ne comprends pas pourquoi. Oui, elle m'attire physiquement, mais elle a cette autre chose en elle qui me pousse à l'approcher, une sorte de fragilité qui me donne envie de la protéger.

Je n'ai pas réussi avec *lui*, alors peut-être qu'avec elle, je…

Putain, je pars en vrille.

Je me lève d'un bond, pars dans la cuisine et me saisis de mon exutoire du soir, la bouteille de whisky. Il faut que je me vide la tête ou je risque de devenir complètement dingue.

Mais au bout du troisième verre, je me rends compte que c'est pire. Mon obsession pour Talia ne passe pas, au contraire, elle s'intensifie. Elle monopolise chacune de mes putains de pensées. Je ne vois qu'elle et ça me rend dingue !

Lorsqu'elle monte à l'étage pour changer de haut à cause du verre renversé sur sa blouse, je ne réfléchis plus et en profite pour la suivre. Mon cerveau a déserté mon crâne, je ne vois pas d'autre explication.

Arrivé à l'étage, je tombe sur la raison de tous mes tourments. Ses yeux de feu s'arrondissent, remplis de questions. Sans pouvoir me contrôler, je vrille. Je n'en peux plus de faire semblant de ne rien ressentir et de ne pas être attiré par elle. C'est évident qu'elle me plaît. Maintenant, j'ai besoin de savoir si c'est réciproque.

– Roméo, qu'est-ce qui…

– C'est moi que tu aurais dû embrasser, lui susurré-je. Toi et moi savons que tu aurais dû me choisir. Pas Wade. Moi.

Elle ne répond pas. Elle est captivée par mes yeux et ma bouche. Je ne lis que du désir dans ses magnifiques prunelles ambrées, plus aucune peur malgré mon corps tendu au maximum. Son souffle se coupe, le mien s'accélère. Sa bouche s'entrouvre, ses yeux me fixent et sa peau se recouvre d'une nuée de frissons.

Elle recule jusqu'à ce que son dos touche le mur du couloir. J'avance d'un pas, puis un autre. Talia ne s'enfuit pas. Aucun signe sur son visage ne montre qu'elle n'en a pas envie. Ses yeux ne mentent pas.

C'est affolant l'effet qu'elle a sur moi. Je n'ai pas senti battre mon cœur aussi fort depuis une éternité. Je le pensais mort le jour où *il* m'a abandonné, mais je constate que cette maudite tentatrice l'a réveillé.

Je ne contrôle plus rien en sa présence. Ce qui naît au creux de mon bide me surprend, c'est comme une boule de feu prête à s'emparer de mon corps et à le brûler de l'intérieur si elle a le malheur de me toucher ne serait-ce qu'à un endroit. Pourtant, je veux prendre ce risque.

– Si tu n'es pas d'accord avec ça, alors dis-moi de reculer, dis-moi de repartir…

Je lui laisse une porte de sortie. Je ne veux pas la forcer à quoi que ce soit. Encore une fois, elle ne dit rien, le regard toujours ancré sur ma bouche.

J'approche mon visage du sien, suspendant mes lèvres au-dessus des siennes, si appétissantes et pulpeuses.

Si je franchis les quelques centimètres qui séparent nos bouches, je goûterai un morceau du paradis et je sais qu'il deviendra mon parfum préféré.

– Roméo…

Sa voix qui sonne comme une supplique finit de me griller le cerveau. Je craque. Mes lèvres fondent sur les siennes.

Putain de merde !

Talia gémit et m'ouvre l'accès à sa langue, dont je prends possession sans attendre. Elle a un goût de cerise mélangée à de la bière bon marché. Ce que je ressens me dépasse, c'est si intense que je ne comprends pas comment j'arrive à rester debout. Je n'ai jamais ressenti ça de toute ma putain de vie !

Mes mains entourent ses hanches, possessives, comme si elles voulaient marquer leur territoire. Celles de Talia se faufilent dans mon chignon à moitié défait, qu'elle maltraite sans retenue. Elle a rêvé de ce baiser autant que moi et elle s'abandonne à moi si facilement que je perds le peu de contrôle qu'il me reste.

J'ai envie de plus et je ne suis pas le seul. Ma queue s'agite dans mon pantalon, elle est tellement gonflée qu'elle menace de s'en extraire pour rencontrer la chaleur humide et douce de Talia.

C'est si bon de l'embrasser, bien au-delà de tout ce que j'ai vécu jusqu'à aujourd'hui.

Un de mes mains se faufile sous sa blouse et touche son ventre chaud. Putain, son corps est bouillant, près de s'enflammer d'un instant à l'autre. Je remonte un plus haut rencontrant le tissu délicat de son soutien-gorge. Lorsque j'empoigne son sein droit, elle gémit si fort contre ma bouche que je sens ma queue tressauter.

– Rome, t'es en haut ? hurle Diego. Ramène-toi, Tao vient de gerber partout sur le canapé !

La voix de Diego me pousse à détacher mes lèvres des siennes à contrecœur. Lorsque je croise le regard choqué et horrifié de Talia, je reviens brutalement sur terre. Je pensais pourtant qu'elle en avait envie. Je me suis trompé. Ce que je ressens n'est pas réciproque.

Je suis obsédé par une nana qui me voit comme son connard de demi-frère, rien de plus…

16

Talia

Aujourd'hui, je me lève dépourvue de toute motivation. À vrai dire, c'est le cas depuis une semaine au moins, depuis cette fameuse soirée à la maison avec le Crew.

Je dors mal chaque nuit parce que je n'arrête pas de ressasser ce qui s'est passé entre Roméo et moi. Ce baiser est sorti de nulle part. Je n'aurais pas dû vouloir connaître le goût de ses lèvres. On ne peut pas faire ça. C'est n'importe quoi. Nos parents s'aiment et vont se marier, je ne veux pas gâcher leur bonheur. Pourtant, je n'arrive pas à regretter.

Jamais de ma vie, je n'ai ressenti un tel désir pour une personne. Pour être honnête, je ne savais même pas ce qu'était le désir avant que les lèvres de Roméo ne se posent sur les miennes. La violence des sensations que j'ai éprouvées m'a percutée de plein fouet. Ce crépitement électrique dans mon bas-ventre a été aussi puissant que la foudre qui s'abat sur un arbre.

Pour la première fois de ma vie, j'ai compris ce que « tension sexuelle » signifie. J'ai eu tellement de mal à me reprendre que je me suis enfermée dans ma chambre en prétextant être trop fatiguée pour continuer la soirée.

En réalité, j'ai lutté plus d'une heure et demie contre les envies de mon corps. J'ai fini par céder et me suis touchée en pensant à mon voisin d'étage jusqu'à l'explosion. Jamais je n'ai atteint le nirvana aussi vite et fort.

Si nous n'avions pas été interrompus et que je n'étais pas brusquement revenue à la raison, je l'aurais laissé me toucher et bien plus encore. La manière qu'il a eue de s'emparer de mes lèvres m'obsède de jour en jour. Je pensais ne pas lui plaire, n'être qu'un petit jeu de torture pour lui, mais je sais ce que j'ai senti contre mon ventre.

Il a eu envie de moi.

Mais, depuis, il m'évite. Je ne peux pas vraiment lui en vouloir, c'est l'attitude la plus mature à avoir. On ne peut pas reproduire ce qui s'est passé au risque de détruire notre famille. Mon père a le droit d'être heureux. Je l'ai privé de son bonheur une première fois, je ne compte pas le faire une seconde.

Ma seule échappatoire à tout ce merdier est la danse. Depuis la soirée, j'ai repris les cours de danse avec Wade et ça me fait un bien fou. J'ai choisi d'embrasser Wade parce que c'est le seul avec qui je me sentais en confiance. Je savais que son baiser ne me ferait rien, alors qu'embrasser Roméo m'aurait bouleversée et tout le monde aurait compris que je craquais pour mon demi-frère.

Mon Dieu, je ne dois pas être normale !

Avoir embrassé Wade n'a pas rendu notre amitié étrange. En réalité, c'est comme si rien n'avait changé entre nous. Comme à New York, il me montre d'autres manières de bouger. Rina l'assiste souvent. Elle est d'une aide précieuse. Grâce à elle, je n'ai plus un balai coincé dans les fesses quand j'essaie d'être un peu plus sensuelle.

Ils sont une parenthèse agréable dans l'enfer qui rythme ma vie. Et je tiens à la maintenir le plus longtemps possible.

Je sors du lit et file sous la douche. Ce matin, papa et Sofia ont organisé un petit déjeuner en famille. Je suppose qu'ils veulent évoquer leur futur mariage. Ils auraient pu faire tout ça autour d'un dîner et non avant une journée de lycée ou de travail.

Une fois habillée et coiffée, je descends à la cuisine. Je vais déposer un baiser sur la joue d'Hector, qui sourit. Ça m'est égal que mon père et ma grand-mère désapprouvent ma familiarité avec Hector et Marnie, je ne compte pas changer cela.

Hector plisse les yeux en me scrutant de haut en bas.

– Tu as maigri, dit-il, inquiet.

– J'ai énormément répété ces dernières semaines, me justifié-je. Je te jure que je n'ai pas arrêté de me nourrir et que je ne fais aucun régime !

Ma voix sonne faux, je le sais. Lui aussi. Son regard grave et déçu me fait baisser la tête. Je déteste décevoir Hector. Je ne veux pas qu'il s'angoisse pour moi, pas une nouvelle fois. Je sais que je leur ai fait peur, à Marnie et à lui, par le passé, mais c'est différent aujourd'hui. Je ne retomberai pas dans mes anciens travers, même si j'ai été tentée de le faire dernièrement.

– Qu'est-ce que ta grand-mère t'a dit pour que tu maltraites autant ton corps ?

– Ce n'est pas elle…

Hector soupire.

– Jules, demande-t-il.

J'acquiesce.

– Quoi qu'il ait pu dire, il a tort, ma chérie, me réconforte-t-il. Le passe-temps favori de ton frère est de t'embêter parce qu'il sait que ça te touche. Ne l'écoute pas.

– C'est plus facile à dire qu'à faire, marmonné-je.

Hector me force à le regarder dans les yeux. Il pose une main sur mon épaule et me couvre de ce regard aimant que j'ai tant espéré voir dans les yeux de mon père.

– Tu es une jeune femme magnifique et tu n'as pas besoin de changer quoi que ce soit. Si ta famille n'est pas capable de voir la personne incroyable et talentueuse que tu es, c'est qu'elle ne te mérite pas.

Je ne réponds pas. J'aimerais tellement adhérer à ses paroles, mais c'est encore bien trop difficile pour moi. Toute ma vie, on m'a dit que je n'étais pas assez bien ou assez douée, alors j'ai fini par les croire et les laisser me contrôler.

– Le plus important, Talia, ajoute-t-il, ce n'est pas comment eux te perçoivent, mais comment toi tu te vois ! N'écoute pas les reproches qu'ils te font, ils ne sont là que pour te détruire. Ta mère ne les aurait jamais laissés te traiter de cette façon.

– Ils ne seraient pas obligés d'agir ainsi avec moi si elle était là. Ils n'auraient aucune raison de m'en vouloir.

Mon cœur se serre quand j'évoque ma mère avec Hector. Il ne nous arrive que très rarement d'en parler parce que son absence est bien trop douloureuse à supporter. Le trou béant qu'elle a laissé dans mon cœur ne pourra jamais être comblé. J'ai même l'impression qu'il s'agrandit chaque jour qui passe.

– Tu n'es pour rien dans sa mort, Talia… Ce qui est arrivé est dramatique, mais tu n'y es pour rien, alors, s'il te plaît, cesse de croire le contraire. Tu as déjà failli te perdre à cause de ça. Marnie et moi, on ne s'en relèverait pas s'il t'arrivait quelque chose. Tu es comme notre fille.

Les mots d'Hector me touchent si fort que je sens une larme perler sur ma joue. Ces dernières semaines, j'ai encaissé les critiques de ma grand-mère, les piques de Jules et l'ignorance de mon père, à tel point que j'ai fini par me convaincre que je ne comptais pour personne. Entendre que je suis importante pour Marnie et Hector me fait un bien fou.

Je me réfugie dans les bras de mon cuisinier préféré, y trouvant toute l'affection dont j'ai besoin.

– Allez, file dans la salle à manger, ils vont t'attendre ! Tu as intérêt à prendre des forces ce matin, je ne te laisserai pas partir au lycée le ventre vide, me dit-il en déposant un baiser sur mon front.

Je souris.

Pour la première fois depuis des semaines, je me sens mieux pour affronter cette journée.

Lorsque j'arrive dans la salle à manger, je remarque que je suis la dernière à m'installer. Tous sont déjà là. Même Roméo. Je n'ose pas poser les yeux sur lui trop longtemps, j'ai bien trop peur que quelqu'un devine ce qui s'est passé entre nous.

– Bonjour, marmonné-je.

Sofia est la seule à me répondre en souriant. Mon père me regarde, agacé que je sois en retard, Jules a toujours cet air de dégoût dans les yeux, ma grand-mère passe au crible ma tenue et Roméo a la tête dans son assiette. Ma présence ne lui fait rien.

Je constate que Roméo et Jules sont à l'opposé l'un de l'autre. L'altercation de la dernière fois résonne encore entre les murs de la maison.

Je m'installe à côté de ma grand-mère, pour mon plus grand malheur, et me retrouve en face de Roméo, qui ne m'accorde toujours aucune attention. Son ignorance me fait mal au cœur. Il regrette notre baiser, bien plus que moi.

Je souris en découvrant tous les plats qui ont été cuisinés par Hector. Des œufs à la coque, du bacon, des toasts d'avocat, des pancakes, des crêpes, des croissants… Il ne manque rien sur la table et à la vue de tous les fruits présents, je sais qu'il a pensé à moi. Comme toujours.

Je me sers un jus de fruits quand je sens le regard de mon père sur moi. Dans son costard sur mesure, il en impose.

– Tu es en retard, grince-t-il.

– Je suis désolée, mon réveil n'a pas…

Il m'interrompt en levant la main comme pour me faire taire. Son geste fait grimacer Sofia. Il vaut mieux pour elle qu'elle s'habitue à ce côté-là de mon père parce qu'il n'est pas près de changer.

Je me demande encore par quel miracle il n'a rien appris de la fête qu'a organisée Roméo la semaine dernière. Il n'a même pas remarqué la tache jaunâtre sur le canapé. Roméo a eu beau frotter pendant des heures pour faire partir le vomi de Tao, il reste une petite marque impossible à effacer.

– Ce soir, nous recevons des amis importants pour officialiser nos fiançailles, dit-il en prenant la main de sa fiancée, qui lui offre son plus beau sourire. Beaucoup de personnalités publiques et politiques de la ville seront présentes, alors je compte sur vous tous pour être irréprochables. Je ne tolérerai aucun geste déplacé, aucun mot plus haut que l'autre. Et je tolérerai encore moins que vous vous donniez en spectacle.

Il regarde Jules et Roméo d'un œil si menaçant que mon frère ne bronche pas. Roméo, lui, s'en contrefout.

– Cette soirée est très importante pour Sofia et moi, ainsi que pour ma carrière.

Je vois, cette histoire d'officialisation de fiançailles n'est qu'une mascarade pour son projet d'entrée en politique.

– Les Marois ont répondu positivement. Alphonse est un très bon ami de la famille et je suis certain qu'il pourra m'aider. Mais pour mettre toutes les chances de notre côté, je compte sur vous deux, dit-il en nous désignant, Jules et moi.

– Qu'est-ce qu'on doit faire ? demande Jules.

Dès qu'il peut faire de la lèche auprès de notre père, il ne se prive pas !

– Séduire la fille d'Alphonse ne devrait pas te poser de problème. Une fille heureuse comble son père de bonheur, explique notre père.

Si seulement c'était vrai pour tous les pères…

Jules grimace, cette idée ne l'enchante pas.

– Quant à toi, Talia, te rapprocher de Louis ne sera pas difficile, il me semble que tu as toujours eu un faible pour lui, lance ma grand-mère, acerbe.

Je sens mes joues chauffer.

– Tu appelles ça un faible, Léonore ? ricane Jules. Elle est raide dingue de lui depuis des années ! Elle serait prête à se prosterner devant lui s'il le lui demandait.

Je le fusille du regard. Ma grand-mère, elle, glousse. La pique de Jules l'amuse. Forcément, elle est contre moi, alors cela la ravit !

Quand est-ce que mon frère va cesser d'être un enfoiré de première catégorie ?

Je reporte mon attention sur mon père quand je sens le regard de Roméo me transpercer. Ses yeux remplis de rage font grimper la température de mon corps. Je ne comprends pas ma réaction. Une personne normale ressentirait de la peur, pas moi. La seule peur que j'éprouve est celle de l'emprise que Roméo a déjà sur moi.

– Je ne me prosternerai jamais devant qui que ce soit et encore moins devant Louis Marois, répliqué-je avec fermeté.

Jules se tait, surpris que j'aie pu lui rétorquer sur ce ton. Roméo esquisse un sourire avant de replonger la tête dans ses céréales. Je n'ai pas répondu pour le rassurer, à quoi bon puisqu'il ne se passera plus rien entre nous ? Je l'ai fait pour qu'ils comprennent tous que je ne suis pas une marionnette.

Louis a eu sa chance il y a des semaines en me proposant un dîner. Je n'ai pas eu de nouvelles depuis. Je n'ai pas été assez importante pour lui pour qu'il s'en souvienne, alors j'ai préféré tirer un trait sur lui.

Bon, je reconnais aussi que le garçon en face de moi n'y est pas pour rien.

– Sois agréable avec lui, Talia. C'est important pour moi, insiste mon père.

Je rêve ou il me demande une faveur à demi-mot ?

– Léonore t'a fait venir une robe d'un créateur italien, mets-la ce soir !

– J'espère qu'elle rentrera dedans, balance ma grand-mère en arrangeant son collier de perles, parce que si elle continue à se goinfrer comme ça, ce n'est pas gagné !

Sa remarque me fait lâcher ma fourchette de pancake au miel et me coupe l'appétit. Je sais que je ne devrais pas l'écouter et qu'elle a certainement tort, mais je ne peux pas m'empêcher de douter un peu.

Encore une fois, je croise le regard de Roméo. Il me

regarde comme s'il me voyait dans toute ma complexité et ma fragilité et, bon sang, c'est déstabilisant !

Je ne veux pas qu'il me voie comme quelqu'un de fragile. Je veux retrouver le regard qu'il avait avant de m'embrasser. Parce que, à travers lui, je me suis sentie belle pour la première fois de ma vie.

17

Roméo

Putain de cravate à la con !

Depuis plus d'un quart d'heure, je me bats avec cet accessoire de malheur qui me donne des envies de meurtre. Je ne veux pas aller à cette soirée, ou à cette mascarade devrais-je dire.

Si ma mère pense que cette réception est dédiée à ses fiançailles avec l'enfoiré d'avocat, elle se trompe royalement. Ils ne se fiancent devant témoin que pour aider la carrière politique de Jonas à démarrer. Ma mère ne voit rien parce qu'elle est aveuglée par les millions qu'il possède.

J'ai essayé d'en parler à mon père quand je l'ai eu au téléphone une heure plus tôt, mais il s'en fout. Les histoires d'amour de son ex-femme lui passent au-dessus de la tête. Il est bien trop occupé à vivre la sienne avec cette pétasse de Lexie.

Bon sang, je déteste cette nana !

Je ne l'ai jamais sentie, certainement parce qu'elle m'a éloigné de mon père. Mes parents ont un don exceptionnel pour choisir leur partenaire.

Le reflet que me renvoie le miroir ne me plaît pas. Je ne me reconnais pas dans cette tenue de péteux. Je ne suis pas fait pour porter des chemises en soie ou des pantalons sur mesure, et encore moins des foutues cravates qui me donnent envie de me pendre.

Je sais déjà que je vais détester chaque seconde de cette soirée. Ils vont tous me regarder comme si j'étais une bête de foire à cause de mes tatouages, mon piercing à l'oreille et mon allure qui détonnent avec leur monde de faux-semblants et de paraître.

– Chéri, dépêche-toi, Jonas veut que nous soyons tous en bas dans cinq minutes !

Ma mère entre dans ma chambre sans y avoir été invitée. Ses talons claquent au sol et son parfum embaume tellement la pièce que j'ai envie de vomir. Avant, elle sentait la vanille, c'était agréable. Aujourd'hui, son parfum contient tellement d'odeurs fortes qu'il est impossible d'en apprécier les effluves.

– Qu'est-ce qui te prend autant de temps ? dit-elle.

– Je n'arrive pas à nouer cette putain de cravate. Papa et toi auriez dû me l'apprendre au lieu de vous faire la guerre ces dernières années, lui soufflé-je, sur le ton du reproche.

Elle ne répond pas. Je suis injuste avec elle, mais je n'en peux plus de tout ça. Elle et mon père se fichent royalement de mon bien-être.

Pendant des années, ils ont préféré m'ignorer se concentrant sur leur douleur ou leur guerre au lieu de moi. Et aujourd'hui, ils privilégient leurs relations mutuelles en me laissant encore au second plan.

– Roméo ne commence pas, s'il te plaît !

– Quoi ? La vérité te dérange, maman ? la questionné-je en ricanant presque.

– Je t'ai demandé pardon un million de fois, qu'est-ce que tu veux de plus ? Ton père et moi essayons de faire au mieux pour toi, mais tu n'es jamais satisfait !

Le mieux pour moi serait qu'ils arrêtent de m'ignorer…

– Je sais que tu en veux à ton père d'être parti avec

cette… fille, articule-t-elle en se retenant de l'insulter, mais vivre à Marseille devenait insupportable pour lui.

– Comme pour nous tous, lui fais-je remarquer. J'étais encore là, toi aussi, mais ça ne l'a pas empêché de se barrer ! Ne lui trouve aucune excuse, il a renoncé à nous il y a bien longtemps.

Ma mère soupire, non pas parce que je l'agace, mais parce qu'elle est peinée par cette situation. C'est bien la première fois qu'elle exprime cette émotion.

– Peut-être que si tu n'avais pas…

Elle s'interrompt, consciente que ses paroles risquent de déclencher un point de non-retour dans notre relation. Je sais très bien où elle veut en venir. Elle me juge responsable de tout ce qui s'est passé dernièrement.

Oui, j'ai déconné, mais c'est le seul moyen que j'ai trouvé pour exprimer ma colère et attirer leur attention. Je n'ai pas demandé que ça parte aussi loin. Je n'avais pas prévu de finir arrêté pour un crime que je n'ai pas commis.

Je me rends compte que ma mère ne m'a jamais dit qu'elle me croyait. Encore une fois, je ne me sens pas soutenu par elle. Peut-être qu'il aurait mieux valu qu'elle me laisse en taule si elle me croit coupable.

Elle n'aurait pas rencontré Jonas qui plus est !

– Cette soirée est très importante pour moi, alors, s'il te plaît, ne gâche pas tout ! J'aime sincèrement Jonas et je sais que nous serons heureux ici…

– Tu l'aimes, vraiment ? ne puis-je m'empêcher de demander.

Ma mère attrape ma cravate, qu'elle prend soin de nouer autour de mon cou. J'en profite pour la détailler. Son nouveau style de bourgeoise lui va plutôt bien. Elle est belle, le genre de beauté dont on se souvient longtemps.

Dans sa robe noire, serrée et longue, elle a des allures de reine. Elle est bien plus qu'un physique, mais je suppose que Jonas ne le voit même pas.

– Oui, je l'aime, répond-elle enfin. Je ne croyais pas retomber amoureuse après le divorce, ni même être heureuse. Tous les drames que nous avons vécus resteront gravés dans ma mémoire, mais je crois qu'il est temps pour nous de tourner la page.

– Je ne tournerai jamais la page, j'aurais l'impression de *le* trahir.

La gravité sur le visage de ma mère me serre le cœur. À chaque fois que nous évoquons Leone, elle se fissure. Elle ne pourra jamais tourner la page quoi qu'elle puisse dire. Comment le pourrait-elle ?

– Continuer sa vie ne veut pas dire qu'on l'abandonne, me dit-elle en me forçant à la regarder.

Elle dépose sa main sur ma joue et je ferme les yeux. Il y a bien longtemps que je n'avais pas eu de preuve de tendresse de la part de ma mère – de la part de n'importe qui, d'ailleurs. Je n'inspire pas la douceur aux femmes, mais plutôt une sauvagerie presque malsaine.

– Leone n'aurait pas voulu que tu gâches ta vie, Roméo, ajoute-t-elle.

– Je ne voulais pas qu'il meure, ni que papa se casse avec Lexie et encore moins que tu te maries à un enfoiré, mais on n'a pas toujours ce qu'on veut dans la vie, répliqué-je amèrement.

J'enlève sa main de mon visage sans ménagement et quitte ma chambre. Elle ne sait pas ce que voulait Leone. Personne ne le sait. Si on l'avait su, il ne serait pas six pieds sous terre.

Qu'elle se rende à l'évidence, on ne le connaissait pas !

Je descends au salon où se tiendra une bonne partie de la soirée. Dans l'après-midi, des décorateurs ont débarqué pour tout préparer, tandis qu'Hector et Marnie se sont démenés en cuisine. Est-ce qu'ils vont être remerciés pour le travail ? Faut pas rêver. Les Bellerive ne remercient pas, ce n'est pas dans leur nature.

Des fleurs ont été installées dans chaque recoin de la salle, des orchidées rose pâle et blanc, les préférées de ma mère, une sorte d'arche faite de bois et de fleurs a été construite et déposée à l'entrée du salon. Sur le mur d'en face, les initiales de Jonas et ma mère ont été peintes en dorée et entourées d'un cœur sur un tableau blanc. C'est tellement kitch que je ne suis pas loin de vomir.

Les serveurs se préparent déjà à circuler parmi la foule avec leurs plateaux où trônent des coupes de champagne ou des amuse-bouches aux prix exorbitants visant à satisfaire les pétés de tunes que sont les invités.

Léonore entre dans la pièce et en inspecte chaque recoin. La matriarche des Bellerive porte une robe bleu nuit de créateur qui la fait ressembler à une mégère et je ne parle même pas de sa parure en diamants. Je mettrai ma main à couper qu'elle désire plus que tout étaler sa richesse aux yeux de tous.

De toute façon, c'est ce qu'ils vont tous essayer de faire. Cette soirée n'est qu'une excuse pour se pavaner. La seule chose qui les intéresse, c'est de savoir qui porte la tenue la plus chère.

La vieille Bellerive me jette un coup d'œil avec ses éternelles lèvres pincées. Je suis sûr qu'elle aurait préféré que je ne sois pas présent ce soir. Je fais tache dans ce monde de luxe. Si ça n'avait tenu qu'à moi, je serais loin d'ici, certainement avec le Crew à danser je ne sais où pour mettre une branlée à un groupe concurrent.

Putain, qu'est-ce que j'ai envie de fumer, aussi !

Un joint m'aurait clairement aidé à supporter cette soirée. Là, je ne suis pas certain d'en être capable, surtout après cette conversation avec ma mère. À chaque fois que le nom de Leone est prononcé, je ressens ce besoin de me vider la tête en tirant sur un joint. Il n'y a que ça qui puisse calmer mes nerfs. Ça et une bonne baise sauvage.

– Le costume vous va bien, Roméo, me complimente Hector.

Habillé dans son uniforme de cuisinier, je le trouve bien plus classe que Jonas et Jules dans leur costard de marque italienne ou je ne sais quel pays d'Europe.

– J'ai l'impression d'être déguisé, grogné-je.

– Ils le sont tous ! Une belle tenue ne cache pas bien longtemps la personne que vous êtes vraiment… Les masques finissent toujours par tomber !

Il ne croit pas si bien dire. J'ai hâte de voir celui de Jonas tomber et révéler au monde entier quel genre de personne il est ; une pourriture.

– Mon Dieu, Roméo, qu'est-ce que tu es beau et élégant ! lance Marnie en s'approchant de nous. J'aurais vingt ans de moins et ne serais pas folle de cet homme, je me serais jetée sur toi sans hésiter !

J'esquisse un sourire, alors qu'elle se colle à Hector. Ces deux-là ne réalisent pas combien ils sont une bouffée d'oxygène pour moi. Ils sont bien les seuls que je suis heureux d'avoir rencontrés en mettant un pied dans ce monde.

– Sauf que je ne t'aurais pas laissée faire, intervient Hector. Dois-je te rappeler que ton cœur est à moi ?

Il pose ses mains sur les hanches de sa femme et l'attire contre son torse.

– Impossible. Mon cœur ne reconnaît que le tien, répond-elle en déposant un baiser sur ses lèvres.

Je souris. En règle générale, les démonstrations d'amour me donnent envie de gerber, mais je dois bien reconnaître que Marnie et Hector sont beaux ensemble. Ce qu'ils partagent me donnerait presque envie de connaître ça aussi.

Hector retourne aux fourneaux, tandis que mon souffle se coupe dès que mes yeux se posent sur *elle*.

Bon sang, elle est magnifique !

Je connais la Talia en uniforme de cours, en tenue de sport, en pyjama ou en tenue de danse, mais la Talia en robe de soirée et apprêtée vaut presque la Talia en bikini rouge. Elle est la beauté incarnée.

Je sens mon cœur battre plus fort au fur et à mesure que mes yeux parcourent son corps moulé dans cette sublime robe rose pâle. Le décolleté du haut qui dévoile légèrement sa poitrine ronde met mes sens en appétit, ses jambes me paraissent interminables.

Ses cheveux tressés en une natte épi retombent sur son épaule et s'arrêtent en plein milieu de sa poitrine. Mon regard détaille son visage un peu plus maquillé que d'ordinaire. Le doré sur ses yeux fait ressortir la couleur si particulière de ses iris, j'ai l'impression qu'ils sont encore plus enflammés.

Je ne sais pas ce qui a changé en elle, mais elle n'a plus rien de la parfaite petite bourge coincée que j'ai rencontrée quatre mois plus tôt, et ce, malgré sa tenue soigneusement choisie par sa grand-mère. Elle est plus femme, malgré cette constante fragilité dans les yeux.

Elle est tellement belle que j'en ai le souffle coupé.

Ce n'est pas normal qu'elle me fasse autant d'effet. Oui, elle m'attire physiquement, ma queue qui s'agite dans mon caleçon le prouve, mais il y a autre chose. À chaque fois que mon regard se pose sur elle, je sens naître un sentiment nouveau en moi. Il y a quelque chose en elle qui me pousse à l'approcher, la toucher, l'intéresser.

Je désire plus que tout la protéger, la faire rire, la rendre… heureuse.

Putain, qu'est-ce qui ne tourne pas rond chez moi ?!

– Ne lui fais pas de mal, Roméo, m'intime Marnie à voix basse.

Je fronce les sourcils sans comprendre.

– Je ne suis pas dupe, j'ai vu ce qui se passait entre vous…

– Il ne se passe rien du tout, dis-je, en tentant de me défendre.

Marnie ricane.

– Bien sûr que si ! Ne me prends pas pour une imbécile !

– Je ne te prends pas pour…

– Oh, je t'en prie, c'est si évident ! Toutes ces attaques l'un envers l'autre, ces regards énamourés que vous vous lancez en croyant que personne ne vous voit ou le fait que vous cherchez constamment le regard de l'autre ne me trompent pas.

Je reste muet. Je pensais que personne ne le voyait, mais Marnie est bien plus présente et perspicace que je ne l'aurais cru. Au fil des mois, j'ai appris à découvrir cette femme et je dois reconnaître qu'elle est aussi incroyable que son mari. En venant dans cette maison, j'aurai au moins rencontré des adultes aimants et responsables.

Et une jolie danseuse qui tourmente mon esprit.

– Si ce n'était que de l'attirance ou un moyen de faire payer vos parents, je te dirais d'arrêter tout de suite, mais je sens bien que c'est plus que ça, ajoute-t-elle. Alors, ne lui fais pas de mal. Talia a assez souffert…

– Tu ne devrais pas me dire que c'est mal, qu'elle est ma sœur ou…

– Vous n'avez pas de sang en commun et vous n'avez pas grandi ensemble, je ne vois pas en quoi c'est mal ! L'important pour moi, c'est de la voir sourire et je dois bien reconnaître que c'est un peu plus le cas depuis que tu es là.

Je pose une nouvelle fois mes yeux sur Talia, qui capte mon regard. Ce que je lis dedans m'effraie. Cette fragilité perpétuelle qui anime ses pupilles me broie le cœur. Je déteste ça. Je sais d'où elle vient et je hais encore plus sa famille pour ça.

Il est hors de question qu'ils réussissent à la détruire.

18

Talia

– Talilah, ma chérie, tu es magnifique !

Pour la centième fois en l'espace d'une heure, je force un sourire pour remercier l'une des connaissances de ma grand-mère que je n'ai vue qu'une fois dans ma vie. Ma très chère grand-mère me traîne partout comme si j'étais une sorte de trophée ambulant. Elle est fière de leur dire à tous que je vais intégrer l'Opéra de Paris l'année prochaine bien qu'elle ne puisse en avoir la certitude.

Je la laisse faire uniquement pour qu'elle me fiche la paix, même si je me doute que ce n'est pas suffisant à ses yeux. Je sens bien qu'elle scrute chacun de mes faits et gestes depuis le début de la soirée. Si je ne me tiens pas assez droite, elle me le fait savoir en plantant son index dans le bas de mon dos. Si j'ai le malheur de me servir un toast, elle me l'arrache des mains pour, je cite, « ne pas que tu te goinfres ».

Elle me fatigue à vouloir contrôler ma vie. Toute ma famille ne s'intéresse à moi que lorsque ça l'arrange ou pour ses petites affaires personnelles ou professionnelles. Aucun d'eux ne m'a demandé ce que je désirais faire de ma vie. Je crois, je suis même sûre, qu'ils s'en moquent.

– Qu'est-ce que tu as grandi, s'extasie l'amie aux cheveux poivre et sel de ma grand-mère. Je me souviens de ta représentation du cygne noir il y a trois ans, tu étais si belle, une vraie poupée ballerine. Ma petite-fille était avec moi et, depuis ce jour, elle rêve de devenir danseuse !

Je souris. Je crois qu'il n'y a pas plus beau compliment que d'entendre cela. J'ai donné envie de danser à une petite fille et c'est l'une des plus belles récompenses au monde, ça vaut presque toutes ces heures d'acharnement.

– J'espère de tout cœur qu'elle réussira à accomplir ses rêves, dis-je sincèrement.

La femme nous présente ses excuses et s'éclipse vers d'autres invités, des patrons d'entreprise que côtoie mon père depuis peu. De toutes les personnes auxquelles j'ai souri et parlé, cette femme m'a semblé la plus agréable et sincère.

– Sa petite-fille est une calamité en danse. Elle ne sait pas aligner deux pas sans tomber, c'est affligeant ! se moque ma grand-mère.

Je roule des yeux, agacée par sa condescendance. Léonore Bellerive est une vraie vipère. Elle aime critiquer et montrer à tous que c'est elle la meilleure ou la plus riche. Elle n'a toujours pas compris que ce n'est pas le matériel qui nous rend meilleurs, mais ce que nous avons dans le cœur.

– Elle est jeune, elle a tout le temps de progresser, fais-je remarquer.

– C'est une cause perdue, ricane-t-elle. On ne devient pas ballerine en ressemblant à un éléphant. Cette gamine pèse au moins quarante kilos à 10 ans et je ne parle même pas de sa poitrine déjà développée !

Mon Dieu, elle n'a pas quelqu'un d'autre à aller torturer ?!

Je tente de me servir un toast à l'avocat et au saumon quand elle intercepte ma main.

– Je t'ai dit de ne pas te goinfrer, grince-t-elle. J'ai réussi à t'avoir une audition avec Sebastian Rochignol, l'un des membres du jury de l'Opéra de Paris. Si tu l'impressionnes, tu auras une chance de concourir pour ton entrée dans le ballet en tant que sujet ou premier danseur. Il est hors de question que tu me fasses honte devant lui, alors cesse de t'empiffrer !

– Une audition ? Quand ça ?

– En mai.

– Je ne serai jamais prête, tenté-je de lui faire comprendre. Peut-être que c'est encore trop tôt pour envisager l'Opéra de Paris. Je ne suis plus sûre de vouloir y…

– Je ne te demande pas ton avis, Talilah. Après le lycée, tu partiras à Paris pour danser à l'Opéra Garnier comme nous l'avons convenu depuis des années. Tu as un minimum de talent, alors autant qu'il nous serve à quelque chose, lance-t-elle avec un tel mépris que j'ai envie de l'étrangler.

Petite, je ne comprenais pas pourquoi elle était aussi dure avec moi. Aujourd'hui, je sais que c'est par pure méchanceté. Ma grand-mère est une femme mauvaise et aigrie, elle n'aime qu'elle. Je ne suis pas sûre qu'elle aime son propre fils, alors sa petite-fille, c'était peine perdue.

– Il vaut mieux que tu ne sois pas dans nos pattes pendant la campagne politique de ton père, tu nous as assez causé de problèmes comme ça, ajoute-t-elle en replaçant son maudit collier en diamants.

– Ne t'inquiète pas, grand-mère, répliqué-je pour la provoquer, je ne compte pas être dans vos pattes l'année prochaine. Loin de moi l'idée de vous causer le moindre problème. J'avais oublié que j'étais responsable de tous les malheurs de cette famille, ironisé-je.

– Ne fais pas la maligne avec moi, Talilah ou tu le regretteras, me menace-t-elle.

– Dans ce cas, ne décide pas pour moi.

Je ne lui laisse pas le temps de répondre et pars accueillir de nouveaux invités. Je me fous bien de l'avoir énervée, je ne supporte plus qu'elle s'acharne à me façonner à son image et qu'elle passe son temps à me dire quoi faire pour le « bien » de la famille. Je ne suis pas sa marionnette qu'elle peut maltraiter quand bon lui semble.

Ou du moins, je ne le suis plus.

Je ne veux plus de cette vie de ballerine parfaite qui ne vit que pour être une étoile dans un ballet prestigieux, qui maltraite son corps pour être la plus légère possible et qui accepte toutes les critiques au point de ne plus savoir qui elle est.

Je veux être libre.

Alors que je participe à une conversation des plus ennuyeuses, mes yeux se posent sur Roméo. Sa mère le présente à tout le monde comme s'il n'était qu'un vulgaire objet dont elle dispose quand elle le souhaite. Je vois bien qu'elle le laisse à peine parler, elle a bien trop peur qu'il dise quelque chose qui puisse lui faire honte.

Sofia ne réalise pas combien il a besoin de son soutien. Il vaut bien plus que ce qu'elle croit ou que ce qu'il laisse entrevoir. J'ai conscience que nos rapports sont assez compliqués, ou plutôt étranges, pourtant, je sais que je me suis trompée sur la personne qu'il est. Roméo se cache derrière une image de rebelle qui ne ressent rien, mais il est tout aussi perdu que moi. Il recherche constamment l'attention de sa mère et ça me fait mal de la voir aussi aveuglée par ce monde de faux-semblants.

Il est beau dans son costard noir et sa chemise blanche. Je ne l'ai jamais vu aussi apprêté et je reconnais que ça ne me laisse pas indifférente. La chemise épouse ses muscles à la perfection, je crois même qu'ils ressortent un peu plus. Ses cheveux noirs sont plaqués en arrière, même son éternelle mèche rebelle ne retombe pas sur son front. Il s'est rasé de près, ce qui donne à son visage un côté bien plus angélique que d'ordinaire.

Cependant, son côté rebelle est toujours omniprésent et quoi qu'il porte, il reste Roméo.

Comme s'il sentait mon regard sur lui, il tourne la tête vers moi et plonge ses yeux de jade dans les miens. L'intensité avec laquelle il me scrute enflamme chaque partie de mon corps et plus précisément mon bas-ventre. Depuis le baiser que nous avons échangé, je n'arrête pas de penser à sa bouche et au plaisir qu'elle m'a fait ressentir. Mon attirance pour lui ne cesse de croître et je n'ai aucune idée de comment la faire taire.

– Roméo est un sacré enfoiré, m'interpelle Adèle.

Un verre de vin blanc à la main, elle le termine en une longue gorgée. À voir ses yeux vitreux, je pense qu'elle n'en est pas à son premier.

– À quoi est-ce que tu t'attendais ? Manon et moi t'avions prévenue qu'il ne fallait pas le fréquenter…

Adèle ricane.

– Sainte Talilah et sainte Manon avaient raison, dit-elle, acerbe. Ton demi-frère est un véritable connard et je te jure qu'il me paiera ce qu'il m'a fait !

– Tu ne peux pas forcer les gens à vouloir être avec toi, soupiré-je.

Elle a tellement été habituée à tout avoir qu'elle ne supporte pas qu'on lui résiste.

– Je suis Adèle Marois, tout le monde veut être avec moi ! Roméo a fait une très grosse erreur et il va payer, insiste-t-elle, déterminée. Pourquoi est-ce que tu le protèges ? Je suis ton amie et tu le détestes !

– Je ne le…

Je n'ai pas le temps de finir que Jules débarque en compagnie de Louis. Dès que les yeux bleus du beau blond se posent sur moi, il sourit. Vêtu de son smoking sur mesure, il est à tomber. Cependant, l'effet qu'il avait sur moi a comme disparu. Je ne ressens plus de fourmillements au creux du ventre, ni de chaleur sur mes joues rougissantes.

Je le trouve seulement beau.

– Bonsoir, belle demoiselle, tu m'accordes un moment en tête à tête ? me demande-t-il, séducteur.

Je ne réponds pas tout de suite. Sans pouvoir m'en empêcher, je jette un œil vers Roméo. Il nous observe, les sourcils froncés. Je parviens même à déceler une pointe de colère dans ses yeux.

– Adèle, nos parents nous demandent, tu viens ? lui dit mon frère en lui tendant la main.

J'ai l'impression que Jules n'a aucune envie de partager le moindre moment avec Adèle et encore moins de me laisser seule avec Louis. Il a toujours été possessif avec son meilleur ami, c'est bien pour cette raison qu'il n'a jamais voulu que nous sortions ensemble. Qu'il se rassure, cette envie m'est passée depuis qu'un brun tatoué a débarqué dans ma vie.

Adèle suit mon frère en titubant. À mon avis, ses parents lui réservent une bonne leçon de morale. Il n'y a qu'à voir comment son père la scrute d'un œil noir pour comprendre. L'image de sa famille est bien plus importante que le mal-être de sa fille.

Louis me tend un verre de champagne et me gratifie de son sourire le plus charmeur.

– Merci, dis-je en acceptant le verre.

Je souris par pure politesse. Si me retrouver avec lui en tête à tête m'aurait enchantée l'année dernière, ou même encore quand on s'est retrouvés dans ce café, ce n'est plus le cas à présent. J'ai seulement envie de le fuir.

– Tu es magnifique ce soir, Talia…

– Merci, tu es très élégant.

C'est dingue, j'ai comme l'impression que lui aussi a été forcé de venir me parler. Il est bien moins chaleureux que la dernière fois que nous nous sommes vus.

– Je suis désolé de ne pas t'avoir appelée pour notre dîner. Ces dernières semaines ont été intenses à la banque !

– Ce n'est pas important, dis-je pour le rassurer.

Pour être honnête, je n'y songeais plus vraiment. Toutes mes pensées sont accaparées par le garçon qui me fixe intensément depuis l'autre bout de la pièce. Je me sens coupable alors que je ne fais rien de mal. Et puis ce n'est pas comme si Roméo était mon petit ami.

Quelle idée, il ne pourra jamais l'être !

– Ton père a réussi à trouver une femme parfaite pour lui, dit-il en observant Sofia.

– Elle n'est pas mal, oui…

– Par contre, son fils…

Louis grimace en posant ses yeux sur Roméo. Il n'a jamais apprécié les personnes comme Roméo sous prétexte que les hommes tatoués sont tous des délinquants et des trafiquants de drogue. Les stéréotypes de notre monde sont tenaces. Louis se contente de ce qu'il voit et non du reste.

Comme à peu près tout le monde ici.

– Tout se passe bien avec lui ? Il ne te crée pas d'ennuis ? Ta grand-mère a peur qu'il ne t'entraîne dans des combines pas très nettes.

– Léonore voit le mal partout. Roméo n'est pas le mauvais garçon qu'elle s'évertue à dépeindre à tout le monde !

– Je n'en suis pas si sûr, insiste-t-il. Il a un casier judiciaire, Talia, et je sais qu'il a été accusé d'une faute grave il n'y a pas si longtemps. Fais attention à toi, il a une façon de te regarder qui ne me plaît pas.

Je fronce les sourcils. Je pourrais croire que Louis est jaloux, mais je sais que ce n'est pas le cas. Il s'inquiète pour moi, ce à quoi je ne suis pas du tout habituée.

– Je sais qu'il a joué avec ma sœur même si je reste persuadé qu'elle n'est pas toute blanche dans l'histoire. Seulement, tu es bien plus fragile qu'elle et je n'ai pas envie que tu… replonges à cause de lui. Je crois que ton frère ne le supporterait pas.

– Jules se contrefout de ce qui peut m'arriver !

– Détrompe-toi, il a juste une manière bien particulière de te le montrer !

– Très particulière dans ce cas, ironisé-je.

Louis n'a aucune idée de la relation que nous pouvons avoir Jules et moi. Mon frère me déteste, et ce, depuis ma naissance. Il n'en aurait rien à faire s'il m'arrivait quelque chose, au contraire, il s'en réjouirait.

Je peux le comprendre, après tout, à cause de moi il a été privé de sa mère, mais quelquefois, je reconnais que j'aimerais qu'il se comporte comme un frère avec moi, qu'il me protège et non qu'il persiste à me détruire.

Est-ce que Jules parle de notre relation conflictuelle avec Louis ? Cela m'étonnerait. Mon frère n'est pas du genre à se confier ou bien je le connais très mal. Il ne s'inquiète pas pour moi, alors si Roméo joue avec moi, il en sera le premier heureux.

– Les enfants, hèle le père de Louis. Venez nous rejoindre !

Louis soupire. Je constate que je ne suis pas la seule à n'avoir aucune envie de participer à une conversation ennuyeuse avec nos parents respectifs.

Une fois à leur hauteur, je vois ma grand-mère sourire de satisfaction. Évidemment, il faut qu'elle soit au milieu pour tout contrôler. Elle et mon père sont heureux de m'avoir vue avec Louis. S'ils savaient qu'il n'y a plus rien entre nous, leurs sourires s'effaceraient sur-le-champ.

Mon père pose sa main sur une de mes hanches et embrasse ma tempe. Je ne sais pas d'où lui vient cette tendresse, mais je ne vais pas m'en plaindre, c'est si rare.

Sofia sourit, attendrie par l'image du père et de la fille, proches et aimants. Roméo nous jette plusieurs fois des regards comme s'il désirait participer à la conversation. Pourtant, sa mère ne lui demande pas une seule fois de nous rejoindre. Elle le met à part.

Une fois de plus.

Nous apprenons très vite que Jules a raccompagné Adèle chez elle parce qu'elle ne se sentait pas bien. La vraie raison est certainement que ses parents ne voulaient pas qu'elle se donne plus longtemps en spectacle.

Alphonse et Athénaïs Marois me sourient chaleureusement. J'ai toujours trouvé les parents d'Adèle et Louis très bien assortis ; blonds, grands, une classe innée, des visages si parfaits qu'ils pourraient faire la une de tous les magazines. Ils représentent la réussite professionnelle et personnelle.

Si seulement tous leurs gestes n'étaient pas calculés au millimètre près.

– Léonore nous a parlé de ton audition prochaine, c'est une très grande opportunité pour toi, ma chérie, me dit Athénaïs. Si tu ne réussis pas, tu pourras toujours postuler dans une université prestigieuse de Paris ou même à l'étranger. Ton dossier est tellement bon qu'il sera facile pour moi de te trouver une place !

Je force un sourire. Je n'ai aucune envie de faire une grande école et encore moins d'intégrer l'Opéra de Paris.

– Talia sera ballerine, tranche Léonore.

– Je n'ai pas encore décidé de ce que je voulais faire après le bac, mais je garde dans un coin de ma tête vos propositions, madame Marois, dis-je en souriant.

Mon affront ne plaît pas à ma grand-mère, qui me fusille du regard. Je sais qu'elle me le fera payer, mais ça m'est égal.

– Appelle-moi, Athénaïs, nous ne sommes pas au lycée !

– Sans oublier que nous allons devenir encore plus proches, ajoute Alphonse. Je fronce les sourcils sans comprendre.

– Ne me dis pas que tu ne lui as rien dit, Louis, fait-il en riant. C'est tout mon fils, ça ! Louis désire t'inviter à dîner samedi prochain, mais je constate qu'il n'a pas trouvé le courage de te le demander.

– Cesse de taquiner ton fils, Alphonse, le réprimande gentiment Athénaïs. N'importe quel garçon serait intimidé face à une beauté comme Talilah !

Je souris uniquement par politesse. Je ne sais pas pourquoi, mais j'ai toujours senti qu'elle ne m'appréciait pas. Je lui rappelle bien trop ma mère et j'ai cru comprendre qu'elles ne s'entendaient pas du tout.

– Talilah est ravie de dîner avec Louis. Pour tout vous dire, elle n'attendait que ça, intervient mon père.

Je manque de m'étouffer.

La tendresse de mon père n'était qu'un leurre pour m'endormir. Je ne suis toujours qu'un pion pour lui dans ses ambitions sans limite.

– Parfait ! Vous irez donc dîner samedi, conclut Alphonse, ravi.

Ni Louis ni moi n'avons accepté, mais il est clair que nous n'avons pas notre mot à dire. Ils décident et nous exécutons, et ce, depuis notre enfance.

Mais pour une fois, je n'ai aucune envie de leur obéir.

19

Talia

Ce samedi, je ne fais rien de ma journée à part végéter devant la télé chez Manon. J'ai évité la maison pour ne pas avoir à tomber sur ma grand-mère. Mon fameux dîner avec Louis a lieu ce soir et je sais qu'elle aurait passé l'après-midi à me préparer pour que je sois parfaite et que je ne dise rien d'embarrassant.

Je ne compte pas y aller.

Ce dîner est juste une mascarade qui ne sert que les intérêts de mon père. Louis a envie de ce rencard comme j'ai envie de me pendre. La première fois qu'il m'a invitée n'était pas sincère et même si je n'en connais pas encore la raison, je sais qu'il ne le souhaitait pas vraiment.

Une fois à la maison, je trouve une robe de soirée déposée sur mon lit. Je soupire en comprenant qu'elle a été choisie par ma grand-mère. Elle est noire, provient d'une grande enseigne de haute couture, cache mes formes et n'est ni décolletée ni trop courte.

Je me saisis de la robe et la balance dans mon dressing. Ce soir, j'ai prévu de rejoindre Manon à une battle de danse du Crew. Évidemment, Roméo ne sait rien. Je suis certaine qu'il m'aurait interdit de venir, même s'il ne me parle toujours pas depuis l'histoire du baiser.

Je prends une douche à la va-vite, puis me prépare. J'enfile une tenue confortable : un jean, un débardeur, des baskets beiges et une veste en daim camel font l'affaire. J'attache mes cheveux en un chignon approximatif et me maquille légèrement. Je préfère passer inaperçue et me fondre dans la masse.

Cette soirée de battles m'angoisse. Je n'ai jamais mis un pied dans ce genre de festivités, je ne sais pas comment on s'habille, ce qui s'y passe. Les seuls repères que j'ai proviennent des films de danse que j'ai regardés un millier de fois. En toute honnêteté, je ne crois pas avoir ma place là-bas, mais j'ai tellement envie de voir le Crew se produire que je préfère ne pas m'en préoccuper.

Je sors de ma chambre lorsque j'entends du bruit en provenance de la chambre de Roméo. Intriguée, j'avance doucement. Je sais que ce n'est pas lui puisqu'il est parti de la maison tôt dans la matinée.

La porte ouverte, je vois Sofia assise sur le lit de son fils, les coudes sur ses genoux, la tête enfouie dans ses mains. Je ne porte pas ma belle-mère dans mon cœur, mais la voir dans cet état me fait de la peine.

– Sofia ?

Elle relève la tête vers moi et me sourit tristement. Je comprends que mon père ait été séduit par elle, Sofia est une très belle femme qui dégage un charme hypnotique. Son fils aussi, d'ailleurs.

– Ça ne va pas ? m'enquiers-je en avançant.

Très vite, je remarque les sachets de marijuana posés à côté d'elle. Visiblement, elle ne savait pas que son fils se droguait. Roméo en consomme au moins tous les jours. Je le sais puisque je l'observe de ma fenêtre fumer au bord de la piscine.

Est-ce que ça fait de moi une psychopathe ?

– Il fume ! Il m'a juré avoir arrêté avant notre emménagement ici, mais il continue ses conneries, déplore-t-elle. Il fait tout pour ruiner mon couple avec Jonas.

– Je ne crois pas que ce soit son but, dis-je pour le défendre.

Elle fronce les sourcils, étonnée que j'aie pu prendre la défense de son fils, alors que nous sommes censés nous détester. J'en suis la première surprise, mais je n'apprécie pas qu'elle ramène tout à son histoire avec mon père. Elle ferait mieux de s'intéresser à la détresse de son fils.

– Tu ne le connais pas, Talia. Roméo est plein de colère, il nous en veut tellement à son père et à moi qu'il est prêt à tout pour nous pourrir la vie !

– Peut-être que c'est son seul moyen d'attirer votre attention, lui fais-je remarquer.

– C'est un très mauvais moyen dans ce cas, répond-elle, en ricanant amèrement. Je croyais qu'emménager ici lui serait bénéfique, mais ça n'a fait qu'accentuer sa colère. Il ne surmontera jamais la mort de son frère !

Je reste sans voix.

Comment se fait-il que je n'aie jamais su qu'il avait un frère ? Sofia n'a jamais évoqué un autre fils. Je me rends compte que je ne sais vraiment rien d'eux.

– Leone s'est suicidé il y a trois et Roméo n'arrive pas à passer à autre chose. Sa mort l'a rendu si violent et plein de colère que je ne le reconnais plus. Il n'aspire qu'à la destruction. Il a failli gâcher le couple de son père, et maintenant, c'est le mien qu'il désire détruire. Pourtant, mon union avec ton père lui apporte tout le confort dont il a besoin. Mais ce n'est pas assez. Ce n'est jamais assez pour lui, soupire-t-elle.

Son égocentrisme me fatigue.

Comment ne peut-elle pas se rendre compte que son fils souffre et a besoin d'être soutenu ? J'ai l'impression d'être en face de mon propre père qui ne voit pas que j'ai besoin qu'il me dise qu'il m'aime.

Les parents craignent. Je me promets d'être toujours à l'écoute de mes enfants et de ne jamais les abandonner quoi qu'ils fassent.

– Le deuil est propre à chacun, Sofia. Vous ne pouvez pas lui reprocher d'avoir besoin de plus de temps pour s'en remettre. Peut-être que si vous n'étiez pas obnubilée par votre mariage avec mon père ou votre petite personne, vous vous rendriez compte que votre fils a besoin de vous !

Je ne mâche pas mes mots, je le sais, mais je ne supporte pas de l'entendre se plaindre. Tout ne tourne pas autour d'elle.

Sofia me scrute, le front plissé et la bouche grande ouverte, offusquée par mes paroles. J'en ai rien à faire de la blesser ou de la choquer.

Je n'ajoute rien et sors de la chambre. Sofia tente de me rappeler, mais je ne l'écoute pas. Je ne sais pas d'où me vient cet élan de rébellion, je sais seulement que c'est agréable.

***

Une demi-heure plus tard, j'arrive devant un bâtiment en plein milieu d'un quartier populaire de Nice. Les tags colorés sur les murs me font sourire. La rue où se trouve le bâtiment est remplie de bars avec terrasse, c'est animé, fantastiquement bruyant et cette ambiance me donne envie de danser.

Avant ce soir, je n'avais jamais mis les pieds dans ce genre de quartier, pas par manque d'envie, mais parce que je n'en avais pas le droit. Même lorsque j'accompagne Hector au marché, il lui est interdit de m'emmener ici.

Ma grand-mère ferait une crise cardiaque en me voyant là. Peut-être que je devrais lui envoyer une photo !

J'écris un SMS à Manon pour la prévenir de mon arrivée. À peine une minute plus tard, elle sort du bâtiment et me saute dans les bras.

– Putain, t'es canon, siffle-t-elle en me détaillant de haut en bas.

– Dit-elle alors qu'elle est prête pour les Oscar, répliqué-je en lui faisant un clin d'œil.

Elle pouffe et m'entraîne par le bras. Manon a sorti l'artillerie lourde ce soir. Elle porte une robe rouge qui met en valeur ses formes voluptueuses. Je sens que Diego ne résistera pas longtemps avant de lui sauter dessus.

Nous rentrons dans l'immeuble et sommes immédiatement plongées dans un autre monde. La musique aux sonorités hip-hop s'intensifie au fur et à mesure que nous avançons dans un couloir sombre. Seules les peintures fluorescentes aux murs, sur le sol et au plafond, sont visibles et nous guident.

La particularité de l'ambiance me fait frissonner d'excitation peu importe si l'on est dans un entrepôt « abandonné ».

Manon prend ma main dès que nous arrivons au milieu d'une foule hallucinante. J'étais si obnubilée par l'atmosphère que je n'ai pas remarqué où nous étions arrivées, à savoir en plein remake de la franchise américaine Step Up !

Des centaines de personnes sont attroupées autour de la piste improvisée de danse, d'autres regardent depuis des balcons à l'étage. Tous encouragent leurs danseurs favoris et applaudissent lorsqu'un mouvement les impressionne. C'est si surréaliste que j'en crois pas mes yeux. Je suis à deux doigts de demander à Manon de me pincer.

– Prépare-toi à en prendre plein les yeux, m'informe Manon.

L'impatience et l'enthousiasme qui parcourent mes veines me surprennent. Ce monde m'a toujours fascinée tant il est opposé au mien. Depuis mon plus jeune âge, je suis habituée au classique et à ses règles strictes, mais New York m'a montré un autre monde, qui me manque de plus en plus.

Le hip-hop ne répond à aucune règle et englobe tout un tas de styles de danse. Les danseurs ne suivent que le rythme de la musique.

Bon, ils travaillent des pas et des figures par séquences, mais la plupart partent dans des free styles grandioses.

– Je suis vraiment heureuse que tu aies décidé de venir ici plutôt que de rejoindre le sosie de Scott Eastwood, me confie Manon en déposant un baiser sur ma joue.

– Moi aussi, dis-je en souriant.

– Il vaut mieux que tu te concentres sur un garçon qui s'intéresse vraiment à toi.

– Bonne chance pour le trouver, ironisé-je.

– Il est juste devant tes yeux…

À ce moment-là, Roméo entre sur la scène par un salto maîtrisé dans les airs. Je n'ai rien vu venir. Ils formaient tous un bloc si serré que je ne m'attendais pas à ce qu'il débarque de cette façon, en passant par-dessus eux.

Comment a-t-il réussi un tel exploit ?

Sur la piste, je ne vois plus que lui. Il est tellement doué que je regrette de ne pas l'avoir vu danser plus souvent. Toute la rage et la souffrance qui le caractérisent transpirent dans chacun de ses pas. Il s'exprime bien mieux en dansant qu'avec des mots. Je le vois tel qu'il est et toutes ses émotions font écho aux miennes.

J'ai de la peine pour lui. Il a perdu son frère d'une horrible façon et ses parents ont démissionné de leur rôle. Ils ne le méritent pas.

– Je suis à fond pour la team Roméo/Talia, me lance Manon, tout sourire.

– Il n'y aura jamais de Roméo/Talia, rectifié-je sans cacher ma déception.

– Hin, mauvaise réponse. Le détecteur de mensonges est formel, vous mentez mademoiselle Bellerive !

Je pouffe. Elle est dingue.

– Les yeux ne mentent pas, ajoute-t-elle. Ne te prends pas la tête sur votre prétendu lien familial, il n'est pas ton frère. Donc si Roméo te plaît, fonce ! Tu as le droit d'être heureuse, Talia.

Que puis-je répondre à ça ? Manon a raison sur toute la ligne, Roméo me plaît et c'est ce qui m'effraie de jour en jour. Je n'ai pas vraiment le droit d'être attirée par lui, alors ressentir le moindre sentiment pour lui se révèle être une catastrophe.

Comme s'il sentait ma présence, Roméo tourne la tête vers moi. Je n'arrive pas à déchiffrer avec exactitude ce qu'il ressent. J'ai l'impression qu'il est… troublé ? Peut-être qu'il regrette toujours amèrement notre baiser et qu'il n'a pas envie de me voir. Je croyais pourtant qu'il avait aimé.

***

Le Crew a remporté la battle haut la main.

Je dois reconnaître que leur prestation a été grandiose. J'ai presque eu envie de faire partie de leur groupe. Les leçons avec Wade et Rina m'ont déjà donné un aperçu de leur talent, mais je ne m'attendais pas du tout à ça. Ils sont incroyables.

Depuis mon plus jeune âge, j'ai toujours été seule pour danser, si on ne compte pas ma professeure de danse ou ma grand-mère. Peut-être que j'ai envie de découvrir autre chose. Déjà grâce à Wade et à Rina, je goûte aux chorégraphies en duo, mais j'aimerais connaître la sensation de danser en groupe, faire partie de quelque chose de plus grand.

Manon part nous chercher des verres. Enfin, c'est son excuse pour aller retrouver Diego. Pendant toute la prestation, elle n'a cessé de le mater avec une envie non dissimulée de lui sauter dessus. C'est une affaire qui roule, tous les deux.

D'un coup, je sens une présence derrière moi, que je connais bien. Je me retourne et fais face à la raison de mes courtes nuits. Roméo me regarde comme s'il allait m'arracher les yeux ou me dévorer toute crue. Ses pupilles vertes balaient mon corps de haut en bas s'attardant un peu plus longtemps sur ma poitrine moulée dans mon débardeur.

Je tente de cacher l'excitation que provoque son regard sur mon corps, mais c'est peine perdue. Je sens mes tétons durcir à travers mon soutien-gorge. Les sensations qu'il éveille en moi ne cessent de grandir et me donnent envie de succomber au désir qu'il a fait naître au creux de mon ventre.

– Vous avez été géniaux sur…
– Qu'est-ce que tu fais ici ? me coupe-t-il, surpris.
– Manon m'a invitée, réponds-je.
– Je croyais que tu devais sortir avec ce mec pété de tunes, marmonne-t-il.
– Je n'y suis pas allée…
Le rictus au coin de ses lèvres me dit qu'il est assez heureux d'apprendre cette nouvelle.
– Trop parfait pour toi, trésor ? me taquine-t-il.
– Pas assez tatoué pour moi…
Il sourit et mon cœur rate un battement. C'est bien la première fois que nous arrivons à « plaisanter » ensemble. Je m'aperçois à demi-mot que je viens de lui dire qu'il m'attirait. Et surtout, je me rends compte qu'il ne s'est pas moqué de moi et n'a pas envoyé mes avances à la poubelle. Est-ce que ça veut dire que je lui plais aussi ? Et où est-ce que ça va nous mener si c'est le cas ? Lui et moi, ce n'est pas possible, presque interdit. Pourtant, j'ai atrocement envie de lui céder.
– Talia ! hurle Diego à l'autre bout de la salle.
Il me fait signe de les rejoindre tous. J'aperçois Wade, qui me lance un sourire. Instantanément, le mien apparaît. C'est toujours comme ça avec Wade, un vrai rayon de soleil. Il n'a qu'à sourire pour que j'oublie tous mes soucis. Notre complicité n'a rien à voir avec une quelconque attirance, il se rapproche plus d'un meilleur ami que d'un petit ami.
Le baiser que nous avons échangé n'a pas transformé notre relation et il ne m'a pas autant perturbée que celui que Roméo m'a donné. J'en rêve chaque nuit à tel point que je me réveille en sueur. J'ai envie de tellement plus. Peut-être qu'Oscar Wilde a dit vrai, « *le seul moyen de se délivrer d'une tentation, c'est d'y céder. Résistez*

et votre âme se rend malade à force de languir ce qu'elle s'interdit ». Est-ce que je vais finir par devenir folle si je continue à aller contre mes désirs ?

Dès que j'arrive à leur hauteur, Rina me saute dessus et me serre dans ses bras.

– Je suis tellement heureuse que tu sois là, me dit-elle en déposant deux baisers sur mes joues. Tu nous as vus atomiser l'autre Crew ? Ils ne vont pas s'en remettre !

– Vous avez été incroyables, les félicité-je. Vous ne leur avez laissé aucune chance !

– On est les meilleurs, princesse, affirme Diego. Et bientôt, on sera de grandes stars pleines aux as !

Je secoue la tête en ricanant.

– Tu devrais faire un essai avec nous, propose Béni, le cousin de Diego.

– Je ne sais pas si je suis assez douée pour ça, dis-je.

– Peut-être que tu ne l'es pas, me provoque Roméo dans mon dos.

C'est dingue, je reconnaîtrais son odeur boisée parmi tant d'autres ! Je n'ai même pas besoin de me retourner pour savoir que c'est lui. Mon corps réagit toujours vivement quand il est dans les parages.

– Tu as dit qu'elle était douée, fait remarquer Wade.

Mon cœur rate à nouveau un battement. Je n'arrive pas à croire qu'il me trouve douée. Je ne pensais pas qu'il m'estimait en tant que danseuse et le savoir fait naître des fourmillements au creux de mon ventre.

– En classique, rectifie Roméo, elle ne saurait pas bouger sur un autre style… Pas vrai, trésor ?

Une traînée de frissons parcourt mon dos. J'ignore la vague de feu qui submerge mon corps et consume mon être pour faire face à celui qui fait battre mon cœur de plus en plus vite.

– Je suis tout à fait capable de danser sur n'importe quoi ! affirmé-je en me retournant.

Il esquisse un sourire et soulève un sourcil.

– Vraiment, je ne demande qu'à voir ça, me provoque-t-il.

Il me défie. C'est ce qu'il fait toujours, ça n'a rien d'étonnant. Mais cette fois-ci, il va s'en mordre les doigts.

À trop vouloir jouer avec le feu, on finit par se brûler et Roméo va vite le découvrir !

20

Roméo

Ça va faire presque une heure que Talia a débarqué dans cet immeuble en pleine battle et j'ai l'impression d'avoir cessé de respirer.

J'ai beau essayer de détacher mes yeux d'elle, je n'y parviens pas. Elle est comme entourée d'une putain d'aura lumineuse qui attire tous ceux qui se trouvent aux alentours. Sa tenue est simple et pourtant je la trouve magnifique. Quelque chose a changé en elle, une sorte de légèreté et de liberté ont pris possession d'elle.

Je ne comprends pas ce qu'elle m'a fait. Elle m'a ensorcelé avec ses yeux multicolores et son sourire d'enchanteresse.

Il y a tellement de choses que j'ignore sur elle. J'aimerais tout savoir d'elle, son plat préféré, son film fétiche, les rêves qui l'animent. Son physique m'a attiré, c'est vrai, mais aujourd'hui, c'est sa personnalité qui m'intéresse.

Après la battle, nous avons tous migré dans le bar latino du père de Diego. Talia est venue avec nous. Je savais qu'elle ne résisterait pas à ma provocation. Elle plonge toujours la tête la première dans mes petits pièges. Je ne ressens aucune culpabilité à me jouer d'elle parce que je le fais pour son bien. Jamais elle n'aurait eu le cran de venir dans ce genre de bar si je ne la poussais pas un peu plus chaque jour à sortir de sa coquille.

Accoudé au comptoir, à l'entrée du bar, j'observe Talia à l'autre bout de la pièce, sur la partie piste de danse. Le bar d'Alvaro n'est pas immense, mais assez pour improviser des danses endiablées.

J'adore venir ici. À chaque fois, j'ai l'impression d'être dans un autre pays. Les murs peints de couleurs chaudes mettent immédiatement dans l'ambiance, tout comme les différents tableaux qui représentent des danseurs en pleine prestation de salsa ou de tango. Un peu cliché, mais efficace.

– La jalousie ne te va pas au teint, me taquine Rina, qui vient de s'asseoir sur un tabouret.

Je fronce les sourcils sans comprendre. Rina me désigne Talia d'un signe de tête. Ma belle danseuse est toujours en compagnie de Wade. Je déteste ça. Je ne supporte pas de la voir bouger les hanches contre Wade et encore moins rire avec lui. Il pose les mains sur elle, l'attire contre son torse, la fait tournoyer.

Chaque jour, je me demande ce qui a pu se passer entre eux à New York. L'a-t-il déjà embrassée ou plus ? Leur foutu baiser échangé à cette soirée me torture toujours autant les neurones. Il n'y aurait dû avoir que le nôtre.

– Je ne suis pas jaloux, grogné-je.

Rina ricane, puis hèle le serveur pour commander la prochaine tournée. Une fois les verres déposés devant nous, Rina avale une gorgée et se tourne pour admirer Wade et Talia, toujours aussi proches.

– Tu as envie de tuer Wade à chaque fois qu'il s'approche de Talia, ta jalousie se lit sur ton visage, me fait-elle remarquer.

– Tu vois des choses qui n'existent pas, Rina…

– Oh, arrête de jouer au con, Rome ! Tout ce qui touche à Talia te rend fou parce que tu es raide dingue d'elle !

– Je ne suis pas…

– Je t'en prie, ne le nie pas ! Je ne sais pas ce qui t'empêche de l'assumer, mais c'est stupide. Un jour, elle te filera entre les doigts parce qu'un autre mec aura eu les couilles de lui avouer ses sentiments !

Je ne réponds pas. Je sais qu'elle a raison et je ne peux m'empêcher de penser à cet enfoiré de riche, Louis Marois. Il lui tourne autour et, dans la logique des choses, c'est avec lui qu'elle finira.

Ou avec quelqu'un comme Wade.

Je sais qu'ils s'entendent bien, qu'elle se sent à l'aise avec lui. Il n'est pas désagréable avec elle, il la traite bien.

– Si tu veux Talia, agis !

Je les observe une nouvelle fois et les imagine ensemble. Je ne pourrais pas le supporter. La voir avec un autre mec, l'embrasser, le toucher, c'est impossible pour moi, j'en mourrais.

J'en ai rien à carrer de gâcher le « bonheur » de ma mère parce que je suis persuadé qu'il est fictif. Elle se berce d'illusions avec ce connard d'avocat, elle est aveuglée par son fric et le jour où elle ouvrira les yeux, je serai là pour elle.

En attendant, pourquoi est-ce que je m'empêcherais d'être avec Talia ? Elle a clairement sous-entendu qu'elle était attirée par moi, alors qu'est-ce qui me retient ? Je ne voulais pas la brusquer après avoir vu son visage horrifié à cause de notre baiser, mais je me rends compte que rester loin d'elle n'est pas la solution. Je me suis torturé des nuits entières à essayer d'oublier cette attirance pour elle. En vain.

Je n'ai plus envie de rester en retrait, maintenant, je fonce.

Elle passe du temps avec Wade et ça me rend fou. Oui, je suis jaloux parce que ce n'est pas avec lui qu'elle devrait être.

Mais avec moi.

J'avale mon verre d'une traite et fonce tout droit sur eux.

C'est moi qui lui donnerai ce cours de danse.

Pas un autre.

Moi.

Dès que j'arrive devant eux, Wade s'éclipse en souriant. Bien, je n'aurai pas à me battre contre lui.

Talia, elle, me regarde en haussant un sourcil. Elle se retient de sourire, satisfaite d'avoir réussi à m'attirer à elle.

Est-ce que je viens de foncer tout droit dans un piège ?

– Tu es venu critiquer ma façon de danser ? demande-t-elle en croisant les bras sur sa poitrine qui me fait de l'œil depuis des semaines.

Son parfum fruité s'immisce dans mes narines et me donne envie de plonger la tête dans son cou pour mieux en apprécier les effluves. Je pose une main au creux de ses reins et l'attire contre mon torse, possessif. Elle lâche un cri de surprise qui me fait sourire.

Fini de jouer.

Je lis de l'incompréhension dans ses pupilles ambre. Mon comportement l'étonne, mais ne lui déplaît pas.

Je penche mon visage vers son oreille et lui susurre :

– Tu danses avec moi, trésor, pas un autre…

– Je croyais que je ne savais pas bouger sur autre chose que le classique, me renvoie-t-elle à la tronche.

J'esquisse un sourire. J'aime qu'elle me tienne tête de cette façon. Elle est divinement belle quand elle relève le menton prête à m'affronter.

– Prouve-moi le contraire, dis-je, la mettant au défi.

– Apprends-moi, quémande-t-elle, les joues en feu.

Sa façon de me le demander fait frétiller ma queue. C'est à la fois plein d'innocence et de désir. Son regard ne trompe pas et si je continue à contempler ses pupilles de feu, je ne donne pas cher de mon self-control.

Rina a raison, je suis raide dingue de cette fille.

– Détache tes cheveux, lui susurré-je d'une voix enrouée par le désir.

Elle fronce les sourcils, mais s'exécute. Elle passe une main dans ses cheveux et libère sa belle crinière brune qu'elle démêle avec ses doigts. Ses cheveux tombent en cascade dans son dos et la vision que j'ai d'elle à cet instant me coupe le souffle.

Elle est sexy à en crever, elle fait tout de suite plus femme fatale que gamine vierge coincée.

– Maintenant, suis seulement le rythme, lui indiqué-je.

Elle acquiesce et commence à bouger les épaules timidement. Ses hanches tentent de suivre la musique, mais elle ne parvient pas à se lâcher. Ma présence l'intimide, je le sens. Jamais nous n'avons été aussi intimes, à part la fois où j'ai goûté à ses lèvres.

– Détends-toi, trésor, tu es trop raide !

– Je ne suis pas raide, grogne-t-elle.

– Bien sûr que si ! Tu as des réflexes de danseuse classique à être aussi droite. Sois plus souple, la danse latine est sensuelle, elle utilise tout le corps et principalement cette partie-là, dis-je en posant mes mains sur ses hanches pour créer un mouvement de balancier de gauche à droite.

Elle frissonne. Ses yeux sont fascinés par mes mains sur son corps. Je sais que nous jouons avec le feu, mais j'en ai rien à faire. Je sais que pour elle, je suis son demi-frère et qu'elle a été choquée par notre baiser, mais je sens que ça ne lui importe plus ce soir.

Elle est simplement la fille qui me plaît.

Au fil des minutes, nos corps se rapprochent, se frôlent, se cherchent. Talia réussit à se lâcher de plus en plus et se contrefout du regard des autres. Elle n'a d'yeux que pour moi et les flammes qui dansent dans ses iris électrisent tout mon corps. Le sien s'imbrique au mien à la perfection.

Talia me laisse l'effleurer partout, ses hanches, ses côtes, son ventre, le bas de son dos, je prends possession d'elle autant qu'elle s'insinue en moi. La chanson qui passe traduit avec exactitude ce que je pense d'elle, « Si tu fueras mia » de Jencarlos.

« Si tu étais à moi. »

Je la fais tournoyer autour de ma main en passant l'autre sur son ventre à moitié dénudé. Elle sourit si lumineusement que je sens mon cœur perdre pied. Son dos se colle à mon torse et ses cheveux à l'odeur de mûres fouettent mon visage.

Sans pouvoir résister, j'embrasse son cou offert à moi. La chaleur qui se dégage de son corps me rend fou. Chacun de ses mouvements m'envoûte.

– Ondule un peu plus des hanches, tu te retiens encore un peu, soufflé-je à son oreille.

J'aurais mieux fait de fermer ma grande bouche parce que les gestes qu'elle fait contre moi sont plus qu'indécents. Ses hanches se balancent comme des vagues et ses fesses frottent contre ma queue qui ne demande qu'à se nicher entre elles. Je sens son épiderme s'embraser, son souffle haleter, son cœur battre à une vitesse folle, elle est enivrée par ce qu'elle éprouve face à nos peaux collées l'une à l'autre.

Talia se laisse porter par la musique. Elle se détache de moi pour faire parler son corps à travers ses pas. Je suis fasciné par chacun de ses mouvements, ses bras, ses épaules, ses reins et ses jambes bougent à l'unisson et dégagent une sensualité à couper le souffle. J'ai en face de moi la vraie Talia Bellerive.

Sans retenue. Sauvage. Libre. Sublime. Sexy. Ma perfection.

Ne supportant pas la distance entre nous, je l'attire contre mon torse. Hors de question qu'elle m'échappe.

Nos visages sont si proches que je peux sentir son souffle chaud sur moi. Elle me sourit, me fascine, m'envoûte. Je suis à sa merci.

– Alors, je suis toujours aussi raide ? me taquine-t-elle.

– Non, c'est moi qui le suis, grommelé-je.

Elle secoue la tête et réprime un sourire. Elle tente de me taper l'épaule, mais je m'empare de sa main pour la faire tourner une nouvelle fois. Talia glousse tout en collant son bassin contre le mien. Je sais qu'elle sent mon érection, mais ça ne semble pas la déranger. Au contraire, elle se dandine un peu plus pour mieux me sentir.

Ses yeux enflammés se lient aux miens. Le désir que j'y lis me fout la trouille autant qu'il m'excite. Je me perds sur ses lèvres charnues, qui m'appellent et me supplient de les capturer. Je me souviens encore de leur douceur et de leur goût sucré. Je me demande si elle est aussi sucrée entre les jambes.

Danser avec elle est aussi naturel que respirer. Je n'ai jamais connu une telle alchimie.

J'approche ma bouche de la sienne, prêt à me damner pour cette fille qui a mis mon cœur à terre. Je me fous de mettre en péril le bonheur de ma mère, pour une fois, je pense au mien. Comprenant ce que je suis sur le point de faire, elle cesse de respirer et fixe mes lèvres avec envie. Je déglutis légèrement, puis pose une main sur sa joue brûlante.

Mon autre main effleure son cul parfait et se loge au creux de son dos. À peine trois centimètres séparent nos lèvres. Plus rien ne compte autour de moi, je ne vois qu'elle. De toute ma vie, je n'ai jamais ressenti un tel désir pour une femme : Talia fait naître en moi des sensations nouvelles et intenses.

J'ai envie de voir où cela va nous mener.

Au moment où ma bouche effleure celles de mon ticket pour l'enfer, je sens une main m'attirer en arrière et me séparer de la future cause de mes insomnies.

– Rome, ramène-toi, Béni a des ennuis, m'annonce Diego, paniqué.

Je regarde Talia une dernière fois, accablé et déçu.

Une chose est sûre, je n'en resterai pas là. Si ce n'était au départ qu'un jeu visant à emmerder une petite bourge coincée, aujourd'hui, je la désire réellement et ardemment.

21

Talia

Pour la centième fois en une heure, je tourne dans mon lit sans pouvoir trouver le sommeil.

Comment le pourrais-je ?

Il a failli m'embrasser.

Roméo a eu envie de m'embrasser et si Diego ne nous avait pas dérangés, nos lèvres se seraient enfin retrouvées.

Cette soirée a été vraiment parfaite. Je crois que je ne me suis jamais autant amusée de toute ma vie. Je le dois à Manon, Rina et Wade, mais surtout à Roméo.

Je me suis sentie libre à ses côtés et belle, ce qui n'est pas arrivé depuis une éternité. J'ai eu l'impression d'être importante ce soir et non un vulgaire jouet qu'on utilise dès qu'on en a besoin.

Tout était si électrique et intense entre nous. Plus rien autour ne comptait, toute mon attention était focalisée sur Roméo et ses yeux de jade. C'est cliché, mais j'aurais pu me noyer dedans. À travers eux, je me suis sentie si spéciale et désirable.

En dansant avec lui, j'ai réalisé combien on se complétait, pas seulement sur le plan artistique, mais aussi émotionnellement. J'ai ressenti toute sa colère, sa tristesse, sa souffrance et son désir d'être aimé. Toutes ses émotions ont fait écho aux miennes.

Il ne mérite pas l'ignorance de sa mère ou le mépris de mon père et de ma grand-mère.

Une demi-heure plus tard, je n'arrive toujours pas à fermer l'œil.

Mon corps est brûlant, surtout au niveau de mon bas-ventre. Je sens des fourmillements au creux de mon ventre et plus bas à chaque fois que je repense aux mains de Roméo sur moi ou à son regard teinté d'une lueur étrange semblable à des flammes.

Mes seins me paraissent plus volumineux que d'ordinaire et bien plus lourd, c'est comme s'ils suppliaient qu'on les soulage en les touchant.

J'imagine les mains de Roméo dessus, les caressant, les malaxant, pinçant les tétons de leurs pouces. Immédiatement, mes pointes apparaissent sous mon débardeur et je sens une décharge électrique entre les jambes.

Mes sens s'éveillent. Je ferme les yeux et place une main sur ma poitrine. Mes pensées dérivent et toutes incluent mon beau rebelle aux yeux verts. J'ai besoin d'assouvir ce désir qui me consume un peu plus de jour en jour, ou je sens que je vais devenir dingue.

J'empoigne mon sein droit lorsque j'entends du bruit en provenance de la salle de bains. Je regarde l'heure sur mon téléphone, qui affiche une heure trente-trois.

Un autre bruit me tire de mon lit. Je sors de la chambre et remarque la lumière dans la salle de bains s'échappant de la porte entrouverte.

– Putain, entends-je.

J'avance sans faire de bruit. Je ne tiens pas à réveiller qui que ce soit.

Je pousse légèrement la porte. Appuyé contre le lavabo, Roméo tourne la tête vers moi. Je retiens un cri d'effroi en découvrant son visage tuméfié. Son œil droit est violacé, le haut de sa joue est égratigné et sa bouche a des traces de sang.

– Mon Dieu, qu'est-ce qui s'est passé ? l'interrogé-je en baissant le ton pour ne réveiller personne.

Je me précipite vers lui et le fais asseoir sur le rebord de la baignoire. Il ne résiste pas et se laisse faire. Je prends son menton entre mes doigts et examine son visage.

– Je vais bien, Talia, dit-il pour me rassurer.

Il plante ses yeux dans les miens et me sourit avant de grimacer à cause de la douleur de sa lèvre écorchée.

Je n'aime pas le voir dans cet état. Sa souffrance est devenue la mienne sans que je sache pourquoi.

– Qu'est-ce qui s'est passé ? redemandé-je.

– Béni a eu des soucis avec des mecs d'un autre Crew, ça a un peu dégénéré, comme d'habitude avec Béni, souffle-t-il, las.

– Ça arrive souvent ?

– Quelquefois, oui…

Je pousse un soupir et vais chercher dans les placards le nécessaire pour nettoyer et soigner ses plaies. Je ne connais pas bien Béni, mais je sais qu'il est du genre à créer un tas de problèmes à son entourage, en particulier à Diego. Manon s'en est déjà plainte plusieurs fois. Je la comprends à présent. Voir le visage tuméfié de Roméo me fait mal.

J'imbibe un coton de désinfectant et m'apprête à le poser sur sa joue lorsque je le vois sourire.

– Quoi ? m'enquiers-je, intriguée.

– Toi et moi dans cette salle de bains, c'est du déjà-vu…

J'esquisse un sourire. Je me souviens de cette nuit où je l'ai trouvé ici même, le visage encore plus cabossé qu'à cet instant. Il a été tellement odieux avec moi que ses mots résonnent encore dans mon esprit.

Comme s'il sentait mon trouble, Roméo pose une main sur ma joue et me force à le regarder.

– Je ne pensais pas un seul mot de ce que je t'ai dit ce soir-là, avoue-t-il en plantant de nouveau ses yeux dans les miens.

– C'est oublié…

Je mens, seulement je n'ai pas envie de l'accabler et encore moins de m'attarder sur ces phrases quelque peu blessantes. Dans un sens, je comprends pourquoi il a été aussi méchant avec moi, il souffre et ne parvient pas à trouver d'autres exutoires.

– Talia, je suis vraiment désolé pour ce que j'ai dit… J'étais en colère d'être obligé de vivre ici et… je m'en suis pris à toi.

– Je sais, réponds-je en souriant légèrement.

Je suis surprise et heureuse qu'il s'en excuse. Roméo n'est pas du genre à présenter ses excuses, ni à se détendre et à sourire. Je ne sais pas ce qui a changé en lui ce soir, mais il n'est pas le même.

– Tu es loin d'être banale et tu ne ressembles en rien à ta grand-mère.

– Merci, dis-je en souriant.

L'entendre prononcer ces mots me fait du bien. J'ai l'impression d'être un peu plus légère.

L'atmosphère est étrange entre nous.

Je m'applique à le soigner sans lui faire mal et le sens qui observe chacun de mes faits et gestes. Je suis nerveuse, excitée et anxieuse. Je ne sais pas ce qui se passe entre nous, mais je suis sûre d'une chose ; rien ne sera comme avant dès que nous sortirons de cette salle de bains.

Je suis tellement près de Roméo que je sens son souffle chaud et irrégulier au-dessus de ma poitrine. Sans aucun contrôle, je sens mes pointes durcir et menacer de s'extraire de mon débardeur. Je sais qu'il le voit puisqu'il est aux premières loges, mais ça ne me gêne pas. Au contraire.

Roméo pose une main sur ma hanche et effectue des mouvements circulaires avec ses doigts. Sa main dérive dans mon dos, puis ses doigts cajolent mon ventre et je cesse de respirer suspendant mes gestes dans l'air. Mes yeux se ferment pour mieux apprécier ce qu'il me fait.

Mon corps s'enflamme violemment à tel point que je ne suis pas loin de tout brûler sur mon passage.

Je ressens ses gestes si ardemment que je ne comprends pas comment je peux encore tenir debout. Le désir que j'ai éprouvé en dansant avec lui est moins intense que celui qui risque de me consumer s'il ne se décide pas à l'assouvir dans les minutes à venir. Je le sens absolument partout, dans chaque partie de mon anatomie, c'est fort, déroutant, dévastateur.

Son autre main se pose sur mon flanc droit et presse ma peau avec une douceur déconcertante. Je n'ai jamais soupçonné cette facette de lui. À vrai dire, je ne pensais pas qu'elle existait. Lorsque ses mains effleurent mes fesses, je l'entends pousser un râle plaintif.

J'ouvre les yeux et tombe sur le regard incendiaire de Roméo qui se répercute jusqu'au creux de mon bas-ventre. Je le sens crépiter et pulser si fort que j'ai l'impression d'être électrocutée.

– Tu devrais me repousser, Roméo…

Ma voix sonne comme une supplique.

– Tu n'en as aucune envie, trésor, réplique-t-il sensuellement.

Comment le pourrais-je ? Je ne pense qu'à ça depuis que ses lèvres se sont posées sur les miennes il y a des semaines. C'est bien plus qu'un désir inassouvi. Il me plaît même si c'est mal.

Roméo me scrute si intensément que des fourmillements naissent au creux de mon ventre. Il se relève, toujours ses yeux plantés dans les miens. Ses mains ont quitté l'orée de mes fesses et se sont réfugiées sur mes hanches pour m'attirer plus près de lui.

Son front se pose contre le mien et il ferme les yeux. À quel moment notre relation conflictuelle a-t-elle pris ce chemin-là ? Quand est-ce que le détestable fils de Sofia est devenu l'homme qui me fait vibrer par sa seule présence ?

Je suis pétrifiée par ce qu'il se passe entre nous, mais ce n'est rien à côté de l'excitation que ça me procure. Tout son corps me domine, je sens sa présence jusqu'au bout de mes ongles. Je ne bougerai pas d'ici tant qu'il n'aura pas délivré mon corps de cette envie destructrice et violente.

– Repousse-moi, supplié-je ancrant mes yeux aux siens.

J'aimerais le faire, mais j'en suis incapable. Je lui laisse une dernière chance de nous éviter un chemin tortueux et dangereux, mais son désir est bien plus fort que notre raison. Mon regard se bloque sur sa bouche, que je désire tant. La mienne s'assèche. Pendant des semaines, j'ai souffert de la distance qu'il a instaurée entre nous.

Aujourd'hui, c'est terminé.

Au diable mon père et Sofia, je n'ai plus envie de combattre mon désir ! Je regarde Roméo, qui a les yeux rivés sur ma bouche. Il en a autant envie que moi. Je comble les derniers centimètres qui nous séparent et presse mes lèvres sur les siennes. Je gémis, heureuse de pouvoir enfin respirer.

En moins de deux secondes, Roméo prend le contrôle et empoigne mes cheveux pour intensifier le baiser. C'est encore plus dingue que notre premier baiser. Mon cœur bat si fort qu'il risque de réveiller toute la maison.

Roméo me pousse contre le mur et appuie son corps contre le mien, tandis que sa langue s'enroule à la mienne. J'aime sentir son torse contre mes tétons durcis et je me surprends à vouloir connaître la sensation de nos peaux nues l'une contre l'autre.

– Dis-moi ce que tu ressens, Talia…

Je lève les yeux vers lui, sûre de moi.

– Du désir.

Roméo grogne avant de se ruer sur ma bouche passionnément. On est en train de foutre en l'air l'équilibre déjà bancal de notre famille, mais ça m'est égal. Pour la première fois de ma vie, je fais quelque chose dont j'ai pleinement envie.

– Touche-moi, Roméo, l'imploré-je.

Je n'ai pas envie de fuir face à lui. Je n'ai pas envie de prendre mes jambes à mon cou comme j'ai pu le faire avec Valentin lorsque c'est devenu sérieux. Cette fois-ci, je meurs d'envie d'être soulagée de cette boule de nerfs qui s'est logée dans mon bas-ventre.

– Et je veux te voir…

Je pose mes mains sur son tee-shirt pour qu'il comprenne que je veux qu'il le retire. Je ne sais pas bien ce qui se passe en moi, je me reconnais à peine, mais ça ne me déplaît pas.

– Où est passée la petite bourge coincée de notre rencontre ? me provoque-t-il, taquin.

– Elle a décidé qu'elle voulait vivre, réponds-je en tirant sur son tee-shirt.

Roméo esquisse un sourire et se débarrasse enfin de son maillot en coton. Je détaille son torse musclé et dessiné, puis ose effleurer ses abdominaux du bout des doigts. Sa peau est brûlante, peut-être autant que la mienne. Je dépose ma main sur son cœur et suis surprise par son rythme effréné.

– C'est l'effet que tu me fais à chaque fois que tu es près de moi, avoue-t-il en couvrant ma main de la sienne.

– Embrasse-moi, quémandé-je.

Roméo ne se fait pas prier et prend possession de mes lèvres sauvagement. Il m'embrasse comme s'il tenait à montrer à mes lèvres à qui elles appartiennent. Une de ses mains descend sur ma cuisse dénudée qu'il remonte avec une lenteur délicieuse. Une tension brûlante s'empare de mon corps et se loge au creux de mon bassin.

Sa main remonte toujours plus haut et finit par s'arrêter à la lisière de mon short de nuit.

– Si je vais trop loin, arrête-moi, susurre-t-il contre mes lèvres.

– Je ne veux pas que tu arrêtes, haleté-je. Je veux connaître ça avec toi…

Je le regarde dans les yeux afin qu'il comprenne ce dont j'ai envie ce soir. Je n'ai jamais su dire ce que je voulais, mais tout est différent avec Roméo parce que je me sens en confiance avec lui.

Étrangement, je n'ai pas peur. L'excitation a submergé le reste de mes émotions. Ses caresses reprennent et Roméo s'aventure sous mon débardeur pour empoigner mon sein gauche. Je gémis contre sa bouche, surprise par la décharge qui se dégage de ce geste.

La bouche de Roméo picore mon cou, tandis qu'il taquine mes tétons du bout des doigts. Lorsqu'il en pince un, je ne peux empêcher de geindre bruyamment.

– Il va falloir faire moins de bruit si tu ne veux pas réveiller nos parents, ricane-t-il.

– Alors il va falloir me faire moins de bien…

Il rit dans mon cou, puis vient déposer un baiser chaste sur ma bouche.

– Impossible, trésor. J'aime te faire du bien… Essaie juste de faire moins de bruit parce que je ne compte pas m'arrêter…

Il joint le geste à la parole en pinçant de nouveau mon téton. Je me mords les joues pour éviter de gémir. Roméo soulève mon débardeur et vient embrasser mes seins tour à tour. Jamais je n'ai laissé un homme aller aussi loin.

Gêné par mon haut, Roméo s'en débarrasse et le balance dans la pièce. Il me prend par les hanches d'un coup et enroule mes jambes autour de lui. Sa tête se réfugie dans ma poitrine, qu'il s'amuse à embrasser, lécher, aspirer. Je ne suis plus que sensations et halètements.

Mes mains fourragent ses cheveux, griffent sa nuque. La tension dans mon bassin s'est déplacée dans mon bas-ventre. Elle est comme une boule électrique qui grandit encore et encore, et n'est pas loin d'exploser.

Très vite, je me retrouve seulement en petite culotte puisque Roméo a fait glisser mon short à mes pieds. Quand il me repose à terre et qu'il passe un doigt sur ma fente à travers le tissu de ma culotte, je me sens défaillir.

– Roméo, soupiré-je.

– Tu es sûre que tu en as envie ? s'enquiert-il, les yeux dans les yeux.

Audacieuse, je prends sa main et la place sur mon sexe pour qu'il sente combien j'en ai envie. La petite bourge coincée a bel et bien disparu.

– Bon sang, tu vas me tuer, grogne-t-il avant de m'embrasser à pleine bouche.

Il me regarde une dernière fois, puis aventure sa main dans ma culotte. Je ne respire plus et attends qu'il me délivre enfin de cette boule de nerfs.

Au moment où son majeur effectue un premier va-et-vient dans ma fente mouillée, je sens des milliers de papillons ravager mon bas-ventre. La sensation de chaleur grandit au fur et à mesure que son doigt continue de me procurer du plaisir. Les sensations qui me submergent me surprennent par leur intensité.

Je sens Roméo absolument partout. Sa bouche passe de mon cou à mon oreille, qu'il lèche et aspire. À chaque fois qu'il fait cela, j'ai l'impression que je vais m'évanouir de plaisir. Mes terminaisons nerveuses sont aux abois et menacent de s'enflammer. Sa main libre cajole ma poitrine. J'ai chaud, tellement chaud.

Mes doigts s'infiltrent dans ses cheveux à moitié défaits et les tirent pour attirer sa bouche contre la mienne. Son torse contre ma poitrine m'électrise. Le plaisir monte encore et encore et c'est pire lorsque Roméo caresse mon clitoris. C'est bon, bien au-delà de tout ce que j'ai imaginé.

Je ne suis plus très loin d'exploser. Cette boule de chaleur en moi a gagné du terrain, je la ressens partout. Je ne suis plus que gémissements, cris étouffés et avalés par la bouche de Roméo.

Et d'un coup, tout explose. Je suis renversée par un orgasme dévastateur semblable à un tsunami qui emporte tout sur son passage. L'onde électrique qui parcourt mon corps me fait voir des étoiles pendant quelques secondes. Ça n'a rien à voir avec les fois où je me suis masturbée, c'est tellement plus… puissant. Je ne pensais pas que l'on pouvait ressentir autant de plaisir et, pourtant, ce n'était que des préliminaires.

La tête de Roméo se réfugie dans mon cou, qu'il embrasse tendrement.

Lorsqu'il lève la tête vers moi et plante ses yeux dans les miens, je sens la honte m'envahir. Je croyais que je me sentirais en paix avec moi-même en laissant mon corps suivre ses désirs. Quelle idiote ! Comment ai-je pu oublier tout ce que cette relation implique ?

Un fantasme ne doit pas tout gâcher. Néanmoins, n'est-ce pas déjà trop tard ?

22

Roméo

– Putain, Roméo, t'es pas dans le rythme, me gueule Diego, agacé.

Je souffle.

J'ai raté une figure des plus simples en me vautrant comme une merde sur la cuisse droite.

Génial, je vais avoir un putain de bleu !

Cette répétition est une catastrophe, je suis pire que merdique, réglé sur un mode automatique. Et pour cause, je n'ai pas du tout la tête à la danse depuis une bonne semaine. Tout mon esprit est obnubilé par une seule et unique personne.

Talia.

Je suis obsédé par elle et ne pense qu'à ce qui s'est passé entre nous dans la salle de bains, la semaine dernière. Je ne regrette rien. J'ai adoré chaque putain de seconde avec elle. Malheureusement, je ne peux pas en dire autant pour elle.

J'ai vu la peur et la culpabilité envahir ses yeux et senti mon cœur se fissurer. Elle a voulu que je la touche, c'est elle qui me l'a demandé, alors pourquoi elle fait comme si je n'existais plus ?

Ça me tue, putain !

– Rome, réveille-toi, bordel ! s'agace Béni en coupant la musique.

– Foutez-lui la paix, on ne peut pas être à 100 % tous les jours, dit Wade pour me défendre.

– Sauf que ça fait une putain de semaine qu'il est à la ramasse, argumente Diego. T'es sur les nerfs et ça se répercute sur le Crew. Fume un joint, bois un verre ou baise une nana mais, putain, reprends-toi, on a une battle ce week-end !

Je le fusille du regard. Il me gonfle. Ils me gonflent tous. J'adore danser, mais je n'arrive pas à penser à autre chose qu'à Talia.

– Je n'ai pas la tête à la danse, dis-je en buvant quelques gorgées d'eau.

– J'en ai rien à faire que tu n'aies pas la tête à la danse, fais un effort, m'ordonne Diego. Les Dotraks seront présents samedi prochain, ils vont nous jauger et il est hors de question qu'on se rétame devant eux ! Je ne comprends pas qu'ils s'amusent à faire le déplacement depuis Marseille. D'accord, la battle de l'année française se passe à Nice, mais de là à assister à toutes les manches du concours pour espionner la concurrence, c'est incompréhensible.

Ils n'ont pas de vie à part la danse ?

Dès qu'il s'agit de nos futures battles, Diego devient complètement dingue, un vrai acharné de travail. Il nous met la pression à tous parce qu'il ambitionne de nous voir participer à des concours internationaux.

Mais c'est pire depuis qu'il a appris que nous étions surveillés par les Dotraks, à savoir le meilleur Crew de France depuis toujours, ainsi que mon ancien groupe.

Putain, cette nouvelle me fait chier !

Je n'ai aucune envie de les recroiser. On ne peut pas dire que nous sommes en bons termes, d'autant que c'est en partie à cause d'Issan, le nouveau leader et accessoirement mon ancien meilleur ami, que je me suis retrouvé devant la justice.

Ils me détestent tous et je les déteste tout autant.

Ça n'a pas toujours été la guerre entre nous. Pendant longtemps, faire partie des Dotraks a été le pied. On répétait pendant des heures sans manger ou se reposer, on ne vivait que du break et, bon sang, c'était tellement bien et c'est ce qui m'a permis de tenir bon quand mon frère est mort.

Issan et moi partagions la même passion et la même envie de devenir pro. Mais quand l'ancien leader, Bryan, est parti pour Londres, nous nous sommes retrouvés en concurrence. Issan a montré son vrai visage et son seul but était de me faire virer du groupe. Il a réussi.

Je les connais par cœur, ainsi que leurs points forts et, putain, y en a beaucoup ! Ils sont trop forts pour nous, bien plus que ne le croient Diego et les autres. Leur technique surpasse la nôtre, tout comme leur synchronisation. Même si c'est le point fort du Crew depuis toujours. L'inventivité de Wade peut nous aider, mais il va falloir beaucoup plus.

Issan ne recule devant rien pour arriver à ses fins. Je l'ai déjà vu faire à Marseille. Je l'ai même aidé plusieurs fois.

Notre Crew n'a pas les épaules pour l'affronter.

– Diego, tu sais qu'on n'est pas encore à la hauteur des Dotraks, tente de lui faire comprendre Wade. Ils sont connus de tous dans le milieu et les vidéos qu'ils postent sur TikTok font un carton à chaque fois ! Ces trois derniers mois, ils ont gagné pas moins de 500 000 followers… Tout le monde sait que la popularité joue dans ce concours et on est loin d'être les chouchous du public !

Sa remarque lui vaut un regard noir du Latino. Tout le monde profite de cette pause improvisée pour s'asseoir sur le parquet de la salle de danse.

– On ne risque pas de l'être si on continue à répéter de cette façon ! On est nuls parce que Rome a décidé de ne pas en branler une, me reproche-t-il.

Putain, il commence sérieusement à me faire chier !

– OK, il est un peu en dessous en ce moment, mais de manière générale, Rome est meilleur que leur leader, affirme Wade. Y a pas de débat à avoir là-dessus !

Pas sûr. Issan possède une facilité déconcertante à se lâcher, je suis bien trop dans le contrôle et je me repose sur mes acquis. Pas lui.

– En revanche, les Dotraks ont des chorégraphies plus élaborées que les miennes, continue-t-il. Ils sont capables de faire des figures de dingue et je ne parle pas de la nana incroyable qu'ils ont recrutée !

– Quelle nana ? demande Tao.

– Suki je ne sais plus quoi ! Elle est exceptionnelle et surpasse toutes les nanas du game. Je vous adore, Rina et Alice, vous êtes douées, mais face à elle, aucune chance. On ne pourra pas gagner contre ces mecs sans apporter de la nouveauté dans nos chorés !

Diego ne réplique plus. Personne ne parle. Wade a raison et tout le monde le sait. D'habitude, il est le mec le plus optimiste sur nos performances, a toujours confiance en nous, mais pas cette fois. Il est réaliste.

Alice et Rina auraient pu mal prendre les remarques de Wade, mais elles sont assez lucides pour ne pas le contredire. Je ne connais pas cette Suki, mais je suis persuadé qu'elle est époustouflante. Issan ne recrute que les meilleurs.

– Et quoi alors ? On abandonne ? Il est hors de question que ce petit branleur d'Issan nous humilie ! Alors, Rome, réveille-toi !

Je soupire.

Je n'ai pas la tête à supporter son stress.

– Et si on recrutait, nous aussi ? propose Tao.

– Ah oui ? Et qui ? s'agace Béni. Wade a raison, personne ne peut rivaliser avec cette Suki, je l'ai vue danser sur ces stupides vidéos TikTok.

– Talia a le potentiel pour la battre, assure Wade.

Je le foudroie du regard. Il m'énerve à prétendre tout savoir de Talia comme s'il était le seul à la connaître. Jamais il ne la connaîtra de la même façon que moi.

– Sérieux, la princesse ? Elle a un balai dans le cul, balance Alice, perfide.

La jalousie d'Alice transpire dans chacun de ses pores. Elle déteste Talia parce qu'elle sait qu'elle me plaît. Jamais elle ne lui arrivera à la cheville, que ce soit en danse ou ailleurs.

– Tu ignores à quel point elle peut être talentueuse, plaide Wade. Elle a déjà fait un tas de progrès grâce à Rina et moi. Si elle accepte de nous rejoindre, je pourrai lui enseigner…

– Non, le coupé-je. Talia ne rejoindra pas le Crew.

Je suis catégorique. Je ne veux pas qu'elle vienne si c'est pour affronter Issan et les Dotraks. Il se servirait d'elle pour m'atteindre, comme il l'a déjà fait par le passé. Je ne prendrai pas ce risque.

Si Issan se rend compte de l'existence de Talia, il ne la lâchera pas. Elle incarne tout ce qu'il recherche chez une femme ; belle, talentueuse, pure, unique.

– Rome, ce serait vraiment un atout pour nous, approuve Rina. Si on veut remporter la battle de l'année et représenter la France à la battle internationale de New York, il faut que nous mettions toutes les chances de notre côté.

– Rien à branler, elle ne foutra pas un pied dans ce Crew.

– Putain, tu fais vraiment chier, Rome, s'énerve Diego. C'est quoi ton problème avec elle ? On vous a vus danser ensemble la semaine dernière ; ça marche entre vous, c'est fluide, naturel et ça pourrait carrément être bien pour le Crew, mais tu casses les couilles à toujours nous mettre des bâtons dans les roues !

– Vous me faites chier !

Je prends ma veste et sors dans la rue pour m'allumer un joint. Ça n'arrangera pas mon état actuel, mais peut-être que ça me calmera une petite heure. Je m'installe sur l'escalier devant l'immeuble et inhale cette fumée tranquillisante pour mes nerfs. Avant, il me suffisait de quelques taffes pour me calmer, aujourd'hui, ça ne me fait presque plus rien.

De toute façon, rien ne pourrait changer mon humeur actuelle. Si, une personne le pourrait, mais elle s'évertue à m'éviter comme la peste.

Peut-être que moi aussi je l'évite. J'ai séché la moitié de mes cours parce que je suis incapable de la croiser dans les couloirs du lycée sans avoir envie de lui sauter dessus. Je l'ai vue presque nue et cette image obsède mon esprit. J'ai découvert une autre partie d'elle et ça me fait dérailler.

Jamais je ne pourrai oublier la Talia sûre de ses désirs, entreprenante, qui jouit en prononçant mon nom.

– Ça ne va pas, Rome ? me demande Rina qui vient s'asseoir à mes côtés.

– Tout est OK.

– À d'autres, je ne suis pas stupide. Je vois bien que tu n'es pas dans ton état normal depuis plusieurs jours.

Elle me regarde d'une manière insistante pour m'obliger à parler. Rina a un pouvoir de dingue dans ses yeux noisette, elle arrive à faire avouer tout et n'importe quoi en un instant. Mais, cette fois-ci, je n'ai pas envie de parler. Je veux garder pour moi ce qui se passe entre Talia et moi.

Enfin qu'est-ce qui se passe au juste ?

J'ai enfoncé ma langue dans sa bouche et mes doigts dans sa chatte et puis plus rien.

– Il n'y a rien, Rina.

– Putain, vous les mecs, vous avez vraiment du mal à parler, c'est insupportable ! Tu es d'une humeur de chien et je suis persuadée que ça a un rapport avec Talia, elle aussi est sur les nerfs, balance-t-elle.

Je tourne la tête vers elle, qui me sourit, ravie d'avoir capté mon attention. La sorcière. Comment sait-elle que Talia est sur les nerfs ? Je ne pensais pas qu'elles étaient si proches.

– J'étais sûre que ça te ferait réagir, dit-elle en riant.

Je lui lance un regard noir qui accentue son rire. Cette nana est bien trop maligne pour nous.

– C'est à cause de ce gosse de riche qui vient chez vous ce soir ?

– Quoi ? De quel gosse de riche tu parles ?

– Je sais plus trop… Il me semble qu'il s'appelle Lucas ou Louis…

Putain !

Je n'arrive pas à croire que cet enfoiré va venir dîner chez nous. Je pensais qu'il ne faisait plus partie de l'équation, mais je me suis trompé. Cet enfoiré de fils Marois ne compte pas laisser filer Talia et, putain, ça me met hors de moi. Il ne la mérite pas.

Je l'ai bien vu faire son petit numéro auprès d'elle à la réception de Jonas. Il se fout d'elle. Pour lui, elle n'est qu'un pion, une étape pour grimper les échelons. Il ignore qu'elle est extraordinaire, drôle, intelligente, talentueuse et bien plus qu'une Bellerive friquée qui veut être ballerine.

Il est hors de question que je le laisse mettre le grappin sur ma danseuse. Encore moins après ce qui s'est passé entre nous.

– Fais chier, grogné-je.

Encore une fois, Rina pouffe.

– Va la retrouver, Rome, et parle-lui, me conseille-t-elle. Et un jour, tu m'expliqueras quel est le souci entre toi et Issan, ajoute-t-elle.

Cette nana est vraiment trop lucide. Elle a compris que j'avais un passé avec Issan. Peut-être que je devrais en parler aux autres, leur avouer qu'il s'agit de mon ancien Crew, mais j'ai peur qu'ils ne veuillent plus de moi après ça.

– Un jour, peut-être, lui dis-je.

Pour le moment, mon problème n'est pas Issan et les Dotraks, mais ce très cher Louis Marois. Il est temps de l'effacer définitivement de l'équation.

23

Talia

Ce dîner est une mascarade.

En aucun cas je n'ai désiré que Louis vienne à la maison ce soir. Évidemment, c'est un coup de mon père et de ma grand-mère. Ils l'ont invité pour forcer le destin comme ils me l'ont si gentiment dit en débarquant dans ma chambre pour que je me change.

Ils sont si convaincus que Louis et moi allons finir ensemble qu'ils ne voient pas le manque d'alchimie entre nous. Louis est un très bel homme, je le reconnais, mais rien ne se passe entre nous, il ne me provoque pas le même effet que mon voisin d'étage. Le béguin que j'ai pu avoir pour lui n'était rien comparé à ce que je ressens pour Roméo à chaque fois que je pense à lui et à ce qui s'est passé dans cette salle de bains.

Il ne s'écoule pas une seule minute sans que la moindre chose m'évoque notre dérapage. Je n'ai qu'à passer devant la porte de la salle de bains pour que mon ventre se contracte. Je sais que nous n'aurions pas dû, mais je n'ai qu'une envie : recommencer.

Être à la même table que lui n'arrange rien. J'ai de plus en plus de mal à faire comme s'il n'était pas là et que je n'avais pas envie qu'il se jette sur moi. Je lutte pour ne pas fixer ses lèvres charnues qui m'appellent et dont je connais l'effet sur mon corps. Je ne tiens pas à ce que ma grand-mère ou mon père comprennent ce qui s'est passé entre Roméo et moi.

J'ai l'impression que c'est écrit sur mon front.

Je suis tellement mal à l'aise à cette table que je ne cesse de jouer avec la nourriture dans mon assiette. Ce dîner m'ennuie. Ce n'est qu'une excuse pour parler politique. Évidemment, mon père a invité Alphonse Marois et, depuis une demi-heure, ils ne cessent de blablater sur l'entrée en politique de mon père.

Leurs ambitions n'ont aucune limite. Alphonse Marois a aussi des projets pour Jules, mais à voir la tête qu'il tire, ça ne l'enchante pas. C'est étrange, Jules est toujours le premier pour faire le fayot auprès de notre père ou des Marois, mais pas ce soir. Il jette des regards vers Louis et moi toutes les dix secondes avec une envie de nous tuer non dissimulée.

– Talia, il faudrait que je te parle, murmure Louis à mon oreille.

– À propos de quoi ? demandé-je.

– Alors, Louis, comment s'est passé ton séjour en Suisse ?

– Très bien, j'ai appris beaucoup avec les meilleurs et…

Je n'écoute pas un traître mot de son récit. Les histoires de banques m'ennuient. Gérer des chiffres, en demander toujours plus, arnaquer des pauvres gens avec des taux exorbitants ne m'intéresse pas.

Louis ne s'arrête plus de parler. Il est passionné par son travail et je suis certaine qu'il aura un poste très élevé et une très bonne situation financière, mais ce n'est pas compatible avec l'avenir que j'envisage.

Je regarde mon père, Alphonse, Louis, Jules et ma grand-mère discuter, commenter les dernières actions en Bourse, les programmes politiques des prochains candidats à l'élection et je me rends compte que jamais je ne pourrai me contenter de ça.

Est-ce ça la vie que mon père désire pour moi ?

Je refuse d'avoir cette vie-là.

Sentant le regard de Roméo sur moi, je baisse la tête sur mon assiette et maltraite les petits pois avec ma fourchette. Il doit être fou de rage contre moi et c'est normal. Je me suis mal comportée avec lui. Vraiment.

J'ai fui lâchement parce que j'ai eu terriblement honte d'éprouver tout ce désir pour mon demi-frère et surtout d'avoir envie de recommencer. Où tout ça nous mènerait-il ?

Lui et moi n'avons aucun avenir ensemble. Nos parents vont se marier dans quelques mois et je suis sûre que Roméo n'est pas du genre à s'attacher à une fille. Il a dû déjà m'oublier pour une autre.

Vraiment ? Alors pourquoi il te regarde comme s'il voulait te manger toute crue ?

– Comment s'est déroulé votre dîner la semaine dernière ? demande Léonore à Louis. Talia n'en a pas parlé, ce qui est étrange puisqu'elle n'attendait que ça !

Je la fusille du regard. Elle n'en manque pas une pour m'envoyer une pique, mais en plus de ça, elle enquête auprès de Louis pour obtenir des réponses. Je n'ai rien voulu lui dire parce qu'il n'y avait rien à dire sur ce non-rencard. Mon père va me tuer s'il apprend que j'ai posé un lapin à son petit protégé.

– Nous avons passé un excellent moment, déclare Louis d'une voix claire. Nous avons dîné dans un bistrot en bord de mer, puis Talia a voulu se balader sur la Promenade des Anglais pour profiter des dernières soirées douces avant que le froid ne s'installe…

– Ça devait être tellement romantique, s'émerveille Sofia.

Roméo lève les yeux au ciel face à la mièvrerie de sa mère.

– Ça l'était oui, confirme Louis.

– J'étais sûr que vous vous entendriez bien tous les deux, confie mon père.

– Votre fille est charmante, ce n'est pas difficile de bien s'entendre avec elle, dit-il en souriant.

Bon sang, il n'y a que moi qui vois que son discours sonne faux ?!

Je ne comprends pas pourquoi il ment. Lui et moi savons que je lui ai posé un lapin. Il devrait m'en vouloir et en faire part à mon père, mais il ne dit rien. Peut-être que ce dîner est un alibi pour lui aussi.

– J'espère qu'elle acceptera un autre dîner rapidement, ajoute Louis en posant sa main sur la mienne.

Je le regarde, surprise. *Il plaisante, n'est-ce pas ?*

Je suis persuadée qu'il n'a aucune envie de partager le moindre dîner avec moi, alors pourquoi prétend-il le contraire ? Ça n'a pas de sens. Sa main sur la mienne ne me provoque rien à part de l'agacement. Je n'aime pas qu'il me touche.

J'ose lever les yeux vers Roméo. La noirceur et la colère dans son regard me foudroient en plein cœur. Il fixe la main de Louis sur la mienne avec l'envie de la lui faire manger. Il serre ses couverts si fort que ses phalanges sont devenues blanches. Je retire ma main, que je pose sur ma cuisse, gênée.

Roméo n'est pas le seul à nous observer, Louis et moi. Mon frère est défiguré par la rage. Son teint livide m'inquiète et me surprend. Je ne l'ai jamais vu dans cet état, lui qui est pourtant si sûr de lui. Toute arrogance a déserté son visage, il me fait presque de la peine sans que je comprenne pourquoi.

– Évidemment qu'elle accepte, s'enthousiasme mon père. N'importe quelle jeune fille de son âge aimerait t'avoir à son bras et je ne te parle pas de leur père ! Tu es le gendre idéal, je ne pourrais pas mieux rêver !

– C'est très gentil, Jonas, remercie Louis.

Mon Dieu, je n'en peux plus de toute cette hypocrisie. Rien n'est sincère. Mon père se fout de savoir avec qui je peux sortir, la seule chose qui l'intéresse, c'est ce qu'il peut gagner dans cette relation. Son seul but est de satisfaire Alphonse, il n'a que faire du reste.

Pourquoi devrais-je penser à lui quand il se fout de moi et ne se préoccupe que de sa petite personne ?

Je me refuse au seul être qui me fait me sentir vivante parce que je ne veux pas gâcher le bonheur de mon père, mais est-ce que lui pense au mien ? Non. S'il veut entrer dans la famille des politiques, très bien, mais je ne serai pas un pion ou un dommage collatéral.

Pour mon plus grand plaisir, ils reprennent leur conversation ennuyante et me laissent tranquille.

À plusieurs reprises, Sofia tente de se joindre à la discussion, mais elle est envoyée sur les roses par mon père et Alphonse sans aucune délicatesse. Mon père n'a que faire de sa fiancée à cet instant, il n'y a que son entrée en politique qui l'intéresse. Ma future belle-mère me fait de la peine. Bien que je ne la porte pas dans mon cœur, elle mérite mieux que cette vie de figurante.

Au moment du dessert, je suis missionnée pour aller chercher le gâteau dans la cuisine. En tant que « femme », il est de mon devoir d'obéir aux désirs de mon père, l'homme de la maison.

Quelle connerie !

Je sors des assiettes et des cuillères du placard lorsque je sens une présence derrière moi. Je me retourne et fais face au visage furieux de mon père.

– Papa, qu'est-ce qui…

– Il me semble t'avoir demandé d'être agréable avec Louis Marois, me coupe-t-il, irrité.

– Je fais de mon mieux…

– Ce n'est pas assez, s'agace-t-il. Tu crois que je n'ai pas remarqué ton comportement ? Tu repousses ses attentions envers toi à chaque fois ! Ce gamin te mange dans la main, alors mets-y du tien !

Le ton de sa voix sonne clairement comme une menace. Je ne lis aucune tendresse dans ses yeux. Je n'en ai jamais senti. Il me regarde toujours de la même façon, comme si j'étais un monstre.

Depuis que je suis petite, je me plie à son bon vouloir pour essayer de gagner son amour, mais je me rends compte que jamais je n'y parviendrai. Il ne pourra jamais m'aimer.

– Peut-être que je n'en ai pas envie, lui fais-je remarquer.

– J'en ai rien à faire de tes envies, me dit-il en serrant mon bras avec violence. Tu feras ce que je te dis, que ça te plaise ou non ! Ose me tenir tête et tu peux dire adieu à ton argent.

Je le fusille du regard et me libère de son emprise. Cet homme face à moi n'est pas mon père.

Je prends le gâteau dans mes mains et me dirige vers la salle à manger sans un regard pour mon cruel géniteur assoiffé de pouvoir. Il y a encore quelques semaines, j'aurais tout donné pour qu'il m'accorde de l'attention. Mais ça n'a plus d'importance pour moi. Je ne ferai plus passer ma famille avant mon bien-être.

Le dîner se finit enfin. Mon père et Alphonse s'éclipsent dans le bureau de mon père pour boire un verre d'alcool cher et pompeux. Évidemment, ma grand-mère les suit pour mettre son grain de sel dans leurs affaires. Aucun d'eux n'aide Sofia à débarrasser ou ne s'intéresse à elle.

Je lui apporterai bien mon aide, mais Louis a insisté pour me parler. Ça ne m'enchante pas tellement, mais peut-être qu'il m'expliquera pour quelle raison il a menti au début du dîner.

Je suis Louis dans le jardin sans grande envie. J'aurais préféré parler à Roméo, lui dire que je suis désolée d'avoir été une parfaite idiote la semaine dernière, mais je ne suis pas sûre qu'il veuille m'adresser la parole de nouveau.

Une fois assez loin de la maison, Louis s'arrête enfin. Il passe une main dans ses cheveux blonds et plisse le front, incapable de cacher son stress. Je le sens tendu. Son assurance habituelle l'a abandonné. Il n'a rien du Louis Marois, sûr de lui, séducteur et imposant que j'ai revu dans ce café quelques mois plus tôt.

– De quoi est-ce que tu veux me parler ? demandé-je.

– Je… Je ne sais pas par où commencer…

– Commence par m'expliquer pourquoi tu as menti sur ce non-rencard. Toi et moi savons que je ne suis pas venue au dîner !

– Je préfère qu'ils continuent à croire qu'on se fréquente…

Il me regarde droit dans les yeux comme s'il essayait de me faire comprendre quelque chose. Je fronce les sourcils. Où veut-il en venir ?

– Pourquoi ça ?

– Ce n'est pas facile à dire, Talia… Tu es bien placée pour savoir combien nos familles sont envahissantes et exigeantes. Il faut suivre le mouvement et leur obéir, sinon on finit par le payer très cher… Si mon père apprend la vérité sur moi, je… Il me reniera.

– Il ne va pas te renier parce que tu refuses de sortir avec moi, affirmé-je.

Je n'ai jamais connu Louis aussi alarmiste, ça ne lui ressemble pas.

– Non, mais il le fera en apprenant que je suis gay !

Je ne réponds pas. Je ne m'attendais pas du tout à ce genre de révélation. D'aussi loin que je me souvienne, j'ai toujours vu Louis avec un tas de superbes filles, il les serrait dans ses bras, les embrassait. Jamais, je n'aurais cru qu'il préférait les hommes.

Louis s'assied sur le petit muret en pierres, pas loin de l'escalier qui mène à la piscine. Je le rejoins, prudente, afin de ne pas le brusquer.

– Mon père est encore plus dur que le tien. Ce qu'il nous impose à Adèle et à moi n'a aucune limite. Je ne peux pas lui dire que je suis gay parce que, à partir de ce jour, je serai mort pour lui. Il ruinera ma carrière et je… Je ne peux pas l'avouer. Je ne veux pas qu'il me déteste.

Je prends la main de Louis et la serre. Je comprends ce qu'il vit, cette pression constante de la perfection qui détruit à petit feu qui l'on est vraiment, qui pompe toute notre énergie jusqu'à la chute libre en enfer.

– J'ai pas réfléchi, Talia. Je me suis dit que ces rencards entre nous m'aideraient ou, du moins, me serviraient de couverture. Tu es la parfaite fiancée pour mes parents, belle, de bonne famille, riche et intelligente. Tant qu'ils pensent que je suis avec toi, ils me foutent la paix, explique-t-il.

– Mais ce n'est pas sain…

– Je compte partir à Londres dans quelques mois. Là-bas, je pourrai être ce je suis sans me soucier de mon image, enfin, plutôt de celle de mon père. Néanmoins, jusque-là, il vaut mieux que je reste dans le placard.

– Louis, tu ne peux pas continuer à te cacher aussi longtemps. Je sais que c'est difficile d'en parler, mais il s'agit de ta vie et de qui tu es. Si ton père ne t'accepte pas comme tu es, alors il ne te mérite pas !

– Tu as raison. J'ai peut-être seulement besoin d'un peu de temps. Ce n'est pas une nouvelle qui enchantera un homme comme mon père, bien au contraire.

– Tu n'as pas à avoir honte d'être gay, lui assuré-je. On ne sélectionne pas la personne qu'on aime, son genre, son âge ou son appartenance à une famille ou autre. Crois-moi, la vie serait plus simple si on choisissait de qui on tombe amoureux.

Louis sourit.

– Je ne te savais aussi sage ! C'est fou comme tu as changé… en bien. Tu n'es plus la fragile petite Talia, et tant mieux ! Continue à t'affirmer, ça te va bien !

Je lui souris. Ses paroles me font du bien. Pour le remercier, je dépose un baiser sur sa joue. En temps normal, je ne me serais pas permis de faire ça, mais il n'y a rien entre nous et je sais que ce geste ne sera pas ambigu pour lui.

– Je suis d'accord pour te servir d'alibi le temps que tu réussisses à parler à ton père, annoncé-je. Je crois que ça me permettra d'être un peu plus libre de faire ce que je veux de mon côté.

– À mon avis, cette fausse histoire ne m'évitera pas un coup de poing de ce cher Roméo…

– Qu'est-ce qu'il vient faire là-dedans ?

– Je ne suis pas aveugle, Talia, ricane-t-il. Il a eu envie de m'arracher les yeux une bonne centaine de fois pendant ce dîner ! Tu lui plais même si ça ne me rassure pas… Je ne lui fais pas confiance.

Je ne réponds pas. Ses mots font leur bout de chemin jusqu'à mon cerveau. Oui, Roméo était à deux doigts de tuer Louis pendant le repas, mais ce n'est pas le seul. Mon frère n'a pas cessé de nous fixer avec cette même envie de meurtre.

Au début, j'ai cru que Jules détestait voir un rapprochement entre son meilleur ami et moi. Cependant, aujourd'hui, je comprends.

Jules apprécie Louis bien plus que comme un ami. C'est si évident que j'ignore comment je ne l'ai pas vu avant. Jules a toujours été atroce avec moi, mais encore plus dès que je me rapprochais un peu de Louis.

Mon frère est gay et sort avec Louis Marois en cachette.

24

Roméo

Elle l'a embrassé.

Ses putains de lèvres ont touché la peau de cet enfoiré de gosse de riche !

Dès qu'il lui a demandé de le suivre dans le jardin, je n'ai pas réfléchi et ai décidé de les espionner. C'est puéril et digne d'un psychopathe, mais je n'ai pas pu m'en empêcher. Tout ce qui touche à Talia me rend barjot. Et ce péteux de Louis se fout de sa gueule, c'est évident.

Je ne sais pas ce qu'il lui a raconté, mais la voir aussi tactile avec lui m'a broyé le cœur. Elle m'évite depuis une semaine et elle ose embrasser ce type. Pourquoi est-ce que je me prends autant la tête pour cette nana, alors qu'elle se fout de moi ? Elle s'est servie de moi pour goûter au sexe et, maintenant, elle a trouvé un meilleur parti.

Tant pis pour elle. J'abandonne.

Je traverse le jardin, bien décidé à quitter cette maison et à me retourner la tête pour oublier cette nana.

Je ne dis au revoir à personne, surtout pas à ma vendue de mère. Pendant tout le dîner, elle a joué son rôle à la perfection, à savoir une très belle plante verte. Plus les jours passent et plus elle se transforme en baronne amère et sans vie. Elle est en train de dépérir, mais elle ne peut s'en prendre qu'à elle-même.

Elle l'a choisi.

Je quitte la maison et me réfugie dans le premier bar que je trouve, enfin un qui est assez éloigné de ce quartier bourge de malheur. Je ne préviens personne, je n'ai pas vraiment envie de leur parler après ce qui s'est passé cet après-midi.

J'enchaîne les verres et tente de combler ce vide permanent dans mon cœur. J'ai même l'impression qu'il grandit de jour en jour.

Je croyais que Talia allait le combler, avec elle, je me sentais moins seul, mais rien ne dure. Personne ne reste avec quelqu'un comme moi.

Tout le monde finit par m'abandonner, pourquoi ce serait différent avec Talia ?

Le bar dans lequel je me trouve ne me dit rien. Je n'y suis jamais allé ou alors j'étais bien trop sec pour me le rappeler. Quoi qu'il en soit, il ressemble à tous les bars que je connais, sombre, en bois, pas très grand et remplis de pauvres types comme moi.

Ce soir, un match de foot est diffusé sur l'énorme écran plasma. L'OGC Nice reçoit l'Olympique de Marseille. Je n'ai jamais compris ces mecs qui idolâtrent à ce point ce sport, il a perdu de sa valeur. Tout n'est qu'une question de pognon et de matchs truqués. Le monde part en couilles.

Les supporters commentent tout comme s'ils étaient capables de faire mieux que les joueurs. Ils insultent l'équipe adverse toutes les quinze secondes et boivent à n'en plus pouvoir.

Heureusement, il ne reste qu'un quart d'heure de cet enfer télévisuel. Enfin, je suppose que les supporters vont débattre pendant plus d'une heure sur qui a le mieux joué et toutes ces conneries !

Plusieurs fois, je sens mon portable vibrer dans la poche de mon jean. Je m'en saisis et remarque des messages de Raphael et de Diego.

[Mec, où tu es ?
Y a une méga fête au lycée.
Adèle a piqué les clés à sa mère.
Ramène-toi, les filles sont chaudes !]

J'hésite quelques instants, mais finis par lui répondre.

[J'arrive.]

Je ne vois pas pourquoi je m'empêcherais de passer une bonne soirée avec des nanas quand celle que je veux embrasse des fils à papa pétés de tunes.

Je finis mon verre d'une traite, laisse un billet sur le comptoir et me casse de ce bar. Si je reste ici, je suis certain de me battre avec le premier poivrot qui me cherchera la merde. Mon visage vient à peine de se remettre du dernier coup de poing qu'il a pris, ce n'est pas pour le défigurer à nouveau, même si ça me ferait du bien.

En moins d'une demi-heure, j'arrive devant l'immeuble prestigieux du lycée. En apparence, tout me paraît calme. Rien n'indique qu'une fête se déroule à l'intérieur. J'en viens même à me demander si on ne m'a pas menti.

J'envoie un message à Raphael pour lui dire que je suis là. Dans la seconde, il me répond et m'indique le chemin à prendre pour rejoindre l'immense gymnase qui abrite la salle de volley, celle de basket, ainsi que la piscine. Visiblement, la soirée clandestine se déroule là-bas.

Je ne sais pas comment Adèle a fait pour organiser tout ça sans que sa mère s'en rende compte, mais pour une fois, elle a servi à quelque chose.

Dès que je pénètre dans l'enceinte du gymnase, la musique et l'odeur de shit me frappent de plein fouet. Je pensais que le lycée était muni de détecteurs de fumée, mais j'ai dû me tromper.

Lorsque j'arrive dans la salle de basket, je reconnais certains visages d'élèves. Les jumelles qui suivent Adèle comme un chien tentent de se rendre importantes auprès de Valentin, la brindille. Je ne vois pas la reine mère. Elle est sûrement occupée à faire la loi je ne sais où, ou à traumatiser de pauvres élèves de seconde.

A priori, la nouvelle de cette fête s'est répandue dans d'autres lycées, voire dans des facs à ce que j'entends. Les gradins de la salle sont blindés et le terrain fait office de jeux d'alcools plus inventifs les uns que les autres. Je ne reconnais plus ce gymnase.

– Mec, te voilà enfin ! me dit Raphael, qui me hèle depuis les gradins.

Je soupire. Supporter la compagnie de ce fils à papa me fait chier. Entouré de sa clique habituelle, il se pavane tel un roi qui garde un œil sur sa cour.

Tellement pathétique.

Le pire dans tout ça, ce sont les élèves qui les admirent et rêvent de rejoindre leur groupe. Ils ne se rendent pas compte qu'ils sont complètement pourris. Plus tard, ces mecs feront un métier qu'ils détesteront, tromperont leur femme et se feront dépouiller par une nana accro à l'argent.

Raphael se lève, descend des gradins, prend une bière sur une des tables en bois sorties pour l'occasion et fonce droit sur moi.

– C'est cool que tu sois là, on va enfin pouvoir s'amuser !

– Je n'ai aucune envie de faire un jeu ou je ne sais quoi. Je suis seulement venu boire !

– Allez, ne fais pas ton rabat-joie. Les nanas sont chaudes ! Y a des filles qui viennent de l'université et elles n'ont aucune limite. Baptiste pense qu'on peut les convaincre de se baigner à poil dans la piscine !

Je soupire. Leur immaturité me fatigue.

– Génial, j'ai hâte !

Je ne compte pas tenter de convaincre ces nanas de se foutre à poil et j'ai encore moins envie d'argumenter avec un type comme Raphael.

Il me tend une bière et me fait signe de le suivre dans les gradins. Je salue à peine leur petit groupe et me mets en pilote automatique. Je n'écoute rien de leur conversation, elle ne m'intéresse pas. Ils sont vides à l'intérieur.

Au bout d'une demi-heure, je craque et me barre. Je préfère changer de salle avant de devenir violent avec l'un d'entre eux.

Je suis sur le point de quitter la pièce lorsque je tombe sur la reine de la soirée.

– Roméo, le briseur de cœur, crache-t-elle, amère.

Elle tangue légèrement et fait tomber la moitié de son verre par terre. À voir son état, je parie qu'elle n'a pas lésiné sur l'alcool.

– J'ai pas le temps, Adèle.

– Oh, bien sûr, tu n'as jamais le temps pour moi. Tu prends tout et après tu fais comme si on existait plus sans penser à ce qu'on peut ressentir ! Mais, je n'en resterai pas là. Un jour, je trouverai le moyen de te détruire, Roméo Castollion, Castile, Castillon !

Elle hoquette et se tient la bouche pour éviter de rendre son dernier verre.

– Bonne soirée, Adèle.

Cette nana a assez de problèmes sans que je m'attarde sur son cas ou que je l'envoie chier.

J'arrive dans la salle de volley où l'ambiance est bien plus au rendez-vous. Les sonorités de hip-hop me mettent immédiatement de bonne humeur et me donnent envie de danser. C'est dingue la manière dont la musique réussit à influencer notre comportement. Il suffit que j'entende un bon son de Lil Wayne pour que je me sente mieux.

Ma bonne humeur s'intensifie lorsque je vois la moitié du Crew sur la piste de danse improvisée. Tao, Diego, Rina, Béni et Wade s'amusent à impressionner la foule qui les entoure. Tous les envient. Les nanas matent les mecs du Crew avec un désir non dissimulé de se les taper, et les mecs ont les yeux rivés sur Rina ou sur d'autres membres.

Je reconnais qu'ils ont ce truc en plus qui fait qu'on ne peut détacher nos yeux de leur prestation. C'est pour cette raison que j'ai voulu les rejoindre. Le Crew possède ce petit quelque chose qui le rend spécial, bien plus que celui d'Issan. Ils aiment plus que tout danser, ils ne vivent que pour ça et non pour le fric que ça peut leur apporter.

Je déchante en voyant qui déboule sur la piste avec une confiance que je ne lui connaissais pas.

Bon sang, qu'est-ce qu'elle fout ici ?

Manon, forcément ! La meilleure amie de Talia l'a prévenue pour la fête, elle a dû le dire à Diego et les autres aussi. Cette nana est au courant de tout.

Je pensais que Talia resterait avec son futur fiancé à parler de leur futur mariage ensemble et à choisir les prénoms de leurs futurs enfants. Mais elle est là, plus rayonnante que jamais. Comment a-t-elle fait pour convaincre son père et sa grand-mère ? Elle devrait être dans sa prison dorée, pas ici à me torturer la tête.

Talia entre sur la piste dans un mouvement élaboré et maîtrisé de breakdance. Elle prend appui sur une jambe et fait un tour complet avec l'autre en baissant à peine son buste. Sa souplesse m'impressionne. La danse classique lui a donné de bonnes bases, mais ce n'est pas ce qui l'a rendue si talentueuse. Wade a raison, elle a la danse dans le sang.

J'assiste à leur prestation le cœur serré. Talia serait parfaite pour le Crew et ça me fait mal de le reconnaître. La confiance dont elle fait preuve m'arrache un sourire. Ses pas sont sûrs, maîtrisés, elle se meut dans l'air avec une grâce naturelle. Elle est heureuse avec eux et ça me tue de l'intérieur.

Ne pouvant plus supporter ça, je migre vers la piscine. Jamais je n'aurais cru que les lycées privés possédaient leur propre piscine et leur propre équipe de natation. La première fois que je l'ai vue, j'ai cru que j'étais en plein remake de *Gossip Girl* ou de la nouvelle série en vogue, *Elite*. Un truc de riches, je suppose.

J'achète quelques grammes de shit à un mec de première, retire mes baskets et mes chaussettes, puis me roule un joint, les pieds dans l'eau chlorée.

Je n'aime pas être dans cet état et ne rien pouvoir y faire. Mon frère est parti depuis trois ans et je n'arrive toujours pas à faire mon deuil. Il me manque un peu plus chaque jour, rien ne pourra combler son manque. Et évidemment, il a fallu que la présence de ma danseuse me perturbe au point que j'aie envie de me retourner la tête.

Les multiples bouffées que j'enchaîne sur mon joint ne parviennent pas à me détendre, pas même un minimum.

Trop de trucs me prennent la tête pour réussir à faire le vide.

Plusieurs personnes ont plongé dans la piscine et ont improvisé une partie de water-polo en sous-vêtements. Ce ne sont que des préliminaires avant le vrai jeu. Le sexe. La moitié des personnes présentes finiront dans un pieu ou ailleurs. Ça ne m'étonnerait pas que certains tentent de baiser dans la piscine.

– Tu es parti de la maison sans un mot, me lance la voix de la cause de mes tourments.

Je tourne la tête et regarde Talia enlever ses chaussures pour s'asseoir à côté de moi. Je remarque une bouteille de bière dans sa main. Le jean qu'elle porte lui fait un cul d'enfer. Ses yeux de feu pétillent d'une lueur inédite, elle est prête à s'enflammer et ça n'annonce rien de bon pour mon cœur.

– Tu ne m'adresses pas un mot depuis une semaine, répliqué-je.

Elle baisse la tête, signe qu'elle regrette un minimum malgré son silence.

– Ou peut-être que tu étais trop occupée avec Louis Marois, lui dis-je sur le ton du reproche.

Je m'attends à ce qu'elle me fusille du regard ou encore à lire de la culpabilité dans ses yeux, mais elle se met à rire.

Putain, elle se fout de ma gueule !

Je ne vois pas ce qu'il y a de drôle là-dedans. Elle porte la bouteille de bière à sa bouche et bois plusieurs gorgées. J'en viens à me demander si elle n'a pas trop bu. C'est impossible, elle ne doit être ici que depuis une heure, peut-être moins.

– Je n'étais pas occupée avec Louis… Il a voulu me parler de… Enfin, je…

Elle fuit mon regard, tripote le bas de son tee-shirt et pince sa lèvre inférieure avec ses dents. Son comportement m'agace.

– Ça m'est égal, tranché-je, blessé. Retourne t'amuser avec ton nouveau Crew et fous-moi la paix, lâché-je sans ménagement.

Elle me regarde, choquée, sans comprendre pourquoi je suis aussi agressif. Moi-même je ne le sais pas.

– Ils t'ont proposé une place, n'est-ce pas ? la questionné-je.

– Oui…

– Tu as accepté ?

Elle acquiesce. Je sens le sang tambouriner dans mes tempes. Ils me l'ont clairement mis à l'envers. Ils se foutent bien de mon avis. Je croyais avoir un peu plus d'importance pour le Crew, mais je me suis trompé.

Je me relève en éclaboussant le jean de Talia.

– Il est hors de question que tu fasses partie du Crew, annoncé-je, ferme. Si tu danses une nouvelle fois avec eux, je mettrai au courant ta très chère grand-mère.

Je suis un enfoiré, je le sais, mais c'est la seule solution pour qu'elle ne rejoigne pas le Crew. Je prends mes chaussures en main et me barre sans un autre mot ou un regard pour elle.

Je suis prêt à ce qu'elle me déteste tant que ça l'éloigne d'Issan.

25

Talia

Je suis sans voix.

Je ne m'attendais pas à ce que les choses prennent cette tournure quand j'ai décidé de rejoindre Roméo au bord de la piscine. J'étais heureuse de le voir ici, loin de l'ambiance morose de notre maison. Malheureusement, il a tout gâché avec sa menace. Et pourquoi au juste ? Pour m'empêcher d'empiéter sur son monde ?

Il est hors de question que je le laisse faire sans obtenir d'explications. À mon tour, je quitte la piscine, sèche rapidement mes pieds avec une serviette en papier et remets mes chaussures. Je sais que Roméo a quitté le gymnase, il ne resterait pas ici après le coup que lui ont fait les membres du Crew.

Je ne comprends pas qu'il exècre autant l'idée que je puisse danser avec eux. Je me sens bien parmi eux, comme si j'étais enfin à ma place. Je ne veux pas envahir le monde de Roméo, mais j'aurais aimé qu'il me laisse une petite place.

Tu l'ignores depuis une semaine et tu aimerais qu'il t'accueille à bras ouverts ? Tu rêves, ma pauvre fille !

Je sors du gymnase sans prévenir personne. J'enverrai un message à Manon plus tard pour la rassurer, je sais qu'elle va paniquer sinon.

Je marche plusieurs minutes et finis par apercevoir

au loin Roméo assis sur le muret des vestiaires du terrain de foot, à une centaine de mètres du gymnase principal. Je le reconnaîtrais instantanément. Aucun autre mec ne dégage autant de colère mêlée à un charisme naturel et sauvage.

Je prends mon courage à deux mains et avance, déterminée. Comme s'il sentait ma présence, Roméo lève les yeux vers moi. La colère qui traverse son regard me fait froid dans le dos. Je ne veux pas qu'il me déteste, même si mon comportement de ces derniers jours le justifierait.

Nous sommes si éloignés de la fête que la musique s'entend à peine. L'air frais me fait un bien fou. À l'intérieur, respirer correctement s'avérait de plus en plus compliqué. Je n'ai jamais fumé de ma vie, que ce soit herbe ou cigarette, mais avec toute la fumée exhalée dans le gymnase, j'ai eu mon quota pour les années à venir !

Personne d'autre ne s'est aventuré jusqu'ici. Vu le froid extérieur, c'est compréhensible. Puis ils sont bien trop occupés à danser, boire et fumer, ou à coucher ensemble dans une salle du lycée.

– Retourne avec les autres, je n'ai aucune envie de te parler, me lance-t-il, hostile.

– Et moi je ne partirai pas d'ici sans explications ! répliqué-je.

Je croise les bras sur ma poitrine pour qu'il comprenne que je suis très sérieuse. Il ricane, mais reste toujours silencieux.

– C'est quoi le problème, Roméo ?

– Il n'y a aucun problème, trésor.

Je fulmine. Son ton sec m'agace et encore plus quand il l'associe à ce surnom. Jusqu'à maintenant, il le prononçait dans une démarche de séduction, mais là, c'est comme s'il me l'envoyait à la figure et que ça ne comptait plus pour lui.

– Ne te fous pas de moi, l'avertis-je. Je ne suis pas stupide, Roméo, j'ai compris qu'il y avait un problème. Ce que je veux savoir, c'est pourquoi ? Explique-moi pourquoi tu refuses à ce point que je fasse partie du Crew !

Il ne répond toujours pas. Il me regarde, mais c'est comme s'il ne me voyait pas et que je parlais dans le vide. Son comportement me blesse et me met hors de moi. Je pensais que nous avions dépassé ce stade.

– Réponds-moi, putain ! hurlé-je presque. Tu ne veux pas partager ton monde avec moi ? Tu ne supportes pas de danser avec moi ou alors tu me détestes tellement que…

– Je ne te déteste pas, Talia, me reprend-il.

Il soupire, passe une main dans ses cheveux et plante ses yeux dans les miens.

– Je cherche seulement à te protéger, dit-il enfin.

Son aveu me laisse sans voix. Je ne m'attendais pas à ça, j'en étais même très loin. Je vais m'asseoir à côté de lui dans un silence pesant. L'ambiance entre nous est si étrange. Ce que je ressens pour lui ne cesse de croître et pourtant je le sens s'éloigner.

J'en suis en partie responsable. Si je n'avais pas fui comme une idiote après ce qui s'est passé entre nous, ça ne serait pas si compliqué. La peur ne peut pas régir ma vie éternellement, surtout si elle m'empêche d'être heureuse.

– Me protéger de quoi ? demandé-je.

– D'une partie de mon passé…

Je fronce les sourcils. Je le fixe, attendant qu'il m'apporte plus d'explications. Il fouille dans la poche de son blouson, sort un briquet et un joint, l'allume, puis le porte à sa bouche pour fumer quelques lattes.

– Je n'ai pas un passé… facile… J'ai pas mal déconné. Beaucoup même. À Marseille, j'ai rejoint un Crew à l'âge de 16 ans, les Dotraks. Être dans ce groupe m'a permis de sortir la tête de l'eau après…

– Après la mort de ton frère, dis-je.

Roméo me regarde en plissant le front.

– Ta mère m'en a vaguement parlé. Elle était désespérée après avoir trouvé du shit dans tes affaires et s'est un peu confiée jusqu'à ce qu'elle ramène tout à elle et que je l'envoie chier.

Il esquisse un sourire.

– Elle n'est pas rentrée dans les détails, mais je suis réellement désolée pour ce qui est arrivé à ton frère.

Je pose ma main sur la sienne et lui souris doucement pour lui apporter mon soutien. Je sais combien la perte d'un être cher peut briser un cœur en mille morceaux, et qu'on ne s'en remet jamais totalement.

– Leone subissait un harcèlement permanent des élèves de son lycée, enfin, d'un groupe plus précisément… Il était gay et ça ne plaisait pas à certains mecs, des pétés de tunes sans cervelle. Un jour, ils l'ont coincé dans les vestiaires… Ils l'ont attaché à un banc, l'ont travesti avec une perruque, du maquillage et ont peint sur son torse « tarlouze ». Ils ont pris des photos et les ont envoyées à tous les élèves du lycée.

Il fait une pause pour contrôler sa voix qui déraille à cause de l'émotion. Je sais que ce n'est pas facile pour lui de m'en parler et j'espère qu'il ne s'est pas senti obligé de le faire. Ce n'était pas mon but. Je repense à la photo que j'ai prise de lui et envoyée à tout le monde. Je me sens tellement stupide et pas différente de ceux qui ont harcelé le frère de Roméo. Sur le moment, je n'ai pensé qu'à ma vengeance envers lui, je ne me suis pas doutée un seul instant que des abrutis s'amuseraient à taguer son casier. Je suis persuadée que tout ce qu'a vécu son frère lui est revenu à l'esprit à cause de moi. Il a dû se sentir si mal.

Je ne supporte pas de savoir que j'ai pu le blesser.

– C'était l'humiliation de trop pour lui, continue-t-il. Il a attendu qu'on parte tous de la maison et il… il… il s'est pendu…

Je ferme les yeux sous le choc d'une telle révélation. Je n'imagine pas la peine et le désarroi qu'ont dû ressentir Roméo et ses parents. La douleur est encore si vive que je la lis sur le visage de Roméo chaque jour.

Je comprends qu'il soit rempli de rage, ce qui est arrivé à son frère est affreux et injuste. Le harcèlement est un fléau qui emporte tout sur son passage, il détruit bien plus de vies que l'on croit. Les proches de la victime se sentent impuissants et ne saisissent pas comment ils n'ont pas réussi à décrypter les signes.

Comment peut-on être à ce point mauvais ? La différence a toujours fait peur, mais rien ne justifie ces actes haineux. Personne ne devrait mourir à cause de son orientation sexuelle, sa religion ou sa couleur de peau.

Le suicide de Leone a détruit sa famille et a éloigné ses membres les uns des autres.

– Après sa mort, j'ai complètement vrillé… J'ai commencé à boire et à fumer, je séchais les cours, désertais la maison, me battais tous les deux jours, je faisais vraiment n'importe quoi… J'avais 15 ans et j'étais perdu. Je voulais anesthésier ma douleur par tous les moyens !

– Et tes parents n'ont pas été alertés par ton comportement ? m'enquiers-je.

– Mes parents ? ricane-t-il amèrement en se levant. Ils étaient bien trop occupés à se déchirer !

Il était seul et ça me brise le cœur. Je comprends que sa mère et son père aient leur propre deuil à faire. Cependant, ils n'avaient pas le droit d'abandonner leur fils, il avait besoin d'eux. Il en a encore besoin.

Roméo fait les cent pas, comme s'il cherchait à contenir ses nerfs. Il lutte pour ne pas sombrer une nouvelle fois.

– Le procès contre les harceleurs de Leone ne donnait rien. Aucun d'eux n'a été condamné puisque leurs parents se sont servis de leur argent pour s'en sortir. Ils n'ont eu que des travaux d'intérêt général.

Je comprends mieux pourquoi il déteste autant la justice et les fils à papa bourrés de fric. Ce monde me débecte. Les pourritures s'en sortent de plus en plus et c'est injuste. Ces gamins ont poussé quelqu'un au suicide et ont réussi à échapper à la préventive grâce à un pot-de-vin. L'argent a un pouvoir bien trop grand dans ce monde.

– Le seul sur qui je pouvais compter était Issan, continue-t-il. On était amis depuis la troisième et on partageait la même passion pour la danse. Après des mois à s'entraîner comme des acharnés, on a fini par intégrer les Dotraks. Faire partie de ce Crew m'a permis de sortir la tête de l'eau et de fuir l'ambiance pesante de la maison. Je me sentais à ma place avec eux.

– Mais ça n'a pas duré, demandé-je, me doutant de sa réponse.

Il acquiesce.

– Notre ancien leader est parti pour Londres et ça s'est compliqué. Bryan voulait que je le remplace, il pensait que j'étais le plus qualifié. Issan ne l'a jamais accepté. Notre amitié ne comptait plus. Il a travaillé tellement dur pour réussir à percer dans la danse qu'il n'aurait jamais laissé sa place quoi qu'il lui en coûte. Il était prêt à tout pour me faire virer du Crew. Il a tout essayé : monté les autres contre moi, piqué mes conquêtes, menti sur nos battles. Il a juste vrillé…

Je ne peux m'empêcher d'être un peu jalouse quand il évoque ses anciennes conquêtes.

C'est humain, non ?

– Mais il ne s'est pas arrêté là, poursuit-il. Un soir, la police a débarqué chez nous et m'a arrêté. Issan avait convaincu une nana du Crew de porter plainte contre moi.

– Porter plainte pour quoi ?

Roméo plante son regard dans le mien. La détresse que je lis à l'intérieur me serre le cœur. Les agissements de son ancien ami l'ont profondément blessé.

– Pour tentative de viol, avoue-t-il.

Je ne réponds pas. Je ne connais pas cet Issan, mais il ne m'inspire rien à part du dégoût. Comploter de cette manière contre son ami pour une place de leader est abject. Je ne comprends pas comment on peut aller aussi loin par pure jalousie.

Est-ce qu'il se rend compte qu'il aurait pu l'envoyer en prison et gâcher toute sa vie ? Il se foutait bien des conséquences.

– Je ne l'ai jamais touchée, précise-t-il comme pour se justifier.

Je me lève à mon tour et viens poser ma main sur sa joue. Mon geste lui fait fermer les yeux. Mon silence ne l'a certainement pas rassuré. Je ne veux pas qu'il pense que je le crois coupable. Jamais je ne pourrais l'imaginer faire un acte aussi ignoble.

– Je sais que tu es incapable de faire ça, Roméo, dis-je pour le réconforter. Je suis désolée si mon silence t'a fait croire le contraire.

Roméo ouvre les yeux et me scrute comme s'il s'assurait de ma sincérité. Il place une mèche de mes cheveux derrière l'oreille et dépose un baiser sur mon front. Sa douceur me soulage. Ces derniers jours sans lui ont été bien plus durs que je ne l'ai laissé paraître.

Il s'installe à nouveau sur le muret.

– Ma mère m'a cru coupable, confie-t-il. Je n'oublierai jamais son regard le soir où ils m'ont embarqué, plein de déception mélangée à une pointe de dégoût. Pas besoin de jugement pour Sofia Castillon, j'étais déjà un monstre à ses yeux.

L'amertume dans sa voix ne cache pas la douleur qu'il ressent encore face à cette réaction. Il n'oubliera jamais. Sofia finira par perdre son fils si elle continue de se comporter de cette façon avec lui.

– Et ton père ?

– Il m'a cru et m'a aidé à le prouver. Faire parler Clara n'a pas été difficile, elle a avoué avoir menti. Issan lui a retourné le cerveau pour qu'elle porte plainte contre moi. Il a toujours eu un charisme de dingue pour manipuler les autres. J'ai cru naïvement que j'allais reprendre une vie normale, ricane-t-il. Quel con quand j'y repense ! Le Crew a refusé de me reprendre. Issan avait réussi à me discréditer auprès de tous. Je les avais eux aussi perdus. Mon père quittait ma mère pour une nana plus jeune et avide de célébrité, ma mère ne me regardait plus. Le manque de mon frère n'a jamais été aussi fort qu'à cette période.

Son visage se ferme. Des larmes naissent au coin de ses yeux. Lorsque l'une d'elles s'en échappe et perle sur sa joue, il l'essuie avec rage. Ça me fait physiquement mal de le voir dans cet état, à tel point que mon cœur se serre. J'aimerais tellement pouvoir soulager sa peine et sa douleur.

– Quand j'ai recroisé Issan en boîte, j'ai perdu le contrôle et l'ai massacré. Je pourrais mentir et dire que j'étais sous influence de drogues ou d'alcool, mais je voulais seulement qu'il paie. Évidemment, cet enfoiré a porté plainte pour coups et blessures ! La nana de mon père en a eu marre et lui a demandé de choisir. T'imagines bien qu'il a préféré la poitrine de sa pétasse à moi. Ma mère a engagé ton père pour me défendre et voilà comment a débuté leur belle histoire, ironise-t-il.

– C'est pour ça que mon père te menaçait de t'envoyer en prison la première fois qu'on a dîné tous ensemble.

– Une charmante personne, ton père, lance-t-il.

Je m'avance vers lui et le force à me regarder. Pour la première fois depuis que je le connais, je vois sa fragilité et ça me touche bien plus que je ne l'aurais pensé. Mes sentiments pour lui sont bel et bien réels.

Je comprends mieux pourquoi il cherche à me protéger de cet Issan. Il ne tient pas à ce qu'il me fasse du mal et c'est sa manière à lui de me montrer que je compte pour lui.

– Tu n'es plus seul maintenant et tu ne le seras plus jamais, lui promets-je.

Il me fixe comme si j'étais une bête sauvage ou une étrangère. Ça ne me ressemble pas d'être si sûre de moi, mais lorsque je suis avec Roméo, je me sens plus confiante, prête à tout affronter. J'ai l'impression que rien de mal ne peut m'arriver quand il est là.

Roméo pose sa main sur ma nuque et m'attire à lui. Il se jette sur mes lèvres comme un affamé qui en a été privé trop longtemps. Je lui laisse sans mal accès à ma langue et gémis quand il l'aspire. L'intensité de son baiser me fait tourner la tête à tel point que je ne sais plus où je suis.

Les souvenirs de ses doigts en moi allument une étincelle dans mon ventre qui ne demande qu'à s'embraser. Mon corps en veut plus. Je me colle à lui pour sentir son torse chaud contre ma poitrine dont les pointes durcissent à travers ma blouse. Les frissons sur ma peau n'ont rien à voir avec l'air frais, ils sont tous provoqués par cet homme aux yeux de jade et pyromane de petites culottes.

Je n'ai plus peur ni honte de ce que nous faisons, je suis là où je devrais être, peu importe qu'il soit le fils de ma future belle-mère, ça m'est égal.

Ce soir, il m'a ouvert son cœur en me parlant de son passé, je lui ouvre le mien en lui signifiant son importance pour moi.

J'ignore où cette relation va nous mener, mais je suis prête à prendre le risque.

26

Roméo

Le vibreur de mon téléphone me réveille en sursaut.

Putain, quel est le connard qui essaie de me joindre avant que mon foutu réveil ne sonne ?!

Je tâtonne mon lit à la recherche de cet objet de malheur, que je fais finalement tomber sur le parquet. La journée commence bien !

Je grogne dans mon oreiller. Il vaut mieux que je me lève ou je ne suis pas certain de me réveiller à l'heure si je ferme de nouveau les yeux. Je ramasse mon téléphone et remarque deux appels manqués de Béni et un de mon père, qui date d'hier. Ça ne devait pas être important puisqu'il n'a pas laissé de message. Bon, il essaie de me joindre depuis des jours, mais je n'ai pas envie de lui parler. C'est trop tard pour se rappeler qu'il a un fils.

Quant à Béni, le connaissant, il rentre de soirée et a voulu me la raconter. Ce mec passe sa vie à picoler ou à enchaîner les joints comme si c'était des cigarettes. Il profite de sa jeunesse avant de, je cite, « s'enliser dans une vie d'adulte routinière et déprimante ». Il ne veut aucune responsabilité et s'il avait pu, il serait resté un gosse toute sa vie. Béni est en plein syndrome de Peter Pan. Je crois surtout qu'il a peur.

J'enfile un tee-shirt et un jogging, puis descends à la cuisine. Comme chaque jour, Hector s'affaire déjà aux fourneaux. Je me demande à quelle heure il se lève. Et surtout, comment fait-il pour être toujours de si bonne humeur ?! C'est fou, cet homme a un sourire collé sur le visage tout le temps, à croire que ça lui a été fourni à la naissance.

Aujourd'hui, il n'est pas seul. Marnie lui file un coup de main en chantonnant. Bon sang, ils sont si heureux de vivre que j'en viens à me demander s'ils ne prennent pas de la coke. Marnie lève les yeux vers moi et fronce les sourcils.

– Chéri, suis-je en train d'halluciner ? Parce qu'il est six heures cinquante-sept précisément et je vois Roméo devant moi, lance-t-elle en regardant l'horloge accrochée au mur.

– Je crois qu'on est prêts pour un séjour en HP, je le vois aussi, répond-il, jouant le jeu de sa femme.

– Haha, très drôle, Laurel et Hardy, balancé-je.

Ils pouffent, fiers de leur blague. Hector me fait signe de venir m'asseoir devant le comptoir. Au début, je ne le laissais pas préparer mon petit déjeuner, je trouvais ça déplacé, mais j'ai fini par céder quand j'ai compris qu'Hector aimait cuisiner pour les autres et surtout récolter un tas de compliments.

Puis, franchement, certains matins, j'ai bien trop la tête dans le cul pour me préparer quoi que ce soit.

– Le réveil de Talia t'a sorti de ton lit ? me demande Marnie en versant du jus de fruits dans un verre.

Je secoue la tête.

– Je ne l'ai pas entendu…

À vrai dire, je ne savais même pas qu'elle continuait à aller courir le matin. Je suis certain qu'elle fait le moins de bruit possible pour éviter de me réveiller. J'esquisse un sourire en repensant à ces derniers jours avec elle.

Je n'arrive pas à croire que je vive autant de bons moments. Je pensais l'avoir perdue au profit de cet enfoiré de Louis Marois, ou qu'elle n'accepterait pas mon passé, mais j'ai eu tort.

Je me suis livré à elle facilement. Je pensais que parler de mon passé serait une étape compliquée, mais Talia a su m'écouter et m'apporter ce dont j'avais besoin ; du soutien. Pour la première fois depuis longtemps, je ne me sens plus seul et abandonné et ça la rend encore plus dangereuse.

Talia est comme la plus puissante des drogues dures au monde, à peine quatre jours avec elle et je suis déjà complètement et irréversiblement accro. Aucune autre drogue ne peut me faire planer autant qu'elle.

Marnie claque des doigts devant moi pour me ramener sur terre.

– C'est dingue ce que tu peux être dans la lune, ces derniers jours !

– Je ne vois qu'une explication à ça, intervient Hector.

Sa femme tourne la tête vers lui et plisse le front.

– Une fille, répond-il.

Je manque de recracher mon jus de fruits et d'éclabousser Marnie par la même occasion. Cette dernière me fixe d'une manière étrange. Elle n'est pas dupe. S'il y a une fille, elle sait de qui il s'agit. Marnie l'a compris peut-être même avant moi. Mais, pour le moment, je préfère le garder pour moi. Ce qui se passe avec Talia ne regarde que nous.

– Il n'y a pas de fille, mens-je. Je pensais seulement au Crew et à nos prochaines battles.

– Ce serait bien de venir vous voir danser. On a assisté à toutes les représentations de Talia, alors ce serait normal de venir aux tiennes, et puis, il y a bien longtemps que je n'ai pas vu de battles, explique Hector.

– Parce que tu aimes le hip-hop ? demandé-je, surpris.
– Bien sûr !
Hector me raconte ses années d'école de cuisine où il passait plus de temps à sortir qu'à apprendre les bases de son métier. Il a même fait partie d'un Crew pendant trois ans avant de rencontrer Marnie et de se poser avec elle. Elle ne lui a pas demandé d'arrêter, il s'est juste consacré à sa vraie passion : la cuisine.
Je suis touché qu'ils veuillent venir me voir danser. En dix-huit ans d'existence, mes parents ne sont venus que deux ou trois fois et je devais être gosse. Ils n'ont jamais pris ma passion pour la danse au sérieux. Je suis sûr que même si je leur disais que je faisais partie d'un nouveau Crew, ils s'en foutraient.
Au bout d'une vingtaine de minutes, je monte à mon étage pour me préparer. Ce petit déjeuner avec Marnie et Hector m'a fait du bien. Pour une fois, personne n'a parlé de politique et d'avenir tout tracé, personne n'a rabaissé personne, c'était un moment normal avec des gens normaux qui ont les pieds sur terre.
Lorsque je passe devant la salle de bains, j'entends l'eau de la douche couler. Talia est rentrée. Bon sang, je rêve de la rejoindre depuis des nuits. Et si c'était l'occasion ?
Je frappe à la porte attendant qu'elle me permette d'entrer. Je préfère m'assurer qu'elle est d'accord avant de tenter quoi que ce soit. Après ce qui s'est passé la dernière fois dans cette salle de bains, il vaut mieux que je prenne toutes les précautions pour ne pas qu'elle ait peur ou qu'elle regrette.
Je ne supporterais pas une seconde fois de voir son visage se couvrir de honte.
– Oui ? entends-je.

Je me faufile dans la pièce et referme la porte derrière moi. Talia a passé sa tête par la porte entrouverte de la douche pour voir qui venait la déranger. Son sourire me percute le cœur dès qu'elle se rend compte que c'est moi.

– Il y a une place pour moi dans ta douche ?

Elle me fixe un instant, surprise par ma demande, puis le désir inonde ses yeux de feu. Elle acquiesce et laisse la porte de la paroi de douche entrouverte. J'enlève mes vêtements, impatient de pouvoir la rejoindre. Une fois à poil, j'entre.

Putain, qu'est-ce qu'elle est belle !

Je mate son petit corps de déesse en me léchant les lèvres. Je l'ai déjà vue nue, ou du moins presque, mais ce n'est rien face à la vision luisante de sa peau sous l'eau. Je suis le chemin du jet qui coule dans son dos et effleure ses petites fesses bombées qui me donnent un tas d'idées.

Bon sang, je donnerais tout pour pouvoir me nicher entre elles jusqu'à toucher le fond de son humidité !

Je sens ma queue se réveiller en quête de délivrance. Elle sait pour qui elle se lève. Jamais je n'avais ressenti un tel désir pour une nana. Je veux l'entendre crier mon nom, gémir de plaisir, voir ses yeux convulser au moment de son orgasme. Tout mon corps la veut désespérément.

Talia se retourne et balaie mon corps de haut en bas en s'arrêtant sur ma verge en pleine érection. Son regard intrigué et plein d'envie me rend fou. Il y a cette lueur au fond de ses yeux de feu qui ne trompe pas sur ce qu'elle ressent pour moi. Elle n'a pas besoin de me le dire, je le sens.

– Tu es nu, constate-t-elle. Et je suis nue.

– Beau sens de la déduction, trésor, la taquiné-je. Généralement, on est nus pour prendre une douche.

Merde, j'espère qu'elle ne regrette pas de m'avoir dit oui.

– Je… C'est… Je n'ai jamais vu de…

Son innocence me fait sourire. Elle fixe ma queue et mordille sa bouche, quelque chose passe dans ses yeux, du désir. Je ne résiste pas et l'embrasse. Sa langue m'accueille, tandis que le jet d'eau brûlant me fouette le crâne. La force de mon baiser la fait reculer jusqu'à toucher le mur carrelé de la douche.

C'est dingue, avec elle, je me contente de baisers et de caresses, et ça me va. La nuit dernière, elle était dans mes bras et c'était suffisant pour moi. J'étais heureux. J'ai envie d'elle, c'est vrai, je la désire comme un fou, mais je ne veux pas la brusquer. Je veux que ça vienne d'elle à chaque fois, qu'elle se sente prête à passer à une nouvelle étape et qu'elle finisse par tout partager avec moi.

Ça ne me ressemble pas. Je me transforme en une sorte de chiot, mais ça ne me dérange pas. Pour elle, je suis prêt à être n'importe quoi.

Afin de ne pas la bousculer, je la laisse prendre les choses en main. Elle défait le nœud de mon chignon et enroule ses doigts dans mes cheveux. Elle m'attire plus près d'elle à tel point que je sens ses tétons durcir contre mon torse. Ma verge gonflée à bloc se colle à son ventre chaud.

– Roméo, halète-t-elle contre ma bouche. Je veux te faire du bien…

Son annonce me prend tellement au dépourvu que je recule d'un pas. Ses yeux s'embrasent, tandis qu'elle fixe ma bouche en mordillant la sienne. Elle avance vers moi, plus aucune innocence dans le regard.

Elle pose sa main sur mon ventre. Je frémis. Sa respiration est calme, contrairement à la mienne, erratique.

– Apprends-moi, Roméo. Montre-moi…

Je mords ma lèvre. Est-ce qu'elle se rend compte de combien elle est excitante à cet instant ? Sa façon de me le demander renvoie l'image d'une enfant bien qu'elle n'y ressemble plus du tout. Je caresse son bras, descends sur son flanc gauche avant de presser ma main sur sa fesse. De ma main libre, je prends la sienne posée sur son ventre et la guide sur mon membre. Elle s'enroule automatiquement et je tressaille. Je suis si excité que je ne tiendrai pas longtemps. Elle fait coulisser sa main sur ma queue si lentement qu'une décharge brûlante me traverse.

Je n'arrive pas à croire que les choses aient autant changé entre nous et qu'elle soit très clairement en train de me branler sous la douche.

Au début, ses gestes sont maladroits, mais elle finit très vite par trouver son rythme. Elle prend confiance en elle et ça la rend encore plus sexy.

– Est-ce que je m'y prends bien ? me demande-t-elle, alors que son pouce taquine mon gland.

– Putain, oui !

Elle esquisse un sourire avant de coller sa bouche sur la mienne. Sa main se fait plus audacieuse et caresse mes testicules. Je ne résiste pas à l'envie de la toucher moi aussi. Il n'y a pas de raison pour qu'elle n'en profite pas de son côté. Ma main part de la base de son cou et descend pour englober son sein gauche, que je malaxe fort.

Elle gémit et prend ma queue plus vigoureusement. Je soupire d'aise. Elle me branle pour la première fois et, pourtant, je n'ai jamais éprouvé un tel plaisir, comme si elle savait ce qu'elle faisait.

Je l'embrasse dans le cou, tandis qu'elle accélère le rythme. Elle scrute mes réactions à chaque mouvement qu'elle fait, fascinée par les traits de mon visage qui se déforment. Je la sens absolument partout.

Ses gestes deviennent de plus en plus précis, les miens se font plus pressés. Je la pénètre d'un doigt, puis deux, mon autre main agace ses tétons et ma bouche avale ses halètements.

À tout moment, on peut se faire surprendre par nos parents ou Hector et Marnie, mais ça nous est égal. Nous sommes dans une bulle, notre bulle, et rien ne peut nous en extraire.

Sa langue s'approprie la mienne, et Talia m'embrasse à m'en retourner le cerveau. Je ne sais pas si elle se rend compte de tout ce qu'elle me donne ces derniers temps et de la confiance qu'elle place en moi. Je ne suis pas sûr de le mériter.

– Je crois que je vais jouir, me prévient-elle.

Mes doigts s'activent en elle, sa main me presse, son pouce dessine des cercles sur mon gland, elle intensifie ses va-et-vient, on ne se lâche pas du regard. Je sens ma queue gonfler, près d'exploser. Je sais qu'elle n'est pas loin de se refermer autour de mes doigts, sa respiration se fait plus forte, ses seins sont tendus, elle est magnifique.

Talia resserre la pression une dernière fois et j'explose dans sa main et contre son ventre, la tête nichée dans son cou. La tête rejetée en arrière, les yeux fermés, elle jouit à son tour en se retenant de crier. Un jour, je l'entendrai jouir bruyamment, à la hauteur de notre orgasme.

Lorsque Talia rouvre les yeux, la lueur pétillante dans son regard me cloue sur place. La bouche gonflée, les joues roses, le sourire aux lèvres, elle est sublime.

Cette nana m'a mis à terre et je sais que je ne peux plus me passer d'elle.

– Alors je suis toujours la petite bourge coincée ? me taquine-t-elle.

Je ricane en secouant la tête, puis l'attire contre moi.

– Définitivement non, tu es la nana la plus belle et sexy que je connaisse !

Elle sourit lumineusement et dépose ses lèvres sur les miennes. Si elle était plus expérimentée, je lui aurais fait l'amour sous la douche.

Le reste de la douche se passe plus tranquillement. Je la savonne, lui masse les cheveux, elle se blottit contre moi. Ce que je partage avec elle est bien plus intime que tout ce que j'ai connu par le passé.

Notre petite session dans la douche nous a un peu mis en retard. David, notre chauffeur, nous attend depuis un bon quart d'heure dans l'allée de la villa.

Je sors de ma chambre quand je tombe sur ma mère. Habillée dans un tailleur en satin rose pâle et blanc de vieille snob, elle a pris vingt ans. Je ne sais pas pourquoi elle persiste à vouloir ressembler à Léonore, mais ça ne lui va pas.

L'air grave sur son visage maquillé à la perfection ne me dit rien qui vaille. Si elle m'annonce qu'elle est enceinte de cet enfoiré de Jonas, je me tire de cette baraque.

– Qu'est-ce qui se passe ? demandé-je, inquiet.

– Ton père essaie de te joindre depuis des jours, soupire-t-elle.

– Et alors ? Il m'ignore depuis des mois et maintenant il a retrouvé la fibre paternelle, ironisé-je. Ne me dis pas qu'il a enfin largué cette salope de Lexie ?

Ma mère esquisse un léger sourire, signe que cette éventualité lui ferait toujours plaisir. Quoi qu'elle puisse dire, mon père sera toujours le seul et unique amour de sa vie. Jonas Bellerive n'est que de passage et j'espère qu'elle s'en rendra compte avant qu'il ne soit trop tard.

– J'aurais aimé t'apporter une meilleure nouvelle, annonce-t-elle sur un ton grave.

Je fronce les sourcils. Elle prend une grande inspiration et finit par déclarer :

– Lexie est enceinte.

J'encaisse le choc en m'appuyant contre le mur. La colère qui traverse mes veines me donne envie de donner un coup de poing dedans. Je n'arrive pas à croire qu'il ait pu engrosser Lexie.

Il ne me parle pas pendant des mois, ou très peu, et le seul jour où il se souvient de moi, c'est pour m'annoncer qu'il va avoir un gosse avec sa pétasse ! Il pourra avoir un autre fils dont il s'occupera et m'oubliera.

Cette fois, c'est certain, il m'a abandonné.

27

Talia
Décembre

Je suis sur un petit nuage.

Cette nuit, Roméo a débarqué dans ma chambre, pris d'une furieuse envie de, je cite, « me faire grimper au septième ciel avec ses doigts magiques ». J'ai passé le reste de la nuit dans ses bras et jamais de ma vie je ne me suis sentie aussi bien.

Je ressens toujours cette infime culpabilité envers Sofia et mon père, mais je ne peux contrôler ce que j'éprouve pour Roméo. Il est le seul avec qui je peux être moi-même, qui me voit telle que je suis et avec qui tout est plus simple. Je me sens prête à passer à l'étape supérieure de notre relation. Encore faut-il qu'il me laisse le lui dire ou, au moins, le lui faire comprendre.

Ce matin, il a décidé de ne pas quitter ma bouche. Roméo a pris d'assaut mes lèvres dès que mes yeux se sont ouverts. Ses mains parcourent mon corps et en caressent chaque parcelle de peau. Je sens mes pointes durcir sous le tissu en coton de mon haut de pyjama. Sa bouche descend dans mon cou, qu'il mord, aspire et lèche dans une douce torture qui me rend déjà folle. Son odeur est partout sur moi, ces effluves boisés me font tourner la tête, j'en suis plus qu'accro. Mes mains se perdent dans ses cheveux noirs et ondulés.

Mon tee-shirt ne reste pas longtemps en place. En moins de quelques secondes, je le vois s'envoler à travers ma chambre. Roméo prend un de mes seins dans sa main, qu'il malaxe, en titillant la pointe. Lorsque sa langue prend la place de sa main, j'étouffe un gémissement plaintif. Roméo embrasse mon ventre, lèche le contour de mon nombril et s'arrête à la lisière de mon short.

Il relève la tête vers moi, les yeux pris d'une lueur nouvelle.

Je ne sais pas ce qu'il a en tête, mais la vague déferlante de désir que je sens entre mes jambes me donne envie de le laisser faire tout ce qu'il veut. Il baisse mon short lentement, le regard brûlant. Ma peau se couvre d'un voile de frissons. J'appréhende ce qu'il va faire, mais je suis aussi excitée.

Son index frôle à peine mon sexe par-dessus le tissu de ma culotte que je ressens déjà cette onde de chaleur qui se loge dans mon bas-ventre. Roméo retire ma culotte. Je me sens toujours un peu gênée d'être nue devant lui, mais lorsque je vois le désir dans ses yeux, je n'ai plus aucun doute sur ce qu'il éprouve pour moi. Je me sens belle à travers son regard.

Je comprends ce qu'il compte faire quand je le vois se passer la langue sur les lèvres en regardant mon sexe nu.

– Est-ce que tu en as envie ? me demande-t-il.

Comment peut-il en douter ? Je ne pensais pas qu'il était possible d'être aussi trempée avec de simples caresses.

– Oui, dis-je dans un soupir.

Ma réponse le satisfait. Il n'attend pas une seconde de plus et plonge la tête entre mes cuisses. Ses lèvres touchent à peine mes chairs sensibles que je sens une onde de choc parcourir mon échine. Le contact de sa langue sur ma fente n'est pas loin de me faire tomber dans les pommes. Je n'ai jamais éprouvé ça, c'est si… puissant. C'est encore plus intense que ses doigts en moi. Je le sens partout sur moi. Une boule de feu naît dans mon bas-ventre et menace d'exploser à tout moment.

Je ne pensais pas que je pourrais être si près du précipice en un seul coup de langue.

Sa langue me torture délicieusement. Il s'amuse à faire monter le désir en accélérant le rythme, puis en le ralentissant à chaque fois que je suis au bord du précipice.

Ses yeux dans les miens, il ne me lâche pas du regard comme s'il se nourrissait de mes réactions. L'intimité de ce rapport entre nous me bouleverse. Quand est-ce que nous avons cessé de nous détester ? Ce que l'on partage à cet instant est bien plus fort qu'un rapport sexuel. Nos yeux se disent tout ce que l'on n'ose pas prononcer à voix haute.

Je rejette la tête en arrière quand il aspire mon bouton de chair et laisse échapper un son rauque qui me surprend. Je ne sais pas ce que me fait Roméo, mais j'aime ça. Je suis attentive à toutes les caresses de sa délicieuse bouche et à ce qu'elles me procurent. Il prend encore plus de plaisir que moi en me dévorant.

La chaleur s'intensifie en moi et crépite dans mon ventre. Lorsqu'elle se loge au creux de mon sexe, je sais que je ne suis pas loin d'exploser.

Mon corps tremble, ma respiration s'accélère et la boule de feu en moi se répand partout. Je suis prise de spasmes violents et je lutte pour ne pas hurler mon orgasme, qui déferle en moi telle une vague chargée en électricité.

Roméo embrasse une dernière fois mon intimité, puis parcourt mon buste de baisers pour finir au creux de mon cou. Il me regarde quelques instants avant de plonger sur mes lèvres. La saveur des siennes est différente de d'habitude, elles sont un peu plus salées, ce n'est pas désagréable pour autant.

– Bonjour, trésor, finit-il par dire à quelques centimètres de ma bouche.

Je souris. J'aime sa douceur avec moi. Roméo a tellement plus à offrir que ce côté violent qu'il laisse entrevoir aux autres. La seule chose dont il a besoin, c'est de ne plus se sentir abandonné. Je le comprends bien plus qu'il ne le pense.

– Bonjour, réponds-je.

Roméo dépose un tendre baiser sur mon nez, puis se réfugie dans mon cou. Mes mains s'infiltrent dans sa tignasse brune, que je masse distraitement.

– On devrait se réveiller comme ça tous les matins, propose-t-il en picorant mon cou.

– Je ne suis pas contre…

Il relève la tête vers moi et ricane.

– Tu es une vraie petite dévergondée ! Je préférais la Talia coincée du cul, me taquine-t-il.

– Ah oui, vraiment ?

Je le repousse puis grimpe sur lui. Mon geste ne le dérange pas, bien au contraire. Je sens son sexe durcir sous mes fesses. Cette simple sensation suffit à m'exciter de nouveau. C'est fou, je n'avais jamais été aussi consciente de mes désirs avant de rencontrer Roméo. Je pensais même que je n'éprouvais rien.

Mais depuis qu'il a débarqué dans ma vie, j'apprends à écouter mes envies et à les faire vivre. Roméo m'a rendue vivante.

Le regard fasciné qu'il a sur moi me donne l'impression que je suis plus forte et que je peux tout faire. Je commence à faire des mouvements de va-et-vient sur son membre par-dessus son boxer et le sens gonfler de plus en plus. Je mords ma lèvre inférieure quand je sens une décharge dans mon ventre. Je suis toujours complètement nue, mais ça ne me dérange pas plus que ça. J'ai envie de le rendre dingue.

– Tu préfères toujours la Talia coincée ? le nargué-je.

– Putain, non ! Continue, me supplie-t-il.

Ses mains se posent sur mes hanches et m'intiment le rythme à suivre. Son boxer est le seul rempart qui nous empêche d'aller jusqu'au bout, mais me frotter contre lui fait naître tout un tas de sensations en moi. Je ne pensais pas que ça pouvait être aussi bon de se toucher de cette façon.

Roméo contemple ma poitrine qui se balance dans tous les sens au rythme de nos mouvements. Il se relève un peu pour engloutir un de mes seins, qu'il savoure comme si c'était le meilleur des festins. Je gémis et accélère mes va-et-vient. Je me laisse porter par les sensations qui se chevauchent en moi.

Nous ne sommes pas loin de jouir quand trois petits coups se font entendre derrière la porte. Instantanément, je cesse mes mouvements. Roméo retire sa bouche de ma poitrine et se rallonge sur le dos en soupirant.

La poignée tourne dans tous les sens, mais fort heureusement Roméo a fermé à clé cette nuit. Si quelqu'un nous avait découverts dans cette position, je n'aurais pas donné cher de notre peau. Surtout si c'était mon père. Il aurait menacé Roméo de l'envoyer en prison, ou pire.

– Talia, lève-toi, ta grand-mère arrive dans vingt minutes, me hèle Marnie dans le couloir.

– Je descends dans un quart d'heure, déclaré-je.

Je souffle et m'écrase sur le torse de Roméo. On a été imprudents. J'ai peur de ce qui se passera si l'un de nos parents découvre notre relation. Je ne veux pas qu'ils nous séparent ou qu'ils fassent du mal à Roméo. Il compte bien plus pour moi qu'il ne le pense.

Quand je réfléchis à mon futur, je l'inclus immédiatement dedans. Lui et le Crew. J'aimerais pouvoir continuer à danser avec eux et vivre pleinement ma relation avec Roméo.

Je finis par quitter les bras de Roméo pour aller enfiler mon peignoir en soie.

– Pourquoi ta grand-mère t'attend ? me demande-t-il en s'asseyant.

– Mme Léonore Bellerive fête ses 70 ans samedi et elle tient à marquer le coup à l'occasion d'une soirée somptueuse et ennuyante au possible avec un dress code précis. Donc, elle nous emmène, ta mère et moi, faire les boutiques, expliqué-je loin d'être emballée.

– Quel beau programme, se moque-t-il.

– Je déteste faire les boutiques avec elle, me plains-je. Elle passe son temps à critiquer les tenues qu'elle choisit pour moi en me répétant encore et encore que mon corps est disgracieux, que mes seins sont trop gros et que mes hanches sont trop larges ou que j'ai des cuisses d'éléphant, à croire qu'elle aimerait que je retourne au Centre.

Je me tais en réalisant ce que je viens de révéler.

Merde !

Je n'avais jamais parlé de ça à une autre personne que Manon. Je ne sais pas ce qui se passe, mais je me sens si à l'aise avec Roméo que les mots ont passé la barrière de ma bouche.

J'ose un regard vers lui. Il fronce les sourcils. Je n'aime pas lorsqu'il a cet air si préoccupé sur le visage. Préférant éviter une conversation sérieuse, je me réfugie sous la douche. Néanmoins, c'était naïf de ma part de croire que Roméo allait en rester là.

Dès que je sors de la douche, je le trouve assis sur la baignoire de la salle de bains. Il mate mon corps ruisselant avec une envie non dissimulée. Je m'entoure de ma serviette et me place devant le miroir comme s'il n'était pas là. J'essore mes cheveux dans l'évier, puis les démêle dans un silence pesant.

Je déteste revenir sur cette période compliquée de ma vie. J'étais si près du fond que j'ai bien cru ne jamais m'en sortir.

– Tu as été dans quel genre de centre ? Et pourquoi ? finit par demander Roméo.

Il s'est relevé du bord de la baignoire pour se positionner derrière moi. Il me fixe à travers le miroir, un soupçon de colère dans le regard. Je me retourne pour lui faire face. Il s'est confié à moi pour son frère, il m'a fait confiance. Si je veux que la relation entre nous fonctionne, il faut que j'arrive à m'ouvrir à lui.

Je prends une grande inspiration afin de me donner le courage nécessaire pour me mettre à nu.

– Je ne sais pas vraiment par où commencer. À 14 ans, je passais plus de trois heures par jour à danser. J'avais beau avoir une professeure particulière en classique, ma grand-mère contrôlait chacun de mes cours, mais aussi mes fréquentations et mon alimentation, un peu comme aujourd'hui. Elle était si dure avec moi que j'ai commencé à être obsédée par mon corps et mon image.

Je vais m'installer sur le bord de la baignoire, suivie de près par Roméo.

– J'avais de plus en plus de mal à encaisser les critiques perpétuelles de ma grand-mère, mais aussi celles de

Jules. Son passe-temps favori était de me traiter de pachyderme sans grâce. Sans m'en rendre compte, je suis tombée dans une spirale destructrice. Je mangeais très peu, je m'entraînais des heures sans m'arrêter, j'étais tout le temps épuisée. Mais dans le miroir, j'étais toujours aussi grosse.

– Tu étais tombée dans l'anorexie, dit-il.

J'acquiesce. Je préfère ne pas rentrer dans les détails avec Roméo, car la blessure est encore un peu ouverte et ça me fait toujours mal de parler de cette période. J'étais désespérée, seule, je pensais que la terre entière me détestait parce que je n'étais pas belle ou mince. Les mots de ma grand-mère me détruisaient. J'avais même pensé à rejoindre ma mère. Je voulais que cette douleur cesse.

– J'étais si obsédée par le reflet du miroir que j'ai maltraité mon corps au point de m'écrouler en pleine représentation. Mon cœur s'est ralenti au point qu'il aurait pu s'arrêter. Les médecins n'ont pas laissé le choix à mon père, c'était le centre pour troubles alimentaires ou la prochaine fois mon cœur lâcherait. Quelques jours après, j'étais envoyée en Suisse. Pendant des mois, j'ai suivi des séances de psy, j'ai réappris à manger et à accepter mon corps tel qu'il est… ça n'a pas été toujours facile, je ne pouvais voir personne. Je ne communiquais qu'à travers des lettres ou des appels téléphoniques froids.

– Ta famille ne t'a pas soutenue ?

Je ricane, amèrement.

– Ma grand-mère m'en a voulu d'être aussi faible et de lui avoir causé la honte de sa vie. Quant à mon père, il était bien trop occupé à se faire connaître dans les milieux politiques, alors une gamine anorexique très peu pour lui !

Les poings de Roméo se serrent. Il n'apprécie pas ce

que je lui apprends. Pour ma part, j'ai appris à ne plus m'en préoccuper. J'ai compris il y a bien longtemps que mon père ne se comporterait jamais comme un vrai père avec moi.

– Les seuls qui ne m'ont pas lâchée sont Marnie, Hector et Manon. Sans eux, je ne pense pas que j'aurais pu m'en sortir… Jules aussi, à sa manière… Il m'a écrit plusieurs fois, même si à mon retour rien n'a changé entre nous. Je crois que se montrer cruel est son seul moyen de communication, ironisé-je.

Commençant par avoir froid en restant en serviette, je retourne dans ma chambre, accompagnée de Roméo. Il se fout de croiser Marnie ou l'un de nos parents, il ne compte pas me laisser sans finir cette conversation. J'enfile mes sous-vêtements devant lui, sans ressentir de gêne. Je m'habitue à son regard brûlant sur moi. J'aime ça.

– Est-ce que tu es… cette maladie… dis-moi que tu es guérie ? s'enquiert-il.

J'esquisse un sourire. Sa considération me touche. Il est là pour moi et c'est tout ce dont j'ai besoin.

Devant mon dressing, je peine à choisir ma tenue. Je ne peux m'empêcher d'examiner mon corps dans le miroir de plain-pied à côté. Pur réflexe lié à mes anciens travers. Mais aujourd'hui, je ne suis plus aussi critique.

– On ne guérit pas vraiment de cette maladie, mais je vais bien et malgré tous les reproches de ma grand-mère, je ne déteste pas mon corps, le rassuré-je.

Roméo se place derrière moi et cajole mes bras, mes flancs, avant de poser ses mains sur mon ventre toujours dénudé.

– Tu n'as aucune raison de le détester, affirme-t-il. Crois-moi il n'y a rien à changer, me dit-il avant de me tourner face à lui pour déposer ses lèvres sur les miennes.

Il continue d'explorer mon corps de ses mains s'attardant sur ma poitrine, qu'il masse tendrement. Ma tête se pose sur son épaule appréciant les caresses qu'il me fait. C'est dingue, il n'a qu'à m'effleurer pour que j'aie envie de plus.

Est-ce que je vais devenir accro au sexe après avoir perdu ma virginité ? Parce que j'en prends le chemin.

– Il faut vraiment que je m'habille, sinon la harpie va débarquer et je ne veux pas qu'elle te trouve ici.

Roméo soupire, puis cède à contrecœur. Il m'embrasse une dernière fois et regagne sa chambre en faisant attention cette fois. Il ne s'en doute pas, mais ses mots m'ont fait du bien et sa présence dans cette maison m'a permis de prendre un peu plus confiance en moi. Il m'a sortie de ma zone de confort et j'ai aimé ça.

J'aime la personne que je deviens avec Roméo.

***

– Mon Dieu, cette robe ne te va pas du tout, peste Léonore. Tu es vulgaire avec cette poitrine !

Je soupire. C'est la quatrième robe qui ne trouve pas grâce à ses yeux, pourtant, c'est elle qui les choisit à chaque fois. Je savais que je n'aurais jamais dû accepter de participer à cette séance de shopping. Je ne me souviens plus pourquoi j'ai dit oui. Peut-être que je n'avais pas envie d'avoir ma grand-mère sur le dos.

C'est sûr que tu ne l'as pas du tout sur le dos là !

– Et ces hanches, souffle-t-elle, exaspérée, jamais tu ne réussiras à être première danseuse !

– Je ne veux pas être première danseuse !

– Parce que tu crois avoir le choix, ricane-t-elle. N'oublie pas qui verse de l'argent sur ton compte. Je n'aurais aucun scrupule à te couper les vivres.

Je lève les yeux au ciel. Entre elle et mon père, je ne supporte plus leurs menaces. Il n'y a que le fric qui les intéresse. Je ne suis pas comme eux. Un jour, ils perdront tout cet argent et regretteront de ne pas avoir vu que ce n'est pas le plus important dans la vie.

– Maintenant, va essayer la robe Dior, piaffe-t-elle.

Je m'exécute pour ne pas avoir à l'écouter davantage. Elle m'attaque sur mon physique depuis toujours pour asseoir son autorité sur moi, mais ça ne marche plus. Je n'ai plus 15 ans. Je ne veux pas lui ressembler. Je hais son chignon tiré à quatre épingles, son tailleur-jupe de créateur, son collier de perles en nacre et son odeur de vanille entêtante. Elle est tout ce que je ne veux pas être.

Après avoir revêtu la robe, je sors de la cabine d'essayage. Encore une fois, le visage de Léonore se déforme d'une grimace. Elle n'aime pas.

– Bon sang, j'ai l'impression d'être avec une de ces bimbos de télé-réalité, persifle-t-elle. Tu ressembles à une prostituée !

– C'est toi qui as choisi cette robe, lui fais-je remarquer. Peut-être que ce sont tes goûts qui me font ressembler à une prostituée !

Mon affront ne lui plaît pas puisqu'elle me gifle si fort que ma mâchoire n'est pas loin de se déboîter. Le bruit résonne dans le magasin et attire le regard des vendeuses et des autres clients. Léonore Bellerive s'est donnée en spectacle et ce n'est pas acceptable pour une femme de son rang social. L'expression contrite de son visage me ferait presque oublier la douleur de ma joue en feu.

– Je te préviens, Talilah, change de comportement ou tu le regretteras amèrement. Tu n'es pas n'importe qui, il serait temps que tu t'en rendes compte. Si tu continues à me défier, je ferai de ta vie un enfer. Il me semble que tu n'aimerais pas qu'Hector et Marnie quittent la maison.

Sa menace me fait l'effet d'un coup de poignard en plein cœur. Il est hors de question qu'elle s'en prenne à Hector ou à Marnie, ils comptent bien plus qu'elle.

Léonore prend mon silence pour un signe de capitulation et sourit, satisfaite. Elle se fourvoie complètement si elle croit que je vais lui obéir. Elle n'est pas la seule à connaître l'art de la manipulation. Elle ne me contrôlera plus.

– Une dernière chose, Louis sera présent samedi, alors sois charmante avec lui. Ton père n'est pas loin de conclure avec le sien, ne gâche pas tout.

– Oui, Léonore.

Je feins un sourire qui réussit à la convaincre puisque je vois la satisfaction sur son visage. Heureusement pour moi, la sonnerie de son téléphone me sauve. Elle part sans un mot pour prendre l'appel.

Je profite de son absence pour observer mon reflet dans le miroir. La robe épouse mes formes et me met en valeur. Je ne ressemble en rien à une prostituée. La seule chose qui agace ma grand-mère, c'est qu'elle est courte et qu'elle dévoile légèrement ma poitrine.

La vendeuse arrive à ma hauteur, un large sourire aux lèvres. Je ne lui laisse pas le temps de dire un mot que je balance déjà :

– Je la prends.

28

Talia

Je suis surexcitée.

Depuis que je me suis levée ce matin, je suis une vraie pile électrique. Aujourd'hui, je m'entraîne pour la première fois avec le Crew au complet. Toutes ces heures à danser avec Wade et Rina auront servi, je ne suis pas à la ramasse quand Diego me montre les différentes phases de leurs chorégraphies.

Je me sens bien avec eux. Je pensais faire tache au milieu de tous ou qu'ils ne m'acceptent pas parce que je suis une ballerine, mais ils m'ont fait une place parmi eux, comme à la soirée dans le lycée. D'ailleurs, elle s'est très mal terminée pour Adèle. Quelqu'un du voisinage a prévenu les flics et plusieurs élèves ont fini au poste, dont Adèle et Raphael. La mère d'Adèle a pété un câble, elle a puni sa fille pour les dix prochaines années !

Heureusement pour Roméo et moi, nous étions partis depuis plus d'une heure, tout comme Diego et les autres. La fête tournait à la catastrophe à cause de Raphael et sa bande qui ont décidé de tout casser dans les vestiaires du gymnase. Bref, je suis heureuse d'avoir rejoint le Crew. Danser avec eux est une vraie bouffée d'oxygène.

Le Crew prépare leur prochaine battle face à un autre groupe de la ville, ce sera un test pour eux avant la battle de l'année, là où concourt l'ancien Crew de Roméo. Ce dernier n'est même pas venu à la répétition et n'a prévenu personne.

L'annonce de la grossesse de la copine de son père l'a chamboulé. Il ne le dit pas et change de sujet à chaque fois que je tente de lui en parler, mais je le vois sur son visage. Il est affecté par cette nouvelle. Je le comprends. Je n'aurais pas aimé apprendre que mon père a fait un enfant à une nouvelle compagne et qu'il décide de former une famille aimante avec elle.

Si seulement il me parlait, je pourrais peut-être l'aider ou lui montrer qu'il n'est pas seul.

Cependant, il persiste à se murer dans un silence alarmant. À la maison, il reste seul dans le jardin à fumer je ne sais combien de joints. Je m'inquiète pour lui. J'ai peur qu'il retombe dans ses anciens travers.

Les pas s'enchaînent sans que je ressente la moindre fatigue. Je me sens bien. J'ai encore un peu de mal à réaliser certaines figures, mais je m'en sors un minimum. Le hip-hop est tellement différent du classique. Toutes ces années à apprendre à rester droite, la tête haute, et à m'assurer que mes pointes soient toujours parfaites sont presque à oublier quand je danse avec le Crew, le corps est mon principal outil d'expression.

– Allez, on recommence ! gueule Diego, pas satisfait du résultat.

Tout le monde souffle, la répèt' les a épuisés. Alice reste allongée sur le sol, Béni à ses côtés. Quant aux autres, ils se tiennent les hanches et courbent le dos pour reprendre leur respiration. Diego en demande toujours plus. Ce n'est pas un défaut, il a foi en son Crew et veut le pousser au max de son potentiel.

– Diego, on a besoin de faire une pause et de manger, geint Tao. Si on recommence, on risque de se faire une élongation et ce serait con de perdre l'un de nous avant la battle de ce soir !

– On ne peut pas perdre de temps. Nos résultats sont épiés par tous les Crews en compétition, et en particulier par les Dotraks ! Ils nous attendent de pied ferme pour la finale en avril… Tu es sûre que tu ne peux pas danser avec nous Talia ?

– Le but de ce soir est de gagner sans effort pas de dévoiler toutes nos cartes, plaide Wade. Il vaut mieux que Talia danse lors de la battle de l'année.

– Il a raison, approuve Béni. Puis Rome risquerait de te broyer les couilles si l'on dévoile notre meilleur atout dès ce soir !

– Ah non, proteste Manon. Je tiens à ses couilles !

Je pouffe, comme tous les autres membres. Diego n'a toujours pas abandonné l'idée de me faire intégrer le Crew dès ce soir. Il tient à ce que les autres groupes nous redoutent. Je suis heureuse qu'ils m'estiment tous autant, mais je ne peux nier la pression que je ressens chaque jour.

Qu'est-ce qui se passe si je foire tout ?

– On est plus que prêts, alors prenons une pause, ajoute Rina, mon ventre crie famine !

Je n'ai aucune notion du temps, mais à entendre les grognements de l'estomac de Rina, je suppose que nous avons dépassé l'heure du déjeuner.

– Allez, Diego, j'ai envie d'un latte de chez Maria, c'est la seule qui n'ajoute rien de sucré et suspect dans ses boissons et elle est à cinq minutes d'ici, minaude Manon.

Elle s'avance vers lui, se met sur la pointe des pieds et chuchote quelques mots à son oreille. Diego rougit, tandis qu'elle bat des cils outrageusement. Ma meilleure amie est une vraie petite manipulatrice avec celui qui est devenu son copain il n'y a pas moins de trois semaines, elle arrive à lui faire faire ce qu'elle veut. En réalité, Diego est tout simplement amoureux d'elle et veut la rendre heureuse.

– D'accord, je vous accorde une heure de pause, cède-t-il, mais pas une minute de plus !

– Alléluia, applaudit Tao. Manon, tu es la meilleure !

Tao ne perd pas de temps et quitte la salle de danse pour prendre l'air. Il est suivi par les trois quarts du Crew désireux de manger au premier fast-food du coin.

Leur alimentation ne cesse de me surprendre.

– Tu manges avec nous, Talia ? demande Wade.

Alice soupire d'agacement. De tous, Alice est la seule qui ne m'a pas accueillie à bras ouverts. D'un côté, je ne peux pas lui en vouloir. Elle est attirée par Roméo et me voit comme une rivale. Ce matin, elle n'a pas cessé de me lancer des piques. Pour elle, c'est ma faute si Roméo n'est pas venu. Bien évidemment, elle était la seule contre mon arrivée dans le Crew.

Ça ira mieux entre nous le jour où elle jettera son dévolu sur un autre mec.

– C'est gentil, mais je préfère continuer à répéter, dis-je en déclinant l'invitation.

En toute honnêteté, je n'ai pas envie de me farcir les réflexions d'Alice pendant tout le repas. Wade n'insiste pas, comme s'il avait compris mes raisons. Le connaissant, il tentera de parler à Alice pour qu'elle se calme avec moi. Je n'ai pas trop d'espoir.

Ils finissent par partir et me laissent seule dans la salle de danse. C'est fou le hasard, quand j'y pense : je venais ici avec Manon, mais jamais je n'ai croisé un seul membre du Crew, ou alors je n'ai pas fait attention.

Je mets la musique et tente de reproduire parfaitement la chorégraphie de Wade. Si Diego est le leader du Crew,

Wade en est le chorégraphe avec Roméo. Leur inventivité ne cesse de me surprendre. J'ai regardé un tas de vidéos et de films sur le hip-hop et ils arrivent à s'approprier des pas déjà créés en apportant leur touche personnelle, évidemment, c'est toujours d'une grande complexité.

Je danse encore et encore, et échoue au même moment à chaque fois. Dès que je dois enchaîner une succession de figures dans les airs, puis finir au sol, je trébuche et tombe sur les fesses.

J'entends un ricanement qui me fait tourner la tête vers l'entrée de la salle. Roméo se tient à l'embrasure de la porte, les bras croisés sur son torse.

Bon sang, pourquoi faut-il qu'il soit aussi insolemment beau ?

– Tu es venu finalement…

Ma voix sonne comme un reproche, mais je suis surtout vexée qu'il se moque de moi. Je déteste ne pas réussir un pas et ne pas être à la hauteur. Je crois que mes anciens travers ne sont pas si loin. Ce besoin d'être parfaite est toujours présent.

– Je ne pouvais pas rater ton premier entraînement, répond-il.

– Tu en as raté les deux premières heures ! l'admonesté-je.

Il baisse la tête et se gratte les cheveux.

– Je suis désolé, Talia… J'ai un peu de mal à gérer tout ce qui se passe avec mon père et… enfin tu vois…

J'acquiesce. Il s'avance vers moi et me tend la main pour que je me relève.

– Je comprends, oui, répliqué-je en prenant sa main.

Je comprends aussi qu'il ne m'en dira pas plus et préfère ne pas insister. Roméo ne me pose pas de questions sur mon passé, même si je sais qu'il en meurt d'envie. Quand il sera prêt, il parlera, tout comme moi.

– Je t'ai observée danser, me dit-il. Tu réfléchis beaucoup et c'est pour ça que tu n'y arrives pas ! Laisse ton corps s'exprimer et non ta tête, je sais que tu en es capable !

– Je ne suis pas sûre…

– Talia, tu es la meilleure danseuse que je connaisse et on est tous d'accord là-dessus !

Je souris. Avant d'aller à New York, je n'avais jamais reçu ce genre de compliment. Pour ma grand-mère, je n'étais pas assez douée, mon père n'a jamais rien dit, ou très peu, et mon frère a toujours considéré la danse comme un passe-temps stupide. Le premier qui m'a complimentée fut Wade et si ça m'a fait plaisir, ce n'est rien à côté de ce que je ressens quand c'est Roméo qui prononce ces mots.

– De quoi as-tu peur ? demande-t-il en posant ses mains sur mes hanches.

– Diego et les autres espèrent plus que tout remporter la battle de l'année. C'est leur rêve ultime, mais je redoute de les faire perdre parce que je ne suis pas à la hauteur en hip-hop.

– Tu l'es. Avec moi, tu arrives à te lâcher, ici, tu dois faire pareil et tes pas seront naturels et fluides !

– Avec toi, c'est facile. Je suis en confiance…

– Dans ce cas, dansons ensemble !

Il dépose un baiser sur mon nez et se dirige vers l'enceinte pour y connecter son téléphone. Dès que j'entends les sonorités espagnoles emplir la salle, je souris. Elles me renvoient à notre première danse ensemble dans le bar du père de Diego. Roméo me tend la main pour m'inviter à danser.

Au moment où je la prends, il me fait tournoyer et basculer en arrière. Il entame des pas latinos et me fait signe de le suivre. Mon cerveau se déconnecte immédiatement. Il n'y a que Roméo et moi. Chacun de nos mouvements s'unit parfaitement, je n'ai jamais connu une telle osmose avec quelqu'un. Il comprend ce que je vais faire et y fait écho à la perfection.

Tout est si facile avec lui. Nos corps se mêlent, se touchent, se séparent pour mieux se retrouver. Je me jette dans ses bras, mes jambes se tendent, s'accrochent à lui, mon buste forme un arc, tandis que mes mains touchent le sol.

Je le ressens partout comme lorsqu'il me caresse. Cette source de chaleur qui naît au creux de mon ventre me fascine et me terrorise à la fois. La musique change, la danse latine fait place à des sonorités urbaines. Je reproduis les pas de Roméo comme face à un miroir. Il me montre des pas de house qui me demandent une plus grande souplesse.

Grâce à lui, je découvre d'autres mouvements qui me permettent d'allier classique et break. En moins de quelques minutes, je parviens à réaliser un trick pick dans les airs. Je crois que je n'ai jamais autant contracté mes abdominaux !

Avec Roméo, je découvre une autre façon de danser, beaucoup plus sensuelle. Pour moi, la danse n'était qu'un moyen de m'exprimer et une discipline de vie qui inculque la rigueur. Mais ce que je ressens avec lui rend la danse plus intime et bien plus excitante.

Ces derniers jours, j'ai des envies nouvelles liées au sexe. À chaque fois que je suis avec Roméo, je sens cette boule de nerfs qui ne demande qu'à exploser. J'ai goûté aux préliminaires avec Roméo et j'ai envie de beaucoup plus.

Je ne sais pas combien de temps on danse, mais ça m'est égal. Je me sens bien, à ma place dans ses bras. Sans nous concerter, on crée une chorégraphie tout en synchronisation et figures plus compliquées les unes que les autres. Roméo m'envoie dans les airs si souvent que j'ai l'impression de voler.

Je tente de reproduire les pas que j'ai vus en vidéos ou plutôt que j'ai décortiqués encore et encore ces derniers jours. Se lâcher avec lui est un jeu d'enfant et mon corps parle en bougeant. Il exprime ma colère d'être enfermée dans cette cage dorée qu'a construite ma grand-mère. Le poids lourd que je sentais à mes pieds me quitte au fur et à mesure de nos mouvements.

Je me sens libre.

Notre chorégraphie dérive sur un style beaucoup plus sensuel. C'est chaud, à l'image de nos chairs qui s'affrontent, se caressent et s'attirent. Je n'arrive pas à être séparée de lui plus de quelques secondes. Je me sens forte dans ses bras et sous son regard brûlant qui enflamme chaque parcelle de mon épiderme.

Roméo me balance dans les airs et me réceptionne avec une aisance folle comme si je ne pesais rien. Il pose ses mains en dessous de ma poitrine, puis me fait coulisser contre son torse lentement. Ses paumes s'ancrent à mes fesses, j'ai chaud, affreusement chaud. Nos visages ne sont plus qu'à quelques centimètres l'un de l'autre et mon corps s'enflamme. Mes yeux fixent sa bouche avec envie.

Le temps se suspend, comme à chaque fois que nous sommes ensemble.

Cette sensation est nouvelle, étrange, chargée en électricité, comme l'air qui nous entoure.

– Tu es une incroyable danseuse, Talia, n'en doute jamais, me susurre-t-il.

– Tu es un très bon professeur !

Il esquisse un sourire. Ses lèvres s'approchent des miennes et comme toujours ma respiration se coupe.

Quand est-ce que les fourmillements cessent au creux du ventre ? Quand est-ce que s'arrête le cœur qui s'emballe aussi vite ? Et quand est-ce que cette tension dans le bas-ventre se dissipe ? Toutes ces sensations me rendent cinglée.

Au moment où ses lèvres effleurent les miennes, j'entends un raclement de gorge.

– Putain, vous déchirez quand vous dansez ensemble ! lance Diego. Bon, vous devriez prendre une chambre pour assouvir cette tension sexuelle, mais putain, cette choré était mortelle !

Roméo soupire dans mon cou, certainement frustré, puis me pose par terre. Manon sourit. Je suis sûre qu'elle ne va pas cesser de me rabâcher qu'elle avait raison depuis le début pour Roméo et moi.

– Issan et sa Suki ne feront pas le poids, dit Tao, enthousiaste.

À l'évocation de l'ancien ami de Roméo, je vois son visage se crisper.

– Il faudra inclure votre numéro dans la choré, on est sûrs de cartonner avec ça, affirme Diego. Si vous avez d'autres figures de ce genre, je suis pour à 100 % ! Sérieux, tu ne veux pas danser avec nous ce soir, Talia ?

Je ricane. Il ne lâchera pas l'affaire.

– Non, répond Roméo, catégorique.

Il se tourne vers moi, le visage fermé par l'inquiétude.

– Ne reste jamais seule ce soir, me prévient-il.

– Promis…

Je souris pour le rassurer. En toute honnêteté, je ne vois pas ce qui pourrait m'arriver ce soir. Je suis certaine que tout se passera bien.

29

Roméo

La salle est bondée, je n'ai jamais vu ça. Les battles attirent toujours autant de personnes, c'est dingue !

En à peine une demi-heure, l'entrepôt s'est rempli à tel point qu'il est difficile de circuler. Je suis tendu depuis qu'on a quitté la villa. J'ai tenté de convaincre Talia de rester chez nous, mais elle n'a pas voulu écouter. Elle tient à assister à la battle coûte que coûte. Je crois qu'elle aurait aussi aimé participer ce soir.

Je n'aime pas qu'elle soit là. Pas dans ces conditions. Je suis sur le qui-vive à observer chaque recoin de la salle à la recherche de cet enfoiré d'Issan. Il viendra, j'en suis persuadé. Il sait que j'ai rejoint un autre Crew, il ne raterait pas l'occasion de venir le voir de ses propres yeux.

Tout ça m'emmerde profondément. Cette partie de ma vie était derrière moi, je commençais à en construire une nouvelle, mais voilà qu'Issan refait surface et que mon père tente de recréer des liens pour former une famille aimante. Qu'on me foute la paix, la seule chose que je veux, c'est danser avec la nana qui me plaît !

Je ne lâche pas la main de Talia. Tant que je ne vais pas danser, elle reste avec moi. Si ça ne tenait qu'à moi, je n'irais même pas affronter les Savage. Cependant, Diego risquerait de me couper les couilles et je tiens à elles. On mettra une raclée à ce Crew, Issan prendra peur en nous voyant aussi forts et on ira fêter ça au bar d'Alvaro.

Putain, les joints me font dire n'importe quoi !

Talia m'entraîne vers la piste à l'annonce de la première battle. Elle est surexcitée depuis que nous sommes arrivés. Elle colle son dos à mon torse et mes mains se posent machinalement sur son ventre. Ses fesses contre ma queue la font lever dans la seconde. Je sais qu'elle le sent, mais ça ne semble pas la déranger puisqu'elle recule un peu plus pour mieux me sentir.

Cette nana n'a vraiment rien à voir avec la fille que j'ai rencontrée des mois plus tôt. Chaque jour, elle se libère de celle que sa foutue grand-mère a créée de A à Z. Je sais qu'elle finira par s'affranchir totalement de cette famille nocive.

– Tu es belle, lui chuchoté-je à l'oreille.

Elle tourne la tête et me sourit. Elle prend l'initiative de déposer un baiser sur mes lèvres malgré le monde qui nous entoure. Je lui rends son baiser et lutte pour ne pas l'entraîner avec moi dans un endroit plus intime pour la faire jouir à nouveau.

Je l'ai dans la peau, je n'y peux rien.

Diego, Manon, Wade et Tao nous rejoignent. Manon serre sa meilleure amie dans les bras et lui glisse quelques mots à l'oreille, qui la font pouffer. J'aime bien cette ambiance détendue dès que nous sommes tous ensemble. Je suis sûr que mon frère les aurait tous adorés, en particulier Talia.

Je descends de mon nuage lorsque je vois débarquer mon ancien Crew sur la piste. Si j'avais su qu'ils allaient se produire, je ne serais pas venu. Je n'ai aucune envie de les voir jouer les stars. Ils sont là uniquement pour frimer devant ceux qui « combattent » juste après. Je ne comprends pas qu'on autorise des Crews à se produire avant une battle. Cela leur permet de rester les favoris et en plus de mettre une pression de dingue à ceux qui s'affrontent en battle.

J'aurais dû écouter mon instinct et ne pas venir. Diego et les autres s'en seraient très bien sortis sans moi. Je suis certain qu'il fait le tour des battles dans la région pour se produire et prouver à tous qu'il est le meilleur. Il tient à anéantir les espoirs de tous. Je le sais. Je l'ai déjà vu faire il y a deux ans. D'autant que ce sont presque les seuls à faire ça. Les autres ne sont pas aussi prétentieux.

Ne voulant pas qu'Issan remarque ma proximité avec Talia et comprenne son importance pour moi, je me détache d'elle et m'éloigne d'un pas. Elle me regarde, les sourcils froncés. Je vois bien dans ses yeux que mon geste l'a blessée, mais elle ne dit rien et se reconcentre sur la piste.

Je me ferai pardonner plus tard.

Depuis que j'ai quitté les Dotraks, Issan a recruté et viré un tas de membres. Je suis certain qu'il s'est séparé de ceux qui lui faisaient de l'ombre, il est le seul qui doit briller.

La représentation commence et toujours aucune trace d'Issan. J'ai beau scruter toute la salle, je ne le vois nulle part. La tension qui anime mon corps ne me dit rien qui vaille. Je sens que je peux vriller à tout moment.

Dès les premières secondes, les Dotraks envoient du lourd. Ils sont excellents sur tous les fronts – technique, synchro, figures –, ils m'impressionnent et ça me fait chier de le reconnaître. D'un coup, Issan entre dans le game dans un backflip maîtrisé et entame un enchaînement que je connais par cœur puisque c'est moi qui l'ai créé. Il m'a volé mon entrée et mes pas.

Et je sais qu'il le fait uniquement pour me provoquer.

Comment a-t-il su que je faisais partie d'un nouveau Crew ? Est-ce qu'il l'a vu sur Internet ? Je sais que Manon publie des vidéos de nos performances sur un compte Instagram. Je suis convaincu que sa présence ici a aussi un rapport avec moi.

Wade me regarde en plissant le front. Il n'est pas stupide, il a deviné mes liens avec les Dotraks. Rina aussi l'a compris. J'en viens à avoir peur qu'ils me jettent du Crew à cause de mon passé avec Issan.

Suki entre en scène à son tour. La nouvelle recrue des Dotraks enflamme la piste en trois pas. Sa souplesse n'a aucune limite. Salto, grand écart, jambes en l'air, figure dans les airs, roue de gymnaste, mouvement de break, elle en impose malgré sa petite carrure. Elle a mis tout le monde d'accord.

Le visage de Diego se fissure. Il a peur. C'est la première fois depuis que je le connais que je le vois si défaitiste.

Il ne devrait pas s'inquiéter. Issan est stupide, il dévoile toutes ses cartes pour nous effrayer. En révélant ses talents, il nous donne l'opportunité de le contrer et d'être meilleurs. Leur prestation me motive pour les atomiser. Issan me sous-estime, je suis capable de me renouveler. S'il veut s'approprier mes anciens mouvements, je les lui donne, j'en ai d'autres pour le fumer.

C'est fou, il n'a pas changé depuis la dernière fois que je l'ai vu. Toujours cet air arrogant collé au visage. Les nanas raffolent de son physique métissé, marocain et français, le brun ténébreux à la peau dorée qui les fait toutes craquer. La seule chose qui diffère avec l'Issan de mon passé, c'est cette barbe taillée qui le vieillit.

À chaque mouvement qu'il fait, il me fixe pour me provoquer du genre « regarde comme je suis meilleur ».

Sa prétention et son arrogance ont toujours été ses plus grands défauts. S'il ne change pas, il se ramassera.

Diego me fait signe qu'il est temps que l'on se prépare. Conscient qu'Issan nous a à l'œil, je n'adresse pas un regard à Talia. Je ne veux pas qu'il remarque quoi que ce soit. Elle comprendra, j'en suis persuadé.

– Tu connais Issan, n'est-ce pas ? m'interroge Wade.

J'acquiesce. Wade n'a pas le temps d'ajouter quoi que ce soit puisque nous sommes annoncés par le chauffeur de salle. Je suis sûr que je n'échapperai pas à cette conversation après la battle. Je ne veux pas perdre le Crew à cause de mon passé avec Issan. Sa présence ne me déstabilisera pas sur la piste, bien au contraire.

Motivés comme jamais, on livre notre meilleure performance sans dévoiler toutes nos capacités. Nous avons répété pendant des heures pour être au point sans jouer toutes nos cartes. Dans deux mois, nous entrons dans la compétition pour la battle de l'année et on compte bien tout déchirer.

À chaque figure qu'on réussit, je vois Issan serrer les dents. Il ne s'attendait pas à ça. Il prenait notre Crew pour des bons à rien, mais ce qu'il voit l'ébranle. Nous sommes de sérieux concurrents pour lui. Le public nous acclame, son enthousiasme est encore plus fort que celui qu'il a eu pour les Dotraks, il nous adore. La battle est remportée haut la main.

Les Savage n'ont eu aucune chance. Et ce sera pareil pour tous nos futurs adversaires. Rien ni personne ne pourra nous arrêter.

– Vous avez été incroyables, nous félicite Manon. C'était tellement dingue que j'en ai mouillé ma culotte !

Je ricane. Cette fille est cinglée, mais je n'imagine pas Diego avec une autre nana. Ce dernier la prend par les hanches et l'embrasse à pleine bouche. J'aimerais pouvoir en faire de même avec Talia.

– À nous la battle de l'année, surtout avec notre arme secrète, lance Tao en faisant un clin d'œil à Talia.

Elle sourit. C'est fou la facilité qu'elle a eue à se faire accepter de tout le Crew, sauf d'Alice, mais la jolie blonde est juste rongée par la jalousie. Ils l'ont adoptée en peu de temps malgré leurs différences. Ils ont été moins cons que moi. Je n'ai fait que la juger lors de notre rencontre mais, chaque jour, je comprends un peu plus que j'ai eu tort.

Diego nous propose à tous de bouger dans le bar de son père pour fêter la victoire.

Nous sommes sur le point de quitter la salle lorsque je sens quelqu'un me pousser dans le dos. Bien avant de me retourner, je sais de qui il s'agit.

Issan.

Son geste a énervé Wade et Diego, qui sont prêts à dégainer leurs poings à tout moment.

Mon ancien meilleur ami est accompagné de deux nouveaux membres des Dotraks. Ce lâche ne viendrait pas m'affronter seul.

– Qu'est-ce que tu fous ici ? Ta place est en taule, crache-t-il.

– Va te faire foutre.

Il ricane, méprisant. Je sais que je ne devrais pas lui répondre et me barrer. Cependant, c'est plus fort que moi, Issan éveille en moi une rage démesurée. Jamais je n'oublierai qu'il a failli gâcher ma vie. La dernière fois que je l'ai vu, il avait son sang sur mes poings. Ma colère était si forte que je n'ai pas réussi à me contrôler.

Il va chercher à me provoquer et je ne suis pas certain de pouvoir me contenir.

– Je suppose qu'être le beau-fils d'un avocat pété de tunes aide à éviter la taule, lance-t-il.

– La ferme, grincé-je.

– Attends, vous vous connaissez ? interroge Diego.

Encore une fois, Issan rit. Il est heureux de me mettre dans la merde auprès de mon nouveau Crew. S'il me fait virer du groupe, il s'assure la victoire.

– C'est tout toi, Roméo, mentir à ton entourage et prétendre être quelqu'un d'autre, me nargue-t-il.

Mon sang bouillonne dans mes veines. Je sens cette satanée rage familière prendre possession de moi. J'ai beau lutter contre elle, elle se fixe à chaque cellule de mon corps.

– J'étais un Dotraks avant qu'Issan ne me fasse un sale coup, révélé-je.

Diego ne répond pas. Il encaisse la nouvelle, tout comme les autres membres du Crew. Putain, je ne veux pas les perdre à cause de cet enfoiré !

Il est hors de question qu'il réussisse de nouveau à me priver de la danse.

– Un sale coup, vraiment ? continue-t-il. Je n'ai fait que raconter la vérité ! Je ne pensais pas que tu t'en sortirais aussi vite, mais bon, ta mère a écarté les cuisses et toi tu évites la préventive, classe ! Tu n'as pas honte de prostituer ta propre mère ?

Mon poing part sans que je puisse le contrôler. Il peut balancer ce qu'il veut sur moi, tenter de monter le Crew contre moi, mais je refuse qu'il s'en prenne à ma mère. Je frappe, encore et encore, et fais sortir toute la colère que j'ai en moi. Je ne sens pas les coups qu'il me donne. Rien. Je suis anesthésié.

Je laisse parler ma haine pour lui à chaque coup que je lui administre. Ses potes tentent de lui venir en aide, mais Wade s'interpose. En moins d'une seconde, tout dérape. Les coups fusent entre tous, je ne m'arrête plus. Plus rien ne compte autour de moi. La seule chose que je veux, c'est détruire la sale tronche de cet enfoiré afin de me sentir mieux.

Issan paie pour toutes ces merdes qui me prennent la tête. Mon père et son nouvel enfant, ma mère et son foutu mariage avec Jonas, le suicide de mon frère et cette sensation presque constante d'être seul et incompris, voilà ce qui me bouffe chaque jour.

Si on m'enlève le Crew et Talia, qu'est-ce qui me reste ? Je ne peux l'accepter.

Au bout d'une minute, peut-être moins, j'ai perdu la notion du temps, on vient nous séparer. Les organisateurs de la compétition nous rappellent à l'ordre. Si ce genre de dérapage se reproduit, on peut dire adieu à la finale de la battle de l'année. La sécurité a viré tout le monde de la soirée, la violence est interdite. J'ai failli tout foutre en l'air.

Diego ne m'adresse pas un mot et se barre avec la moitié du Crew. Je me sens con. J'aurais dû leur en parler, mais je ne voulais pas que tout parte en vrille comme maintenant.

– Est-ce que ça va ? s'enquiert Talia dès que je la retrouve dehors.

Elle examine mon visage et mes poings, affolée. Je regrette qu'elle ait vu cette partie de moi. C'est un fait de me voir le visage bousillé, mais assister à une bagarre a pu la choquer. Son inquiétude me touche. Il y a bien longtemps que l'on ne s'est pas soucié de moi.

Je me tiens les côtes difficilement, elles me font un mal de chien. Dès que je rentre, je me bourre de médicaments.

– Je vais bien maintenant, lui réponds-je en plantant mon regard dans le sien.

Elle me sourit bien que je lise toujours de l'inquiétude dans ses yeux. Elle ne se rend pas encore compte qu'elle est ce qui m'empêche de sombrer.

– Alors, tu as fait partie des Dotraks ? demande Tao, déçu.

Je ne les ai même pas vus débarquer. J'étais si concentré sur Talia que le reste ne compte plus. Tao, Wade et Rina sont les seuls qui sont restés pour me parler.

– Oui...

– Putain, j'arrive pas à le croire, s'énerve-t-il.

Talia me prend la main et me témoigne son soutien. Avec elle, je me sens plus fort.

– Longtemps ? quémande Wade.

– Pendant deux ans, environ. Issan était mon meilleur ami avant qu'il ne me fasse accuser d'une chose que je n'ai pas faite pour prendre la place de leader et me virer du Crew, expliqué-je, mal à l'aise. Je sais que j'aurais dû vous le dire, mais je ne pensais pas qu'on allait croiser son chemin.

– Ça fait plusieurs semaines qu'on sait que les Dotraks participent à la battle de l'année, tu aurais dû nous en parler à ce moment-là, me reproche Tao.

Je baisse la tête, coupable. Ce n'est pas mon genre de ne pas me défendre ou d'être aussi défaitiste, mais je n'ai pas envie d'aggraver mon cas.

– Oh, ça va, il n'y a pas mort d'homme, relativise Rina. Avant de faire partie des Melting, on a tous fait partie d'un autre Crew, alors on ne va pas lui en vouloir pour ça. On connaît Rome depuis des mois, on sait qui il est, et on sait aussi qu'Issan est un enfoiré prêt à tout pour écraser les autres ! Je m'en carre les ovaires qu'ils aient un passé commun, le principal, c'est de leur foutre une raclée !

Je soupire, soulagé. Avoir le soutien de Rina me fait du bien. Je sais qu'elle ne me lâchera pas. Elle l'avait deviné avant tout le monde et elle n'a rien dit aux autres. Cette nana est une tombe, je lui ferais une confiance aveugle.

– Surtout que c'est un avantage pour nous, fait remarquer Wade.

– Ah oui, et pourquoi ? interroge Tao.

– Mec, réfléchis cinq minutes ! Rome connaît toutes les techniques et les figures des Dotraks, et d'après ce que j'ai vu, Issan reprend celles que Rome a créées. Il n'a aucune imagination et c'est un sacré point positif pour nous !

Il n'a pas tort. Je n'aurais aucun scrupule à balancer tout ce que je sais sur les chorés des Dotraks. Issan a eu tort de venir me provoquer devant le Crew.

– Je suppose que les Dotraks ont changé depuis que tu es parti, dit Wade, soupçonneux.

J'acquiesce.

– Beaucoup de membres ont dû quitter le Crew sous le leadership d'Issan, confirmé-je.

– Tu as des contacts avec certains d'entre eux ? Recruter d'autres danseurs nous serait bénéfique.

– Et ça déstabiliserait Issan, dis-je.

C'est une bonne idée. Issan a eu tort de s'en prendre à moi et il le regrettera. Cependant, contrairement à lui, je n'utiliserai pas des moyens illégaux ou mensongers contre lui. Je me battrai dans les règles et lui mettrai la raclée de sa vie sur la piste de danse.

Talia et moi finissons par rentrer une heure plus tard.

La maison est déserte, le calme qui y règne ferait presque froid dans le dos. Ma mère est sortie avec Jonas pour une soirée mondaine à la con. La vieille Bellerive les a accompagnés pour contrôler l'imminente carrière politique de son rejeton et Marnie et Hector sont déjà rentrés chez eux.

Je pars sous la douche après m'être shooté de médicaments. L'eau chaude me fait un bien fou. Mes muscles endoloris apprécient le traitement que je leur donne après avoir été malmenés.

Mes côtes ne me font plus mal ou du moins les cachets commencent à faire effet. Après la douche, je me sèche, m'habille et rejoins Talia dans sa chambre. Ce soir, je n'ai pas envie de dormir seul. J'ai besoin d'être avec elle.

Une fois entré, je referme la porte sans un bruit. Allongée sur son lit, Talia feuillette un magazine. Je remarque son visage dépourvu de toutes traces de maquillage. Elle est tellement belle.

Comme si elle sentait ma présence, elle lève les yeux vers moi et me sourit.

– Tu as fini de m'espionner comme un vieux pervers ? me taquine-t-elle.

– Je suis sûr que tu adores être matée.

– Ça dépend par qui, me provoque-t-elle.

La petite peste !

Je la rejoins sur le lit, lui prends le magazine des mains et le jette par terre. Je la bascule sur le dos et monte sur elle. Ses yeux de feu prennent une teinte plus sombre et je sens la température de son corps grimper en flèche.

– Qui est-ce que je dois frapper parce qu'il mate ma nana ?

Elle esquisse un sourire. C'est la première fois que je la désigne comme ma nana et je crois que j'aime énormément ça. Je me sens bien avec elle. Tout est plus facile à ses côtés. La culpabilité vis-à-vis de ma mère devrait me ronger, mais je n'en ressens aucune.

– Plein de personnes, pas seulement des hommes ! Rien que ce soir, j'ai dû repousser un tas d'avances, c'était fatigant, dit-elle, l'air amusée.

– Ah oui ? Dans ce cas, je ne vais plus te lâcher pour qu'ils comprennent tous que tu es à moi, susurré-je contre sa bouche tentatrice.

Je pose mes lèvres sur les siennes dans un baiser possessif. En temps normal, je ne suis pas aussi jaloux et exclusif, mais avec elle, ça devient incontrôlable. Je ne veux pas la perdre. À chaque fois que je la regarde, je ressens cette peur irrationnelle qu'elle peut s'évaporer à tout instant.

Talia prend le dessus dans notre corps à corps et me renverse sur le dos afin de monter sur moi. Ses fesses contre ma queue gonflée me font perdre les pédales. Son côté sauvage me plaît de plus en plus. J'aime qu'elle prenne les devants avec moi et qu'elle fasse preuve d'un peu plus d'assurance.

Ses mains se posent sur mon torse, à la lisière de mon tee-shirt. Elle le relève à peine et grimace. Je baisse mon regard et comprends ce qui provoque une telle réaction. Les hématomes de mon altercation avec Issan. Du bout des doigts, elle survole mes bleus, le front plissé.

– Est-ce que tu as mal ? s'enquiert-elle.

– Non, la rassuré-je.

– Je n'ai pas aimé qu'il te touche, et te voir... souffrir...

Je caresse sa joue de ma main et l'attire contre ma bouche. Mon autre main presse ses fesses et je l'entends gémir. Au bout de quelques secondes, elle se détache de moi, toujours cet air inquiet sur le visage.

– Je vais bien, Talia...

– Ce qu'il a dit sur ta mère t'a touché et... cette souffrance sur ton visage. Tu t'es défoulé sur lui comme si tu voulais te soulager de tout ce qui te pèse ici, me dit-elle en pointant mon cœur de son index. Je soupire. Je n'ai aucune envie d'avoir cette conversation. Elle lit en moi bien plus facilement que je l'aurais cru et je crois que ça me fait peur.

– Tu ne peux pas garder tout ça pour toi, cette colère finira par te détruire, insiste-t-elle.

– Je te le répète, Talia. Je vais bien... Maintenant, si tu es d'accord, j'aimerais faire jouir ma nana !

Je bascule à nouveau sur le dos et m'applique à lui faire oublier tout ce qu'elle a vu en moi ce soir avec ma bouche. Ce soir, je n'ai pas envie de me pencher sur mes putains de problèmes. Je veux juste oublier avec elle.

30

Roméo

Ils sont géniaux !

En appelant deux de mes anciens potes, Théo et Gaia, je ne m'attendais pas à ce qu'ils soient devenus aussi doués. Leur duo fonctionne à merveille, certainement parce qu'ils sont jumeaux, ils se comprennent sans un mot et leur facilité à improviser impressionne. En moins de trois minutes, ils ont été validés par tout le Crew.

Je ne regrette pas de les avoir contactés. Ils attendaient depuis des mois de retrouver un groupe avec de vraies valeurs. J'ai merdé en ne prenant aucune nouvelle d'eux ces derniers mois, c'est vrai. Je voulais couper les ponts avec tout le monde, surtout avec les Dotraks.

J'aurais dû me rendre compte qu'ils n'étaient pas tous aussi pourris qu'Issan. J'ai été con, mais je suis heureux qu'ils ne m'en tiennent pas rigueur et qu'ils aient accepté de nous rejoindre. La nouvelle a rendu Diego tellement euphorique qu'il a décidé de privatiser le bar de son père pour qu'on fête dignement leur intégration.

L'arrivée de Gaia dans le Crew plaît beaucoup aux mecs. Ils ne lâchent pas la belle Italienne et veulent tous danser avec elle. Son frère les regarde de près, attentif à la moindre main baladeuse.

Théo est du genre ultra protecteur avec sa sœur et il ne laisse aucun mec l'approcher vraiment. Je me souviens de toutes ces soirées qui se sont terminées en rixe parce qu'un mec a tenté d'embrasser sa sœur ou lui a manqué de respect.

Je suppose que je serais exactement pareil si j'avais eu une petite sœur.

– Mec, avec ces deux-là et Talia, on est sûrs de mettre une putain de raclée aux Dotraks, affirme Diego, surexcité.

Je suis heureux que tous les membres du Crew aient fini par me pardonner. Je ne crois pas que j'aurais pu supporter de ne plus danser avec eux.

– Issan ne s'attend pas du tout à ça, il va tomber de haut ! confirmé-je, impatient.

– Putain, j'ai hâte de les affronter ! La battle de l'année est pour nous, on partira pour New York et on se mesurera aux plus grands, puis à nous la vie de star, s'emballe-t-il.

Je souris. Ce futur m'enthousiasme bien plus qu'ils ne le pensent. Vivre de la danse avec le Crew est ce que je souhaite le plus au monde, mais pas sans ma danseuse. Je ne sais pas si Talia nous suivrait jusqu'à New York. Elle aime faire partie du groupe, mais je me demande si c'est suffisant pour elle. Elle ne sait encore rien de notre projet de départ pour la Grande Pomme, ou du moins pas grand-chose.

Je ne me vois pas vivre sans elle ne serait-ce qu'une journée.

Diego continue de rêver les yeux ouverts. Il est convaincu de notre futur succès. Il nous voit déjà nous produire sur les plus grandes scènes du monde et devenir les têtes d'affiche des shows à Las Vegas. Après notre potentielle victoire à la battle française, on serait envoyés à New York pour représenter la France et même si nous ne gagnons pas la battle internationale, nous pourrions nous produire lors de plusieurs événements, c'est ce qui est promis aux quatre derniers finalistes.

Cette vie me fait rêver et il y a bien longtemps que je ne me suis pas autorisé à rêver d'une vie meilleure.

Je ne peux m'empêcher de penser à ce dont Issan est capable pour nous barrer le chemin de la victoire. Je suis certain qu'il va essayer de nous faire la misère. Il attend depuis des années d'en arriver là, être si près du succès risque de le faire dérailler.

Recruter Gaia et Théo est un coup bas de ma part, mais ce n'est rien comparé à ce que lui risque de nous infliger.

– Tu crois que Manon nous suivrait ? me demande-t-il sur un ton plus sérieux.

Les yeux rivés sur sa copine, il ne peut cacher son inquiétude. Je ne pensais pas qu'il était autant attaché à elle, juste qu'ils profitaient ensemble sans se prendre la tête. La manière dont il la regarde me fait sourire. Diego ne s'en rend pas compte, mais ils sont complémentaires et bien assortis.

Manon danse avec Rina et Gaia et tente de reproduire leur mouvement. Malheureusement, ses talents de danseuse ne sont pas aussi illimités que ceux des deux autres. Néanmoins, elle s'en contrefout. Manon se fiche du ridicule.

– Pose-lui la question, y a que comme ça que tu sauras, lui fais-je remarquer.

– Elle va me rire à la gueule si je lui demande ! Manon n'aime pas les trucs fleur bleue à la con. Si je suis le premier à avouer mes sentiments, elle me prendra pour un toutou !

– N'exagère pas, elle n'est pas aussi castratrice et elle tient à toi !

Tous ces doutes ne ressemblent pas à Diego. Cette nana lui a retourné le cerveau. Diego fixe Manon une bonne minute, finit son verre cul sec et fonce droit sur elle. Il la saisit par les hanches et l'embrasse à pleine bouche en plein milieu de la piste de danse.

Le Crew les charrie et Diego leur adresse son plus beau doigt d'honneur avant de replonger sur la bouche de Manon.

J'adore cette ambiance légère entre nous. J'ai l'impression que rien ne peut briser notre entente. Depuis la mort de mon frère, je n'ai pas retrouvé une telle sérénité, mais avec le Crew, je commence à entrevoir un avenir sans embûches, ou du moins rien qui ne me paraît insurmontable.

Jamais je n'aurais cru que ma rencontre avec Diego allait autant bouleverser ma vie. J'étais loin de me douter qu'il deviendrait un meilleur ami, voire un frère, comme chaque membre de ce groupe.

J'aurais aimé que Talia soit ici avec nous ce soir. Mais sa garce de grand-mère fête son anniversaire dans un château de luxe de la ville et elle a exigé la présence de sa petite-fille. Une famille apparemment aimante peut afficher une image parfaite, même si elle empeste la pourriture.

Évidemment, elle a refusé que je fasse partie des invités. Mon style ne correspond pas au monde snob de la vieille bourge ; ses convives risqueraient la crise cardiaque.

Ma mère n'a pas insisté auprès de son fiancé. Elle a accepté sans broncher comme si je ne comptais pas pour elle. Ces derniers temps, avec l'annonce de la nouvelle paternité de mon père, nous nous étions un peu rapprochés elle et moi. Cependant, je ne fais toujours pas le poids face à son avocat de malheur. Elle préfère toujours l'argent à moi.

Je prends mon portable pour écrire à Talia lorsque je remarque qu'elle m'a devancé. J'ouvre son message et souris en découvrant un selfie d'elle en train de faire une grimace de dégoût face au luxe de la décoration du château et aux invités habillés de leurs plus belles tenues.

Elle est belle, bien plus qu'elle ne le croit. Je n'arrive toujours pas à comprendre comment elle a pu autant douter d'elle et se maltraiter de la sorte. Ça m'inquiète. J'ai lu un tas d'articles et de témoignages de personnes tombées dans cet engrenage. Beaucoup chutent à nouveau et ne s'en sortent pas. Talia n'aurait jamais dû reprendre le classique sans être encadrée et suivie par un professionnel. Son père a été inconscient et sa grand-mère n'a pensé qu'à elle.

Je les déteste. Et je suis bien décidé à faire en sorte de soustraire définitivement Talia à l'influence de ces deux monstres.

Je tape une réponse à Talia.

[Que du beau monde !
Quand est-ce que tu pourras
t'échapper de ta prison dorée
et me rejoindre ?]

[Ne me dis pas que je
te manque déjà ?]

Je souris. J'adore quand elle me taquine.

[Ta bouche me manque.
Ta peau me manque.
Ton petit cul et tes seins aussi,
surtout ton petit cul et tes seins…]

[Ah oui ? Et qu'est-ce que
tu leur ferais si j'étais là ?]

Je sens ma queue tressauter dans mon pantalon, elle se réveille et réclame celle qui la fait tant gonfler.

[Je laisserais la marque de ma bouche
partout sur ton corps et
me délecterais de ton goût
pendant des heures et des heures…]

[Promesses…]

Je souris. Elle ne perd rien pour attendre. Dès qu'elle rentre de ce maudit anniversaire, je lui montre que ce ne sont pas des promesses en l'air. J'ai envie d'elle à en crever. Chaque fois que je suis avec elle, c'est une torture de ne pas pouvoir aller jusqu'au bout. Je n'ai jamais eu autant envie d'une femme, ça me grille les neurones !

[Tu verras si ce sont
des promesses ;)]

Elle me répond par un selfie d'elle en train de se mordiller les lèvres, signe qu'elle est excitée. Elle va réellement finir par m'achever. J'en suis à m'empêcher de débarquer à cette soirée pour l'enlever. Je déraille complet avec elle.

Pendant l'heure qui suit, on s'affronte tous dans des battles amicales. Je leur mets une raclée, sans prétention, bien sûr. Rina et Wade me donnent un peu de fil à retordre, mais je l'emporte grâce à un mouvement dans les airs tout droit sorti de mon imagination.

Ces derniers temps, je suis très inspiré. Wade en est ravi, car il peut créer des chorégraphies monstrueuses qui vont épater les juges de la battle de l'année. Plus le concours approche, plus je suis persuadé que nous allons gagner, nous *devons* gagner pour avoir une chance de tout recommencer loin de cette ville qui nous a pas mal amochés.

La vie n'a pas épargné grand nombre d'entre nous. Rina a connu son lot de drames, et ce, depuis l'enfance. Aujourd'hui, elle s'épanouit avec le Crew et, même si elle ne laisse pas les hommes l'approcher de trop près, elle a confiance en nous. Je pense que Wade aimerait la connaître plus intimement, mais je doute que ça arrive un jour. Rina a une petite préférence pour les femmes.

– Merci de nous avoir appelés, me dit Gaia en me rejoignant au comptoir.

La jolie brune me sourit, puis demande un verre au barman. Au loin, je vois Théo froncer les sourcils. Je sens bien qu'il m'en veut encore un peu et je le comprends.

– J'aurais dû le faire bien avant, dis-je.

– Je comprends que tu ne l'aies pas fait… On n'a pas été corrects avec toi et on s'est laissé manipuler par Issan. Je n'ai jamais vraiment cru à cette histoire de tentative de viol. Clara a toujours été une sacrée menteuse, mais tu sais comment est Théo.

– Il n'a pas voulu prendre de risque, repris-je.

Théo ne croit que ce qu'il voit et il faisait confiance à Issan.

– Je t'avoue que Théo ne voulait pas que l'on vienne… Il t'en veut de ne pas avoir donné de nouvelles avant. Mais j'ai dit à cette tête de mule que lui aussi avait ses torts et qu'on avait plus que tout envie de danser !

J'esquisse un sourire. Gaia a toujours eu l'ascendant sur son frère, il l'aime tellement qu'il lui cède tout.

– J'ai merdé ces derniers mois, je n'aurais pas dû vous tourner le dos, avoué-je.

– Oh, ça va, arrêtons de nous flageller, tout ceci est du passé ! Le principal pour nous, c'est de mettre une raclée aux Dotraks !

J'esquisse un sourire.

– C'était comment après mon départ ? ne puis-je m'empêcher de demander.

– Mortel, soupire-t-elle. Issan s'est transformé en petit dictateur de la danse. On s'entraînait pendant des heures sans pause à tel point que plusieurs de nous se sont froissés des muscles ou pire encore. Il a viré un tas de personnes parce qu'elles n'étaient pas d'accord avec lui. Théo et moi, on a tenu six semaines avant de lui dire d'aller se faire foutre ! On a bien tenté de former un autre Crew avec ceux qui ont été virés par Issan, mais ça n'a rien donné.

– Vous n'avez plus à chercher une place, maintenant…

– Et on ne compte pas partir, dit-elle, en riant. Ce Crew est génial et j'ai hâte de rencontrer ta copine, tout le monde dit qu'elle est incroyable !

J'adore lorsque j'entends quelqu'un désigner Talia comme étant ma copine. Je ressens toujours une vague de fierté, c'est complètement con, non ?

Gaia continue de me raconter ce qui s'est passé dans leur vie ces derniers mois. Théo et elle ont chacun trouvé un job à Marseille où ils ne s'épanouissaient pas. Ils n'aimaient pas leur vie. Après mon appel, Gaia a quitté son job de serveuse et a convaincu Théo de partir pour Nice. Ils ont tout lâché, leur boulot, leur appartement, leur routine.

Bon, j'exagère un peu. Ils ont appelé leur tante à Nice pour savoir s'ils pouvaient venir s'installer chez elle le temps de se retourner. En deux jours, Gaia a été engagée en tant que vendeuse pour une marque de vêtements et Theo joue les livreurs Uber Eats trois jours par semaine.

C'est ce que fait la danse. Quand elle nous appelle, il est impossible de lui résister.

La soirée continue dans la bonne humeur. Je n'ai pas besoin d'enchaîner les verres ou les joints pour me sentir bien. Je suis certain que mon frère aurait été heureux avec le Crew. Je l'imagine parfaitement évoluer dans cet univers bien qu'il n'ait aucun don pour la danse. Il aurait adoré Béni et je suis sûr qu'il aurait craqué pour Wade.

Si seulement il avait pu vivre la vie qu'il méritait.

Mon portable vibre dans ma main. Je m'attends à recevoir un SMS de Talia, mais c'est le nom de Tao qui s'affiche. Il est le seul à ne pas être présent ce soir puisqu'il travaille dans une réception en tant que serveur.

[Je suis désolé, mec.]

Je fronce les sourcils.

Une photo suit le message. Mon sang fait un tour lorsque je vois Talia en compagnie de cet enfoiré de Louis Marois. Il la tient par les hanches, possessif, et l'embrasse sur la joue si près de la bouche qu'il n'y a aucun doute sur ses intentions avec elle.

Je reçois une autre photo, qui ne laisse plus aucune ambiguïté sur la nature de leur relation. Ils s'embrassent. Mon cœur se brise. La colère prend possession de tout mon être. J'ai envie de tout péter.

Putain, elle s'est bien foutue de ma gueule !

31

Talia

Ma grand-mère a sorti le grand jeu. Pour son soixante-dixième anniversaire, elle a loué une partie du château de l'Anglais et l'a aménagé de fleurs rares prétentieuses et d'objets luxueux pour montrer à tous sa richesse.

Sérieusement, qui a besoin d'une fontaine de champagne dans des verres en cristal, si ce n'est pas pour se pavaner ?

Léonore s'est entourée des meilleurs traiteurs et décorateurs de la ville. Elle a voulu marquer le coup et en mettre plein la vue à ses invités. Évidemment, parmi eux se trouve tout le gratin de Nice, dont des personnalités politiques. Ma grand-mère ne raterait pas une occasion pour faire mousser mon père.

Depuis une bonne heure, il parade à travers la salle de réception, tout sourire, à faire de la lèche aux ministres et aux députés présents. Sofia le suit comme un bon petit toutou obéissant. La belle Italienne a perdu de sa splendeur. Elle est si éteinte et si triste que je commence à avoir de la peine pour elle. Il vaudrait mieux qu'elle quitte mon père avant de sombrer dans la dépression.

J'envoie un selfie à Roméo, triste qu'il ne soit pas présent. Ma très chère grand-mère a refusé qu'il fasse partie des invités pour ne pas choquer les vieux snobs pleins aux as que sont ses amis. Je regrette qu'il ne puisse pas être avec moi pour admirer la vue incroyable qu'offre la terrasse du lieu.

J'ai toujours adoré cet endroit, surtout pour cette vue exceptionnelle de la Baie des Anges et le port de la ville. Le calme qui règne me fait toujours un bien fou. C'est comme si chacun de mes problèmes s'envolait le temps d'un instant.

Mon échange avec Roméo par SMS m'a fait du bien, mais m'a surtout donné envie de fuir cette soirée pour le rejoindre sous la couette. Ce soir, j'aimerais que nous allions jusqu'au bout. Je suis sûre de moi. C'est avec lui que je veux perdre ma virginité.

Pendant des semaines, j'ai repoussé ce que je ressentais pour lui en pensant que ce n'était que de l'attirance physique, mais aujourd'hui, je sais que je suis tombée amoureuse de lui. Peu importe si cette relation est interdite aux yeux de nos parents ou jugée par les autres, c'est avec lui que je veux être parce qu'il me rend heureuse.

Si j'avais pu éviter cette soirée pour rejoindre le Crew, je l'aurais fait sans hésiter. J'ai hâte de voir les anciens amis de Roméo danser. Selon lui, ils sont géniaux. Le hip-hop et le break ont pris une grande place dans ma vie. Je ne compte plus le nombre de films, séries et documentaires que j'ai regardés sur le sujet. Je suis obsédée par les mouvements de ce genre et même épatée.

– Il me semble t'avoir dit de ne pas prendre cette robe, me reproche Léonore.

Je soupire. Même pendant son anniversaire, il faut qu'elle crache son venin sur moi.

– Je ne t'aurais pas conseillé cette tenue et pourtant tu l'as mise, rétorqué-je.

Ses lèvres se pincent. Je vois sa main se contracter. Si elle n'était pas entourée par tant « d'importantes » personnalités publiques, elle n'aurait pas hésité à me gifler.

– Cesse immédiatement ce petit ton insolent, je ne tolérerai pas que tu gâches cette soirée !

– Loin de moi l'idée de gâcher tes 70 ans !

Elle grimace à l'évocation de son âge. Ma grand-mère déteste qu'on le lui rappelle, sa peur de vieillir n'a aucune limite.

Je profite de l'arrivée des Marois pour m'échapper avant qu'elle ne puisse répondre et tenter de détruire ma confiance en moi, comme elle le fait si bien. Mais ce soir, elle aura beau critiquer ma robe, mon poids ou ma poitrine, elle ne parviendra pas à m'atteindre. Je me sens bien dans ma peau.

Dès que j'arrive à la hauteur des Marois, Louis dépose un baiser sur ma joue pour me saluer. Son geste contente ses parents, qui sourient, émerveillés. Je suis persuadée que sa mère planifie déjà notre mariage et qu'elle se voit grand-mère.

J'espère qu'un jour Louis réussira à trouver le courage d'avouer à ses parents qu'il aime les hommes. Tout comme mon frère. Il n'y a rien de sain à vivre dans le mensonge. Je leur souhaite de pouvoir vivre libres et heureux. Et j'aimerais que ce mensonge se termine vite, ça me met mal à l'aise de cacher la vérité à Roméo. Il me confie ses secrets et je ne lui dis rien de mes combines. Je me sens coupable.

– Talia, tu es divine dans cette robe, me complimente Athénaïs.

– Merci, dis-je en souriant.

Je remarque les yeux noirs d'Adèle sur moi. Ces dernières semaines, je reconnais que je l'ai évitée. Je n'ai plus envie de faire semblant d'être son amie, alors qu'elle passe son temps à me dénigrer. Je sais qu'elle s'amuse à me critiquer avec Raphael, Daphné et les autres. Adèle n'a jamais été une vraie amie pour moi, on ne se parle que parce que nos parents se fréquentent.

Mais, aujourd'hui, c'est terminé.

Mon père, Sofia et Jules arrivent à leur tour. Mon frère ne peut s'empêcher de fixer la main de Louis sur ma hanche. Je ressens toute sa jalousie et ça me fait mal pour lui. Je sais combien il est difficile de ne pas pouvoir être avec la personne qu'on aime en public. Cependant, sa situation est bien plus dure. Je n'ose pas imaginer la souffrance qu'il doit éprouver en regardant Louis jouer les amoureux transis avec moi.

Les Marois et mon père entament une conversation des plus ennuyantes. Je vois bien que Sofia tente, elle aussi, de participer, mais personne ne fait attention à elle. Elle est présente uniquement pour faire beau sur les photos, une jolie plante verte qui n'aura jamais son mot à dire. Toutes les anciennes compagnes de mon père ont eu ce rôle.

La seule qu'il considérait comme son égale était ma mère. Selon Marnie, il l'aimait comme un fou et, à cause de moi, il l'a perdue. Aucune femme après elle n'a su prendre le cœur de mon père. Elles n'ont jamais été à la hauteur.

Pendant une heure, je joue à la petite fille parfaite pour « séduire » le gratin de Nice et réussir à faire passer mon père pour un homme respectable et indispensable pour la ville. Tant que mon père est satisfait, il me laisse tranquille. Il ne le mérite pas, mais au moins, je suis libre de faire ce que je veux et bientôt je serai totalement affranchie de cette famille.

Je finis par m'échapper sans que mon père s'en aperçoive. Je me dirige vers le buffet lorsque je vois Sofia observer une scène qui me pince le cœur. Mon père rit et flirte avec une nana bien plus jeune que lui. Si je ne me trompe pas, il s'agit de la fille d'un potentiel allié et ennemi du maire actuel. Mon père est prêt à tout pour déstabiliser son adversaire.

Avant, je ne voyais pas mon père comme quelqu'un de manipulateur, mais plus les années passent, plus il ressemble à Léonore. S'il drague cette gamine, c'est uniquement pour sa foutue carrière politique. Il reste sympathique et agréable avec elle, mais ne dépasse jamais la limite.

Pauvre Sofia, elle ne mérite pas ça ! Bien que je ne cautionne pas son comportement avec son fils, Sofia n'est pas aussi froide qu'elle n'y paraît. Enfin, j'ose le croire.

Je prends deux coupes de champagne et m'avance vers Sofia. Elle me sourit timidement lorsque je lui tends le verre.

– Merci, Talia.

Elle avale une longue gorgée de champagne sans lâcher mon père et sa pimbêche du regard.

– Ton père a beaucoup de connaissances…

– Il parle avec elle uniquement pour sa carrière, dis-je pour la rassurer.

– Je ne suis pas inquiète, affirme-t-elle. Je sais qu'il m'aime.

Je force un sourire. Elle essaie de se convaincre qu'elle a raison, mais ça se voit sur son visage qu'elle n'y croit pas une seconde. Il n'a aucun geste affectueux à son attention, l'embrasse seulement quand il sait qu'ils sont observés et ne parle quasiment pas d'elle. Ce n'est pas ce que j'appelle de l'amour.

– Peut-être, mais il aime encore plus sa carrière, affirmé-je. Je suis désolée de te dire ça, Sofia, mais tu passeras toujours après et je ne crois pas que tu seras heureuse une fois que vous serez mariés.

Son visage se ferme à cause de la peine que provoquent mes paroles. Je m'en veux de lui faire du mal, mais il vaut mieux pour elle qu'elle sache ce qui l'attend le plus tôt possible.

– Tu te trompes, Talia. Si tu crois que tu vas réussir à me faire peur, tu n'y arriveras pas ! Ton père m'a dit que tu n'avais jamais accepté ses compagnes et que tu avais fait en sorte qu'elles le quittent parce qu'aucune ne pourrait remplacer ta mère. Je ne compte pas partir. Je serai ta belle-mère, que tu le veuilles ou non, lance-t-elle, sûre d'elle.

Son assurance soudaine me surprend. Cependant, ce n'est pas ce qui me choque le plus. Je n'en reviens pas que mon père ait pu raconter de telles inepties sur moi. Jamais je ne me suis mêlée de ses relations. Petite, j'ai espéré qu'il se marie avec une femme gentille qui deviendrait une sorte de mère pour moi. Néanmoins, j'ai vite compris que ce n'était qu'un doux rêve.

Sofia me laisse et déboule vers mon père pour se blottir contre lui. Il sourit et l'accueille en déposant un baiser sur sa tempe. Je pourrais être attendrie par cette scène, mais je sens au plus profond de moi que ce n'est que du cinéma.

– Ta belle-mère marque son territoire, observe Louis.

– Ça ne suffira pas !

– Peut-être que si, plaide-t-il. Ta grand-mère a réussi à la faire à son image.

– Je ne pense pas que ça durera longtemps. Un jour, Sofia ouvrira les yeux sur ma famille et elle partira, comme toutes les autres !

– Et si elle restait ?

– Eh bien, elle ne sera pas heureuse.

Louis fronce les sourcils.

– Tu ne veux pas qu'elle devienne ta belle-mère parce que tu es amoureuse de son fils, c'est ça ? Votre relation deviendrait interdite.

Je ricane. Louis me connaît mal s'il croit que l'union de Sofia et mon père m'empêchera d'être avec Roméo. Il y a bien longtemps que je ne me soucie plus de ça. Leur mariage ne durera pas, alors pourquoi je ne pourrais pas être heureuse ?

– Non, ça m'est égal, avoué-je.

– Je t'envie d'être aussi courageuse dans tes choix.

Il jette un œil vers mon frère et ne peut cacher sa frustration de ne pouvoir être vraiment avec lui. Ils en souffrent tous les deux et je ne trouve pas que ce soit juste. S'ils s'aiment, pourquoi devraient-ils se cacher ?

– Personne n'a le droit de t'empêcher d'être avec la personne que tu aimes, Louis.

Il regarde ses parents et baisse la tête quand il se rend compte qu'ils nous fixent. Sans que je m'y attende, il me saisit par les hanches et m'embrasse à pleine bouche. Je n'aime pas son baiser. J'ai beau en avoir rêvé pendant des années, je ne ressens rien. Son baiser ne me provoque rien. Il n'a rien de comparable avec ceux de Roméo.

Je finis par rompre le contact de nos lèvres, ne supportant plus d'avoir sa langue dans ma bouche.

– Désolé, ils nous regardaient et…

– C'est rien… Je… Il faut que je prenne l'air…

Fatiguée par cette comédie, je me réfugie sur la terrasse. Je sais que j'ai accepté de lui servir de couverture auprès de nos familles, mais je me sens coupable envers Roméo. Ce n'est pas correct. Il faut que je lui en parle. Je ne veux pas le perdre à cause d'un mensonge. Je voulais seulement rendre service.

J'admire la vue de la ville qui s'étend devant moi tout en essayant de trouver une solution pour me sortir de cette mascarade.

– Grand-mère te cherche partout, annonce Jules, qui vient s'appuyer sur la balustrade de la terrasse.

Je soupire tout en tournant la tête vers mon frère. Ce soir, il a mis un magnifique costume trois-pièces bleu roi. Jules a toujours très bien porté le costume ; il a une classe naturelle. Je l'ai toujours trouvé très beau, mais ces derniers temps, il a cette pointe de tristesse sur le visage qui ternit la beauté de ses traits. Je ne peux m'empêcher de ressentir de la peine pour lui.

– Je n'ai plus du tout envie de jouer à la fille parfaite.

– Je sais… Tous ces rôles doivent être… épuisants.

Pour la première fois depuis longtemps, je ne décèle aucun sarcasme dans les paroles de mon frère, ni dans son regard. Je le sens triste, inquiet et reconnaissant. C'est étrange, je ne suis pas à l'aise avec lui. J'attends qu'il m'envoie une critique à la figure sur mon poids, ma tenue ou mon maquillage plus prononcé que d'ordinaire.

– Je sais ce que tu fais pour… pour Louis… C'est… gentil de lui servir de couverture parce qu'il est… gay, confie-t-il en baissant la voix.

– Je ne le fais pas que pour lui…

Je le regarde dans les yeux pour qu'il comprenne à qui je fais référence. Malgré tout le mal qu'il a pu me faire, je ne pourrais pas lui tourner le dos et faire quelque chose qui puisse lui porter préjudice. Il est une partie de moi, le même sang coule dans nos veines et pour moi cela signifie beaucoup.

– Quoi… Qu'est-ce que…

– Je ne dirai rien, Jules, réponds-je pour le rassurer.

– Tu pourrais te venger après tout ce que je t'ai fait, fait-il remarquer.

J'esquisse un sourire.

– Je pourrais, oui, mais je ne suis pas comme ça... Je n'ai aucune envie de te faire du mal.

Mon aveu lui tire un sourire timide. Je n'excuse pas tout le mal qu'il a pu me faire pendant toutes ces années, mais je crois que je commence à comprendre pourquoi il a agi ainsi. Ce ne doit pas être facile de cacher qui l'on est, surtout dans le monde dans lequel on vit. Il n'a pas pu avoir le soutien de notre père parce qu'il est réfractaire à tout ce qui ne rentre pas dans son moule et il n'a pas pu avoir celui de notre mère puisqu'elle est morte avant l'heure.

Jules a été seul et a lâché toute sa frustration et sa colère sur moi.

– Et je sais que tu ne vis pas bien cette situation entre Louis et moi.

– Elle n'est pas facile, c'est vrai, mais ce n'est pas insurmontable non plus.

– Jules, tu n'as pas à avoir honte de qui tu es ou par qui tu es attiré. Personne ne choisit son orientation sexuelle !

Jules ricane amèrement.

– C'est plus facile à dire qu'à faire ! Talia, tu es bien placée pour savoir que la différence sous toutes ses formes est rédhibitoire dans notre famille. Grand-mère refuse que tu fasses autre chose que du classique, alors que tu meurs d'envie de pratiquer d'autres danses. Si j'avoue qui je suis, ils me renieront.

Je suis étonnée que mon frère sache que je veux danser un autre style que le classique. Il s'intéresse à moi, malgré tout ce qu'il a essayé de faire croire pendant des années.

– Je vais te répéter ce que j'ai dit à Louis, si papa ou Léonore te renient, alors c'est qu'ils ne te méritent pas ! Il s'agit de ta vie, Jules, pas de la leur. Tu es le seul qui puisse savoir ce qui est bon pour toi.

Il me sourit, attendri par mes paroles. En dix-huit ans d'existence, jamais nous n'avons parlé à cœur ouvert. Dans la famille, on ne peut pas dire que nous sommes du genre à évoquer nos sentiments et bien que ce soit quelque peu gênant, je sais que je pourrais très vite m'habituer à ça.

– Je suis désolé, Talia. Désolé d'avoir été aussi con pendant toutes ces années. Je croyais que je me sentirais mieux en me déchargeant sur toi, mais je n'avais pas réalisé tout le mal que je te faisais. Quand tu es partie au Centre, j'ai cru que j'avais perdu ma petite sœur. Mais à ton retour, j'ai été encore plus horrible. Je le regrette. Je regrette tout ce que j'ai pu dire et faire. En aucun cas tu n'es responsable de ce qui s'est passé avec maman. Je l'ai compris maintenant. Tu avais besoin de moi et je t'ai tourné le dos. Je crois que j'étais jaloux, parce que tu pouvais être avec celui que je voulais. Pardonne-moi, Talia. Pardonne-moi de ne pas avoir été le frère que tu méritais.

Ses mots me font tellement de bien que je sens un poids lourd me quitter. Une larme coule le long de ma joue, je suis soulagée de ne plus être l'ennemie de mon propre frère. Je ne compte plus le nombre de fois où j'ai espéré qu'il me ferait ce genre de déclaration. Je ne suis pas près d'oublier tout ce qu'il a pu dire et faire, mais je sens que nous prenons un nouveau départ.

– Tu n'as pas besoin de dire quoi que ce soit pour le moment, ajoute-t-il. Je comprendrai que tu aies besoin de temps.

– Tes excuses sont un bon début, dis-je en souriant.

Jules s'avance vers moi et me prend dans ses bras. Son

geste me surprend, mais je me laisse aller. J'apprécie d'être blottie contre lui, je me sens en sécurité.

– Si tu veux aller rejoindre Roméo, vas-y, je te couvrirai.

Je me détache de ses bras et le regarde en plissant le front. Jules esquisse un sourire.

– Je suis loin d'être aveugle, explique-t-il. J'ai compris ce qui se passait le soir du dîner avec les Marois. J'avais quelques doutes, mais lorsque j'ai vu l'état dans lequel était Roméo à chaque fois que Louis te touchait, je n'en ai plus eu aucun !

– Je sais que tu le détestes et…

– Je ne le déteste pas, me coupe-t-il. La seule chose qui m'importe, c'est que tu sois heureuse.

Bon sang, cette nouvelle attitude est perturbante. Je crois que je vais mettre un peu de temps avant de m'y faire bien que je ne la trouve pas désagréable.

– Va le rejoindre !

– Merci, Jules…

Je lui souris et mime un dernier merci pour m'échapper de cette soirée. Cet anniversaire était mortel, mais il s'est plutôt bien terminé. Lorsque je me tourne vers l'avenir, je le perçois bien plus heureux et épanouissant qu'avant.

Mais, pour le moment, je tiens à profiter du présent. Avec Roméo.

32

Talia

Je ne rejoins pas le Crew au bar d'Alvaro. Manon m'a précisé au téléphone que Roméo était parti. Malheureusement, elle n'a pas eu le temps de me dire pourquoi et où puisque mon portable s'est éteint. C'est bien ma veine de ne pas l'avoir chargé avant de me rendre à ce maudit anniversaire.

Je rentre à la maison, ayant l'espoir de trouver Roméo là-bas. Je ne vois pas où il aurait pu aller. Je ne peux l'expliquer, mais j'ai comme un mauvais pressentiment, une sorte de boule s'est formée au creux de mon ventre et ça n'annonce rien de bon. Le revirement de mon frère a été si soudain que j'ai du mal à me dire que tout va bien se passer maintenant.

Arrivée à la maison, je la trouve bien trop sombre pour savoir si Roméo est là. Et s'il était ailleurs ? Peut-être que Manon n'a pas eu le temps de tout me dire. Quelque chose s'est passé au bar et il a décidé d'aller se défouler en boîte ou je ne sais où. Ou alors, il a croisé Issan et ça s'est mal fini. Je ne peux m'empêcher d'être inquiète.

Je dépose mon sac dans l'entrée quand j'aperçois la lumière de la piscine allumée. Ma veste sur les épaules, je sors dans le jardin et me sens soulagée quand je remarque Roméo allongé sur un transat.

Il est vêtu simplement d'un jean, de baskets et d'un tee-shirt. Je me demande comment il fait pour ne pas avoir froid. On a beau habiter dans le Sud, le mois de décembre a considérablement fait chuter les températures.

Plus j'avance et moins je me sens rassurée. Je remarque très vite le joint à sa bouche et la bière dans ses mains. Des ondes négatives entourent Roméo, elles sont si flagrantes que je perçois toute sa colère et c'est encore pire lorsqu'il pose ses yeux sur moi. Leur couleur verte a presque disparu tellement ses pupilles sont dilatées.

– Tiens, Cendrillon est rentrée du bal, lance-t-il, cynique.

Son ton me percute en plein cœur, tout comme sa froideur soudaine.

– Quelque chose ne va pas ? demandé-je.

Il ricane nerveusement, puis tire une taffe sur son joint. Je n'aime pas quand il agit de cette façon. À chaque fois, j'ai l'impression de me retrouver en face du Roméo de notre rencontre.

– Tout va bien, trésor.

Il ment. J'ai appris à déchiffrer ses réactions et à lire entre les lignes. Il est en colère après moi. Tout son corps transpire la rage. Je ne comprends pas ce qui lui arrive. Je n'ai rien fait de mal.

– Ta soirée s'est bien passée ? Tout ce monde de luxe ne t'a pas si dégoûtée que ça, balance-t-il.

– Où veux-tu en venir ?

– Arrête de jouer, Talia, s'agace-t-il. Je sais que tu me prends pour un con ! Finalement, tu es exactement comme les membres de ta famille ; une hypocrite et une menteuse !

Ses mots me font l'effet d'un coup de poignard dans le cœur. Je n'ai rien à voir avec ma grand-mère ou mon père. Je pensais qu'il le savait.

– Je ne joue pas avec toi, Roméo… Pourquoi, tu…

– Oh, je t'en prie, arrête de mentir, dit-il en se crispant.

Il sort son téléphone de sa poche de jean, se lève, puis me le colle devant les yeux. Je manque de défaillir en découvrant une photo de Louis et moi en plein baiser. Je savais que cette fausse relation allait mal finir. J'ai voulu lui rendre service et voilà comment je le paie. J'en suis en partie responsable, peut-être que j'aurais dû en parler à Roméo.

– Ce n'est pas ce que tu crois…

Bravo, Talia. De toutes les défenses stupides, tu as choisi la pire !

– Laisse-moi deviner ce que tu as planifié dans ta petite tête. Tu t'es dit que tu pouvais avoir les deux mecs. Louis pour les apparences et l'argent parce qu'on sait tous les deux que mon apparence et mon statut social ne plairont jamais aux précieux Bellerive ! Je serais l'amant qu'on cache, enfin, pour ça, il faudrait déjà qu'on baise, mais tu es bien trop coincée, me jette-t-il au visage.

Cette fois, il m'a vraiment blessée. Je comprends qu'il se sente trahi par cette photo, mais au lieu de chercher à découvrir la vérité, il tire des conclusions hâtives et se montre cruel avec moi. Je pensais que nous avions dépassé ce stade. Force est de constater que je me suis trompée.

Sa réaction me met hors de moi. D'accord, si les places étaient inversées, je réagirais exactement comme lui, voire pire. Je serais malade de le voir avec une autre, je l'ai vécu avec Adèle. Néanmoins, je refuse d'accepter sa façon de me cracher son venin en pleine figure.

De plus, je ne suis pas comme ma famille. Je me fous de l'argent et encore plus du statut social des personnes qui m'entourent. Je croyais qu'il me connaissait mieux que ça.

– Louis est gay, espèce d'abruti ! Et c'est pas de lui que je suis amoureuse !

Je préfère le laisser seul et pars me réfugier dans ma chambre. Ce n'est pas comme ça que j'imaginais nos retrouvailles ce soir. J'avais hâte de découvrir sa réaction en me voyant dans cette robe. J'avais hâte de lui faire part de mes sentiments. Et j'avais hâte de lui dire que j'étais prête à aller jusqu'au bout avec lui.

Mais, encore une fois, on a tout gâché.

Dès que je pénètre dans ma chambre, je retire mes chaussures et balance ma veste à travers la pièce. J'ai envie de hurler. J'en veux à Roméo d'être aussi cruel et buté. Et je m'en veux de n'avoir rien dit.

Je suis sur le point de baisser la fermeture de ma robe quand je sens une présence derrière moi.

– Tu peux répéter ce que tu viens de dire ?

Je m'attends à ce qu'il soit à l'embrasure de la porte mais, lorsque je me retourne, je le trouve seulement à quelques centimètres de moi. Toute trace de colère a quitté ses yeux. À présent, j'y décèle de la douceur, de la tendresse et un espoir d'un avenir ensemble.

– Ce baiser avec Louis est un mensonge pour cacher ce qu'il est vraiment ! Le soir du dîner avec les Marois, il m'a annoncé être gay et m'a demandé de jouer sa petite amie jusqu'à ce qu'il trouve le courage de l'annoncer à ses parents. Les Marois sont coincés, fermés d'esprit et le renieraient ! J'ai voulu lui rendre service et aussi à… à mon frère… Ce n'est pas moi que Louis aime, c'est… c'est Jules… Je ne t'en ai pas parlé parce que ce n'était pas mon secret et je pensais que ce stupide mensonge ne durerait pas longtemps. Ce baiser ne signifie rien. Je n'ai rien ressenti. Ça n'a rien à voir avec ce que je ressens quand toi tu m'embrasses. Enfin, je suis désolée, j'aurais dû…

Je me tais quand je le vois pouffer. Je crois que je me suis un peu emportée dans mes explications, j'en ai même oublié de respirer.

– Ce n'est pas la partie que j'espérais réentendre…

– Oh…

J'écarquille les yeux en réalisant à quoi il fait référence. Je ne me suis même pas rendu compte de lui avoir dit que j'étais amoureuse de lui. Du moins, c'est ce que je lui ai fait comprendre.

Je ne dis plus rien. Mon cœur bat à une vitesse impressionnante. Je sais que nous sommes au moment où tout risque de devenir sérieux entre nous, encore plus qu'avant. Aucun de nous ne pourra revenir en arrière. Néanmoins, je n'ai pas peur.

Roméo avance d'un pas et pose sa main sur ma joue. Je ferme les yeux afin de mieux apprécier la douceur de son geste. Lorsque j'ouvre à nouveau les yeux et qu'ils s'ancrent aux siens, je ressens toute une vague de frissons dans le corps.

– Redis-le, m'implore-t-il.

Sa demande serre mon cœur. Je sais pourquoi il a besoin de l'entendre. Depuis la mort de son frère, il se sent abandonné et loin d'être aimé par ses parents, alors si mes mots peuvent apaiser sa souffrance, je suis prête à les répéter un million de fois.

– Je suis amoureuse de toi, Roméo Castillon. J'ai cru que ce que je ressentais pour toi n'était que de l'attirance physique, mais c'est faux. Tu as su toucher mon cœur sans que je m'y attende et je n'imagine pas une seule seconde ma vie sans toi. Je suis amoureuse de ta façon de rire, de parler, d'être. Je suis amoureuse de ta manière de danser, de ton odeur… Je suis amoureuse de tout ce qui fait que tu es toi. Je brûle pour toi, Roméo.

En moins d'une fraction de seconde, Roméo se rue sur ma bouche, qu'il embrasse à en perdre haleine. La force de son baiser fait naître un feu immense dans mon ventre. Mes jambes ressemblent à du coton et si Roméo ne me tenait pas fermement par la nuque, je suis sûre que je me serais écroulée par terre.

– Je suis désolé d'avoir été aussi con, susurre-t-il contre mes lèvres. J'étais jaloux, fou de rage et je… Bon sang, Talia, je suis dingue de toi ! Je suis prêt à aller en enfer pour toi.

Cette fois, c'est moi qui m'empare de sa bouche. Sa déclaration attise le feu en moi. Si l'enfer ressemble à ça, alors je veux bien brûler éternellement tant que c'est avec lui.

– Tu es magnifique ce soir, m'avoue-t-il, ses yeux de jade plantés dans les miens.

Je souris. C'est con, mais un simple compliment me rend toute mielleuse et un peu plus confiante. Peut-être parce que l'avis de la personne qu'on aime a une importance majeure sur ce qu'on pense de nous-même. J'ai appris à m'aimer et à me trouver belle, mais je reconnais que l'être dans les yeux de Roméo me fait un bien fou.

Prise d'un courage incommensurable, je passe les mains dans mon dos pour baisser la fermeture éclair de ma robe. Roméo ne me lâche pas du regard, fou de désir. Je sais que ce qu'il voit lui plaît. Le vêtement tombe à mes pieds et je me retrouve en lingerie en dentelle devant lui.

À cet instant, je n'ai aucune honte ou complexe, je me sens belle et sûre de moi.

– J'ai envie de toi, Roméo.

– Quoi ? Tu veux dire que tu veux.

– Oui.

Roméo se jette sur ma bouche, me soulève par les fesses et nous conduit sur mon lit. Alors qu'il est allongé sur moi, je sens son érection tout contre mon ventre qui palpite. Je passe mes mains dans ses cheveux et entortille mes doigts entre ses mèches folles. J'adore ses boucles noires, elles lui donnent un côté rebelle, sombre et surtout sensuel.

J'entrouvre les jambes pour qu'il se faufile entre elles. Son érection se loge contre mon sexe et je gémis tant la sensation est électrisante. Mes mains explorent chaque parcelle de sa peau, puis l'obligent à retirer son tee-shirt. Je me détache de sa bouche pour admirer son torse dessiné. Être un danseur lui a donné une panoplie d'abdominaux sexy qui me font saliver.

D'un coup de bassin, je le renverse sur le dos et prends le dessus. Mon initiative lui plaît puisqu'il mord sa lèvre inférieure, tandis que son regard me transperce de mille feux. Mes doigts effleurent son torse et en dessinent les contours. Il observe chacun de mes gestes, puis fixe ma poitrine avec une envie non dissimulée.

J'adore ses tatouages. Je ne pensais pas que des dessins faits d'encre pourraient autant me plaire. À chaque fois que mes yeux se posent dessus, j'ai envie de les parcourir avec ma langue.

Je dégrafe mon soutien-gorge, puis prends ses mains que je pose sur ma poitrine.

– Putain, tu vas me tuer !

Il m'attire contre sa bouche et dévore la mienne voracement. Emportés par notre désir, nous nous débarrassons de nos derniers vêtements en moins de quelques secondes. Nos corps sont brûlants, avides de se toucher, de ne faire qu'un.

Roméo me renverse à son tour et parsème mon corps de baisers. Je ne suis plus que halètements et geignements.

Ma peau se couvre d'un voile de frissons néanmoins aussi chaud que du magma.

– Tu es sûre que c'est ce que tu veux ? s'enquiert-il.

– Je suis plus que prête, Roméo. Je veux que ce soit toi le premier.

Il cherche un quelconque doute dans mes pupilles avant de retrouver mes lèvres. Ses doigts se logent sur mon ventre, qu'il caresse en faisant des mouvements circulaires qui me rendent déjà dingue.

Cependant, ce n'est rien comparé à ce que je ressens quand il me pénètre de son index. Il ne se contente pas d'un va-et-vient lent, il fait tournoyer son doigt en moi et manque de me faire voir les étoiles. Lorsqu'il entre son majeur et qu'il utilise ses deux doigts pour faire un crochet, je me mords les joues pour ne pas gémir bruyamment.

Il ne me laisse pas le temps de le toucher puisqu'il roule sur le lit et fouille par terre à la recherche de je ne sais quoi. Ses fesses musclées me font de l'œil. Il revient vers moi, un préservatif dans la main droite. Quand il l'enfile devant moi, je suis surprise de ne pas ressentir une once de peur. Je fixe son sexe bandé et me retrouve à avoir envie de le goûter.

Mince, je viens vraiment de penser à ça ?!

Roméo se positionne au-dessus de moi. Il m'embrasse tendrement et me cajole les seins, le ventre, les jambes, mon corps est traité avec soin. J'ai envie de le toucher, mais je ne sais pas bien comment m'y prendre. Ses hanches avancent vers les miennes. Roméo me regarde une dernière fois comme pour s'assurer de mon consentement. Je l'attire à moi et l'embrasse.

Je cesse de respirer lorsque je sens son membre me pénétrer à peine. La déchirure me surprend et c'est pire quand il pousse un peu plus loin. La douleur qui naît dans mon bas-ventre me fait laisser s'échapper un léger cri. Roméo s'arrête de bouger et m'embrasse comme pour m'apaiser.

– Je te promets que la douleur finira par s'atténuer, me murmure-t-il.

Nos cœurs battent à l'unisson et je crois que c'est le plus beau son que j'ai entendu de ma vie.

Mon corps finit par s'habituer à lui et à se détendre. Je bouge le bassin pour inciter Roméo à continuer. La douleur est légère, presque imperceptible. Elle fait place à une sensation de plaisir que je ne connaissais pas encore. Tous les préliminaires que nous avons pratiqués jusqu'à maintenant ne m'ont pas autant retourné le ventre.

Je suis sensible à tout ce qu'il me fait. Nos corps s'emboîtent à la perfection et trouvent leur rythme. Je ne pensais pas que ce serait aussi fort, le désir crépite en moi et l'intensité du feu qui nous consume n'est pas loin de me faire perdre la tête. Je n'avais pas conscience que faire l'amour pouvait être aussi terrassant.

Ce qui se passe entre nous est évident. Je ne sais pas comment j'ai pu croire que ce n'était que de l'attirance, mes sentiments pour lui sont bien réels et ils font écho aux siens. Je le sais. Je le sens.

Mes mains fourragent ses cheveux, griffent son dos, empoignent ses fesses. Sa bouche est partout sur mon corps. Il mordille mon cou, mes oreilles, mes tétons, c'est si bon que je sens une vague de spasmes dans le bas-ventre. J'aime avoir son corps nu au-dessus du mien et le voir s'activer, je n'ai jamais rien vu d'aussi beau.

Roméo s'enfonce encore plus profondément en moi et accélère le rythme. Mes jambes sont autour de ses hanches, on ne peut pas être plus près l'un de l'autre.

Le plaisir monte encore et encore, tout comme la vague de chaleur qui gagne du terrain en moi. Je sais que je ne suis pas loin de jouir, je reconnais les signes. Cette tension dans le ventre qui grandit et qui menace d'exploser, la respiration erratique, le cœur qui n'est pas loin de lâcher et ce feu qui s'apprête à éclater dans chaque partie du corps.

Voilà ce que je ressens à cet instant.

– Roméo, je…

Et soudain, alors que mes mains enserrent les siennes, tout déflagre en moi comme un orage dévastateur. Je jouis dans un cri de délivrance et suis rejointe par Roméo qui jouit à son tour en grognant mon nom.

Son corps s'écrase contre le mien et sa tête se réfugie dans mon cou. Nous restons plusieurs minutes dans cette position à reprendre notre souffle. Seul le son de nos cœurs qui battent à l'unisson se fait entendre dans ma chambre.

Je le serre contre moi désireuse de ne plus jamais bouger de ses bras. Je suis à ma place.

33

Roméo

La période des fêtes de fin d'année rend les gens tarés. Ma mère a toujours adoré Noël, et cette année elle a décidé de rattraper ceux que nous n'avons pas célébrés. Le suicide de mon frère a bouleversé un grand nombre de choses et ce fut pire lorsque mes parents ont divorcé. Chaque fête devenait une torture.

Quoi qu'il en soit, ma mère est déterminée à faire de ce Noël un moment spécial. Elle pense pouvoir réussir à faire de nous tous une grande famille. À mon avis, elle a complètement perdu la tête à cause de tout ce luxe. La semaine dernière, elle a appelé mon père pour l'inviter à passer les fêtes à Nice avec sa greluche en cloque.

Hier, ils ont débarqué à la villa, tout sourire. Leur bonheur m'a donné envie de gerber et encore plus quand j'ai vu le ventre bien rond de Lexie. Cinq mois. Elle est enceinte de cinq putains de mois. Mon très cher père a attendu des semaines avant de se décider à me l'annoncer, ça prouve à quel point il n'en a rien à faire de moi.

Dès que je les ai vus entrer dans la maison, j'ai eu envie de fuir à des centaines de kilomètres. Mon père a changé. Il ne fait plus négligé, mais prend soin de lui. Quant à Lexie, son mépris a disparu. La grossesse l'a transformée, fini le côté superficiel, la voilà devenue simple et souriante. C'est flippant.

Leur présence ici me fait chier. Ce n'est pas parce que mon père a retrouvé une fibre paternelle que je vais oublier tous ces mois de silence ou le fait qu'il a préféré sa pouffe à moi. J'en ai rien à faire de son futur gosse ou de son prochain mariage avec Lexie. Lui et ma mère m'ont laissé de côté pendant des mois, ils ne peuvent pas croire que tout va redevenir comme avant.

Rien ne pourra jamais l'être.

Au début, Jonas refusait que mon père vienne. L'ex de ma mère sous son toit, très peu pour lui. Mais il a compris qu'il pouvait en tirer des bénéfices pour sa foutue campagne électorale. Une famille recomposée qui s'entend à merveille servira son image. Évidemment, ma mère n'y voit que du feu. Elle est persuadée qu'il fait ça pour elle.

J'espère qu'elle réussira à ouvrir les yeux avant de dire oui à cet enfoiré.

Tandis qu'on est assis autour de l'immense table de la salle à manger, je ne tiens plus en place. Mes jambes bougent sans que je puisse les contrôler. C'est plus fort que moi, je suis sur les nerfs. Je n'ai aucune envie d'être à cette table, entouré d'hypocrites et de jouer au fils heureux de retrouver son père.

Pour cette occasion, ma mère a fait appel à un traiteur. Hors de question qu'Hector cuisine des plats trop simples pour la future Mme Bellerive. Elle tient à en mettre plein la vue à son ex-mari, mais surtout à Lexie. Elle a beau prétendre le contraire, je sais qu'elle n'a pas digéré que mon père la quitte pour une autre femme plus jeune. Ma mère aimera toujours mon père quoi qu'elle puisse dire.

Je sens que ces dix jours vont être remplis de faussetés. Cependant, ce n'est pas ce qui me fait le plus chier. Non, le pire, c'est qu'ils vont être H24 sur mon dos. Je ne vais pas pouvoir passer du temps avec Talia, du moins seul à seul. Leur délire d'être une grande famille aimante m'empêche d'être avec elle comme je le voudrais.

Depuis que nous avons fait l'amour, la semaine dernière, nous n'avons pas pu nous retrouver. Les seuls moments où on peut s'autoriser à être ensemble, ce sont pendant les répétitions du Crew. Mais là encore, ce n'est pas suffisant.

Je veux pouvoir l'embrasser quand j'en ai envie, la tenir dans mes bras ou juste la prendre par la main dans la rue. Je veux seulement pouvoir être avec elle et ne pas me cacher. La nuit qu'on a passée dans sa chambre ne cesse de tourner en boucle dans ma tête. C'était incroyable, je n'ai jamais rien connu d'aussi fort. Je ne m'attendais pas à être bouleversé de toutes parts.

Lorsqu'elle m'a dit qu'elle était amoureuse de moi, j'ai cru que le monde s'ouvrait sous mes pieds. Je ne sais pas comment l'expliquer, c'est comme si les battements de mon cœur avaient pris sens, comme si elle était devenue mon équilibre. C'est con et niais, mais putain, c'est ce que je ressens à chaque fois que mes yeux se posent sur elle !

L'ambiance autour de la table est pesante. À part des échanges de banalités, personne n'ose vraiment parler.

– Vous avez vraiment une très belle maison, complimente Lexie.

Ma mère sourit.

– Jonas m'a laissée la redécorer entièrement, se vante ma mère. Ça n'a pas été facile de le convaincre, mais il a fini par céder.

Elle prend sa main, lui glisse un sourire amoureux, tandis qu'il force le sien. Ma mère est la seule qui ne voit pas qu'il se fout d'elle. Je n'aime pas le ton arrogant qu'elle prend, ça ne lui ressemble pas.

– Tu as un goût très sûr en décoration, Sofia. J'aime beaucoup la cuisine ! Si j'en avais une aussi grande et équipée à Paris, je passerais des heures à mijoter de bons plats, l'envie Lexie.

– Bientôt, on en aura une aussi grande, promet mon père.

C'est fou l'amour qui traverse ses yeux quand il regarde Lexie. Il a de la tendresse pour ma mère, mais ce qu'il ressent pour Lexie est bien plus fort, et ça me fait mal d'admettre que ça semble réciproque.

– Vous auriez dû voir l'ancienne décoration, continue ma mère en sirotant son verre de vin rouge. Il faut dire que la maison avait un grand besoin de changement, c'était vintage et rempli de vieilles photos ! J'avais l'impression d'être dans un musée ! Je ne sais pas qui s'était occupé de cette maison avant mon arrivée, mais ça laissait clairement à désirer, dit-elle en pouffant.

– La décoration vintage comme tu dis était celle faite par ma mère, contre Talia sans cacher son agacement. Tout comme les photos qui étaient essentiellement d'elle, la maison n'avait pas besoin de changement et on se débrouillait très bien avant que tu ne débarques.

Ma mère ouvre la bouche, choquée par les paroles de Talia, à peu près comme toutes les personnes présentes autour de la table. Toutes sauf moi. Ma mère n'aurait pas dû sous-entendre que les photos étaient de trop, elle est allée trop loin. Talia aussi. Ma belle danseuse s'est montrée crue dans ses paroles et je ne peux m'empêcher de ressentir un peu de peine pour ma mère.

Elle attend que Jonas intervienne, mais il ne fait rien. Il ne saute pas sur l'occasion de réprimander Talia. Je crois qu'il partage l'avis de sa fille.

Une première !

– Quoi qu'il en soit, c'est très joli, Sofia, conclut Lexie.

Lexie joue bien son rôle d'hypocrite. Elle anime la conversation, que ce soit avec ma mère ou Jonas. À vrai dire, je ne la reconnais pas. Je n'ai toujours connu que la facette folle de rage envers moi qui fait tout pour me séparer de mon père. Sa douceur me rend perplexe.

Je comprends qu'elle ait pu plaire à mon père. Lexie est une très belle femme bien qu'elle soit à l'opposé de ma mère.

– Ta mère m'a dit que tu faisais partie d'un nouveau groupe de danse, confie mon père.

– Ouais…

– C'est génial, je suis heureux que tu puisses continuer ta passion, dit-il en souriant. Roméo a toujours été un très bon danseur. Déjà bébé, il bougeait ses fesses devant les clips musicaux à la télé !

Talia sourit, attendrie par l'anecdote de mon père. J'aurais aimé partager ce genre de souvenirs dans de meilleures circonstances, mais la rancœur que j'éprouve menace de me faire exploser.

– La dernière fois que je t'ai vu danser, c'était il y a deux ans ou peut-être un peu moins… Vous allez faire des battles en compétition ?

– On participe à la battle de l'année dans environ trois mois…

– Où ça ? interroge Lexie, visiblement intéressée.

Je fronce les sourcils. Lexie n'a jamais voulu apprendre à me connaître et la voilà en train de me poser des questions. J'ai l'impression d'avoir atterri dans une autre dimension.

– Ici, à Nice.

– On devrait y aller, qu'est-ce que tu en penses, mon chéri ? propose Lexie.

Je ne peux m'empêcher de ricaner.

Elle n'est pas sérieuse ?!

– Vous allez continuer longtemps votre petit jeu ? m'agacé-je.

– Ne commence pas, Roméo, soupire ma mère.

– Quoi ? Je ne suis pas aussi faux cul que vous trois, balancé-je. Arrêtez de jouer à la grande et belle famille recomposée unie ! Ne faites pas semblant de vous intéresser à ce que je suis, alors que ça fait des mois que je ne fais plus partie de vos putains de vies !

Je sens mon corps bouillir tellement je suis fou de rage. Je n'en peux plus de me taire et de faire comme si leur présence ne me provoquait rien.

– On ne fait pas semblant de s'intéresser à toi, Roméo, tempère Lexie. Je suis désolée si mon comportement passé t'a blessé, mais je n'avais pas conscience de ce que je faisais… Je ne pensais qu'à mon bonheur avec ton père…

– C'est un peu tard pour des excuses, leur reproché-je.

– S'il te plaît, Roméo, on fait un pas vers toi, tente de me faire comprendre mon père. Tu es mon fils…

Encore une fois, je ricane.

– Tu l'as pourtant bien oublié pendant des mois. Je me fous de votre nouvelle famille, je ne compte pas en faire partie !

Mes mots blessent Lexie, je le vois sur son visage, qui se fissure. Mon père, lui, encaisse sans broncher. C'est plus fort que moi, ma colère prend le dessus. Je leur en veux quoi qu'ils puissent dire ou faire aujourd'hui.

Je me lève de table et quitte la maison sans me retourner. J'avais promis à Talia de prendre sur moi, mais je n'ai pas pu jouer la comédie plus longtemps. Ça me fait mal que mon père soit là après tout ce qui s'est passé. Je ne peux pas faire comme si son abandon ne m'avait pas détruit alors que j'avais besoin de lui. Je ne peux pas accepter Lexie, car elle a été horrible avec moi.

Je reconnais avoir ma part de responsabilité dans tout ça, mais bordel, je n'étais qu'un gosse perdu qui avait besoin d'aide !

***

Après plus d'une heure à errer dans les rues de Nice, je finis par rentrer. Je ne croise personne dans le salon ou dans la salle à manger. Mon départ a dû mettre fin à la soirée. J'ai encore tout gâché, mais je ne le regrette pas vraiment.

Au début, j'ai pensé à noyer ma peine dans l'alcool ou dans les joints, mais je n'en ai pas vu l'utilité. Ma souffrance sera toujours là.

Talia a tenté de me joindre une bonne vingtaine de fois, mais je n'ai pas voulu répondre. J'avais besoin d'être seul et de réfléchir à tout ça. Je me demande où on en serait si Leone était encore vivant. Est-ce que mon père aurait quitté ma mère pour Lexie ? Leur mariage ne fonctionnait plus, mais la mort de mon frère les a déchirés au point de ne plus se supporter.

Ces questions me prennent la tête. Ça me bouffe de l'intérieur. Le seul qui peut m'apporter des réponses est mon père, mais je n'ai aucune envie de lui parler. Pas pour le moment.

Je me dirige vers la cuisine pour aller grignoter lorsque je vois Lexie s'appuyer d'une main au plan de travail de la cuisinière et se tenir le ventre de l'autre. Sans réfléchir, je me précipite vers elle.

– Lexie, tout va bien ? m'enquiers-je, paniqué. C'est le bébé ?

Je la fais asseoir sur l'une des chaises autour de la table, prends un verre que je remplis d'eau avant de le lui tendre.

– Merci, ce n'est rien, juste une petite contraction, me rassure-t-elle. Ça arrive souvent à beaucoup de femmes.

– Ah…

Elle sourit.

– Pour quelqu'un qui ne veut pas prendre part à cette grossesse et cette famille, tu t'inquiètes beaucoup, me taquine Lexie.

Elle marque un point. Je ne suis pas non plus un enfoiré. Je ne veux pas qu'elle perde le bébé. J'en viens à culpabiliser de me comporter comme un con. Elle est enceinte et le moindre souci peut se répercuter sur le bébé.

– J'ai conscience que ce n'est pas facile pour toi, reprend-elle plus sérieusement. Et je suis sincère quand je te dis que je suis désolée. Je me suis mal comportée avec toi et je le regrette. J'ai créé un fossé entre ton père et toi, et aujourd'hui, je vous vois tous les deux souffrir. Pardon d'avoir été aussi égoïste et d'avoir posé cet ultimatum débile. J'aurais dû t'apporter mon aide, soutenir ton père pendant ta période compliquée.

Ses excuses me font du bien. Je ne l'explique pas, mais je sens un poids quitter mon corps. Je pense qu'elle est sincère. Lexie ne s'est jamais empêchée d'être cash avec moi, après tout.

– Je regrette tout ça et j'ai peur qu'à cause de moi ma fille grandisse sans son grand frère.

– Tu attends une fille ? demandé-je, enthousiaste.

Encore une fois, elle sourit.

J'ai envie de prendre part à cette grossesse. Cette

petite chose dans son ventre est aussi une partie de moi et de mon frère. Leone et moi avons toujours voulu avoir une petite sœur. Je suis sûr qu'il aurait été plus qu'heureux d'apprendre cette nouvelle. Leone l'aurait emmené faire du shopping chaque week-end, elle aurait été sa petite princesse.

– Oui… Peut-elle espérer compter sur son grand frère ?

J'acquiesce. Ma petite sœur n'a pas à souffrir de nos erreurs passées. Je me fais la promesse de rendre son monde le meilleur possible. Je la protégerai quoi qu'il m'en coûte.

– Laisse une chance à ton père, Roméo. Lui aussi souffre de cette situation et il t'aime bien plus que tu ne le penses, m'avoue-t-elle.

Je ne réponds pas. Je ne sais pas si je trouverai la force de parler avec mon père. Je ne suis pas prêt à lui déballer tout ce que j'ai sur le cœur.

Revenir sur cette période de nos vies me fait peur. Malheureusement, pour avancer, je sais que je dois faire table rase du passé.

34

Talia

Le départ de Roméo a mis fin au dîner, pour mon plus grand soulagement

J'ai de la peine pour Thomas et Lexie, mais j'en ai encore plus pour Roméo. Il souffre et n'arrive plus à le cacher. Je ne sais pas ce qu'espérait Sofia en invitant son ex-mari et sa nouvelle compagne pour les fêtes de fin d'année, mais sa décision perturbe son fils. Encore une fois, elle s'est comportée comme une sacrée égoïste. Ce n'est pas pour lui qu'elle l'a fait, mais juste pour elle et pour en mettre plein la vue à son ex. Je supporte de moins en moins son comportement et ses réflexions à table m'ont donné envie de lui arracher les yeux.

Je me fous qu'elle change la déco de la maison ou qu'elle prenne la place qui lui revient auprès de mon père, mais je n'accepterai pas qu'elle dénigre ma mère à travers ses sous-entendus. Côtoyer le luxe et ma famille lui est monté à la tête. J'ai cru que mon père allait en profiter pour me passer le savon du siècle, mais il s'est tu.

Pendant le dîner, il était ailleurs et n'a presque pas participé aux conversations. Il tolère la présence de Thomas et Lexie. Néanmoins, je le connais. Il déteste qu'ils soient là. Je suis persuadée qu'il va tout faire pour passer le moins de temps possible avec eux. Mon père désire seulement Sofia, il se fout de Roméo et encore plus de l'ex-mari. S'il pouvait se débarrasser de Roméo, il le ferait sans hésitation.

Je sais qu'il n'est pas amoureux de Sofia, je le connais, et je vois la manière avec laquelle il la regarde. Elle est comme un trophée, ou non, plutôt un pion, qu'il s'amuse à déplacer pour nourrir ses ambitions. Un jour, elle finira par ouvrir les yeux. Je l'espère pour elle ou elle tombera de dix étages.

Assise en tailleur sur mon lit, je regarde les vieux albums photos de famille, ceux tenus par ma mère avant que je naisse. À chaque fois que son manque se fait plus lourd à supporter, je me replonge dans ces albums de souvenirs. C'est le seul moyen que j'ai trouvé pour me rapprocher d'elle.

Mon père a toujours refusé de me parler d'elle ou de leur histoire. Je n'ai que ces photos pour me faire une idée de ce qu'était leur amour. Bon, j'ai aussi eu la chance d'avoir Marnie et Hector à mes côtés. Ils l'ont connue assez longtemps pour me raconter comment elle était, ce qu'elle aimait faire et pour me répéter qu'elle nous aimait, Jules et moi, plus que tout au monde.

– Qu'est-ce que tu regardes ?

Je lève les yeux pour découvrir Roméo dans l'embrasure de ma porte. J'étais si obnubilée par les photos que je ne l'ai pas entendu arriver. Je suis rassurée qu'il soit revenu. Il a quitté la maison dans une colère si noire que j'ai eu peur qu'il fasse une connerie. J'aurais voulu le suivre pour ne pas le laisser seul, mais j'ai craint que nos parents comprennent ce qui nous lie vraiment.

– Des photos de ma mère…

Roméo ferme la porte de ma chambre puis me rejoint sur le lit. Son odeur de bois ambré a un effet apaisant sur moi. Son épaule contre la mienne, il observe les photos en silence pendant que je tourne les pages.

La période que je préfère est celle des moments qui suivent leur mariage. Ils sont tous les deux si rayonnants de bonheur que j'ai toujours du mal à croire que cet homme est mon père. Il regarde ma mère comme si elle était la plus belle de l'univers, comme si elle était son monde. À la naissance de mon frère, ils ont l'air d'être sur un nuage, comme lors des neuf mois de grossesse pendant lesquels elle m'a portée.

– Tu ressembles à ta mère, me dit Roméo.

Je souris. C'est le plus beau compliment que l'on puisse me faire.

– Elle était tellement belle, toujours souriante et si douce… Enfin, c'est ce que Marnie et Hector m'ont raconté. Selon eux, elle était rayonnante et tout le monde tombait sous son charme ! À 5 ans, j'ai trouvé une vidéo d'elle en train de danser… Plus jeune, elle était ballerine dans une compagnie de danse à Londres. Si j'ai voulu faire de la danse, c'est pour elle… pour…

– Te rapprocher d'elle, dit Roméo.

J'acquiesce.

– Je passais des heures et des heures à danser, raconté-je. Déjà à 7 ans, je restais une heure de plus à la fin de mes cours pour me perfectionner. Je regardais un tas de films, de vidéos sur le classique ou de ballets, j'étais obsédée par la danse. À 12 ans, ma grand-mère a pris en main mes entraînements et c'est devenu moins… amusant. Elle s'est servie de mon envie de ressembler à ma mère pour me pousser à en faire toujours plus. J'ai failli arrêter des centaines de fois, mais je n'ai jamais pu. Je voulais tellement être comme elle…

Roméo me sourit tristement. Lui parler me fait tellement

de bien. À part Manon et Wade, je n'ai jamais pu me livrer aussi aisément, quoique je ne sois pas certaine d'en avoir dit autant à Wade. Avec Roméo, c'est aussi facile que de respirer. Il m'écoute et m'apporte tout le soutien dont j'ai besoin.

– Comment ils se sont rencontrés ? m'interroge-t-il.

– Ma grand-mère a engagé ma mère à 20 ans pour l'Opéra de Paris qu'elle dirigeait. Mon père est tombé amoureux d'elle en un regard. Le coup foudre cliché dans toute sa splendeur ! Ma mère a déménagé pour Nice et a préféré donner des cours de danse que poursuivre sa carrière. En moins de trois ans, ils étaient mariés et avaient Jules. Puis, trois ans après, je suis arrivée. Ils s'aimaient plus que tout… à ce que j'ai entendu.

– Ton père ne te parle jamais d'elle ?

– Non, pas vraiment. Il a toujours refusé de m'en parler. Dans un sens, je le comprends. Cela doit faire remonter un tas de souvenirs et lui faire du mal.

– Peut-être, mais tu as besoin d'entendre parler de ta mère, plaide-t-il. Il aurait dû surmonter cette souffrance pour ses enfants. Et il n'aurait pas dû te faire croire que tu étais responsable de sa mort.

Je ne réponds rien. Je n'en ai jamais parlé avec Roméo, peut-être parce qu'une part de moi pense réellement être responsable de la mort de ma mère. C'est ce qu'on m'a toujours dit après tout. Pendant des années, Jules n'a pas cessé de me répéter que j'avais tué notre mère et j'ai fini par le croire.

– Je sais, répondis-je.

Je ferme l'album photos, le pose par terre, puis vais me blottir contre le torse de Roméo. Me laisser aller contre lui est risqué, surtout avec autant de monde dans la maison, mais j'ai besoin de lui. Et j'ai besoin d'en parler.

– J'ai compris que je n'étais pas responsable. Elle a eu un accouchement difficile et les médecins ont sous-estimé l'hémorragie post-accouchement, quelques heures après ma naissance, elle a perdu énormément de sang et les médecins ont réagi trop tard. Son cœur s'est arrêté parce qu'elle était trop faible.

– Je suis désolé, me susurre Roméo tout en caressant mes cheveux.

– Pendant des années, j'ai cru que ma naissance l'avait tuée, mais grâce à Marnie et Hector, j'ai découvert la vérité. C'est une erreur médicale, une putain d'erreur qui m'a privée de ma mère.

Roméo me serre plus fort dans ses bras et embrasse le sommet de mon crâne. Sa douceur me fait du bien.

La colère en moi ne disparaîtra jamais, mais j'ai compris que ça ne servait plus à rien de me blâmer ou d'en vouloir aux médecins pour la mort de ma mère. La vie est faite d'épreuves qui nous broient de l'intérieur et on ne peut pas changer cela. Il faut apprendre à se relever chaque jour pour ne pas sombrer.

– Je donnerais tout ce que j'ai pour passer ne serait-ce qu'une journée avec elle et pouvoir la tenir dans mes bras. Je manquerai toujours de l'amour d'une mère même si Marnie a fait en sorte de m'apporter tout son amour. Elle a été géniale avec moi, Hector aussi.

Je relève la tête vers lui, le visage grave.

– Je sais que tu en veux à ton père de t'avoir abandonné au profit de Lexie, mais je le crois sincère quand il dit qu'il veut faire partie de ta vie. Tu as la chance qu'il soit encore en vie, alors oui, il n'est pas parfait et il a fait des erreurs, mais il est là pour toi et il t'aime. Tu as encore une semaine pour partager du temps avec lui et lui parler. Dis-lui ce que tu as sur le cœur !

Son visage se ferme pendant une fraction de seconde, puis laisse place à toute la souffrance qu'il ressent. Pendant le dîner, j'ai eu mal pour lui. Voir Lexie enceinte l'a percuté en plein cœur. Mes mots le font réfléchir bien qu'il ne dise rien. Je ne veux pas qu'il regrette de ne plus avoir de contact avec son père dans quelques années, car il a beau prétendre le contraire, il l'aime et souffre de ne pouvoir le voir tous les jours. Il a la chance d'avoir ses deux parents qui l'aiment et je suis certaine qu'il se sentira mieux s'il trouve la force de leur pardonner.

– Ne lui tourne pas le dos, Roméo, dis-je. Et ne tourne pas le dos à ta petite sœur.

Je le vois froncer les sourcils, et je précise :

– Lexie m'a dit que c'était une fille.

– Je n'ai pas envie de tourner le dos à ma petite sœur, soupire-t-il. Je veux être là quand elle a besoin de moi.

Je souris.

– Cette petite aura vraiment beaucoup de chance de t'avoir dans sa vie, lui confié-je.

– Tu parles en connaissance de cause ? C'est vrai que ce doit être génial de m'avoir, se vante-t-il.

Je glousse.

– Pas tellement ! En fait, ta petite sœur se porterait mieux sans toi, le taquiné-je.

Roméo me renverse sur le dos et monte à califourchon sur moi. Immédiatement, je ressens cette vague de chaleur dans le bas-ventre et elle s'intensifie lorsque je sens pointer l'érection de Roméo contre moi.

Depuis que j'ai perdu ma virginité, nous n'avons pas pu nous retrouver ensemble, et même si c'est dangereux d'être ici tous les deux, je ne veux pas arrêter.

J'aime l'insolence et le désir qui traversent ses yeux à cet instant. Il dégage tellement de charisme et de sauvagerie que je serais capable de le laisser faire tout ce qu'il veut de moi. Je ne m'attendais pas à tomber amoureuse de lui. Cependant, j'ai appris à le connaître ces dernières semaines et j'ai vu à quel point il pouvait être généreux, intelligent.

J'admire la liberté qu'il a à être lui-même. Je suis fascinée par son humour, la passion qui le dévore quand il danse ou quand il défend une cause qui lui tient à cœur. Il ne mâche pas ses mots, a une confiance en lui que j'envie et une capacité à se faire aimer qui m'impressionne.

Je l'ai dans la peau et rien ni personne ne pourra me l'enlever !

– Retire ce que tu as dit, lance-t-il.

– Sinon quoi ? le provoqué-je.

Il esquisse un rictus, puis penche sa tête vers la mienne. Ses lèvres charnues m'attirent instantanément.

– Je ne t'embrasserai plus jamais, menace-t-il.

– Tu ne tiendrais pas plus de dix minutes !

– C'est un défi ? demande-t-il en haussant un sourcil.

Je souris. Son côté joueur m'amuse. Puis c'est comme ça que tout a commencé entre nous. Il m'a défiée pour que je sorte de ma coquille et surtout pour m'embêter, et c'est de cette façon que nous nous sommes plus ou moins rapprochés. La rage que nous ressentions l'un pour l'autre n'était qu'un leurre. Elle nous empêchait de voir que nous étions attirés l'un par l'autre comme des aimants.

Sa bouche au-dessus de la mienne, à seulement quelques millimètres, me tente dangereusement. Je mords ma lèvre pour me retenir de plonger sur les siennes. Est-ce qu'elles ont toujours été aussi attirantes ? Je perds la tête.

Roméo passe sa langue sur sa lèvre supérieure tout en me bouffant du regard. Ses yeux de jade balaient mon corps emprisonné dans un short et un débardeur. Une de ses mains se pose juste en dessous de ma poitrine, tandis que l'autre caresse ma joue tendrement du bout des doigts.

– Fais attention, Roméo, je suis une adversaire redoutable.

Il esquisse un sourire.

– La meilleure des adversaires et la seule que je veux…

Il ne me dit pas encore « je t'aime » à voix haute, mais toutes les autres phrases qu'il prononce ou tous ses gestes parlent pour lui. J'ignore combien de temps durera notre relation, peut-être des mois, des années ou toute la vie, mais je sais que je veux la vivre pleinement.

Je rêve d'un avenir où nous n'avons plus besoin de nous cacher, où être ensemble ne serait pas vu comme quelque chose de malsain. Je rêve d'un avenir où l'on serait libres tous les deux.

Je pose mes mains à l'arrière de sa tête et l'attire contre ma bouche. Peu importe si je perds ce soir, je suis prête à rendre les armes aussi souvent qu'il le souhaite si c'est pour être vraiment avec lui.

35

Roméo

On a été géniaux !

Le Crew face à nous n'a eu aucune chance. Pour la première fois depuis qu'elle a intégré la team, Talia a dansé avec nous. En moins de quelques secondes, elle a mis tout le monde d'accord – public, danseurs, juges –, ils ont tous été subjugués par son talent évident.

Notre duo fonctionne à merveille, Talia me comprend sans que je prononce le moindre mot, elle anticipe mes pas avec une facilité déconcertante. J'ai adoré la voir s'épanouir sur la piste. Elle n'était pas destinée au hip-hop et pourtant, elle est née pour cette discipline.

Je n'ai pas vu Issan dans le public, mais je crois avoir repéré des membres de son groupe. À chaque fois, ils font le déplacement depuis Marseille. Ils sont déterminés à gagner. Je ne m'en inquiète pas. Nous n'avons pas montré tout ce que nous pouvions faire. On préfère garder nos nouvelles figures pour la finale.

En avril, on sera sacrés champions de France et à nous la conquête des États-Unis !

Pour fêter la victoire, nous sommes tous allés au bar d'Alvaro, le QG, comme le surnomme Tao. Le bar est bondé de monde. Tous ceux qui nous soutiennent ont tenu à partager ce moment avec nous. Ils croient en nous et, putain, qu'est-ce que ça booste ! La ferveur de la foule peut vous faire soulever des montagnes.

Puis je dois reconnaître que cette battle est tombée à pic. Après le Noël catastrophique que nous avons passé à la maison, j'avais un grand besoin de décompresser.

Le seul moment que j'ai aimé dans ces fêtes, c'est la surprise de ma danseuse en pleine nuit. Elle m'a rejoint dans ma chambre pour me donner son cadeau de Noël. La petite peste m'a offert des caleçons de bain pour éviter d'aller nager nu dans la piscine. Enfin, c'était seulement le cadeau humoristique, comme elle a dit. Le vrai m'a touché bien plus qu'elle ne le croit.

Je ne m'attendais pas à ce qu'elle m'offre une gourmette avec le nom de mon frère. Un soir, je lui ai parlé de ce bijou appartenant à Leone. Le bracelet a été mis en pièces par ces connards de harceleurs et personne n'a pensé à le réparer avant que Leone ne se suicide. Je ne sais pas comment elle a fait, mais Talia a réussi à acheter la parfaite réplique de la gourmette.

J'ai cette nana dans la peau !

Quant à moi, je lui ai offert un collier avec un pendentif en forme de ballerine en hommage à sa mère. Elle m'a sauté dessus et on a fait l'amour deux fois cette nuit-là.

Mais à part ce moment si spécial entre nous, c'était globalement la cata. Ma mère a vrillé en plein milieu du repas. Le bonheur de Lexie et de mon père lui a fait perdre ses moyens et encore plus le fait que j'arrive à plaisanter avec sa rivale.

Je ne m'attendais pas à m'entendre aussi bien avec Lexie. Ces derniers jours, elle a été aux petits soins avec moi et tient plus que tout à ce que ma future petite sœur ait un grand frère sur qui compter. Je redécouvre ma belle-mère et ça me fait un bien fou de ne plus lui faire la guerre.

Mais ma mère ne le supporte pas. Elle est devenue

méchante avec tout le monde. Elle a exigé que mon père et Lexie quittent la maison et m'interdit même de les voir. Je sais pourquoi elle réagit de cette façon: sa relation avec Jonas ne fonctionne pas comme elle le veut, alors elle passe sa frustration sur nous. Son bonheur parfait en prend un coup.

Ça me fait de la peine pour elle, mais si vraiment elle n'est pas heureuse avec lui, pourquoi ne le quitte-t-elle pas ? À cause de l'argent et du confort des Bellerive ? Quelle connerie ! Quel genre de femmes compte-t-elle devenir ? Une pâle copie de la vieille bourge coincée de Léonore Bellerive ? Putain, j'espère que non !

Ma mère ne se rend pas compte qu'elle est en train de gâcher sa vie. Jonas Bellerive finira par la détruire.

Bref, hier soir, mon père et Lexie ont quitté la maison pour aller je ne sais où. Peut-être qu'ils sont rentrés à Paris. Je n'ai même pas pu parler avec lui à cœur ouvert. Bon, je ne me comporte plus comme un rebelle colérique, mais ça ne veut pas dire que tout est réglé. J'ai toujours envie de lui envoyer mon poing en pleine figure.

– Tu ne fêtes pas la victoire avec ta copine ? me demande Alice qui vient de me rejoindre à table.

Je soupire.

– Relax, Rome, je ne dis pas ça pour être méchante ou jalouse, continue-t-elle. J'ai compris que je n'avais aucune chance !

Je fronce les sourcils. Je la regarde en me demandant si je suis bien en face de la même personne, la même Alice qui n'a pas cessé d'envoyer des piques à Talia depuis leur rencontre. Elle n'a jamais accepté sa venue dans le Crew.

– Je me suis trompée sur elle, reconnaît-elle. Talia est vraiment douée et avec elle on gagnera la battle finale !

– Béni t'a fait prendre quoi comme drogue pour que tu changes à ce point ?

Alice ricane. Si Talia n'avait pas occupé toutes mes pensées, peut-être que j'aurais pu m'intéresser un peu plus à Alice. Elle est mignonne, plutôt intelligente, danse bien et a un beau corps. Mais mon attirance pour elle n'a duré qu'une dizaine de secondes. La petite brune qui danse comme une folle avec Rina et Manon est la seule qui me fait vibrer.

– Je ne prends aucune drogue et Béni ne me donne rien à part quelques orgasmes, révèle-t-elle.

Son aveu me surprend tellement que je manque de recracher ma gorgée de rhum. Je n'ai jamais appris à la connaître vraiment, ni elle ni Béni. Je n'ai jamais aperçu ne serait-ce qu'un petit rapprochement entre eux, sûrement parce que j'étais trop focalisé sur ma petite personne.

– Bref, tout ça pour dire que je suis désolée pour ce que j'ai fait et dit, reprend-elle plus sérieusement.

– C'est oublié, Alice, réponds-je pour la rassurer.

Elle me salue et me gratifie d'un sourire timide avant d'aller se blottir contre le torse de Béni. Je reconnais que je les trouve plutôt bien assortis et peut-être que leur relation calmera Béni sur toutes les substances illicites qu'il prend à longueur de temps. Je n'ai jamais vu un mec fumer autant de weed ou consommer autant de cachets en tout genre.

Je finis mon verre d'une traite puis me dirige vers le bar pour en commander un autre. Ce soir, je veux profiter de la victoire avec mes amis sans me préoccuper de tous ces putains de problèmes avec ma famille.

– Mec, c'est vraiment un truc de dingue ce qui nous arrive ! lance Diego en s'approchant. Regarde ce monde, c'est incroyable ! Et c'est encore plus énorme sur Instagram. Le compte de Manon marche du feu de Dieu, elle poste un tas de vidéos de nos prestations, les gens aiment tellement qu'ils demandent déjà si on va se produire quelque part. C'est un truc de malade ! On va devenir de très grandes stars !

Diego s'emballe, mais pour une fois, je crois qu'il a raison. On est si près du but que je ne pense pas que l'on puisse échouer, peu importe si on affronte les Dotraks.

– On va être mieux que ça, des légendes, ricané-je.

– Mais oui ! Manon nous suivra partout pour faire une sorte de film-documentaire qui sera récompensé aux Oscar, et nous, on sera les idoles de gamines et gamins qui voudront être nous, s'imagine-t-il. La vie qu'on mérite nous tend les bras !

Je pouffe. Il recommence à s'imaginer tout un tas de choses sur notre futur. Au début, je le prenais pour un fou, mais force est de constater qu'il a eu raison sur à peu près tout. Son optimiste a payé.

Mon sourire s'efface lorsque je vois mon père et Lexie entrer dans le bar. Merde, ce n'est pas le lieu pour une femme enceinte !

Alvaro les installe à une table miraculeusement vide. Dès qu'ils m'aperçoivent, ils me font de grands signes pour que je les rejoigne. Pourtant, je ne bouge pas. Je trouve étrange de les voir dans mon univers. C'est tellement en décalage avec ce qu'ils sont.

– C'est moi qui leur ai dit où on était, me confie Talia après m'avoir rejoint.

Je me tourne vers elle et fronce les sourcils.

– Ils sont venus à la battle, mais tu ne les as pas vus, explique-t-elle. Ils ont voulu fêter la victoire avec nous et te féliciter, alors je leur ai dit que tu étais là. Ton père s'intéresse à ce que tu fais, Roméo.

Ses grands yeux ambrés me fixent avec douceur. Je sais que ma réconciliation avec mon père lui tient à cœur. Elle est persuadée que je me sentirai mieux après ça. Elle n'a pas tort. Toutes ces années de colère et de haine envers lui me pèsent. Mon père me manque, notre complicité aussi.

Je suis heureux de constater que le délire de ma mère ne les a pas fait fuir à l'autre bout du pays. Ils sont restés pour moi et ça compte bien plus qu'ils ne le pensent.

– Merci, dis-je à Talia.

J'aimerais pouvoir l'embrasser pour la remercier, mais je ne pense pas que mon père et Lexie comprendraient. Je me contente d'effleurer sa main, puis me dirige vers eux. Je leur souris légèrement et m'assieds sans savoir comment me comporter. Lexie observe tout ce qui l'entoure avec un sourire lumineux collé au visage. Sa simplicité me surprend toujours.

Cette femme n'a rien à voir avec la Lexie de mon passé.

– Talia m'a dit que vous étiez là pendant la battle, c'est… cool.

Putain, je déteste ne pas savoir quoi dire !

– On a adoré ! C'était incroyable, vous avez été géniaux et, bon sang, Roméo je ne savais pas que tu dansais aussi bien, me félicite Lexie. Tu m'as impressionnée !

– Merci.

– Vraiment, c'était super ! Tout le public était subjugué par vous, il scandait vos noms avec un tel enthousiaste que j'ai eu envie de rejoindre la scène, mais avec mon gros ventre, j'aurais fait tache, dit-elle en riant.

Je souris. Je ne l'imagine pas du tout en danseuse.

– Je ne peux pas te contredire, la taquiné-je.

– Petit merdeux !

Mon père sourit. Je lis de l'attendrissement dans son regard. Il aime voir que je m'entends bien avec la nouvelle femme de sa vie.

– Tu es meilleur que dans mon souvenir, lance mon père. Les membres de ce Crew te correspondent plus que ceux à Marseille.

– Ils ne sont pas Issan, ça c'est certain !

À l'évocation de mon ancien ami, je vois mon père se crisper. Notre relation s'est encore plus détériorée à partir de là. Lexie s'excuse auprès de nous pour rejoindre Talia plus loin. Elle nous accorde un moment entre nous.

Pendant une bonne minute, un silence pesant s'installe. Ça me fait mal de ne pas pouvoir lui parler comme avant.

– Je suis désolé, fiston, avoue-t-il enfin. Je n'ai pas eu l'occasion de te le dire ou plutôt pas eu le courage de le faire, mais je suis désolé de t'avoir délaissé. Je ne savais plus quoi faire pour que tu cesses tes conneries.

– J'avais juste besoin que tu sois là pour moi, le coupé-je.

Je regarde autour de moi et vois Lexie rire avec Talia. Ces derniers jours, elles ont passé beaucoup de temps ensemble et ont fini par sympathiser.

– Je sais et je regrette de ne pas l'avoir compris avant. J'étais dépassé, Roméo. Je voulais prendre un nouveau départ.

– Un nouveau départ sans moi, l'accusé-je.

Il encaisse sans broncher.

– Est-ce que tu as la moindre idée de ce que c'était de vivre avec maman en pleine dépression ? Elle pleurait Leone jour et nuit et moi je… J'avais besoin de toi et tu as préféré fuir avec Lexie sans te soucier de ce qui pouvait nous arriver !

– Je ne pourrai jamais rattraper le mal que je t'ai fait, ni à toi ni à ta mère… Aujourd'hui, je suis là pour toi, Roméo, et non pas parce que je veux que ma future fille ait un grand frère. Je n'ai pas passé un seul jour sans penser à toi !

– Tu as eu une drôle de façon de le montrer, lui reproché-je.

Il soupire. Il boit une gorgée de son verre de rhum et regarde dans le vide. Je sais que je l'ai blessé, mais c'est plus fort que moi. Ses excuses sont insuffisantes pour moi, ça ne pourra pas soigner la blessure que ça m'a fait.

Pourtant, il est là depuis des jours et n'est pas parti, même quand ma mère l'a fichu à la porte. C'est fou comme il ressemble à Leone, enfin, du moins, mon frère lui ressemblait. Les mêmes yeux vert noisette, le même sourire et cette même fossette à la joue droite.

Je me demande comment serait Leone s'il n'avait pas mis fin à ses jours. Je suis certain qu'il ferait craquer tous les mecs de la ville. Si seulement on avait pu l'empêcher de faire ce geste terrible.

– J'ai déjà perdu un fils, Roméo, je ne tiens pas à perdre le second ! Je veux être présent à chaque moment important de ta vie. Est-ce que tu es prêt à me faire une place ?

Je ne réponds pas.

– De toute façon, je ne te laisse pas le choix. Je compte bien faire partie de ta vie, que tu le veuilles ou non. On est tenaces dans la famille, ne l'oublie pas.

J'esquisse un sourire. Je reconnais que ça me fait du bien d'entendre ça.

La musique change de tonalité. Diego a décidé de mettre des sonorités plus cubaines. À chaque fois qu'on arrive vers les vingt-deux heures, il a toujours envie de jouer l'ambiance cubaine. Il aime ce pays. Il me semble que sa grand-mère vient de là-bas.

– Ce ne sera pas facile de me pardonner et je le sais, mais je serai là à chaque instant, Roméo.

– Tu crois que toi et maman seriez encore ensemble si Leone n'avait pas…

– Non… Ça n'allait plus entre ta mère et moi bien avant ce qui s'est passé avec ton frère. Sa mort a sûrement précipité les choses, mais ça serait arrivé de toute façon.

Ses mots me rassurent, dans un sens. J'ai toujours cru que nos vies auraient été différentes si Leone ne s'était pas suicidé, que l'on serait restés tous les quatre. Je me suis trompé. La seule chose qui aurait changé, et la plus importante, c'est qu'il serait là, avec moi.

– Écoute, Roméo, je sais que c'est difficile pour toi de tourner la page, mais ça ne veut pas dire que tu oublies ton frère. Moi non plus, je ne l'ai pas oublié. Jamais je ne le pourrai. Jamais je n'oublierai sa mauvaise humeur quand il se réveillait. Jamais je n'oublierai son talent de peintre. Jamais je n'oublierai son sourire ou son rire devant ces émissions débiles, les tenues qu'il aimait confectionner. Je les ai toutes gardées, avoue-t-il, pensif.

– Maman piquait de grosses crises quand il arrivait avec ses vêtements multicolores, me souviens-je en riant.

– Elle lui ordonnait d'aller se changer et il répondait toujours…

– « On ne demande pas à Lady Gaga de se changer. Lady Gaga porte ce qu'elle veut. C'est une icône. Et moi, je suis la plus grande des icônes ! »

Nous rions ensemble pour la première fois depuis des mois. Mon frère était une personne loufoque et haute en couleur, son style et sa personnalité dérangeaient. Ses harceleurs n'ont pas cherché à le connaître, ils s'en fichaient.

– Il me manque, avoué-je à mon père.

– Je sais, fiston.

Je ravale les larmes dans ma gorge ne voulant pas craquer en plein milieu du bar. Je tourne la tête et je tombe sur la silhouette de Talia.

C'est plus fort que moi, je ne peux pas détacher mes yeux d'elle. Rien que la regarder réussit à m'apaiser. Sentant mon regard sur elle, Talia lève les yeux vers moi et me sourit. Mon cœur se remet en marche comme s'il avait cessé de battre jusqu'à maintenant.

– Talia est une chouette fille, lance mon père.

– Elle n'a rien à voir avec sa famille. Elle est talentueuse, gentille, belle, drôle, courageuse et…

Je m'interromps quand je le vois sourire.

– Et tu es amoureux d'elle, dit-il.

Je ne réponds pas. Je ne peux pas l'avouer à mon père. Comment a-t-il deviné ? Question stupide, je viens de faire une description d'elle qui ne laisse aucun doute sur ce que je ressens pour elle.

– Tu as le droit d'être heureux, fiston, et visiblement Talia te rend heureux. Il y a longtemps que je ne t'avais pas vu sourire de cette façon.

– Tu ne me dis pas que c'est mal ? Maman va épouser son père…

– Et alors ? ricane-t-il. On ne choisit pas pour qui notre cœur bat. Bon, ta mère va certainement péter une durite, mais elle finira par accepter.

Je souris tristement. Si ma mère apprend la vérité un jour, elle serait capable de me foutre à la porte. Quant à Jonas, il enverrait sa fille dans une pension pour danseuses ou une connerie dans le genre.

– Je suis désolé qu'elle vous ait mis à la porte, Lexie et toi, m'excusé-je. Maman a perdu les pédales ces derniers temps.

– Ne t'excuse pas… Ta mère est un peu perdue, mais elle finira par ouvrir les yeux. Essaie de ne pas trop lui en vouloir !

J'acquiesce.

C'est drôle, je me sens plus apaisé en ayant discuté avec lui. Je crois qu'évoquer Leone nous a fait du bien à tous les deux. Peut-être qu'il a raison et que j'ai le droit d'être heureux avec celle que je veux.

Je tourne la page.

36

Talia
Mars

– Tu es vraiment obligée d'aller t'entraîner avec ta grand-mère ? se plaint Roméo qui refuse que je quitte le lit.

Il emprisonne mon corps de ses bras et picore mon cou de baisers. Je souris. J'adore qu'il soit aussi tactile. Ces dernières semaines avec lui ont été géniales et remplies de moments tendres et passionnels.

Échapper à nos parents est devenu notre jeu favori. Le fait de nous cacher a renforcé notre relation. Et même si ce secret peut effriter leur vie, je crois que nous avons décidé de penser à nous avant eux, comme ils le font depuis le début.

Tout le mois de janvier a été rythmé par la danse, les sorties, les balades en bord de mer et nos étreintes endiablées. Je n'ai jamais été aussi heureuse de toute ma vie.

Lorsqu'il est loin de moi plus de quelques heures, je me sens vide et mal comme si son manque était impossible à vivre.

Avant de le rencontrer, je ne connaissais rien à l'amour ou plutôt seulement ce que je voyais dans les films ou lisais dans les romans. Mais aujourd'hui, c'est comme si j'avais compris le vrai sens de la vie.

À chaque fois que mes yeux se posent sur lui, je sens une sorte d'ouragan dans l'estomac qui dévaste tout sur son passage et dont j'ai besoin encore et encore. Il me fait me sentir vivante, il est mon équilibre.

– Oui, il le faut, dis-je en me retournant pour lui faire face.

Instantanément, je vois des flammes de désir danser dans ses yeux de jade. Je mordille ma lèvre inférieure, consciente de ce qui anime son esprit.

– En continuant ces entraînements, ma grand-mère ne se pose aucune question et croit toujours que je vais passer son audition stupide. Tant qu'elle pense contrôler mon avenir, tout va bien !

– Je n'aime pas que tu passes du temps avec cette vieille peau, avoue-t-il, inquiet.

Il caresse ma joue et ne peut cacher sa crainte. Je sais à quoi il songe et d'où vient sa peur. Depuis que je lui ai raconté mes problèmes de troubles alimentaires, Roméo ne cesse de me materner. Il surveille tout ce que je mange, persuadé d'être discret. Le fait qu'il s'inquiète pour moi me touche au plus haut point. Jamais personne ne s'est autant soucié de mon bien-être à part Marnie et Hector, mais je dois dire que je suis heureuse que ce soit Roméo qui prenne soin de moi.

Je vais bien aujourd'hui. Je me sens bien dans ma peau et les critiques acerbes de ma grand-mère ne m'atteignent plus.

– Ce n'est qu'une question de deux ou trois heures, dis-je pour le rassurer. Je sais encaisser ses critiques et passer au-dessus !

Il ne répond pas et se contente de me scruter comme s'il cherchait à déceler le moindre mensonge. Je me rapproche de lui et dépose mes lèvres sur les siennes.

– Aie confiance en moi, Roméo, tout va bien ! Je sais ce que je veux faire de ma vie, avec qui, et rien ni personne ne pourra m'en empêcher, pas même la grande Léonore Bellerive !

Il esquisse un sourire.

– Et comment tu vois ta vie ? Où ? Avec qui ? questionne-t-il en grimpant sur moi.

Il est torse nu devant mes yeux, et je ne peux m'empêcher de détailler sa musculature dessinée. Comment peut-on être aussi bien foutu à seulement 18 ans ? D'accord, la danse aide, mais je crois surtout que Roméo a de la chance d'avoir une sacrée bonne morphologie. Et je ne parle même pas de ses tatouages qui accentuent son côté sexy.

– Talia, m'apostrophe-t-il. Arrête de me mater, je me sens violé par la pensée !

Je le tape à l'épaule, ce qui le fait pouffer.

– Eh bien, je me vois bien à New York, vivre à Manhattan ou à Brooklyn dans un immense appartement avec le Crew, imaginé-je. Trois ou quatre soirs par semaine, on danserait sur Broadway ou Madison Square Garden avant un match de basket ou autre, puis on partirait en tournée à travers le monde.

– Quand tu dis « on », tu inclus qui ?

Je souris. Je sais qu'il voit son avenir avec moi et ça ne pourrait pas me faire plus plaisir.

– Le Crew et moi, réponds-je le plus naturellement possible.

Il fronce les sourcils. Je fais de mon mieux pour ne pas éclater de rire, même si j'en meurs d'envie. J'arrive pas à croire qu'il puisse imaginer une seule seconde que j'envisage mon futur sans lui.

– Manon sera avec nous, je ne me vois pas sans ma meilleure amie !

Encore une fois, il fronce les sourcils, mais ça ne prend

pas avec moi. Je suis certaine qu'il bluffe.

– Je vois, feint-il d'être vexé. Vaut mieux que je parte alors…

Il commence à s'en aller lorsque je le retiens.

– Et avec le plus important… Toi.

Il sourit de toutes ses dents, enfin satisfait d'être cité. Je place mes mains à l'arrière de sa tête et attire son visage contre le mien.

– Ça y est, tu as retrouvé la raison, dit-il en souriant.

– Où que tu ailles, Roméo Castillon, je te suivrai, lui promets-je les yeux dans les yeux.

La douceur dans son regard ne ment pas sur ce qu'il ressent pour moi. Je n'ai pas besoin qu'il me dise qu'il m'aime, je n'ai qu'à poser mes yeux sur son visage pour le voir.

Roméo s'empare de ma bouche, avide. Ses mains s'aventurent sur mes cuisses, qu'il caresse avec fièvre et empressement. Je le touche partout puis faufile mes mains dans ses cheveux. C'est plus fort que moi, je ne peux pas résister à l'envie de tirer sur ses boucles. Je crois que ça m'excite.

Je sais que nous n'avons pas beaucoup de temps, alors je retire mon tee-shirt, me retrouvant en culotte. La vue de mon corps et surtout de ma poitrine nue plaît à Roméo. Il n'attend pas une seconde pour prendre un de mes seins en bouche, ce qui suffit à déclencher un feu en moi.

Nos gestes impatients traduisent notre excitation. Il se débarrasse de ma culotte, puis passe son doigt sur ma fente trempée. Je gémis contre sa bouche et prends son membre déjà dur en main.

En moins de quelques secondes, il balance son caleçon à travers la chambre, se munit d'un préservatif et entre en moi d'une seule poussée délivrante. À chaque fois qu'il est en moi, je me sens vivante. À peine il va et vient en moi que je ne suis pas loin de jouir. Il connaît mon corps si parfaitement que chacun de ses gestes me conduit au bord du précipice.

Concentrée sur son visage, je ne perds rien de ses expressions. Je suis fascinée par ses yeux qui se plissent, sa bouche qui se tord ou ses dents qui la mordillent à chaque fois que le plaisir est trop intense. J'aime regarder son torse s'activer au-dessus de moi, c'est un spectacle envoûtant.

C'est tellement bon que j'ai l'impression de rêver.

Il me pilonne si fort que j'ai du mal à retenir mes râles de plaisir. On joue avec le feu de se laisser aller à un étage de nos parents, mais, bon sang ! rien n'est plus excitant que ça !

Ce qui nous lie est bien plus fort et intense qu'une partie de jambes en l'air, ça nous dépasse. Parfois, j'aimerais laisser mes cris sortir de ma gorge pour qu'il comprenne ce que je ressens, pour qu'il voie combien mon amour pour lui est grand.

La fureur passionnelle qui s'empare de nos corps me surprend par son intensité dévastatrice. Je suis étonnée par ce qui se passe en moi, par le plaisir qui me submerge et qui est encore plus fort que la dernière fois.

Roméo prend une de mes jambes, qu'il place contre mon épaule afin de s'enfoncer plus loin en moi à chaque poussée. La vue de son torse luisant accentue mon désir, c'est si viril. Consciente de n'être pas loin de jouir, je m'empare d'un coussin et hurle mon orgasme dedans tant il est brutal.

La vague de feu submerge mon corps entier pendant quelques secondes avant que je retrouve mes esprits et que les battements de mon cœur reprennent un rythme plus ou moins régulier.

Je sens Roméo se déverser en moi, puis se retirer doucement. Lorsque son corps quitte le mien, je suis fouettée par un vent froid que je n'aime pas du tout. J'enlève le coussin de mon visage et vois Roméo revenir dans le lit, le sourire taquin.

– Je n'avais jamais joui en regardant un coussin jaune, lance-t-il à moitié mort de rire. C'était le pied absolu !

Je lui balance ledit coussin au visage, ce qui, évidemment, déclenche son rire.

– Ne te moque pas de moi !

– Jamais, trésor !

Il n'arrête cependant pas de rire et m'agace un peu plus. J'enfile mon tee-shirt, me lève du lit, lui balance tous les coussins qui se trouvent sur mon chemin et quitte la chambre sous ses rires.

Bon, il n'a pas totalement tort, c'est plutôt drôle. Je file sous la douche, le sourire aux lèvres, plus heureuse que je ne l'ai jamais été.

***

Les deux heures de danse avec ma grand-mère m'ont épuisée. Elle ne m'a pas lâchée une seule seconde. Elle a créé une chorégraphie pour l'audition qu'elle m'a obtenue et tant que mon exécution ne sera pas parfaite, elle ne me laissera pas tranquille.

Plusieurs fois, j'ai failli lui dire que je ne voulais pas faire partie de l'Opéra de Paris (j'ai surtout eu envie de lui dire d'enlever le balai qu'elle a dans le cul), mais j'ai préféré me retenir pour mon bien. Si elle apprend que la danse classique est finie pour moi, je ne donne pas cher de ma peau et de ce qui compte pour moi.

En particulier Roméo.

Je dois seulement tenir quelques semaines jusqu'à ma majorité et je pourrai enfin prendre mon indépendance. Heureusement pour moi, mon défunt grand-père m'a laissé de l'argent sur un compte pour que je ne manque de rien une fois adulte. Connaissant mon père, il s'arrangera pour reprendre l'argent qu'il a lui-même mis dessus s'il apprend la vérité.

Quoi qu'il en soit, je suis prête à subir les critiques de ma grand-mère si je réussis à en être débarrassée dans deux mois.

Après ces deux heures avec elle, je déjeune avec Manon dans un bistrot de la ville. J'ai tellement faim ce midi que je me commande un énorme burger avec plein de frites de patate douce.

– Putain, je ne t'avais pas vue manger autant depuis très longtemps ! lance Manon, étonnée.

– Ma tortionnaire de grand-mère m'a fait travailler dur ce matin, alors je me rattrape !

– Vraiment ? Ce n'est pas plutôt toutes ces parties de jambes en l'air avec ton Roméo qui te donnent de l'appétit ? me taquine-t-elle.

– Possible…

– Je te l'avais dit que tu adorerais le sexe et parler des détails !

Je lui tire la langue. Je me souviens de notre conversation dans le café de Maria et de ma gêne à écouter ses histoires de mecs. Avant de connaître le sexe avec Roméo, je voyais ça comme quelque chose de sale et dont j'avais un peu peur.

Quelle idiote quand j'y pense !

– C'est génial, on va pouvoir se raconter toutes nos expériences, s'emballe Manon. Diego adore que je lui mette un doigt dans…

– Pitié, Manon, je ne veux pas savoir ce que Diego aime, la coupé-je en me bouchant les oreilles.

Ma meilleure amie explose de rire. Je ne suis peut-être plus vierge, mais les détails sexuels me mettent toujours autant mal à l'aise. Je ne me vois pas partager les préférences de Roméo, ça ne regarde que lui et moi.

J'observe Manon et ne peux m'empêcher de rire avec elle. Je suis heureuse que nous ayons la même passion pour la danse. Ces derniers mois, notre amitié s'est renforcée. Elle et moi avons préféré nous éloigner des personnes toxiques de notre entourage, à savoir la moitié des élèves de notre lycée, dont Adèle et ses sbires.

Je me suis rendu compte que je préférais avoir une seule vraie amie plutôt que toute une cour d'hypocrites qui ne cherche qu'à me nuire. Avec le Crew, j'ai trouvé une vraie bande de potes, peut-être même une famille.

– Mes parents veulent rencontrer Diego, annonce Manon sur un ton solennel.

La peur sur son visage me fait sourciller.

– Et ce n'est pas une bonne nouvelle ? m'enquiers-je.

– Si… C'est juste que… Je stresse, bordel ! Je n'ai jamais présenté un mec à mes parents.

Elle pose les coudes sur la table et plonge la tête dans ses mains en poussant un grognement plaintif.

– Manon, tes parents sont de loin les personnes les plus sympas que je connaisse, la rassuré-je. Je suis certaine qu'ils vont adorer Diego. Tout le monde adore Diego même s'il a un humour particulier…

Elle pouffe.

– Si tes parents voient qu'il te rend heureuse, alors ils seront heureux pour toi et l'accepteront, j'en suis persuadée !

Manon me sourit.

– Tu as raison, ils vont l'adorer !

– C'est évident, dis-je en souriant.

Manon ne réalise pas la chance qu'elle a d'avoir des parents comme les siens. Quoi qu'elle fasse dans la vie, ils la soutiendront toujours. Lorsqu'elle leur a annoncé qu'elle comptait faire une école de cinéma à New York, ils l'ont encouragée et ont contacté la meilleure université de la ville pour qu'elle y dépose un dossier.

Le monde du cinéma ne sera plus jamais le même après le débarquement de ma loufoque de meilleure amie !

Pendant le reste du déjeuner, nous discutons de tout et de rien, et passons la moitié du temps à rire. Il y a bien longtemps qu'elle et moi n'avions pas partagé un moment rien que toutes les deux et, bon sang, qu'est-ce que ça fait du bien ! J'espère de tout cœur que nous aurons toujours des instants comme ceux-ci plus tard.

Je compte bien avoir Manon comme meilleure amie le plus longtemps possible.

Après le déjeuner, je repasse à la maison afin de me changer. Cet après-midi, le Crew a une répétition pour préparer la prochaine battle, qui a lieu dans quelques jours. La demi-finale.

J'ai tellement hâte d'affronter les Dotraks en finale. Je ne pensais pas que l'adrénaline des battles me plairait autant. Dès que je suis sur la piste, je me transforme en une autre personne. Je laisse parler mes émotions avec une facilité incroyable et me libère de toutes ces années où je me suis sentie emprisonnée et seule.

La danse a changé ma vie. Tout comme Roméo.

Pendant une bonne partie de l'après-midi, nous répétons les chorégraphies prévues pour nos prochaines battles. Je ne vois même pas le temps passer. Le numéro que nous avons préparé va en mettre plein la vue aux juges.

En fin de journée, je décide de rentrer à la maison. Le Crew a prévu de passer du temps dans le bar d'Alvaro, mais je suis trop épuisée pour une autre soirée. Roméo a proposé de rentrer avec moi, mais je l'ai convaincu de rester avec tout le monde. J'ai vu dans ses yeux qu'il avait envie de s'amuser, je n'allais pas l'en empêcher.

J'arrive dans le quartier résidentiel où nous habitons lorsque j'aperçois Adèle, adossée au mur de ma maison. Je fronce les sourcils.

Qu'est-ce qu'elle fiche ici ?

Depuis l'anniversaire de ma grand-mère, je ne lui ai pas parlé. Au lycée, on ne se fréquente plus. Au fond de moi, je sens que sa présence n'augure rien de bon. Dès qu'elle me voit, un sourire mesquin s'affiche sur son visage. Sa tenue apprêtée me saute immédiatement aux yeux. Robe cintrée crème, collants noirs transparents, talons et manteau de créateur, bijoux de luxe, cheveux tirés à quatre épingles, Adèle a pris dix ans d'un coup comme si elle voulait se faire passer pour une adulte respectable.

En fait, j'ai l'impression de voir une reproduction plus jeune de ma grand-mère.

– Adèle, qu'est-ce que tu fais là ? m'enquiers-je, loin d'être rassurée.

Son sourire s'élargit.

– Je t'attendais…

Je fronce les sourcils.

– Pourquoi ?

– Je viens d'avoir une petite discussion avec ta grand-mère.

Je soupire.

Son petit air arrogant m'agace. Elle se croit toujours supérieure à moi, mais son ascendant sur moi est terminé.

Je me fous qu'elle voie ma grand-mère pour sa carrière de danseuse classique, je lui laisse la place avec plaisir. Elle avance vers moi, les bras croisés sur sa poitrine, le regard mauvais et arrogant.

– Génial, qu'est-ce que tu veux que ça me fasse ? répliqué-je.

– Oh, je pense que ça va t'intéresser au contraire, ricane-t-elle. Léonore était tellement déçue et écœurée de toi, ça m'a fait mal au cœur.

Une vague de frissons s'empare de mon corps. Je suis incapable de lui répondre et tétanisée par ce qui suit. Adèle ricane. Elle sait qu'elle a gagné la partie.

– C'est bien ce que je pensais… J'ai toujours soupçonné que derrière tes airs de petite sainte-nitouche se cachait une vraie perverse. Ça ne m'a presque pas étonnée de te voir embrasser à pleine bouche ce bon à rien de Roméo, lance-t-elle avec dégoût.

– Je ne sais pas ce que tu crois avoir vu, mais…

– Garde ta salive, Talia, me coupe-t-elle, j'ai des photos qui ne mentent pas. Vous pensiez pouvoir vivre votre petite idylle tranquillement dans les bas-fonds de Nice, à l'abri des regards ? Quelle naïveté ! Je remercie Raphael de m'avoir traînée à cette battle ridicule, sinon j'aurais raté le bouquet final du baiser incestueux.

Mon sang se glace. Je sens la nausée pas loin de me secouer. Je ne peux pas échapper à cette situation. J'ai perdu.

– À ton avis, comment a réagi ta grand-mère en apprenant que tu te tapais ton frère ?

37

Roméo

C'est la merde.

Elle n'est pas là.

La battle a lieu dans moins de cinq minutes et Talia n'est toujours pas arrivée. Personne ne parvient à la joindre. À chaque fois que l'un de nous essaie, il tombe directement sur sa messagerie. Je ne comprends pas ce qui se passe.

Depuis trois jours, elle m'évite. Je la vois m'échapper, impuissant, et je ne sais pas quoi faire pour qu'elle me parle. Je suis persuadé que sa maudite grand-mère lui a retourné le cerveau contre moi. Je n'aurais jamais dû la laisser aller à ce cours de classique. Elle a repris les entraînements comme à mon arrivée.

Ce changement radical me bouffe le crâne depuis des jours. Je ne veux pas perdre Talia, mais je ne peux nier ce mauvais pressentiment qui serre ma poitrine. J'étais heureux, j'allais avoir la vie dont j'ai toujours rêvé et la relation avec mon père s'était apaisée, il fallait que quelque chose vienne tout gâcher.

Pour la sixième fois, Manon tente de joindre sa meilleure amie. Diego fait les cent pas, attentif au verdict de sa copine. Wade se tient le visage avec les paumes de ses mains, les autres s'impatientent.

Manon finit par secouer la tête.

– Putain ! crie Diego.

– Il a dû lui arriver quelque chose, ça ne ressemble pas à Talia de ne donner aucune nouvelle, plaide Manon.

Mon premier réflexe serait de me casser d'ici pour tenter de la retrouver, mais je sens que c'est autre chose. Je ne l'explique pas, mais je suis sûr que si elle ne vient pas, c'est par choix. Oui, il a dû se passer quelque chose, et je compte bien le découvrir, mais je ne peux pas moi aussi abandonner le Crew, pas après tout ce qui s'est passé.

– La battle va commencer, on ne peut plus attendre, prévient Alice.

La jolie blonde me regarde avec compassion et peine.

– On ne peut pas danser sans Talia, s'alarme Wade. Elle est notre atout principal et ce ne sont pas les Savage qu'on affronte !

– On n'a pas le choix, Wade. La princesse nous a abandonnés, lâche Béni, acerbe.

La colère se lit sur tous les visages de mes amis. Ils lui en veulent de leur avoir fait faux bond si près de réaliser leur rêve. Si on perd ce soir, ils la rendront responsable et ne voudront plus jamais la voir.

Bon sang, Talia, qu'est-ce que tu es en train de nous faire ?!

– Avec ou sans Talia, on réussira à se qualifier pour la finale, assure Rina. Nous avons tous bossé dur pour en arriver là et, ce soir, on gagnera contre ce petit Crew minable !

Rina tente de rebooster tout le monde, mais vu les visages découragés de presque tout le monde, son discours n'a pas l'effet escompté.

– Rina a raison, on ne doit pas avoir peur des Renégats ! Chacun de nous possède des atouts qu'ils n'ont pas. On les a vus danser une dizaine de fois, Gaia et Théo les connaissent par cœur et les ont déjà affrontés. Je suis sûr qu'on va les exploser ! Rina, tu saurais faire les pas de Talia, non ? demandé-je.

– Je connais la choré, oui.

– Alors tu seras ma partenaire pour le duo ! On ne fera que la partie au sol et en couple pour que tu sois à l'aise ! Théo et Gaia, vous ferez la partie complète de votre duo, et le reste, on ne change rien à nos tableaux. On va y arriver parce qu'on veut cette finale plus que tout au monde. New York nous attend et rien ni personne ne pourra nous l'enlever !

Je vois une lueur d'espoir naître dans leurs yeux et c'est tout ce qu'il nous fallait pour réussir.

La battle est annoncée par le speaker, signe que c'est le moment pour nous d'aller sur la piste.

– Maintenant, on y va et on déchire tout !

On se réunit en rond pour crier tous ensemble et se donner le courage et la motivation nécessaires pour affronter les Renégats.

Dès les premières notes de musique, on oublie tout et donne tout ce qu'on a pour en mettre plein la vue aux juges et au public. La première partie de la battle est clairement pour nous, on ne rate aucun pas, notre synchronisation est parfaite, on pulvérise les Renégats.

Cependant, le tableau des duos arrive et c'est une catastrophe. Si Théo et Gaia gèrent leur pas comme des pros, Rina n'est pas vraiment au point. Notre alchimie est presque inexistante et l'exécution de ses pas est loin d'être aussi parfaite que celle de Talia. Elle trébuche deux fois en ne contrôlant pas sa réception.

Après notre première phase, c'est au tour des Renégats de tenter de nous en mettre plein la vue. Ils maîtrisent leurs enchaînements et ne se trompent que très rarement. Je ne suis plus certain que l'on va remporter cette battle.

On se défonce tous pour le bouquet final afin de rattraper nos erreurs. J'envoie mes meilleures figures, les autres me suivent avec cette même rage de gagner. Se relever ensemble nous rend plus fort et je sais que les juges aimeront notre cohésion.

Dans la foule, j'observe à la va-vite les visages emballés du public. Je sais qu'ils kiffent, je le sens. Mes yeux s'arrêtent un instant sur une silhouette. Je reconnais ce sweat gris foncé avec le logo d'une université de Chicago. Il appartenait à mon frère, il l'avait acheté pendant sa période fan des États-Unis et avait eu envie de faire ses études là-bas.

Je suis sûr qu'il serait à Chicago s'il n'avait pas décidé d'en finir. Je l'aurais rejoint dès l'obtention de mon diplôme avec mon père et on aurait pu vivre l'aventure américaine comme on l'a toujours voulu.

Bref, je sais qui m'a pris ce sweat malgré la capuche qui cache son visage, ce que je comprends pas, c'est pourquoi elle est là dans le public alors qu'elle devrait être avec nous. Je sens une colère vive s'emparer de mon corps et la laisse transparaître dans chacun de mes pas.

Lorsque la battle se finit, je ne me formalise pas du vainqueur. La seule chose que je veux, c'est rattraper Talia qui a déjà disparu dans la foule.

J'ai à peine le temps de voir les membres du Crew sauter de joie avant de sortir de la salle. Dehors, je regarde à droite et à gauche, mais je ne la vois nulle part. Elle s'est volatilisée.

Est-ce que j'ai rêvé sa présence parce qu'elle me manque ?

Non, je suis persuadé qu'elle était là. Elle avait son sweat, bordel. Je retourne dans la salle où je suis accueilli par le Crew avec joie. Nous avons gagné. Nous allons en finale. Pourtant, la victoire a un goût amer. Je me sens vide sans elle. C'est avec Talia que j'aurais dû fêter notre ascension.

– Putain, mec, on a réussi, exulte Tao. T'as tout défoncé ! Tu les sortais d'où tes figures de malade ?

– Wade et moi, on a bossé dessus pour la finale, mais on en avait besoin ce soir alors…

– On en aurait pas eu besoin si ta copine avait bougé son cul de bourge pour danser avec son Crew, balance Béni.

– Ne parle pas d'elle comme…

– Talia ne fait plus partie du Crew, me coupe Diego, catégorique.

Son annonce jette un froid dans le groupe, plus personne ne parle. Je ne peux pas en vouloir à Diego, je comprends qu'agisse ainsi. Il est en colère et, en tant que chef de Crew, il ne peut pas tolérer les lâcheurs. Si on ne peut pas compter sur l'un de nos membres, ça met en péril tout le groupe.

– Diego, tu ne penses pas ce que tu dis, n'est-ce pas ? s'enquiert Manon.

– Talia nous a abandonnés au moment où on avait le plus besoin d'elle, bien sûr que je pense ce que je dis ! Rina prendra la partie de Talia et la bossera pour la finale ! Maintenant, on se casse d'ici, on a une victoire à célébrer !

Manon se tait. Son copain est bien trop sur les nerfs pour entendre raison. Je le suis aussi. Je n'ai aucune envie de faire la fête. La seule chose que je veux, c'est comprendre. Je veux qu'elle m'explique pourquoi elle nous a lâchement abandonnés et, surtout, à quoi elle joue depuis des jours.

Tout se passait bien entre nous. Elle faisait même des projets avec moi, avec le Crew. Alors qu'est-ce qui a bien pu se passer pour qu'elle change à ce point ?

Sur le chemin, je me torture l'esprit à la recherche d'une réponse ou d'un détail qui m'aurait échappé. Peut-être qu'elle n'était pas aussi heureuse qu'elle le prétendait ou que sa grand-mère a trouvé un nouveau moyen de la contrôler.

Je suis perdu et au fur et à mesure que j'avance vers la maison, je sens une boule grandir dans l'estomac. Ce mauvais pressentiment ne cesse de croître et ça me fait peur. Lorsque j'arrive devant l'immense baraque des Bellerive, j'entends de la musique en provenance de la salle de danse de Talia.

J'inspire longuement et emprunte le chemin qui mène au jardin. Je passe à côté de la piscine couverte, puis m'arrête devant la grande baie vitrée de la salle.

Talia est là.

En débardeur et en jean, elle danse comme si sa vie en dépendait, comme si elle pouvait s'écrouler à chaque instant. Elle s'envole plusieurs fois dans les airs, bouge au sol, fait un tas de pirouettes acrobatiques sur une énième chanson de Sia. Tous les styles de danse y passent, le classique, le contemporain, le moderne, le hip-hop, elle s'exprime à travers eux.

Je vois des larmes sur son visage et ça me tord les boyaux. Comment est-ce qu'on a pu en arriver là ?

Elle s'est réfugiée ici parce qu'elle n'a pas supporté de nous voir danser. Je suis sûr qu'elle a voulu nous rejoindre. Talia se sent en famille avec nous. Elle est libre avec nous. Là, je ne vois qu'une nana emprisonnée dans une vie qui ne lui convient pas. Je vois la Talia du début. Et cette fille-là, elle est beaucoup trop dangereuse pour elle-même.

J'entre dans la salle, bien décidé à avoir mon explication.

Comme si elle sentait ma présence, Talia se fige. Pendant une bonne vingtaine de secondes, elle ne bouge pas, ne dit rien, elle est comme paralysée.

La musique se coupe, nous laissant dans un silence de plomb.

Talia finit par se retourner. Le regard qu'elle pose sur moi est si froid qu'il me cloue au sol. Je sais qu'elle a pleuré, je le vois sur son visage. Néanmoins, elle le dissimule du mieux qu'elle le peut en affichant un air arrogant. Elle passe devant moi pour aller boire une gorgée de sa bouteille d'eau comme si je n'existais pas.

Son comportement m'agace.

– Tu n'as pas l'impression d'avoir oublié quelque chose ce soir ? m'énervé-je.

– Non.

Elle ne me regarde toujours pas et enfile une veste. Je sens que je vais très vite perdre patience. Elle ne peut pas me traiter de cette façon après tout ce qui s'est passé entre nous.

– Tu te fous de moi ? La battle contre les Renégats, ça te parle ? Et ne me dis pas le contraire parce que je t'ai vue dans la salle ! Pourquoi tu n'as pas dansé avec nous ?

– Je quitte le Crew, annonce-t-elle sans émotion.

– Tu quoi ? questionné-je, abasourdi.

Elle lève les yeux vers moi, glaciale.

– Je quitte le Crew, répète-t-elle. Je me suis rendu compte que je n'aimais pas ça, le hip-hop, les battles, ce n'est pas pour moi. Je suis une danseuse de classique, rien d'autre. Il faut que je me concentre sur mon audition pour l'Opéra de Paris, je n'ai pas besoin de distractions inutiles.

Je ne réponds pas. Ses paroles me décontenancent. Je la dévisage, tentant de retrouver la fille dont je suis tombé amoureux et pas cette nana froide qui me fait face, mais rien, je ne la vois plus.

– Ces derniers mois, je me suis perdue, continue-t-elle. Je me suis laissé embarquer dans quelque chose qui ne me ressemble pas. Je ne veux plus du Crew, des battles et je…

– Tu ne veux plus de moi, dis-je.

Elle baisse les yeux et mon cœur se brise. La douleur dans ma poitrine menace d'exploser. J'ai l'impression d'être poignardé dans chaque partie de mon corps ou qu'un tracteur me roule dessus encore et encore.

Lorsqu'elle relève les yeux pour les planter dans les miens, je sais que c'est fini.

– Je ne peux pas gâcher la vie de ma famille pour une histoire adolescente sans avenir, déblatère-t-elle. Soyons réalistes, Roméo, toi et moi, ce n'est qu'une passade, un bon moment qui est terminé. On s'est laissé submerger par nos hormones de gamins, mais tout ceci n'a rien à voir avec de l'amour. C'est juste…

– On s'est laissé submerger par nos hormones de gamins ? répété-je sous le choc. Tu te fous de moi, c'est pas possible ! Tu crois sincèrement que ce qui se passe entre nous n'est dû qu'à nos hormones ?

– Oui.

C'est complètement surréaliste. Elle ne peut pas nier ce qu'elle ressent pour moi, tout ce qui s'est passé entre nous, ce que l'on s'est dit.

– Bon sang, Talia, dis-moi ce qui se passe, m'impatienté-je.

Je fais un autre pas vers elle, pose mes mains sur ses joues et la force à me regarder. Mon geste la déstabilise et je vois bien qu'elle se retient de fondre en larmes. Je la connais assez pour savoir quand elle ment. Son corps la trahit quoi qu'elle puisse dire.

– Je sais que tu me mens, alors dis-moi ce qui t'arrive, la supplié-je. Qu'est-ce qui s'est passé pour que tu changes autant ? Tu as vu Issan, il t'a menacée ? Ou alors c'est ta grand-mère…

– Ce n'est rien de tout ça, me coupe-t-elle en retirant mes mains de son visage. C'est ma décision, Roméo… Je ne veux plus… C'est fini.

Elle a du mal à m'affronter, ses yeux me fuient et ses lèvres tremblent comme si elle allait craquer à tout moment.

– Tu m'aimes, Talia… Et je t'aime…

Elle me fixe, choquée. Je ne lui ai jamais dit « je t'aime » à voix haute et je vois bien que ça la touche bien plus qu'elle ne le laisse paraître. Des larmes naissent au coin de ses yeux, elle souffre et je sais que ce n'est pas à cause de moi, mais parce qu'elle est forcée de renoncer à moi.

Puis, la seconde d'après, elle reprend le contrôle de ses émotions et retrouve son masque de froideur.

– Je croyais t'aimer, mais…

C'en est trop pour moi, son mensonge me rend dingue. Je m'empare de ses lèvres pour me convaincre que je ne suis pas fou et que tout ce qu'elle me dit n'est que mensonge.

Elle a beau prétendre le contraire, sa manière de répondre à mon baiser ne me trompe pas.

Je sens ses larmes mouiller mon visage et je comprends que son baiser a un goût d'adieu.

Elle renonce à moi, comme l'a fait mon frère, ma mère et mon père. Elle aussi finit par m'abandonner alors qu'elle avait promis de ne jamais le faire.

Talia finit par rompre le baiser. D'un revers de la main, elle essuie ses larmes et me coule un regard impassible.

– Je suis désolée, Roméo, mais c'est terminé. Tu deviendras mon demi-frère dans quelques semaines et c'est tout ce qui nous liera désormais.

J'encaisse sans broncher. Je suis bien trop anesthésié par la douleur pour ressentir quoi que ce soit d'autre. La seule chose que je veux, c'est boire jusqu'à oublier mon propre nom.

Ce soir, je me retourne la tête.

Mais demain, je compte bien découvrir pourquoi Talia renonce à nous.

38

Talia

– Vendredi, ça va être la soirée de l'année ! s'emballe Adèle. La maison sera entièrement pour nous. Tous les gens populaires du lycée seront là et des amis de mon frère ont accepté de venir et, croyez-moi, certains sont vraiment canons !

Daphné et Laurie sautillent sur leur chaise. Dès qu'Adèle parle de mecs, elles se transforment en groupie de boys band et me donnent envie de les secouer pendant des heures pour les faire redescendre sur terre.

Je déteste être assise à cette table avec elles et faire semblant que leur conversation m'intéresse. Je déteste tout ce que je vis depuis deux semaines. Je ne suis qu'un robot qui se lève chaque jour sans but, une pauvre spectatrice d'une vie qui lui échappe et qui se sent si seule.

Ils m'ont tous abandonnée, ou alors c'est moi qui les ai abandonnés. Je crois que j'ai fini par oublier. Mon absence à la demi-finale de la battle de l'année les a retournés contre moi. Je n'ai jamais vu une telle haine dans le regard d'autant de personnes.

Ma propre meilleure amie m'a tourné le dos. Manon n'a pas compris mon changement de comportement et elle a encore moins apprécié que je quitte Roméo et le Crew. Je ne l'ai pas retenue. Il aurait fallu que je raconte toute la vérité et je sais qu'elle ne m'aurait pas laissée faire.

Lorsque Manon entre dans le réfectoire en compagnie de Roméo, je ressens toujours cette douleur au creux de mon ventre. La culpabilité m'envahit et la bile me monte à la gorge. Je perds immédiatement l'appétit. Roméo ne m'accorde aucun regard, comme si je n'existais pas.

Les premiers jours, il a essayé de comprendre pourquoi je le quittais. À chaque fois qu'il a débarqué dans ma chambre, il a tout fait pour que je lui parle. Cependant, je n'ai rien dit. Je me suis montrée froide et impassible.

J'ignore encore comment j'ai pu réussir cet exploit. Quand il m'a dit « je t'aime » le soir de notre rupture, j'ai failli craquer et lui révéler toute la vérité, ce qui m'a conduite à lui mentir. J'ai tout gâché pour lui.

Pour le protéger.

Il s'installe en face de Manon et me tourne le dos. Mon cœur se brise et je ne peux que m'en prendre à moi-même. Je suis responsable de cette situation. Pas lui.

– Tant mieux, parce que, après ce qui s'est passé avec Valentin, j'ai besoin de me vider la tête, se plaint Daphné.

Ce cher Valentin a rompu avec Daphné dès qu'elle a couché avec lui. Elle n'était qu'un pari, tout comme Adèle avec Raphael. Aucune d'elles ne se l'avoue, mais elles n'arrivent pas à passer à autre chose.

– Oublie cet abruti précoce, il n'en vaut pas la peine, balaie Adèle. Les amis de Louis sont matures et ne traitent pas les femmes comme des objets ! Ils t'offriront des bagues de luxe ou encore des chaussures de créateurs pour te séduire, c'est autre chose que de dîner dans un restau semi-gastro minable !

– J'arrive pas à croire que j'aie pu autant être à fond sur lui, il est tellement gamin !

– Tous les mecs de ce lycée sont des gamins, rectifie Adèle.

– Au moins, tu ne t'es pas tapé ton demi-frère, balance Laurie, cynique.

Adèle et Daphné gloussent, tandis que je la fusille du regard. Je ne supporte plus leurs piques sur ma relation avec Roméo. Adèle ne s'est pas gênée pour le répéter à ses sbires. Je ne serais pas étonnée que le lycée finisse par l'apprendre et que je devienne la risée de tous. J'ai peur que Roméo soit mis au courant. Je sais pas comment il pourrait réagir s'il comprenait qu'on me fait du chantage.

Je reste avec elles uniquement pour m'assurer qu'elles ne disent rien sur ce qui s'est passé entre Roméo et moi. Je ne veux pas que ces maudits élèves s'en prennent à lui.

Mais Roméo n'est pas mon frère et je l'ai quitté lâchement pour céder à un chantage qui me tue un peu plus chaque jour. Et surtout, je n'en peux plus d'être redevenue cette pauvre fille qui encaisse les critiques sans se défendre.

– La jalousie ne te va pas au teint, Laurie, ni la frustration de te taper personne, rétorqué-je sur les nerfs.

Laurie se tait et me lance un regard si noir qu'elle pourrait me tuer sur-le-champ. Je me lève de table et vais déposer mon plateau-repas au fond du réfectoire. Je quitte la salle sans me retourner. Je n'ai pas envie d'affronter le regard accusateur et méprisant de Manon, je n'en ai plus la force.

Après un bref passage à mon casier, je décide de sécher l'après-midi. Je me fous des cours d'anglais ou de littérature, j'ai seulement besoin de m'éloigner de tout ça quelques heures.

J'erre dans les rues de Nice sans savoir où aller, l'âme en peine. Jamais je n'aurais cru que renoncer à Roméo me détruirait à ce point. Cette douleur lancinante dans la poitrine ne cesse de s'accroître à tel point que respirer devient impossible.

Marcher ne me fait rien, être assise dans le sable à regarder les vagues non plus, rien ne peut apaiser mon cœur.

Au dîner, je n'écoute pas un mot de la conversation politique entre mon père et ses invités. La seule chose que je vois est l'absence de Roméo. Chaque soir, il se débrouille pour ne pas être présent. Sa mère ne s'en préoccupe pas, elle est bien trop accaparée par son mariage. Quant à mon père et à ma grand-mère, ils sont ravis d'en être débarrassés.

Je ne mange presque rien au dîner. En réalité, je ne mange pas beaucoup depuis que j'ai rompu avec Roméo. Rien ne me fait envie. Même la danse ne réussit pas à combler ce vide qu'il a laissé dans ma vie.

L'un des fils des invités de mon père a été placé à côté de moi par stratégie. Je connais mon père, il l'a fait dans l'intention de gagner les faveurs du père pour sa campagne politique à la con. Je ne suis qu'un petit pion pour lui et ses ambitions, rien d'autre.

– Ton père m'a dit que tu étais danseuse, lance Matthias pour entamer la conversation.

– Ouais, réponds-je en buvant une énième gorgée de vin.

L'avantage de ce foutu repas d'affaires, c'est que je peux boire autant de vin que je veux. Mon père est bien trop occupé à jouer les avocats parfaits et pleins de valeurs pour faire attention à moi.

– C'est bien d'avoir une passion. Moi, par exemple, j'adore le golf. Tous les vendredis après-midi, je me rends au country club avec mon père et des associés. Je pourrais rester des heures à jouer en sirotant un beau Dom Pérignon. Tu as déjà joué au golf ?

J'acquiesce.

S'ensuit une conversation ennuyante sur toutes les techniques de jeu. Matthias ne fait que parler de lui et de ses hobbies. Je suis obligée de boire plusieurs verres pour supporter la compagnie de ce fils à papa inintéressant.

– Je serais ravi que tu viennes me voir jouer un de ces jours, propose-t-il.

Je ricane.

– Te voir jouer ? Comme une parfaite petite potiche ?

Ma réaction l'étonne tellement qu'il ne dit plus rien.

– Laisse-moi deviner ce que tu imagines, continué-je. Tu penses que je serais la parfaite fiancée qui assiste à toutes tes plaidoiries et te suivrais comme un toutou à chaque événement en n'oubliant pas de sourire et de parler de tes prouesses en tant qu'homme dominant, riche et si brillant… Non merci, je passe mon tour, dis-je en finissant mon verre.

Matthias se vexe et préfère se tourner vers un autre invité. Je sais qu'il ne méritait pas mes mots, mais je suis lasse de faire semblant. Cette vie ne me convient pas. Je ne serai jamais comme ces femmes qui acceptent de jouer les plantes vertes pour que leurs maris soient dans la lumière.

Après le dîner, je suis sur le point de monter dans ma chambre quand mon père intercepte mon bras.

– Tu m'expliques ton comportement au dîner ? éructe-t-il.

– De quoi est-ce que tu parles ? demandé-je sans comprendre.

Je lutte pour ne pas tanguer, mais avec tous les verres que j'ai bus, c'est presque mission impossible.

– Tu as été impolie avec le fils Rochester, me reproche-t-il. Je l'ai placé à côté de toi pour que tu le séduises et non pour…

– Pour que je le séduise ? répété-je. Mais pour qui est-ce que tu me prends au juste ?

– Tu as intérêt à appeler Matthias dès demain matin pour t'excuser de ton comportement et lui proposer un rendez-vous ! Ce gamin fait partie d'une bonne famille et j'ai besoin de son père pour…

– Je ne suis pas une pute, papa, même si c'est clairement ce que tu avais l'air de penser quand tu t'es mis en tête que j'allais séduire Louis Marois, et maintenant Matthias, le coupé-je. Si tu as besoin des faveurs d'un député à la con, engage une escort, mais laisse-moi en dehors de ça !

La gifle part si vite que je n'ai pas le temps de l'éviter. La violence de son geste me fait reculer de quelques pas et la douleur me bloque la moitié du visage une bonne quinzaine de secondes. Je suis choquée. Jamais de ma vie, il n'avait levé la main sur moi.

– Ne me touche plus jamais.

Je ne lis aucune trace de regret dans ses yeux. Son geste l'a rendu encore plus froid que d'habitude. Ma mère aurait honte de lui. Il me considérera toujours comme responsable de la mort de l'amour de sa vie quoi que je fasse. J'ai obéi à tout ce qu'il voulait des centaines de fois juste pour qu'il réussisse à m'aimer, mais aujourd'hui, je me rends compte que ça n'arrivera pas.

Je grimpe les marches en vitesse et vais m'enfermer dans ma chambre. Folle de rage, j'ai un grand besoin de me vider la tête et je ne connais rien de mieux que la danse et l'alcool.

Je me débarrasse de mes vêtements et enfile une tenue qui ne me ressemble pas. Petite robe noire décolletée, collant transparent, bottines à talons, je laisse mes cheveux détachés et me maquille en accentuant les yeux et en tentant de couvrir la trace de la gifle de mon père. Le coup a été si fort que le haut de ma joue a bleui.

Je m'observe dans le miroir quelques secondes et ne me reconnais pas. La petite Talia obéissante et parfaite a totalement disparu. À quoi bon me plier à toutes leurs règles alors qu'ils se foutent de mon existence ?

J'ouvre la fenêtre, enjambe la haie murale et descends sans faire de bruit. Il est hors de question que je reste une seconde de plus dans cette maison.

***

Après avoir descendu plusieurs shots dans un bar non loin de la place Masséna, je me suis réfugiée dans la première boîte de nuit que j'ai trouvée. Ils n'étaient pas vraiment regardants sur mon âge. Pour eux, je devais faire assez majeure pour qu'ils me laissent entrer. Je ne quitte pas la piste de danse et me laisse porter par la musique.

Je garde les yeux fermés, mes hanches ondulent, tandis que mes bras et mes jambes bougent au rythme des mélodies. La chaleur, l'odeur d'alcool et de transpiration, les corps qui se collent ne me dérangent pas. Plus rien n'existe autour de moi.

Malheureusement, la douleur dans mon cœur ne me quitte pas une seule seconde. Roméo a laissé un vide impossible à combler. La douceur de ses baisers, sa manière de me toucher, son regard plein de flammes, nos conversations sur l'oreiller, notre duo en danse, tout me manque atrocement.

Je sens une main se poser sur mon ventre et un corps se coller contre mon dos. Toujours les yeux clos, j'imagine qu'il s'agit de Roméo. Il est venu me rejoindre sur la piste et tout est pardonné.

Si seulement c'était ça…

Je me laisse porter par la musique latine et les gestes de mon partenaire de danse. Son érection contre mes fesses ne me fait rien. Son odeur mentholée mélangée aux effluves de whisky et de transpiration me donne envie de vomir. Il n'est pas Roméo et une vague d'angoisse me saisit.

« Tu m'aimes, Talia. Et je t'aime »

Ses mots tournent en boucle dans ma tête. Ses yeux pleins de désespoir ne quittent pas mon esprit. Toute la scène se rejoue. Si j'ouvre les paupières, je sais que je ne pourrais pas empêcher les larmes de perler sur mes joues.

La douleur dans ma poitrine s'intensifie, ma respiration devient erratique, ma tête tourne, je me sens étouffer. D'un coup, je rouvre les yeux et prends conscience du monde qui m'entoure, du peu d'espace que je possède et surtout de tous ces visages inconnus. Je ne me suis jamais sentie aussi seule que maintenant.

Je tente de me dégager de ma sangsue transpirante, mais le mec resserre sa prise sur moi en se collant plus près. Je joue de mes épaules pour me libérer, mais rien n'y fait. Il ne compte pas me lâcher.

Ce n'est que lorsqu'une fille trébuche sur lui que je parviens à m'extraire de sa prise.

Je me faufile à travers la masse de gens pour rejoindre la sortie le plus vite possible. Cependant, je sens une main s'emparer de mon bras dès que j'atteins le bar. Je m'attends à tomber sur le mec collant, mais j'écarquille les yeux en découvrant Wade.

Une vague de soulagement s'empare de moi. Je ne lis aucune colère sur son visage, seulement de l'inquiétude.

– Talia, qu'est-ce que tu fous là ?

Je fonds en larmes, incapable de pouvoir faire face à la culpabilité. Les bras de Wade m'entourent, je me laisse aller contre son torse. J'ai besoin d'évacuer toute cette souffrance même si elle ne disparaîtra pas après ça.

Qu'est-ce que j'imaginais, après tout ?

Je pensais que je serais assez forte pour supporter la rupture. J'ai eu tort. Rien n'aurait pu me préparer à cette douleur effroyable et sans fin. C'est comme si j'avais perdu une partie de mon cœur.

Je ne comprenais pas ces filles dans les films romantiques qui pleurnichaient pour un mec. Aujourd'hui, je me rends compte qu'elles avaient raison, qu'un cœur peut se briser en mille morceaux et qu'il est impossible de le réparer entièrement.

Si je me relève de cette histoire, je sais que j'aurai perdu des plumes en route et que rien ne pourra me les faire retrouver.

Wade me conduit à l'extérieur de la boîte après avoir récupéré ses affaires et me fait asseoir sur le trottoir en face de l'entrée. Je n'ai pas envie d'être là. Le voir me fait mal et la seule chose que je veux, c'est danser.

L'air glacial fouette ma peau, mais il ne me fait pas frissonner. Je ne sens que l'alcool qui parcourt mes veines et me réchauffe le corps entier. Je ne sais plus où j'ai lu que ce n'était que des conneries et que l'alcool ne pouvait pas augmenter la chaleur corporelle, mais j'assure que si pour ma part.

– Qu'est-ce que tu fais là, Talia ? redemande Wade.

– Je suis venue m'amuser, réponds-je avec une désinvolture qui ne me ressemble pas.

– Tu n'avais pas l'air de t'amuser avec ce type, fait-il remarquer. Tu cherches quoi, à te détruire ?

Je le fusille du regard. Il ne comprend rien. Ils ne comprennent rien du tout.

– Je vais très bien, Wade, mens-je. Je veux m'amuser, boire et danser… Je veux seulement oublier.

Wade me fixe comme si j'étais une pauvre petite chose fragile et je déteste ça. Je ne sais pas très bien ce qui se passe en moi. J'étais déprimée il n'y a pas moins de cinq minutes et voilà que maintenant je ne ressens que de l'euphorie.

Je me lève du trottoir et manque de tomber. Wade me rattrape in extremis et je me mets à rire sans pouvoir me contrôler. C'est assez étrange, comme sensation. Je me sens libre et prisonnière à la fois. L'alcool me fait croire que je peux tout faire, mais dès que ses effets se dissiperont, je retournerai dans ma cage dorée.

– Regarde-toi, Talia, tu es pathétique !

Ses mots me blessent bien plus qu'il ne le pense. Je l'ai déçu. Depuis notre rencontre, Wade m'a toujours soutenue, il a été un véritable frère pour moi, mais comme les autres, je l'ai abandonné. Peut-être qu'un jour ils me pardonneront d'avoir été aussi lâche.

Je sens mon ventre se contracter et une brûlure piquer ma gorge. Je commence à regretter d'avoir autant bu.

Je me penche en avant et vomis toutes mes tripes sur le trottoir. Je ne sais pas par quel miracle je réussis à ne pas éclabousser mes chaussures ou même Wade. Malheureusement, je ne peux pas empêcher mes cheveux de baigner dedans.

***

Je me réveille avec un mal de crâne immense, comme si des ouvriers du bâtiment étaient en pleins travaux. Je masse mes tempes tout en regardant autour de moi. Les rideaux bleu nuit filtrent plus ou moins la lumière. Pourtant, ça n'empêche pas la pièce de tourner, encore et encore.

Au-dessus de la tête de lit, je remarque une immense fresque à l'effigie de la ville de New York. Je comprends que je suis chez Wade, dans sa chambre. Il m'a dit qu'il l'avait aménagée dans le style américain pour ne pas avoir le mal du pays. Je baisse les yeux sur mon corps et remarque que je porte un long tee-shirt vert. Une bonne chose pour moi, je ne sens pas le vomi.

Des bribes de souvenirs de la soirée d'hier me reviennent en tête. Je me rappelle avoir enchaîné les verres, dansé avec des inconnus, ou un en particulier, mais surtout avoir perdu le contrôle.

– Enfin réveillée ! s'écrie Wade en entrant avec une tasse fumante de café.

– Ne parle pas si fort, me plains-je en massant une nouvelle fois mes tempes.

Wade ricane.

– C'est ce qui arrive quand on force trop sur la bouteille, se moque-t-il avec son accent américain très prononcé.

Je lui fais un doigt d'honneur et esquisse un sourire. Son ton léger me rassure un peu, il n'est pas hostile envers moi et ça compte énormément.

Wade me tend la tasse avec deux petits comprimés.

– Prends-les, ça te fera du bien.

Il s'installe au bord du lit pendant que j'avale les cachets et une gorgée de café. Je grimace tant il est amer.

– Tu as vraiment une mine affreuse, lance-t-il.

– Tu es toujours aussi aimable, Wade !

Il sourit. J'adore le sourire de Wade, il est si chaleureux qu'il peut soulager toutes les peines. À chaque fois que j'avais un coup de mou pendant le stage à New York, il n'avait qu'à me sourire pour que j'aille mieux.

Je bois plusieurs gorgées de café en sentant son regard sur moi. Je sais qu'il attend des explications, mais j'ai peur qu'il me juge ou ne puisse pas me pardonner. C'est stupide. Wade est la personne la plus indulgente que je connaisse. Il comprendra ma démarche.

– Je suis désolée, Wade…

– Qu'est-ce qui t'arrive, Talia ? Pourquoi tu nous as lâchés ?

Je soupire, puis pose la tasse sur la commode. Je ne peux plus les laisser dans l'ignorance, j'ai besoin de tout balancer.

– Ma grand-mère m'a forcée à rompre avec Roméo et à quitter le Crew ou elle l'envoyait en prison pour viol, annoncé-je.

– Quoi ? réagit-il, choqué.

Encore une fois, je soupire. Le dire à voix haute me fait me rendre compte que cette situation est stupide.

– Adèle a découvert que je sortais avec Roméo et, bien évidemment, elle a tout répété à ma grand-mère. Quand je suis rentrée d'une répétition avec le Crew, celle-ci m'attendait dans ma chambre avec un air machiavélique et satisfait sur le visage. Elle n'a pas perdu de temps. Elle m'a ordonné de renoncer à tout ça ou elle demanderait à Adèle d'aller porter plainte contre Roméo pour viol.

Wade écarquille les yeux. Ma grand-mère ne recule devant rien pour obtenir ce qu'elle veut. Ça me rend malade qu'elle puisse être capable de mentir sur des sujets aussi graves. Tous les jours, des femmes ne sont pas prises au sérieux quand elles portent plainte pour viol parce que d'autres n'ont aucun scrupule à mentir sur ça. J'ai tellement honte de ma grand-mère. Elle n'a aucun respect pour quoi que ce soit.

– Au début, je la prenais pour une folle. Personne n'y croirait. Mais elle a évoqué cette autre fille, celle qui l'a aussi accusé de viol. J'avais peur pour Roméo, il avait déjà un casier et… Je n'ai pas réfléchi… J'étais morte de trouille, alors j'ai fait ce qu'elle m'a demandé. Évidemment, elle en a parlé à mon père. Il a été ignoble avec moi et face à eux deux, j'ai pas su faire le poids. J'ai craqué… Ma grand-mère a toujours eu un grand pouvoir sur moi, j'ai… peur d'elle… Et j'avais tellement peur de ce qu'elle pourrait faire à Roméo que je l'ai laissée agir… Je ne pouvais pas le voir souffrir d'être une nouvelle fois accusé de tout ça. J'étais persuadée que sa mère allait lui tourner le dos et je sais qu'il n'aurait pas pu le supporter.

J'essuie une larme de colère sur ma joue et continue.

– Rompre avec Roméo a été l'une des pires épreuves de ma vie. Vous voir danser à cette demi-finale aussi.

Je fonds en larmes ne pouvant plus supporter cette douleur qui compresse ma poitrine. Wade me prend dans ses bras et caresse mon dos avec tendresse. Il me laisse pleurer sans dire un mot. Sa présence me fait tellement de bien. Tous ces jours à jouer les filles fortes et sans émotions m'ont arraché une partie du cœur et m'ont épuisée.

Mais je reste convaincue que c'était la seule chose à faire pour protéger Roméo.

39

Roméo

« Danser, c'est s'interroger, aller au plus profond de soi. »

Je ne sais pas qui a dit ça, mais c'est une sacrée connerie. Je danse uniquement pour m'anesthésier de toutes ces merdes qui polluent ma tête.

Danser est ce qui m'empêche de penser à elle.

Pendant des heures, je me vide la tête en répétant les mêmes mouvements. La finale est mon seul objectif et c'est aussi ce qui m'a permis de ne pas sombrer. J'aurais pu noyer ma peine dans l'alcool ou en enchaînant les coups d'un soir, mais ça n'aurait fait qu'empirer les choses, une sorte de spirale infernale qui n'en finit pas.

J'ai mal. Je ne peux le nier. Mais à quoi bon ressasser ? Me pencher sur ma souffrance ne changera rien. Talia ne reviendra pas avec moi. Elle a pris seule la décision de rompre, elle seule peut changer tout ça.

Ce soir, la finale de la battle de l'année contre mon ancien Crew a lieu. On a beau avoir répété pendant des semaines pour être au point, je sais qu'on est loin de l'être. Rina ne maîtrisera jamais la partie de Talia aussi bien qu'elle. Issan remportera la finale et ne manquera pas de le faire savoir. Ma fierté en prendra un coup, mais ça ne m'importe pas puisqu'elle est déjà bien amochée.

Quelle connerie de tomber amoureux !

En posant les yeux sur Talia la première fois, je savais qu'elle allait me broyer et qu'elle me mettrait à terre. J'étais loin d'imaginer à quel point. Roméo Castillon bousillé à cause d'une petite bourge, mon frère en rigolerait.

Putain, j'aimerais tellement qu'il soit là. Il saurait quoi me dire pour me consoler ou comment agir pour récupérer Talia. Je me sens perdu sans lui et encore plus sans elle.

– J'en ai rien à faire de ce que tu as préparé pour ce soir, tu liras ce que j'ai écrit, ordonne Jonas à son fils. Hors de question que cette soirée soit gâchée !

Je reste en retrait, derrière la porte de la cuisine.

– Parce que tu crois que je vais dire quelque chose qui peut te nuire ? réplique Jules sur un ton insolent que je ne lui connaissais pas.

– Change de ton avec moi, Jules, le menace son père. Tu as intérêt à bien te comporter ce soir ! J'ai déjà assez de mal avec ta sœur qui n'en fait qu'à sa tête. Tu aurais vu ce qu'elle a fait au dîner avec les Rochester, elle a été irrespectueuse avec leur fils. Ce n'est pas grand-chose, je lui demande juste de sourire et d'être agréable, elle a un physique qui plaît, autant qu'il me serve !

Je serre les poings en sentant la colère monter en moi. Je déteste l'entendre parler de Talia de cette façon. Comment peut-on à ce point se servir de ses enfants et ne pas les aimer ne serait-ce qu'un minimum ? Cet homme n'a pas de cœur. Il l'a perdu le jour où sa femme est morte.

– Talia n'est pas une marionnette dont tu peux disposer comme tu le veux, la défend Jules.

– Fais attention à toi, Jules. Tu sais ce qui se passera si tu refuses de m'obéir, lui assène-t-il pour l'intimider. Adieu ton appartement de luxe en plein milieu de la place Masséna, adieu l'argent que je te donne tous les mois et adieu ton poste au cabinet… Qu'est-ce que tu feras de ta vie, hein ?

– J'arriverai à me débrouiller, un autre cabinet m'engagera pour mes compétences !

Jonas ricane.

– Tes compétences ? répète Jonas. Tu as eu ton diplôme uniquement parce que j'ai passé un coup de fil ! Soyons réalistes, Jules, tu n'as pas le niveau pour être avocat, peut-être que tu parviendrais à être un de ces ratés de commis d'office, et encore ! Au moins, ta sœur a du talent en danse. Toi, tu n'en as aucun… Je ne te donne même pas deux jours avant que tu ne viennes ramper vers moi si je te coupe les vivres !

Jules ne répond pas. Je suppose que les paroles de son père l'ont blessé. J'ai de la peine pour lui. Je l'ai toujours vu comme un fils à papa, une sorte de sosie de Jonas, mais je me rends compte que je me suis trompé. Lui aussi est manipulé par son père, il n'est qu'un pion de plus sur le grand échiquier politique de Jonas Bellerive.

– Un jour, tu regretteras tout ce que tu nous as fait, finit par lui dire Jules.

Je n'ai pas le temps de bouger de ma cachette que Jules me surprend. Je m'attends à ce qu'il m'envoie une réflexion dans la tête, mais il passe devant moi sans rien dire, et je lis de la peine dans ses yeux. La haine que je ressens pour lui depuis le début se dissipe un peu. Je crois que je le comprends.

Jonas sort à son tour de la cuisine et ne se prive pas pour me lancer un regard plein de mépris. S'il pouvait se débarrasser de moi, il n'hésiterait pas une seule seconde. Je soutiens son regard sans vaciller. Il ne me fait pas peur, ça n'a jamais été le cas.

Il ouvre la bouche pour parler, mais je suis sauvé par son coup de téléphone. Jonas s'éloigne et décroche. Son meeting de ce soir le stresse. Je prie pour qu'il se ramasse en beauté. Il mérite de tout perdre.

– Tu comptes entrer dans la cuisine ou tu attends que ton petit déjeuner se prépare tout seul par miracle ? me taquine Hector, débarquant de nulle part.

J'esquisse un sourire.

– J'attendais que le chef cuisinier daigne me faire l'honneur de sa présence pour me concocter un petit déjeuner de riche que je vais à peine toucher parce que je serai interrompu par un appel du travail qui me pousse à partir en vitesse, plaisanté-je.

Hector pouffe.

– Je crois que je vais plutôt cuisiner un bon repas de champion bien protéiné, me dit-il en faisant signe de le suivre à l'intérieur.

– De champion ? Tu nous vois déjà gagner la finale ?

– Bien sûr que oui ! Je vous ai tous vus danser et j'avoue que je suis aussi allé voir l'autre Crew pendant leur demi-finale la semaine dernière et ils n'ont pas ce petit truc que vous avez. Je suis persuadé que vous allez les éclater et Marnie et moi serons là pour vous soutenir tous !

– Merci !

Je suis touché par leur investissement. Marnie et Hector m'encouragent depuis le début, ils font partie de ces personnes que je veux garder dans ma vie une fois que j'aurai quitté cette maison.

Pendant une bonne vingtaine de minutes, Hector et moi parlons de son passé de danseur. J'adore l'écouter me raconter ses anecdotes sur les battles qu'il a faites au cours de sa jeunesse. J'aurais aimé le voir danser. Je suis sûr qu'il avait un très bon niveau.

Après ce bon moment, je monte à l'étage pour prendre une douche. Je m'arrête devant la chambre de Talia. Je sais que je ne devrais pas, mais je ne peux pas m'en empêcher. Son lit n'a pas été défait et personne ne semble s'en inquiéter. Je la vois dépérir à chaque fois qu'elle déjeune avec Adèle et les jumelles.

Elle n'est pas heureuse, moi non plus, alors pourquoi elle nous inflige ça ?

Sous la douche, j'essaie de me souvenir d'un détail qui m'aurait échappé, mais rien n'y fait. Notre rupture n'a aucun sens. J'en viens à me demander si elle n'a pas rencontré quelqu'un d'autre. J'essaie de trouver une explication logique, mais ça me fout en l'air de l'imaginer avec un autre mec que moi.

Une fois prêt, je descends au salon et suis sur le point de partir lorsque je vois ma mère, assise sur le canapé, un livre dans les mains, le regard vide et le visage fermé. Elle n'est que l'ombre d'elle-même et encore plus depuis que la date du mariage se rapproche. Le 5 juin, elle dira « oui » à Jonas et s'enterrera dans une vie morose qui la détruira à petit feu.

– Pourquoi tu restes avec lui si tu n'es pas heureuse ? demandé-je, agacé de la voir aussi mal.

Elle lève les yeux vers moi et soupire. Cernée, elle fait peur à voir. Sa relation avec Jonas l'épuise tellement qu'elle en a perdu tout l'éclat de sa beauté.

– Tu ne peux pas comprendre, Roméo.

– Alors explique-moi ! Je ne saisis pas pourquoi tu t'infliges tout ça.

– Et je m'inflige quoi au juste ? s'énerve-t-elle.

– Cette relation à sens unique ! Ce mec n'a aucune considération pour toi, il te traite comme une plante verte et n'accorde aucun crédit à ce que tu désires ? C'est vraiment ça que tu veux, être une potiche qui sourit dès qu'il en a besoin ?

Elle me fixe, bouche bée. J'en ai marre de faire semblant pour la protéger ou ne pas la brusquer, il faut qu'elle ouvre les yeux avant qu'elle ne soit coincée dans un mariage qui la privera de toute liberté.

– Tu ne sais rien, Roméo.

– Au contraire, maman, je le sais ! Depuis que tu es avec ce type, tu n'es plus que l'ombre de toi-même. Il ne te rend pas heureuse. Tu crois que je ne te vois pas pleurer chaque soir dans le jardin ? Il n'aura jamais aucun respect pour la personne que tu es parce que tu ne viens pas de son monde ! Une fois marié, il te trompera, si ce n'est pas déjà le cas…

Je suis dur avec elle, je le sais, mais c'est pour son bien. Elle ne répond pas. Je suis sûr qu'elle pensait que personne ne l'avait vue pleurer, elle s'est trompée.

– Tu ne sais rien du tout… Tu penses connaître Jonas, mais tu te trompes sur lui ! Avec moi, c'est un homme doux et je sais qu'il m'aime. Tu ne vois en lui qu'un politique manipulateur, mais c'est faux. Tu dois me faire confiance, Roméo.

– Alors pourquoi tu pleures tous les soirs ?

– Parce que je pense beaucoup à ton frère, révèle-t-elle.

Son aveu me surprend. Ma mère évoque très peu mon frère. Sa mort l'a tellement anéantie qu'elle a refusé de prononcer son nom pendant des mois. Je m'assieds à côté d'elle et remarque qu'elle lit un livre sur le mariage.

– Le mariage approche et j'aurais aimé qu'il soit là pour m'aider à choisir ma robe ou qu'il me conduise à l'autel avec toi. Leone adorait les mariages et je donnerais tout ce que j'ai pour le voir mettre un costume rose bonbon qui hérisserait le poil de Léonore, dit-elle en riant.

J'esquisse un sourire. J'imagine très bien mon frère dans un costume flamboyant et pailleté, les cheveux platine et de l'eye-liner fluo sur les yeux, la vieille Bellerive aurait fait une syncope.

– Je suis désolé… Je n'avais pas pensé à ça, dis-je. Je veux seulement que tu sois heureuse et je ne pense pas que tu le seras avec Jonas.

– Je sais ce que tu penses et, crois-moi, je le prends en compte, mais c'est ma décision !

Je soupire. Je sais qu'elle a raison. Néanmoins, je ne peux pas m'empêcher de m'inquiéter pour elle. Cette famille est capable du pire et je ne veux pas qu'elle la brise comme ils ont brisé Talia et Jules.

– Comme tu veux, cédé-je. Et si vraiment tu veux faire criser Léonore, je peux venir avec un costume rose bonbon !

Elle glousse tout en me tapant gentiment l'épaule. Je n'ai plus envie de la combattre et malgré tout ce qui s'est passé ces derniers mois, je ne veux plus qu'elle soit mon ennemie. Ma mère me manque.

– Je pense qu'on va renoncer au rose, ce n'est clairement pas ta couleur, plaisante-t-elle. En revanche, je serais ravie que tu me conduises à l'autel.

J'acquiesce. Sa réaction est sans appel, elle me prend dans ses bras et je réalise combien j'en avais besoin. Son odeur de jasmin m'apaise et me renvoie à l'enfance. Je commence à espérer un avenir plus serein entre ma mère et moi et à entrevoir une relation similaire à celle que nous avions avant la mort de Leone.

Elle pose une main sur ma joue et fronce les sourcils.

– Pourquoi cet air si triste ? me questionne-t-elle.

– Ce n'est pas important…

– Est-ce que ça a un rapport avec Talia ?

Cette fois, c'est moi qui fronce les sourcils. Je ne comprends pas pourquoi elle évoque Talia.

– De quoi tu parles ? demandé-je.

– Oh, je t'en prie, Roméo, je ne suis pas aveugle ! Tu crois sincèrement que je n'ai pas vu ce qui se passait entre vous ? J'avais des doutes, ta façon de la regarder ne mentait pas, puis j'ai compris lorsque Talia a pris ta défense un soir…

Je ne peux m'empêcher de réprimer un sourire. À ce moment-là, nous n'étions pas encore ensemble et pourtant je n'avais pas le cœur en miettes comme aujourd'hui.

– Si c'est si sérieux entre vous, tu n'as qu'un mot à dire et je n'épouserai pas son père… Je refuse que mon union te prive d'être avec celle que tu veux, me confie-t-elle.

Je suis touché par ses mots, et surpris aussi. J'ai toujours cru qu'elle ferait passer son bonheur avant le mien. Je me rends compte aujourd'hui combien j'ai eu tort. J'ai conscience que rien n'est réglé entre nous, mais c'est un bon début, je suppose.

– Ça ne sert plus à rien, maman. Talia ne veut plus de moi.

Je me lève du canapé et ravale le sanglot dans ma gorge. Je laisse ma mère sans rien ajouter, je n'ai aucune envie de m'épancher sur le sujet. C'est encore trop douloureux.

Je quitte la maison avec le cœur lourd. Je reconnais être heureux que les rapports s'améliorent entre ma mère et moi, mais rien ne peut apaiser le trou béant dans ma poitrine. Rien ne peut combler le vide qu'a laissé Talia à l'intérieur de moi. On aurait pu être heureux ensemble sans que nos parents soient un obstacle pour nous.

Elle a tout gâché.

Lorsque j'arrive dans la rue, je reste bloqué sur place tant je n'en crois pas mes yeux. Elle est là, dans les bras de Wade. Talia est blottie contre le torse de mon putain de meilleur ami. J'ai l'impression de recevoir un coup de poignard dans le cœur tellement cette image me broie.

Alors c'est pour ça qu'elle m'a quitté ? Pour être avec Wade ?

Je me sens comme le mec le plus con de la planète. Ils me l'ont mis à l'envers pour être en couple ensemble dans mon dos. Depuis le début, je les sentais bien trop proches, j'aurais dû me fier à mon instinct et ne pas me laisser endormir par les cuisses trop douces de cette sorcière.

Dès qu'elle m'aperçoit, Talia se sépare de Wade en vitesse. La culpabilité se lit sur son visage et ça me met encore plus en colère.

– Vous gênez pas pour moi, balancé-je. Continuez à vous peloter !

– Rome, arrête ton délire, ce n'est pas du tout ce que tu crois, tente de plaider Wade.

Talia reste en retrait et baisse la tête, elle refuse de me regarder.

– Mais bien sûr ! Depuis quand est-ce que ça dure entre vous ? Depuis New York ?

– Tu délires complètement !

– Oh, non, je suis totalement lucide ! Vous me prenez pour un con. Tu as joué les potes avec moi pour mieux baiser ma nana dans mon dos, craché-je. Et toi, tu ne dis rien ? lancé-je en m'adressant à elle. C'est pour lui que tu m'as quitté ? Ou alors, ça te plaît de te taper deux mecs, tu kiffes, hein ? De bourge coincée, tu es passé à une vraie salope !

Le visage de Talia se transforme. Des larmes naissent dans ses yeux et j'ai même l'impression de l'avoir un peu plus brisée. Mes mots l'ont blessée et ça me fout encore plus en l'air. J'ai merdé et je le regrette.

Talia passe devant moi sans un mot, mais j'ai le temps de remarquer les larmes sur ses joues. Elle ne me pardonnera pas de l'avoir insultée et c'est légitime. Pourtant, je suis en droit de savoir ce qui se passe entre eux.

Wade me fixe, les bras croisés sur son torse, les yeux noircis par la colère.

– Il ne se passe rien entre elle et moi ! Talia est mon amie, rien de plus. Et toi, tu n'es qu'un pauvre abruti. Tu ne sais pas ce qu'elle a fait pour toi. Putain, Roméo, tu as été ignoble !

– J'ai cru que vous…

– Oui, j'ai compris, me coupe-t-il.

Il soupire, puis passe une main dans ses cheveux. Je me sens con. Je perds la raison dès que ça concerne Talia. Avant elle, je parvenais à réfléchir rationnellement, mais elle a foutu un tel bordel dans ma tête que j'ai gagné en impulsivité.

– Talia a rompu avec toi pour te protéger et non parce qu'elle ne t'aime plus !

– Quoi ? Putain, de quoi tu parles ?

40

Talia

– Talia, tiens-toi droite, me réprimande Léonore.

Je soupire.

Je suis arrivée au château des Terrasses il y a à peine une heure et ma grand-mère épie chacun de mes faits et gestes. Elle ne me lâche pas d'une semelle et, bon sang, je commence à en avoir marre ! Je me fous que des journalistes soient présents à cette réception, je veux pouvoir déambuler comme je le souhaite sans me sentir observée.

Mon père a vu les choses en grand. Il a loué le lieu le plus prestigieux de Cap-d'Ail et invité tout le gratin de Nice. Des personnalités publiques ont fait le déplacement pour cette immense mascarade. Ce soir, il se présente officiellement comme maire, un menteur de plus dans cette jungle qu'est la politique.

Comme tous les autres, il promettra de faire baisser les taxes et d'augmenter les offres d'emploi, mais comme les autres, il ne verra que le profit et l'argent qu'il gagnera. La seule chose qui l'intéresse, c'est lui et l'image qu'il renvoie aux autres. Mon père est convaincu que le champagne hors de prix qu'il a choisi lui fera remporter des voix, tout comme les roses rouges, le traiteur de luxe et les multiples cadeaux qu'il a réservés aux invités.

Son petit manège et ses courbettes devant ces gens me donnent envie de vomir.

Je regarde Sofia déambuler à travers la salle sans savoir où aller. Mon père ne se préoccupe pas d'elle. Il lui accorde de l'importance uniquement quand il a besoin d'elle, à savoir pour des photos de campagne. Il ne se rend pas compte qu'il va la perdre s'il continue ainsi.

Les hommes parmi la foule ne cessent de jeter un œil sur elle. Je dois reconnaître qu'elle est magnifique dans sa robe en soie nacrée. Elle épouse sa silhouette comme une seconde peau et lui donne une allure de reine. Ses cheveux tombent en cascade dans son dos et le maquillage qu'elle a choisi sublime son regard émeraude.

Sofia a beau sourire aux invités, sa peine se lit dans ses yeux. Je lui souhaite sincèrement de trouver un homme qui s'intéresse davantage à ce qu'elle a dans le cœur plutôt qu'à sa beauté physique.

– Cette soirée est importante pour toute la famille, alors ne gâche pas tout, me prévient Léonore.

– Loin de moi l'idée de couvrir de honte cette noble famille Bellerive, ironisé-je. Je serai la parfaite petite bourge qu'ils veulent voir en moi.

Je lui lance un sourire narquois et finis d'une traite mon verre de champagne. Ma provocation ne lui plaît pas puisqu'elle pince ses lèvres et me jette un regard dont la noirceur prouve qu'elle serait capable de m'envoyer au goulag.

Elle n'a pas le temps de répliquer, je m'éclipse avant pour rejoindre Louis. Il m'embrasse sur le front pour me saluer. Notre fausse relation s'est transformée en une belle amitié. Ses parents le laissent tranquille et ça me permet de fuir ma grand-mère aussi souvent que je peux.

– Grand-mère trop envahissante ? ricane Louis.

– Grand-mère tortionnaire surtout !

Louis pouffe. Il jette un œil à son père et soupire. Lui aussi connaît la pression d'un parent. Alphonse Marois est le pire de tous, sous ses airs d'homme charismatique et gentil, il cache une personnalité bien différente, dure et sombre.

Petite, je ne m'en rendais pas compte. Je voyais Alphonse et mon père comme des super-héros en costume sur mesure, ils incarnaient la réussite et la classe. Cependant, j'ai découvert en grandissant qu'ils faisaient plus partie des méchants que des gentils. Mon père est devenu un monstre sans cœur et il le restera sans doute toute sa vie.

– J'ai hâte de quitter cette ville avec ton frère, révèle Louis.

J'esquisse un sourire. Je suis heureuse que lui et mon frère aient pris la décision de partir à Londres le mois prochain. Nos parents respectifs ne le savent pas encore et ne l'apprendront que lorsqu'ils seront dans l'avion.

Les rapports entre mon frère et moi s'arrangent et je regrette un peu qu'il parte, mais je suis certaine qu'il pourra être qui il veut loin de cette famille et c'est ce qui compte.

– Vous allez leur dire la vérité sur vous avant de partir ou non ? demandé-je.

– Jules aimerait, oui, mais je ne sais pas si j'en ai envie… enfin, je suis mort de trouille surtout, avoue-t-il.

Je pose une main sur son bras pour lui apporter mon soutien. J'ignore combien il est difficile de faire son coming out, mais ça ne devrait pas l'être. Nul ne devrait craindre de clamer son amour pour une autre personne quels que soient son sexe, son âge ou son origine.

La vie est assez dure comme ça.

– Je suis sûr que tu trouveras la force de leur parler, assuré-je. S'ils acceptent, tant mieux, s'ils te rejettent, tant pis pour eux ! La seule chose qui compte, c'est ce que vous ressentez l'un pour l'autre, Jules et toi.

– Je sais, dit-il en souriant. Tu viendras nous voir à Londres ? Ton frère a pris un appartement avec deux chambres pour vous accueillir Roméo et toi.

Je tressaille en entendant le nom de Roméo. Les paroles qu'il a eues à mon égard ce matin ne me quittent pas. Son insulte tourne en boucle dans ma tête, mais ce n'est rien face à la haine que j'ai vue dans ses yeux. J'ai senti mon cœur se fissurer alors que je le croyais déjà entièrement brisé. Roméo me déteste.

– Talia, ça va ? s'enquiert Louis.

– Oui… Il n'y aura que moi à Londres… Je… Roméo et moi, c'est terminé.

Je force un sourire pour montrer que tout va bien mais, au fond de moi, je suis anéantie. Je prie Louis de m'excuser n'ayant aucune envie de poursuivre cette conversation. Ce soir, je veux seulement tout oublier.

Je soupire, lasse de cette situation. J'ai fait un mauvais choix, plusieurs mauvais choix à vrai dire, même s'ils étaient nécessaires. Avoir renoncé au Crew me tord toujours autant le ventre. Ce soir, ils disputeront la finale de la battle de l'année, sans moi. Je regrette tellement de ne pas être avec eux. J'avais ma place parmi eux.

Mais j'ai tout gâché.

Plusieurs invités me saluent et me demandent si je suis heureuse que mon père se présente à la tête de la mairie. Je leur réponds à tous que je suis infiniment comblée de le voir devenir le futur Estrosi avec un sourire si faux que je me demande comment ils font pour ne pas voir que je mens. Aucun d'eux ne comprend l'ironie, apparemment.

Mon souffle se coupe lorsque je vois Roméo débarquer dans la salle en compagnie de Wade. Il balaie la foule du regard, puis pose ses yeux sur moi. Contrairement à ce matin, je n'y lis aucune colère ou haine, mais de la douceur et des remords. Je ne sais pas comment réagir, ni quoi faire.

Sa présence me déstabilise et m'inquiète. Ma grand-mère risque de mal le prendre et de se venger. Je ne veux pas qu'elle mette ses menaces à exécution. Dès l'instant où elle s'aperçoit qu'il est là, elle me jette un regard si noir et agressif que je comprends qu'elle ne compte pas en rester là. Elle prend sa présence comme un affront de ma part.

Étrangement, je n'ai pas aussi peur que je l'aurais cru. Jamais elle ne fera un scandale devant tous ces gens. Cela nuirait à son image parfaite de bourgeoise.

Je ne tiens pas en place. J'appréhende chaque geste de Roméo. S'il est là avec Wade, c'est qu'il sait tout, je ne vois pas d'autre explication. Ce matin, il me détestait et était prêt à casser le nez de Wade. Ce soir, c'est un tout autre Roméo que je découvre, un Roméo déterminé.

Je sens mon corps frissonner, mon cœur s'emballer et mon ventre se contracter. Le champagne que j'ai bu jusqu'à maintenant remonte dans ma gorge. J'ai terriblement chaud et ne comprends pas comment je parviens à rester debout tant mes jambes se mettent à trembler.

Roméo est sur le point de foncer vers moi, lorsque Jules monte sur la scène aménagée au fond de la salle pour faire son discours.

Je suis frappée par la classe naturelle de mon frère sur scène. Pendant des années, je l'ai détesté, car il était une parfaite copie de notre père, mais je me rends compte qu'il possède autre chose dans le regard, une lueur plus douce. Ces derniers temps, il a changé et je suis fière de la personne qu'il est devenu.

– Bonsoir à tous, débute Jules. J'espère que vous passez une bonne soirée, ma famille a dépensé une fortune pour vous contenter.

Des rires pincés fusent dans la salle. Mon père force un sourire, la plaisanterie de Jules ne lui a pas plu, mais il ne laisse rien paraître sur son visage. Si on ne fait pas partie de ses intimes, on ne peut déchiffrer sa colère.

– Pour ceux qui ne me connaissent pas, je suis Jules Léonard Bellerive, le fils aîné du plus grand avocat de la ville, se présente-t-il. Quand j'étais petit, je voyais mon père comme un héros. Il réussissait à gagner tous ses procès en ne laissant aucune chance à la partie adverse. J'étais fasciné et je voulais plus que tout lui ressembler. Un petit garçon qui prend son père pour un héros, ça n'a rien d'exceptionnel, mais c'est que je ressentais.

Je fronce les sourcils. Ses compliments sonnent faux et je suis sûre que tout le monde sent l'amertume que mon frère a dans la voix.

– Bref, nous ne sommes pas ici pour parler de moi, mais pour parler de l'homme que vous espérez voir à la tête de la ville, continue-t-il. Comme je vous l'ai dit, Jonas Bellerive est un avocat impitoyable qui ne lâche rien et qui sait ce qu'il veut. Il ne laisse rien au hasard. La preuve, il a écrit ce discours pour que je ne dise pas n'importe quoi ! Mince, c'est raté !

Jules glousse. Il a bu et ça n'annonce rien de bon pour la suite.

C'est dingue comme mon frère a pu changer en peu de temps. Je le croyais à la botte de mon père, mais j'ai compris qu'il cherchait seulement à lui plaire. Je suis tellement fière qu'il se rebelle enfin et qu'il ose être l'homme qu'il est. J'envie son courage et peut-être que je devrais suivre son exemple.

– Mon père pense être l'avenir de la ville et je sais qu'il est convaincu qu'il rendra la vie de nos concitoyens plus belle. Je suis persuadé aussi que vous l'êtes. Vous voyez en lui un homme de confiance, un père de famille aimant, un travailleur acharné avec des valeurs. Pour vous, il est l'incarnation de la perfection. Pour moi, il est l'homme qui m'a maltraité pendant des années, qui n'a fait que me rabaisser encore et encore parce que je ne correspondais pas à l'image du fils parfait qu'il se faisait.

La révélation de Jules a refroidi la salle en moins de cinq secondes. Des cris de stupéfaction se sont fait entendre avant qu'un silence de mort ne s'installe. J'ai l'impression d'avoir les jambes coupées face à toutes ces révélations. Je n'ai jamais vu mon père comme un homme respectable, mais je ne le pensais pas aussi cruel. Jules a vécu des choses horribles et je me sens mal de n'avoir rien vu.

Une colère vive s'empare de moi. Je le déteste d'avoir bousillé nos vies par pur égoïsme. Je le déteste d'avoir tout fait pour que Jules et moi ne nous aimions pas comme nous l'aurions dû. Il nous a montés l'un contre l'autre pendant toutes ces années et jamais je ne pourrai lui pardonner.

Je le regarde qui serre les poings et vois ma grand-mère faire signe aux hommes qu'elle a engagés pour le service de s'occuper de mon frère, mais ils ne bougent pas.

Soudain, je comprends.

Comment est-ce que j'ai pu être aussi aveugle pendant toutes ces années, et surtout ces dernières semaines ?

Ma grand-mère ne vit que pour les apparences. Elle est prête à tout pour les préserver, comme elle le prouve à l'instant en tentant par tous les moyens d'éviter un scandale. Jamais elle n'aurait réellement été au bout de sa menace de faire accuser Roméo de viol ! Car ça aurait impliqué de mettre Jonas dans l'embarras, et avec lui sa future campagne électorale : un beau-fils qui risque la prison ? Cela lui aurait sûrement coûté de nombreux votes ! Ce n'était donc que du bluff, et j'ai été trop aveuglée par ses menaces creuses pour m'en rendre compte plus tôt. Je regarde ma grand-mère, qui s'entête à agresser les employés pour qu'ils arrêtent Jules, et je la vois soudain sous un tout autre jour. Je lui ai accordé trop de poids et elle a pris l'ascendant sur moi facilement. Elle n'est pas aussi puissante qu'elle veut le faire croire.

– Mon père a tellement peur pour son image parfaite qu'il n'a pas hésité une seconde à menacer ma carrière si je ne faisais pas un discours digne de ce nom. Il nous a forcés, ma sœur et moi, à être agréables avec les enfants de ses associés pour gagner des soutiens en plus. Les Bellerive ne font que détruire ceux qui les entourent. La femme que vous admirez et que j'appelle grand-mère a passé des années à rabaisser ma sœur à tel point qu'elle a fini par être malade. Elle n'a pas hésité à lui faire du chantage pour qu'elle quitte le seul garçon qu'elle aime parce qu'il ne correspond pas au standing débile de notre rang. Oui, Sofia, ta future belle-mère a menacé d'envoyer ton fils en taule si Talia restait avec lui !

Sofia crie, choquée. Je ne pensais pas qu'il le répéterait devant toute une assemblée. Un soir, il m'a vue si démunie que je n'ai pas pu me retenir et lui ai tout raconté. Jules vient de révéler à tous le vrai visage de notre famille et, bon sang, je crois que je ne me suis jamais sentie aussi bien, et mieux : soulagée ! Maintenant que je sais que ma grand-mère n'aurait jamais rien fait qui puisse entacher la réputation de notre précieuse famille, et que Jules vient de dévoiler son plan tordu, je n'ai plus aucune raison de rester loin de Roméo.

– Le pire dans tout ça, c'est que mon père le savait et a laissé faire. Vous imaginez le scandale, sa fille qui tombe amoureuse du fils de sa fiancée, quelle honte, ironise-t-il. Quel hypocrite quand j'y pense, ça fait des mois qu'il se tape sa secrétaire dans le dos de sa fiancée !

Une nouvelle fois, Sofia crie. Elle manque de perdre l'équilibre, mais Roméo la soutient à temps. Je ne l'ai même pas vu aller vers sa mère. J'ai de la peine pour elle, Sofia ne mérite pas ça.

– Merde, pardon Sofia, je n'aurais pas dû l'annoncer comme ça, s'excuse Jules. Puisqu'on en est aux révélations scandaleuses, qu'est-ce que tu dis de ça, papa ? Je suis gay !

Cette fois, c'en est trop pour mon père. Il monte sur la scène et s'empare de mon frère si violemment qu'il donne raison à tout ce qu'il a révélé. Il l'emmène à l'extérieur, tandis que ma grand-mère monte à son tour sur la scène pour prendre la parole, sûrement pour arranger les choses.

Hors de question d'abandonner mon frère. Je sais qu'il a besoin de moi.

Je parviens à quitter la salle et à rejoindre la terrasse du bas, là où mon père a emmené Jules. À voir les traces sur le sol, il l'a traîné jusqu'en bas sans la moindre douceur. S'il lève la main sur lui, il perdra le peu de soutien qu'il lui reste.

– Espèce de petite merde, tu vas retourner en haut et dire que rien de tout ça n'est vrai, que tu as menti pour te venger de moi, le menace-t-il, fou de rage.

Jules ricane.

– Qu'est-ce qui se passe, papa, la vérité est dure à accepter ? le provoque Jules. Eh oui, ton fils est un putain de pédé !

Le coup de poing part sans que j'aie le temps de le voir venir. Jules s'écroule sous la force du coup. Je me précipite dans sa direction et m'accroupis près de lui. Il a la joue et la lèvre en sang, et je n'ose même pas lui toucher le visage. Il aurait pu se faire vraiment mal sur les pavés blancs.

– Ça va ? m'enquiers-je.

Il acquiesce en grimaçant. C'est la première fois que je vois mon père lever la main sur mon frère. Quelques jours plus tôt, il m'a giflée. Je crois qu'il est en train de perdre son sang-froid parce que nous échappons à son contrôle.

– Putain, mais t'es malade, éructé-je en me relevant. Ne le touche plus jamais. Ne t'approche plus de nous. C'est terminé.

Il ricane et me regarde avec cet air arrogant sur le visage qui me donne envie de le gifler. Je n'ai jamais ressenti l'envie d'être violente avec mon père, mais il a été trop loin. Jules se lève à son tour et se poste à mes côtés comme pour me soutenir. Pour la première fois en dix-sept ans, on fait front ensemble.

– Vous n'êtes que des gamins irrespectueux ! Après tout ce que j'ai fait pour vous, vous…

– Ce que tu as fait pour nous ? répété-je, ahurie. Tu n'as rien fait pour nous à part nous faire croire que nous n'étions pas à la hauteur. Tu nous as toujours refusé la seule chose que nous voulions de toi, que tu sois notre père.

Il se tait, incapable de répliquer. Je n'ai jamais osé lui tenir tête, mais ce soir, je ne me laisse plus faire. J'ai besoin de lui dire tout ce que je garde sur le cœur depuis tout ce temps.

– Pendant des années, tu m'as fait croire que j'étais responsable de la mort de maman alors que je n'y étais pour rien. Tu n'es pas le seul qui a perdu un être cher. Jules et moi avons grandi sans notre mère, on avait besoin de notre père, mais tu nous as aussi privés de ça ! Tu as laissé Léonore s'acharner sur moi sans bouger le petit doigt. Comment as-tu pu autant nous maltraiter ?

Les larmes coulent sur mes joues et je les essuie avec rage. Il ne les mérite pas. Jules prend ma main, qu'il serre.

– Ça n'a plus aucune importance maintenant, intervient Jules. Je m'en vais à Londres et Talia sera majeure dans deux jours, tu n'auras plus aucun contrôle sur nous.

– Vous croyez sincèrement que je vais vous laisser partir, ricane-t-il. Tu vas m'arranger le bordel que tu as mis ! Il est hors de question que mes fiançailles soient gâchées à cause de tes mensonges.

– Elles le sont déjà, lance une voix fluette et brisée.

Sofia et Roméo nous ont rejoints sans qu'on s'en rende compte. Je ne sais même pas depuis combien de temps ils sont là. Louis aussi est là. Quand il voit le visage tuméfié de Jules, il n'hésite pas une seconde et se précipite vers lui, peu importe si son geste révèle la nature de leur relation.

J'esquisse un sourire en les découvrant aussi attentionnés l'un envers l'autre. Je suis contente pour mon frère et suis certaine que Louis réussira à le rendre heureux.

Mon père, lui, grimace de dégoût. Il a compris qu'ils étaient ensemble. Le scandale du couple de Louis et Jules sera sur toutes les bouches demain. Ses enfants ne sont pas tels qu'il le désirait et c'est tant mieux.

Sofia a pleuré, ses yeux rouges ne laissent aucun doute. Cependant, elle s'efforce de rester digne devant mon père, elle ne perdra pas la face. Plus maintenant.

– Sofia, tu ne vas pas écouter ces petits merdeux, tu sais très bien que je t'aime, l'amadoue mon père.

Il me dégoûte. Il tente de faire un pas vers elle, la main tendue, mais elle recule. Derrière elle, Roméo se tient prêt à intervenir au cas où tout dérape encore une fois.

– Garde ta salive pour tenter de te sortir du naufrage, ça ne marche plus avec moi, réplique-t-elle. Que tu me trompes avec une pimbêche de 25 ans, passe encore, mais que tu te permettes de menacer mon fils de l'envoyer en prison, ça, je ne te le pardonnerai pas !

– Ils mentent !

– Pour une fois dans ta vie, Jonas, assume ce que tu fais, s'agace Sofia. Je ne voulais pas voir qui tu étais, malgré les avertissements de tes enfants et du mien. Tes belles paroles ne valent rien. Tu ne vaux rien. Ce que tu as fait à Jules et à Talia est ignoble et j'espère que tu le paieras très cher !

Elle retire sa bague de fiançailles et la jette à ses pieds.

– Tu peux l'offrir à ta secrétaire, elle ne me sert plus à rien maintenant.

– Si tu me quittes, tu perds tout, Sofia, l'intimide-t-il.

Sofia ricane nerveusement.

– Je crois, au contraire, que j'y gagne beaucoup. C'est terminé, Jonas.

Elle se retourne et ne lui accorde plus aucun regard. Elle chuchote quelques mots à son fils, dépose un baiser sur sa joue, puis disparaît de la terrasse tout en nous précisant qu'elle nous attend dans la voiture.

Je pensais qu'elle allait faire une scène, mais elle a été classe du début à la fin. J'ai vraiment de la peine pour elle. Sofia croyait en cette relation et elle aimait mon père. Ce ne sera pas facile pour elle de s'en remettre, comme pour nous tous.

Jules s'avance et s'arrête devant notre père.

– Tu n'as plus de fils.

Notre père ne réagit même pas, comme si ça ne lui faisait rien. Tous ses proches lui tournent le dos et aucune émotion ne transparaît sur son visage. J'ai de la peine pour lui, non pas parce qu'il perd tout, mais parce que son cœur a cessé de battre il y a dix-huit ans et qu'il ne se remettra jamais en marche.

– On y va, Talia, me dit Jules.

C'est ce moment que choisit Léonore pour débarquer à son tour, une lueur folle dans le regard et un mépris évident. Il y a quelques mois, voire semaines, j'aurais eu peur des représailles. Aujourd'hui, je me rends compte qu'elle n'a plus aucune emprise sur moi.

– Les invités t'attendent, Jonas. J'ai tout arrangé. Leur petit numéro n'a pas fonctionné, annonce-t-elle froidement. Ils le paieront.

Je pouffe, amusée par sa menace.

– Tu n'as plus aucun pouvoir sur Jules ou moi, grand-mère, lancé-je en insistant sur le « grand-mère ».

J'avance vers elle, sûre de moi. Pour la première fois en presque dix-huit ans d'existence, elle ne me regarde pas de haut avec son air arrogant. Je décèle de la crainte dans ses yeux.

– Je t'ai laissée avoir un contrôle sur moi pendant des années parce que j'avais peur, mais je sais à présent que tu n'es pas dangereuse. Tu n'as pas le pouvoir de ruiner nos vies comme tu le prétends. Je vais avoir la vie que JE désire et avec QUI je veux, et tu ne pourras rien y faire. Tu n'es pas si impressionnante, grand-mère, ajouté-je.

Elle ne me répond pas. Je me tourne vers Jules, Louis et Roméo. La fierté avec laquelle me fixe Roméo réchauffe mon cœur. Rien n'est encore réglé entre nous, mais je sais que c'est en bonne voie.

– On peut y aller maintenant. On n'a plus rien à faire ici.

J'en ai fini avec cette vie. À présent, ma seule famille se résume à mon frère et à Roméo, enfin, s'il veut toujours de moi.

41

Talia

Dans la voiture qui nous mène chez Jules, personne ne parle. Sofia a appelé Marnie et Hector pour leur demander de faire ses valises, ainsi que celles de Roméo. Elle n'a pas voulu remettre un pied dans la maison. Je la comprends. Plus vite elle sera partie, plus vite elle pourra passer à autre chose.

Louis nous a proposé à tous de nous accueillir chez lui le temps de nous retourner. Son appartement est suffisamment grand pour cela, même si on sera peut-être un peu à l'étroit, mais cela nous est égal. Le petit ami de mon frère s'en veut de ce qu'a fait sa machiavélique de sœur et cherche à nous aider. Il se sent coupable, mais je crois surtout qu'il veut soutenir mon frère coûte que coûte.

Jules est aux petits soins avec Sofia. Je crois qu'il culpabilise d'avoir balancé devant une cinquantaine de personnes qu'elle était cocue. C'est étrange de le voir se comporter en être humain. Ça lui va bien. Je suis confiante en l'avenir, pour nous deux. Nous allons enfin avoir une vraie relation fraternelle et c'est tout ce que j'ai toujours désiré.

Dès que nous sommes arrivés chez Jules, Sofia a décrété qu'elle voulait boire, non pas pour noyer sa peine, mais pour fêter le coming out de Jules et Louis. Musique à fond, alcool à flots, la soirée se terminera mieux qu'elle n'a commencé.

Sur la terrasse de l'appartement, j'admire la vue paisible de la mer Méditerranée. J'ai toujours adoré regarder les vagues, déjà petite, je pouvais passer des heures dans le sable. Je pensais beaucoup à ma mère dans ces moments-là.

Ce soir aussi.

Je me demande où en serait notre famille si elle était toujours vivante. Mon père ne serait pas aussi froid, du moins pas autant. La seule chose dont je suis certaine, c'est que Jules et moi aurions été plus heureux. Son manque sera toujours aussi douloureux. Néanmoins, je sais que chaque jour sera un peu plus facile que le précédent parce que je ne suis plus seule.

Je ne crois pas que j'aurais rencontré Sofia et Roméo. Peut-être que tout arrive pour une raison, après tout.

En venant à la réception de mon père, je ne m'attendais pas à ce que tout parte en vrille de cette façon. Jamais je n'aurais cru que mon frère allait se retourner contre notre père. Je me suis tellement trompée sur lui.

Je m'accoude à la balustrade de la terrasse lorsque je sens une odeur boisée s'infiltrer dans l'air. Je reconnaîtrais ce parfum parmi des centaines d'autres. Mon pouls s'emballe et la confusion s'empare de moi.

Prenant mon courage à deux mains, je me retourne pour affronter celui qui fait battre mon cœur si fort. Roméo se tient à l'embrasure de la baie vitrée, les bras croisés sur son torse, le regard rivé vers moi. Me retrouver seule avec lui me met mal à l'aise, ce n'est pas arrivé depuis notre rupture.

La culpabilité que je ressens à cet instant est encore plus forte. Si on en est là, c'est à cause de moi. Je n'aurais jamais dû céder au chantage de ma grand-mère et aujourd'hui je ne sais plus comment me comporter avec le garçon que j'aime.

Il a retiré sa veste en cuir et ne porte plus que son tee-shirt bleu nuit qui moule ses biceps et son torse à la perfection.

– Comment va ta mère ? demandé-je en reprenant mes esprits.

– Bien. Enfin, elle tient le coup. Elle est plus forte qu'on le croit.

Je souris timidement.

– Roméo, je… Je suis désolée pour… Pardon d'avoir menti, d'avoir dit que… Léonore m'a obligée, sinon elle…

Je n'arrive pas à terminer ma phrase. Cette culpabilité ne me quitte pas. Je sais que je lui ai fait du mal et ça me tue.

– Je sais.

Il fait un pas vers moi et pose la paume de sa main sur ma joue. Je ferme les yeux, appréciant la douceur de son geste. Ça m'a tellement manqué. J'ai cru mourir sans lui ces dernières semaines.

– Elle allait s'en prendre à toi, m'expliqué-je en rouvrant les yeux. Je ne voulais pas que ma grand-mère mette ses menaces à exécution. Une autre accusation de viol t'aurait conduit en prison et ta mère t'aurait tourné le dos. J'avais peur que tu sois emprisonné. Je croyais dur comme fer que ma grand-mère mettrait ses menaces à exécution et qu'elle ne bluffait pas. J'aurais dû comprendre que le nom des Bellerive ne pouvait pas être associé à ce genre d'affaire. Je voulais tellement te protéger.

Les larmes coulent sur mes joues et laissent sortir toute la peine que je ressens. Je craignais tellement pour lui que je n'ai pas réfléchi. Son bien-être passait avant le mien. Cependant, je n'ai pas pensé qu'il serait aussi malheureux que moi.

Roméo me prend dans ses bras et je respire enfin. Je suis chez moi contre lui. Je ne suis vraiment moi que lorsqu'il est à mes côtés. Sa main caresse mon dos, tandis que je m'abreuve de son odeur boisée. J'entends son cœur battre fort et se calquer sur le rythme du mien comme s'ils se reconnaissaient.

Je relève la tête vers lui et décèle dans ses yeux tout l'amour qu'il ressent pour moi. Je le perçois parce qu'il fait écho au mien. C'est dingue, je ne pensais pas qu'on pouvait aimer à ce point et changer sa vision du monde pour quelqu'un, ou plutôt grâce à quelqu'un. Pourtant, c'est ce que je ressens lorsque je regarde Roméo. Il a changé ma vie.

Il essuie les larmes sur mes joues et me sourit.

– Talia, j'aurais pu supporter ses accusations avec toi à mes côtés, avoue-t-il. Je n'aurais eu besoin que de toi.

– Je pensais agir pour ton bien. Je voulais seulement te protéger. Je suis tellement désolée, Roméo.

– Je sais et c'est pour ça que je te pardonne, mais j'aurais aimé que tu m'en parles ! Bon sang, Talia, j'ai été horrible avec toi !

Ses mains retrouvent mes joues et je lis dans ses pupilles de jade à quel point il s'en veut d'avoir mal agi avec moi. Pour rien au monde, je ne bougerais d'ici. Je fixe sa bouche charnue avec envie.

– Je ne pensais pas un seul mot de ce que j'ai dit ce matin. Je suis désolé de t'avoir insultée de… J'ai cru devenir fou en te voyant dans les bras de Wade. J'ai pensé que vous étiez ensemble et je ne l'ai pas supporté.

– Je ne ressens rien pour Wade. Il n'est pas toi.

Roméo colle son front contre le mien et ferme les yeux.

Je lui ai fait du mal en prétendant ne plus l'aimer, je l'ai abandonné comme il l'a été par ses parents à un moment de sa vie où il avait le plus besoin d'une famille.

– Je suis désolée si tu as cru que je t'abandonnais, Roméo. J'ai menti ce soir-là. Rien de ce que j'ai dit n'est vrai. J'étais prête à dire n'importe quoi pour que tu croies que je ne t'aimais plus.

Il ouvre les yeux et plante son regard dans le mien.

– Ça n'a pas été difficile de le croire. Les losers ne gagnent pas le cœur de la jolie fille dans la vraie vie, ironise-t-il en baissant les yeux.

– Tu n'as rien d'un loser, Roméo Castillon !

Je prends son menton entre mes doigts et le force à me regarder. Je n'ai plus envie de faire semblant de ne pas l'aimer. Je n'ai plus envie d'obéir à ma grand-mère au détriment de mon bonheur. Je veux être avec l'homme que j'aime.

– J'aime absolument tout de toi. Tes défauts et tes qualités ! Je suis tombée amoureuse de toi parce que tu es quelqu'un de loyal, protecteur, qui a du cœur, talentueux, honnête… Je suis amoureuse de ta repartie débile, de tes défis idiots et de ta manière de toujours me pousser vers le haut. Un loser ne me rendrait pas meilleure. Il n'y a que toi qui le puisses, plaidé-je pour qu'il comprenne ce qu'il me fait.

Le désir dans ses yeux fait naître une moiteur au creux de mes cuisses. Je retrouve ses lèvres en moins d'une nanoseconde, ses lèvres faites pour les miennes. Je gémis lorsque sa langue s'insinue en moi.

Je n'ai pas oublié une seule fois le goût et la douceur qu'avait sa bouche, ni la sensation de sa barbe de trois jours contre mon visage et encore moins le feu ardent que lui seul peut déclencher en moi.

– Ne m'abandonne plus jamais, Talia, m'implore-t-il. Je ne le supporterais pas.

– Je te le promets, susurré-je contre ses lèvres.

Nos lèvres se joignent de nouveau comme si elles ne voulaient plus jamais se quitter. Je me sens complète lorsque je suis avec lui. Certains diront que je suis trop jeune pour croire que je ne tomberai plus amoureuse après Roméo, mais moi je sais qu'il n'y aura pas d'après Roméo. Il est mon évidence, celle qui chamboule tout sur son passage pour devenir votre raison d'exister. Il est celui que mon cœur a choisi pour l'éternité et rien ni personne ne pourra changer cela.

Il rompt le baiser et pose ses mains sur mes hanches. Je sens son érection pointer contre moi, et une vague de chaleur s'empare de mon bas-ventre. Mon corps a été privé de lui si longtemps qu'il réagit à la moindre caresse. Néanmoins, ce n'est pas le moment d'avoir envie de lui.

– Je suis désolé pour ton père et ta grand-mère.

– Ça n'a plus d'importance, maintenant. Ils ne me feront plus jamais de mal. Je vais rester ici un moment et je chercherai un job. Mon père va sûrement me couper les vivres, alors il vaudrait mieux que j'épluche les annonces, ricané-je.

– On s'en sortira.

Je souris. Je suis heureuse qu'il dise clairement qu'il sera avec moi quoi qu'il se passe.

– Et qu'en est-il de New York avec le Crew, avec moi ? me taquine-t-il. Tu as toujours ta place, Talia.

– Ils ne veulent plus de moi, Roméo, lui fais-je remarquer.

– Tu te trompes, me contredit-il.

Je plisse le front. Roméo sort son téléphone de sa poche arrière, pianote dessus et le place devant mon visage. Je vois les visages de Wade et Rina en FaceTime entourés d'une foule de personnes bruyantes et d'une musique assourdissante.

– Putain, les gars qu'est-ce que vous foutez, la finale est dans 30 minutes ! lance Wade en hurlant pour qu'on l'entende. Tout le monde vous attend !

– Je croyais que vous ne vouliez plus que je danse avec vous, leur dis-je.

– Tu plaisantes j'espère ? intervient Rina. On attend que ça ! Wade nous a tout expliqué et on regrette d'avoir été aussi cons mais, putain, il faut absolument que tu danses avec nous ! Fais-le pour moi, Talia. Je dois danser ta partie et l'alchimie entre Roméo et moi est inexistante, on dirait un frère et une sœur qui dansent ensemble !

Roméo pouffe.

– Rina…

– Tout le Crew t'a pardonné, m'assure-t-elle. New York, c'est tous ensemble ou rien !

Ses mots me touchent. J'avais besoin de les entendre. Je ne suis pas préparée à la finale, mais l'adrénaline qui parcourt mes veines à l'idée de les retrouver suffit à me motiver. Je veux retrouver ma famille.

***

On déchire.

Dès que les premières notes de la musique se sont fait entendre à travers les enceintes, le Crew et moi sommes transportés. Plus rien n'existe autour de moi, je me sens libre et pas seulement parce que je suis avec eux. Non, cette fois, la liberté a une saveur différente. Tous les poids que je traînais se sont envolés.

Je ne crains pas les conséquences de ce qui s'est passé au château des Terrasses, mon père et ma grand-mère seront si occupés à redorer leur image qu'ils se foutront bien de ce qui peut arriver à mon frère et à moi.

Je suis libre et c'est tout ce qui compte !

Le Crew en face de nous est coriace, je le reconnais. À chaque fois que vient leur tour de performer, j'ai la chair de poule. Cette Suki danse comme une déesse, elle est hallucinante. Sa technique et son adresse surpassent le niveau de tous les autres membres de son Crew. Il y a quelques mois, une fille comme elle m'aurait fait perdre mes moyens, mais aujourd'hui, son talent me motive à dépasser mes limites.

Issan donne tout ce qu'il a pour impressionner les juges, mais Roméo le surclasse en tout. Je l'ai déjà vu danser des centaines de fois, mais ce soir, il est exceptionnel. Cette aisance sur la scène me coupe le souffle, il enchaîne les sauts et les figures dans les airs à tel point qu'on croirait qu'il vole.

Il est fait pour ça, il n'y a aucun doute là-dessus. Un jour, Roméo deviendra un très grand danseur reconnu dans le monde entier.

La musique change, annonçant notre partie à Roméo et à moi. Je me sens plus que prête. Je donnerai tout pour que nous gagnions. Le Crew m'a accueillie à bras ouverts et m'a pardonné de les avoir lâchement abandonnés, cette battle est pour nous.

Je jette un œil à Roméo, qui me sourit. J'inspire lentement et me lance. Mes jambes et mes bras bougent dans tous les sens, je m'exprime à travers eux. J'ai besoin de leur montrer à tous qui je suis et ce qui m'anime. La danse n'est pas qu'un passe-temps, elle est mon oxygène, celle qui m'a permis de survivre pendant des années, elle est une partie de moi.

Dans la foule, j'aperçois Marnie et Hector en train de crier et d'applaudir à chaque fois que nous réussissons une figure, tout comme Louis, Jules et Sofia. Je crois que c'est la première fois que mon frère assiste à l'une de mes représentations. Sa présence me touche. Encore une fois, il fait un pas vers moi.

Ils ne sont pas les seuls à être venus, Lexie et le père de Roméo ont fait le déplacement et ont tenu leur promesse.

La musique sur le point de s'achever, nous finissons la chorégraphie en apothéose sous les acclamations du public qui hurle nos noms. Je n'ai jamais vécu quelque chose d'aussi fou. Je regarde tous les membres du groupe en souriant.

Ma place est ici, je le sais.

42

Roméo

On l'a fait, putain !

La victoire est pour nous. Après des semaines de répétitions à se crever le cul sur le parquet de la salle d'associations, nous avons été annoncés comme les grands gagnants de la battle de l'année.

Dès que j'ai entendu le nom du Crew, j'ai soulevé Talia et l'ai fait tournoyer dans mes bras sous ses rires de joie. De toute ma putain de vie, je n'ai jamais connu de moments aussi heureux qu'à cet instant. C'en est même surréaliste. Je ne suis pas sûr que l'euphorie retombe un jour. Cette sensation est bien trop grisante pour que je puisse m'en passer.

Je ne pensais pas réussir à vivre ça. Depuis la mort de mon frère, la vie me semblait fade et j'étais persuadé de ne plus connaître le bonheur. Mais aujourd'hui, j'ai confiance en l'avenir et je sais que j'ai le droit d'être heureux. Cette victoire est un nouveau départ pour moi.

Talia est blottie dans mes bras, et je me sens l'homme le plus chanceux du monde. J'ai absolument tout ce que j'ai toujours voulu.

Je jette un œil à mes amis et souris. Les voir sauter en l'air, exulter de joie et se prendre dans les bras me fait chaud au cœur. En intégrant le Crew, je ne pensais pas que nous irions aussi loin et qu'ils deviendraient tous aussi importants pour moi. Je ne regrette pas d'avoir emménagé à Nice parce que j'ai trouvé une seconde famille.

La soirée a tellement mal commencé que je ne pensais pas qu'elle finirait en apothéose. La vie réserve parfois des surprises, de bonnes surprises.

J'embrasse le front de Talia, qui me sourit lumineusement. Si nous avions perdu cette battle, ça ne m'aurait pas paru insurmontable puisqu'elle aurait été à mes côtés. Talia est la seule dont je ne peux me passer. Vivre sans elle me tuerait. Je suis heureux de l'avoir retrouvée et jamais plus je ne la laisserai partir loin de moi.

Tout le monde a vu que notre amour était une évidence sur scène. Notre alchimie fait des étincelles à chaque fois que nous dansons ensemble. Elle me comprend en un regard et la confiance qu'elle a en moi quand elle s'élance la rend exceptionnelle. Tout le monde a pu voir son talent émerger et tous ont compris qu'elle allait devenir une des meilleures danseuses de sa génération.

Je pose mes mains sur ses hanches, l'attire à moi et dépose un baiser sur son nez. Elle glousse et se met sur la pointe des pieds pour atteindre ma bouche. Son baiser a beau être innocent, il suffit à me donner envie de me perdre en elle profondément. Je suis sûr que je ne me lasserai jamais de l'odeur de sa peau ou de la douceur de ses lèvres, et encore moins de sa chaleur humide toujours prête à m'accueillir.

Je suis raide dingue de cette nana.

Un raclement de gorge me sépare de sa bouche. Je me retourne et suis surpris de me retrouver face à Issan. Instinctivement, je me place devant Talia comme pour la protéger. Avec lui, il vaut mieux être prudent.

D'autres membres des Dotraks le rejoignent. En moins d'une seconde, Wade et les autres rappliquent, prêts à intervenir si ça dégénère. La dernière fois que nous les avons croisés, ça s'est terminé en bagarre générale. Je n'ai pas envie qu'Issan gâche notre victoire par jalousie.

Étrangement, je ne lis aucune trace de colère ou de rancœur sur le visage de mon ancien meilleur pote. Il passe une main dans ses cheveux, mal à l'aise.

– Félicitations pour la victoire, vous avez été… bons, lance-t-il.

Je suis si surpris que je n'arrive pas à croire ce que j'entends.

– Bons ? lance l'un de ses membres aux cheveux platine. Ils ont été incroyables, oui ! Sérieux, si vous cherchez à vous agrandir pour aller défoncer les Crews de New York, je suis votre homme !

Issan grimace. Je sais qu'il essuie une lourde défaite ce soir, et avouer que nous avons été meilleurs doit lui coûter beaucoup.

– Vous pouvez être sûrs qu'on suivra votre parcours avec attention, ajoute le blond. Meuf, dit-il en regardant Talia, tu es exceptionnelle, une vraie déesse.

Talia sourit. Je n'aime pas le regard qu'il lance à ma nana, mais je ne dis rien. Je sais qu'il ne l'intéresse pas.

– Merci, répond-elle.

– Il a raison, approuve Issan. Tu es douée. Je comprends pourquoi vous l'avez cachée aussi longtemps.

– On ne balance pas toutes nos cartes dès le début, ricane Diego. On a le sens du spectacle !

Le blond rigole.

– Bref, je tenais à te féliciter pour ta victoire, conclut Issan.

Il n'ajoute rien et part sans nous accorder un regard de plus. Les autres membres de son groupe le suivent tout en nous félicitant une dernière fois. Je ne m'attendais pas du tout à des excuses déguisées de la part d'Issan. Je l'aurais plutôt vu en train de hurler parce que la victoire lui revenait.

Une autre page se tourne. Issan ne sera plus qu'un chapitre de mon passé. C'est dingue, j'ai l'impression d'être en plein film américain. L'antagoniste principal perd et s'excuse pour le mal qu'il a fait tout au long de l'histoire. Le héros est comblé de bonheur et s'apprête à vivre son rêve.

Et qu'est-ce qui se passe après ?

Les films ne nous disent pas ce qui arrive ensuite. Je suppose que c'est pour que l'on garde espoir. Pour ma part, j'ai conscience que rien ne sera facile. Nous avons encore beaucoup à apprendre et nous vivrons certainement des moments compliqués, mais je me sens prêt. Je ne suis pas seul.

Talia prend ma main dans la sienne et me sourit. Mon cœur se réchauffe comme à chaque fois que mes yeux croisent les siens. L'amour est étrange, mais lorsqu'il est partagé, bon sang, qu'est-ce qu'il est beau !

Pour fêter la victoire, le père de Diego a privatisé son bar pour nous. Nos proches et les membres du Crew sont présents. L'alcool coule à flots, tandis que la musique latine ambiance tout le monde. Ma mère picole toujours autant, mais je sens qu'elle a besoin de faire la fête avant que la réalité ne la rattrape sur sa relation finie avec Jonas.

J'aurais préféré lui épargner cette déception. Elle croyait dur comme fer à son histoire avec Jonas et aujourd'hui, elle doit tout recommencer. Je m'inquiète pour elle. Je n'ai aucune idée de ce qu'elle compte faire maintenant. Je ne veux pas partir à New York sans la savoir en sécurité. Elle mérite elle aussi d'être enfin heureuse. D'accord, je ne pars pas longtemps, mais je ne veux pas qu'elle se sente abandonnée.

Cet enfoiré de Jonas paiera un jour pour tout le mal qu'il a pu faire. Jules et Talia sont persuadés qu'il s'en sortira malgré tout. Sûrement, la vermine s'en tire toujours. Il est capable de se relever de tout peu importe ce qui lui arrive, ses attachés de presse réussiront à le faire passer pour la victime même s'il a été accusé de choses horribles.

– Alors, qu'est-ce que ça fait d'être une superstar ? me demande Hector lorsque je rejoins leur table à Marnie et à lui.

Je suis touché qu'ils soient venus ce soir. Sans eux, la vie chez les Bellerive aurait été bien plus compliquée. Ils ont été d'un soutien incommensurable.

– Je ne suis pas une superstar, rectifié-je.

– Ce sera bientôt le cas, assure Marnie. Sur la scène, c'était extraordinaire ! J'ai eu envie de bouger mes fesses pendant toute votre prestation !

Je pouffe. Lexie m'avait dit une chose très similaire la fois où ils étaient venus avec mon père. Je regarde ma belle-mère et souris. Son ventre est sur le point d'exploser tellement elle a grossi ces derniers mois. Dans cinq ou six semaines, je serai le grand frère d'une adorable petite fille.

– Je suis sûr que tu les aurais tous mis à l'amende !

– Évidemment ! Je suis une danseuse née, dit-elle en riant.

– Il n'est pas trop tard pour reprendre, Marnie, lui fais-je remarquer.

– Je n'ai plus l'âge pour voltiger comme Talia et toi, mon poussin. Mais, Hector et moi avons décidé de prendre des cours de salsa. Enfin, une fois que nous aurons trouvé un autre travail.

Je grimace. Marnie et Hector n'ont pas seulement fait les valises de ma mère et les miennes, ils ont aussi fait les leurs et celles de Talia. Pour eux, il était hors de question qu'ils restent travailler pour les Bellerive après ce qui s'est passé. Je crois qu'ils sont restés toutes ces années pour Jules et Talia, afin de leur apporter l'amour qu'ils méritaient.

– Hector cuisine comme un chef, il retrouvera vite… Toi aussi, Marnie, tu es la nourrice dont rêvent tous les gosses ! C'est évident que vous allez dénicher un nouveau job, affirmé-je.

Ils me sourient, touchés.

– Tu es quelqu'un de bien, Roméo. C'est bien pour ça que je t'ai laissé approcher ma libellule, confesse-t-elle en regardant Talia.

Je l'observe à la dérobée et ne peux m'empêcher de sourire quand je la vois sautiller sur la piste en compagnie de Manon. Les deux meilleures amies sont heureuses de se retrouver et ça me rend heureux.

Je ne sais pas à quel moment je suis devenu aussi mièvre, mais putain, ça fait du bien de ne pas être constamment en colère. C'est l'effet que Talia a sur moi depuis notre rencontre.

– Elle est comme notre fille, avoue Hector. Nous l'avons vue grandir et devenir une jeune femme belle et forte, mais elle s'est affirmée grâce à toi, Roméo, et je suis persuadé que tu prendras soin d'elle.

Ses mots me touchent. À travers eux, il me donne sa bénédiction et je crois que ça ne pourrait pas me faire plus plaisir. Hector et Marnie sont les vrais parents de Talia, ils l'ont toujours été.

– Je vous promets de veiller sur elle.

Hector et Marnie sourient.

Quelques instants plus tard, Diego invite le couple à danser la salsa. Ma mère est tellement saoule qu'elle ne tient presque plus debout. Jules et Louis se proposent de la ramener et je leur en suis plus que reconnaissant. Je ne m'attendais pas du tout à ce que Jules se montre aussi aimable.

Je crois que ce soir est la soirée des surprises.

Ma mère finira par aller mieux. Elle se relèvera de cette épreuve comme elle s'est relevée de toutes les autres.

Une demi-heure plus tard, Lexie et mon père s'avancent vers moi. Je ne peux résister à l'envie de toucher le ventre rond de ma belle-mère. Je suis fasciné par les mouvements de ma sœur à l'intérieur. Elle n'est pas née que je sens déjà que ce sera une petite terreur. Comme moi.

– Vous rentrez ? demandé-je en relevant la tête vers eux.

– Oui, il se fait tard pour nous, répond mon père. Je n'ai plus l'âge pour faire la fête, deux verres et je suis déjà à la limite de tituber !

Je pouffe.

– Merci d'être venu ce soir.

– On n'aurait raté ça pour rien au monde, me fait remarquer Lexie. Je serais venue même si j'avais perdu les eaux !

– Ta belle-mère s'est trouvé une passion pour la danse, raconte mon père. Elle n'arrête pas de regarder des films et des séries là-dessus !

– Je m'intéresse à ce que fait mon beau-fils, se justifie-t-elle.

Et ça ne pourrait pas me faire plus plaisir. J'ai l'impression qu'un monde sépare notre relation passée de celle que nous avons maintenant. Je détestais tellement Lexie que je lui souhaitais tout le mal possible et imaginable.

J'ai été con. Très con. Je suis heureux que tout ait changé entre nous. Elle est importante pour moi.

– J'espère que tu viendras nous voir à Paris avant que tu ne partes concourir aux États-Unis.

– Bien sûr ! Je compte bien profiter de ma petite sœur tout l'été.

Ils sourient. Je suis sincère. Je tiens à faire partie de la vie de ma petite sœur et aussi à rattraper le temps perdu avec mon père. Je me vois bien passer l'été à Paris avec Talia à flâner dans le quartier de Montmartre, je suis sûr qu'elle va adorer l'idée.

Mon père et Lexie finissent par s'en aller.

J'en profite pour rejoindre mes amis et fêter comme il se doit notre victoire. Wade et Diego forment deux équipes pour s'affronter. La battle contre les Dotraks ne leur a pas suffi. Ils ont toujours besoin de danser. L'adrénaline des battles est addictive, comme un besoin vital. Sans la danse, on ne respire pas vraiment.

Évidemment, Diego hurle au scandale quand nos proches déclarent le groupe de Wade vainqueur. Il déteste perdre et je n'ai jamais vu quelqu'un doté d'une mauvaise foi aussi grande. Il accuse tout le monde de préférer Wade parce qu'il a le charisme typique du métis américain. Ce mec est dingue mais, bordel, pour rien au monde je ne l'échangerais contre un autre !

Aucun d'eux, d'ailleurs.

Le chemin que j'ai parcouru depuis la mort de mon frère me rend fier. Je suis passé par des moments très sombres et difficiles. Cependant, aujourd'hui, tout ça est derrière moi. Jamais, je n'oublierai la mort de mon frère et elle me fera toujours mal, mais je ne suis plus en colère contre le monde entier.

J'ai compris que j'avais le droit d'être heureux.

J'observe ma danseuse discuter avec Rina et sens mon cœur gonfler de bonheur. Elle est si rayonnante que je ne vois qu'elle. Talia est le soleil qui a mis fin à mon obscurité. Avant elle, je vivais dans le noir et ne voyais aucun moyen de m'en sortir. Talia m'a sauvé des ténèbres.

Comme si elle sentait mon regard sur elle, Talia tourne la tête vers moi et sourit. Ses yeux parlent pour elle et me révèlent tout l'amour qu'elle ressent pour moi. Elle glisse quelques mots à Rina, puis se dirige vers moi d'une démarche chaloupée. Mon cœur s'emballe comme à chaque fois qu'elle s'approche de moi.

Arrivée à ma hauteur, elle se hisse sur la pointe des pieds et pose ses lèvres sur les miennes. Notre relation est devenue officielle et j'admets adorer qu'elle se foute que l'on soit en public pour m'embrasser.

– Alors, comment tu vois notre avenir ? me demande-t-elle.

– Je nous vois à New York, heureux dans un immense appartement bohème avec vue sur l'Empire State Building, entourés de tous nos amis, énuméré-je, rêveur. Je nous vois passer notre temps à danser, rire, faire la fête, et surtout baiser…

Elle me tape à l'épaule en ricanant.

– Hé, on a des semaines à rattraper, lui fais-je remarquer. Les semaines qui viennent, je ne compte pas me séparer de ton petit cul !

– Toujours aussi romantique, dit-elle en riant.

– Que veux-tu, trésor, je ne change pas !

– Ça tombe bien, c'est comme ça que je t'aime, susurre-t-elle contre mes lèvres.

Je l'attire à moi et capture sa bouche charnue en collant mon torse contre sa poitrine gonflée. Ce soir, nos corps se retrouveront après des semaines de séparation et ce sera aussi intense et explosif que notre duo sur scène.

– Je t'aime, dis-je à mon tour.

Je n'ai plus aucun mal à dire ce que je ressens pour elle. Avant, je ne voyais pas l'utilité de prononcer ces mots encore et encore, je trouvais ça tellement cliché et débile. Aujourd'hui, j'éprouve le besoin de l'exprimer pour qu'elle comprenne combien elle compte à mes yeux. Je pourrais même le crier sur tous les toits du monde tellement ça déborde en moi.

Pour la première fois depuis des années, je suis heureux. Vraiment heureux. Et je le dois surtout à ce petit bout de femme qui a bouleversé mon existence.

ÉPILOGUE

Talia
Deux ans et demi plus tard

Enfin les vacances!

Après deux ans non-stop, je ne les espérais plus. En partant à New York, on ne pensait pas vraiment remporter la battle internationale de l'année. Mais on l'a fait! On a battu chacun des Crews représentant leur pays.

Deux mois intensifs de battles et d'émissions télé pour conquérir le cœur des Américains. Ça n'a pas été facile pour nous. Être éloignés de nos familles aussi longtemps a été dur pour chacun d'entre nous. Après la victoire, on est repartis un mois en France. Il était hors de question que l'on commence nos autres projets avant d'avoir revu nos familles.

C'est dingue quand j'y pense! On ne devait partir que deux mois dans la Grande Pomme, mais on a fini par s'y installer quand des sponsors nous ont fait signer un contrat de trois ans pour des tournées à travers les États-Unis. Nous sommes devenus le groupe chouchou des Américains, ils ne veulent plus nous lâcher.

Grâce à nos sponsors, on a pu avoir un appartement où nous poser entre quelques dates de la tournée. Bon, ce n'était pas vraiment un cadeau, mais une avance sur les recettes de la tournée et des vidéos publicitaires que l'on a enregistrées.

Nos producteurs nous ont accordé six semaines de vacances avant de repartir pour une nouvelle tournée et nous comptons tous en profiter un maximum. La plupart des membres s'envolent pour Nice demain matin pour retrouver leurs familles alors que d'autres préfèrent aller se prélasser aux Maldives.

Quand je pense que nous avons l'argent pour ce genre de voyage, je n'en reviens toujours pas !

Roméo et moi avons choisi de passer deux à trois semaines à Paris pour profiter de sa famille et surtout de sa petite sœur, Léanne. À seulement 2 ans, elle a un caractère bien trempé, une vraie cascadeuse ! Depuis qu'elle marche, elle essaie de grimper partout au grand désespoir de Lexie, qui n'en peut plus.

J'ai tellement hâte de la voir, de la prendre dans mes bras et de sentir sa bonne odeur de bébé !

Ma belle-mère nous envoie des photos et des vidéos tous les deux jours, mais ça ne suffit pas à Roméo. Il aimerait être plus présent pour elle et pour son futur petit frère. Lexie nous a annoncé le mois dernier être enceinte. Bon, on ne sait pas encore si ça sera un garçon ou une fille, mais Roméo est convaincu qu'il aura un frère.

Je suis heureuse qu'il se soit autant rapproché de son père et de Lexie. Il ne se passe pas une semaine sans qu'ils s'appellent. C'est la même chose avec sa mère. Sofia ne reste pas longtemps sans nouvelle de son fils bien qu'elle soit à des milliers de kilomètres.

La mère de Roméo est retournée en Italie dans le vignoble de sa famille pour s'en occuper. Elle a remonté la pente en quelques semaines et a même fini par retrouver un homme qui la traite bien et qui est papa de trois enfants. Nous avons prévu de la voir pendant nos vacances et ainsi rencontrer sa nouvelle belle-famille.

Au moins, on peut être sûrs que ça se passera largement mieux qu'avec ma famille !

– Roméo, dépêche-toi, on va être en retard ! hurlé-je à travers le couloir.

C'est toujours pareil avec lui, il attend la dernière minute pour se bouger et se préparer. En deux ans de vie commune, je ne compte plus le nombre de fois où on a été en retard à un événement à cause de sa manie de tout repousser jusqu'au dernier moment. Il est encore plus long que moi sous la douche parce que Monsieur prend soin de sa chevelure ondulée !

Diego passe dans le couloir, vêtu d'une simple serviette, le torse luisant et les cheveux mouillés. Wade sort de sa chambre en boxer, tandis qu'une nana le suit, les seins à l'air. Heureusement, elle a mis une culotte !

Voilà à quoi ressemble la colocation avec le Crew. Tous les mecs célibataires s'adonnent avec joie aux plaisirs de la chair avec toutes les nanas qu'ils réussissent à charmer. Ce n'est pas bien difficile, la célébrité attire un tas de personnes. Wade, Tao, Diego et Théo enchaînent les conquêtes et ne se gênent pas pour les faire défiler à l'appartement.

– Oups, pardon, Talia, on va s'habiller, dit Wade en riant et en couvrant la poitrine de sa copine du jour.

La rousse glousse et s'engouffre dans la chambre, suivie de Wade. Diego ne se préoccupe pas de sa « tenue » et continue son chemin jusqu'à la cuisine. Depuis sa rupture avec Manon, il s'est découvert un penchant pour le nudisme. Il passe son temps à poil, ce qui exaspère presque tout le monde.

Je regrette toujours que son histoire avec Manon n'ait pas marché. Ma meilleure amie a réussi à intégrer son école de cinéma à Paris après une année à l'université de Nice. La distance a été fatale pour elle et Diego, mais pas pour nous deux. Je l'ai au téléphone au moins trois fois par mois et je compte bien la voir dans sa nouvelle vie à Paris.

– Wade, gémit la rouquine.

Je soupire. Des fois, je me demande comment je parviens à les supporter. Je les adore, mais la cohabitation commence à me peser.

Voyant que Roméo ne sort toujours pas de la salle de bains, je décide d'aller me faire couler un café. Diego est installé sur un tabouret, les jambes presque ouvertes qui ne laissent aucun doute sur sa nudité.

– Putain, Diego, va mettre un caleçon, beugle Rina en entrant dans la cuisine accompagnée d'Alice.

– Merde, les mecs, y en a ras le cul de voir vos bites à longueur de journée, ajoute Alice tout aussi énervée que Rina.

– Oh, ça va, vous en avez vu d'autres, se justifie-t-il.

– Oui, mais en le voulant et désolée de te décevoir, je n'ai aucune envie de voir la tienne, réplique Rina.

– Tu as tort, chérie, je suis sûr que tu l'adorerais !

– Beurk, tu n'es qu'un porc, Diego !

Je ricane, puis souffle sur la fumée de mon café. Diego s'amuse à taquiner Rina chaque jour. Il faut être aveugle pour ne pas voir qu'elle lui plaît. Je sais qu'elle aussi est attirée par lui, elle me l'a confié après une soirée où elle avait un peu trop bu. Mais ils ne tenteront jamais rien chacun de leur côté à cause de leur loyauté pour Tao.

Lui et Rina ont vécu une petite histoire l'année dernière et leur rupture a failli séparer le groupe. Tao est toujours amoureux d'elle, mais jamais elle ne lui pardonnera d'avoir couché avec une autre. Il a merdé et le regrettera toute sa vie.

Alice fait le petit déjeuner pendant que Rina se prépare à aller courir. Diego ne perd aucune miette de son échauffement et se mord la lèvre quand elle se baisse pour s'étirer. Il surprend mon regard sur lui et comprend que je l'ai grillé. Je pouffe. Leur jeu de chat et de la souris m'amuse et je me demande combien temps ça va durer. Ils finiront par craquer, j'en suis persuadée !

– Gaia, hurle Théo, dis-moi avec qui tu étais !

Et c'est reparti !

Quand ce ne sont pas les nudistes et leurs conquêtes qui perturbent notre quotidien, ce sont le frère et la sœur qui se disputent pour x raison.

Gaia a à peine passé le pas de la porte que son frère la harcèle de questions. Depuis deux ou trois semaines, elle voit un mec et refuse de révéler son nom. Évidemment, son silence rend fou Théo. Son côté protecteur l'étouffe et il ne s'en rend même pas compte.

– Fous-moi la paix, Théo ! J'étais avec une amie, ment-elle.

Elle ne le laisse pas répondre puisqu'elle part s'enfermer dans sa chambre. Théo a beau tambouriner à la porte et crier de toutes ses forces, elle ne lui ouvre pas. Tout ce bruit menace ma migraine de se réveiller.

Bordel, j'ai vraiment besoin de vacances et de silence !

Je finis mon café, puis pars dans la chambre que je partage avec Roméo. Je soupire lorsque je ne le vois pas à l'intérieur. Il va vraiment finir par nous mettre en retard.

Les cris ne cessent toujours pas, mais cette fois, ce n'est pas à cause de Théo. La rousse qui accompagne Wade braille de plaisir. Je n'ai jamais entendu une nana autant gueuler pendant un rapport. Ce n'est pas possible de crier autant à moins de faire semblant. Je suis désolée pour mon meilleur pote, mais cette fille simule.

Je vérifie une nouvelle fois les valises pour me changer les idées, quand je sens deux mains se poser sur mon ventre et une bouche embrasser mon épaule nue. Mon bas-ventre fourmille et mes cuisses se serrent. Une odeur boisée mélangée à de l'agrume emplit mes narines et me donne envie de plonger mon nez dans son cou.

– Tu es trop stressée, trésor, me susurre-t-il à l'oreille. J'ai une idée pour te détendre.

Une de ses mains tente de se glisser dans mon jean, mais je l'arrête avant à contrecœur.

– Garde tes mains dans tes poches, ce n'est pas le moment.

Je mordille ma lèvre inférieure en le découvrant seulement vêtu d'une serviette. Si voir Diego dans cet accoutrement a provoqué chez moi un sentiment d'agacement, c'est une tout autre affaire avec Roméo. Je ressens des décharges partout dans le corps et une furieuse envie de détacher le nœud de cette maudite serviette.

– Comme si tu pouvais t'en passer, réplique-t-il, arrogant.

– Tu n'es pas si irrésistible, le taquiné-je.

Il hausse un sourcil l'air de dire : « Ah oui, vraiment ? » Il me connaît par cœur. Évidemment que je ne peux pas m'en passer, je suis folle de lui !

– Peut-être qu'on devrait prendre le prochain vol, suggère-t-il tout en m'attirant contre son torse.

Son érection palpite contre mon ventre et fait pulser mon vagin d'envie. Mon Dieu, est-ce qu'un jour cesse ce désir incontrôlable pour l'autre ? Nous sommes ensemble depuis plus de deux ans et l'effet qu'il a sur moi est encore plus fort qu'avant.

Mes doigts s'agrippent à sa nuque, tandis qu'il pose sa bouche sur la mienne et aspire ma langue. Je gémis bruyamment quand il presse mes fesses avec force. Si on ne se sépare pas maintenant, jamais on ne réussira à prendre cet avion.

– Les cris de la gueularde t'ont excitée ? questionné-je en mettant fin au baiser.

– C'est toi qui m'excites.

Je secoue la tête tout en riant. Ce mec est fou, mais je l'aime plus que ma propre vie, plus que tout.

À nouveau, des cris fusent de l'étage et du rez-de-chaussée, puis des portes claquent dans tous les sens et un silence glacial finit par s'installer. Roméo s'assied sur le bord de notre lit, ferme les yeux et expire, las.

– Quitter ces fous quelques semaines va nous faire du bien, ricané-je.

Lorsqu'il ouvre de nouveau les yeux et plante son regard dans le mien, je me sens m'enflammer. Il tend la main vers moi pour m'attirer sur ses genoux. Ses bras se referment autour de mon dos, sa bouche embrasse ma tempe et ma main se faufile dans ses boucles encore mouillées.

– J'ai repéré un petit appart à Manhattan pour nous deux, me révèle-t-il. Je fronce les sourcils.

– Je… Quoi ?

– J'ai repéré un appartement pour nous deux, répète-t-il. Je sais que tu aimerais te rapprocher de Jules, Hector et Marnie, tes neveux… Et moi, j'aimerais voir un peu plus ma famille, alors je me suis dit que cet appart serait parfait pour nous, on pourrait les accueillir. On est six ou sept mois de l'année avec le Crew, mis à part pour des événements spéciaux, mais le reste du temps on pourrait le passer rien que tous les deux.

– Et le Crew ?

– Je les aime tous et ils sont aussi ma famille, mais c'est avec toi que je veux vivre.

Je souris, bêtement. J'étais à mille lieues de deviner que la cohabitation ne lui convenait plus. Je me sens flotter sur un nuage rien qu'en imaginant la vie à deux que l'on pourrait avoir. Je sais déjà que nous serions les plus heureux du monde parce qu'on serait ensemble. Seulement nous.

Un appartement serait l'idéal pour nous, qui plus est. J'aime tellement vivre dans cette ville et rien que l'idée de pouvoir accueillir mon frère et mes parents de cœur me comble de joie. Jules a contacté Marnie et Hector pour s'occuper de Mason et Wyatt, les jumeaux qu'ils ont adoptés, Louis et lui, l'année dernière. Ça n'a pas été facile pour eux, mais ils n'ont jamais abandonné et sont désormais les papas les plus heureux de l'univers.

Je suis tellement fière de Jules et du chemin qu'il a parcouru. Il mérite son bonheur.

– Je veux pouvoir te faire l'amour dans toutes les pièces de l'appartement sans que l'on risque de se faire surprendre par quelqu'un, continue Roméo. J'aimerais pouvoir me balader dans ma maison sans tomber sur la bite d'un de mes potes ou la paire de seins d'une inconnue.

– Quelle paire de seins ? dis-je.

Roméo glousse.

– Range tes crocs, tigresse, je ne les ai vus qu'une nanoseconde et tu sais bien que je n'ai d'yeux que pour les tiens, lance-t-il en les empoignant.

– Bonne réponse !

Je presse mes lèvres sur les siennes et me colle un peu plus à lui.

Lorsque Roméo a débarqué dans ma vie, je ne pensais

pas qu'il allait la bouleverser autant. Au début, je m'étais persuadée qu'il ne serait que de passage. Puis il est devenu une sorte de bourreau, un insupportable rebelle à la noix qui prenait plaisir à me faire vivre un enfer parce que lui-même en était prisonnier.

Et il a fini par être LE garçon. Celui qui chamboule votre existence et qui vous fait sentir vivante. Celui qui vous montre qui vous êtes vraiment. Celui qui vous donne la force de combattre tous ceux qui se dressent contre vous. Celui pour qui vous êtes prête à tout seulement pour le faire sourire. Celui qui donne un sens à vos battements du cœur.

C'est lui. Tout simplement.

Pour toujours et à jamais.

– Tu acceptes de vivre avec moi, juste avec moi ? demande-t-il, les yeux remplis d'espoir.

– Oui, oui, oui !

Je plonge une nouvelle fois sur sa bouche, bien décidée à fêter ce nouveau pas dans notre vie comme il se doit. Je le renverse sur le dos, me débarrasse de sa serviette, puis jette mon haut à travers la pièce.

Tant pis pour l'avion. On prendra le prochain.

REMERCIEMENTS

Encore une fois, me voilà arrivée à la partie complexe de l'histoire : les remerciements. Je pensais que ce serait un peu plus facile avec ce deuxième roman, mais c'est faux.

Pour commencer, je tiens à remercier tous mes proches. Sans eux, je n'aurais pas connu un si grand succès avec mon premier roman. Ils ont été d'un tel soutien que je n'ai pas les mots pour leur dire combien je suis fière de les avoir à mes côtés. Gaëlle, toujours un petit mot pour toi, tu sais combien je te suis reconnaissante de tout. Betty, Mélanie, merci d'avoir lu cette histoire avant tout le monde et de me soutenir autant. Jérémy, tu ne seras toujours pas mon agent, mais promis je te ferai un petit cadeau…

Ensuite, je remercie mon éditrice, Juliette. Elle a su repérer le potentiel de cette histoire alors qu'une dizaine de chapitres existaient à peine. Merci pour ta patience, tes remarques pertinentes et tes conseils. Je n'y serai certainement pas arrivée sans toi. Merci aussi pour ta confiance. J'ai hâte de te faire découvrir d'autres histoires.

Un grand merci aux lectrices, que ce soit celles présentes sur Bookstagram, Booktok, Facebook ou celles qui ne sont pas présentes sur les réseaux. Merci à vous pour votre enthousiasme, vos partages, vos photos, vous êtes celles qui nous poussent à continuer à écrire et sans vous, rien de tout ça ne serait possible. J'espère de tout cœur que vous accueillerez Talia et Roméo comme vous l'avez fait pour Faye et Caleb.

Une petite pensée particulière pour mon ancien club de basket, Chauriat-Vertaizon : je ne m'attendais pas à autant de pub et de soutien de votre part, alors merci énormément pour tout.

Je remercie aussi les éditions Addictives pour leur confiance, je suis fière de faire partie de votre maison d'édition.

Encore une fois, merci à tous ceux et celles qui liront cette histoire. J'espère qu'elle saura vous toucher autant que *Under the Rain*.

Merci à tous,

Emma.

addictives

Vic Anders
Lost in Chaos

Ana K. Anderson
Indompté
Scottish Bastard

Sophie Auger
Be with Me

Louve Baxter
Challenge the Boss

Rose Becker
Dangerous
Désirs & Désastres (en poche)
Torride, sexy & dangereux

Aimée Bianca
B.O.S.S. Beau, Odieux, Sexy, Snob

Sonia Birdy
California High School
L'Initiation (aussi en poche)
Touchdown. Campus Star

Laura Black
Dark Initiation
Games of Desire
H.A.R.D. Hot, Arrogant, Rebelle, Déterminé (aussi en poche)
Italian Boss
Sulfurous Bad Boy

Margot D. Bortoli
Too Young (aussi en poche)

Marjorie Burbaud
The Campus Teacher (en poche)
Foutu Highlander... (en poche)

Jocabel Caballero
The Experience List

Phoebe Campbell
Lui résister... ou pas

Anne Cantore
Promets-moi. Louise et Marco

Mia Carre
Bad for You
Charmant connard!
Teach Me Everything

Sarina Cassint
Avec toi... peut-être
Insolent Boss

Mélodie Chavin
Campus Rules
Coloc avec mon ennemi
Fake Lovers (coécrit avec Camilla Simon)
Fucking Wedding
Stepbro' Next Door

Alexia Clemens
Red Python. Save Me

Romy Cole
Never Kiss a Soldier

Mary Ann Davis
Coach Me Love

Olivia Dean
À lui, corps et âme – volumes 1 et 2 (en poche)

Gwen Delmas
Noël, toi & moi
Sex Friends. Pas de contraintes, que du plaisir!

Sarah Dheilm
Elite Fighter
Hot Reward
Je te déteste... Moi non plus !

Eugénie Dielens
Imprévisible Boss (aussi en poche)
The Boss Next Door

Cléa Dorian & Ninon Vars
Dark Love

Claire Dust
Mon coloc est une rock star

Juliette Duval
Falling for my Stepbrother

Sonia Eska
My Last Chance (en poche)
Ne me tente pas

Lil Evans
Boss Affair

Lou Everly
Bad Boy Crush (en poche)

Anne Ferra
One More Time

Lou Garance
Can You Keep a Secret ? (aussi en poche)
Foutu coloc !
L'Infiltrée

Alexandra Gonzalez
Shades of You

Erin Graham
Back to Campus (en poche)
Coloc avec mon boss
L'Héritier des Doyle
Nos amours contraires (en poche)
Secret Stepbrother
Strong Addiction
Teach Me Love (aussi en poche)
The Boss
The Initiation
Un boss dans mon chalet

Emma Green
(Im)parfait (aussi en poche sous le titre *Fais-moi une place*)
10 bonnes raisons de te détester !
Âmes indociles (aussi en poche)
Bien plus forte que toi !
Bliss. Le faux journal d'une vraie romantique
Call Me Baby (aussi en poche sous le titre *Oh My Lord !*)
Call Me Bitch
Cent facettes de Mr Diamonds
Cœurs insoumis (aussi en poche)
Corps impatients (aussi en poche)
Fallait pas me chercher ! (aussi en grand format sous le titre *(Im)parfait*)
If You Wanna Be My Lover…
It's Raining Love !
Jeux imprudents
Jeux insolents
Jeux interdits
Just 17
Kiss Me if You Can
La Vie en vrai
Le Goût de nos rêves
Love & Lies on Campus
Love Me if You Can
PS : Oublie-moi !
Recherche coloc : emmerdeurs, râleurs, lovers... s'abstenir !
The Boy Next Room
The Boy on Fire
Toi + Moi : Envers et contre tout (aussi en poche sous le titre *Envers et contre tout*)
Toi + Moi : L'un contre l'autre (aussi en poche sous le titre *L'un contre l'autre*)
Toi + Moi : Seuls contre tous (aussi en poche sous le titre *Seuls contre tous*)
Une toute dernière fois

Kim Grey
Fausse fiancée & vrais ennuis (en poche)

Megan Harold
Breaking the Rules
Initiation with My Boss

Joh Harper
Broken but Alive
Crazy Love

Ludivine Hart
Arrogant & Tattooed

Marie Hayle
Lover Next Door
Under Control

Missy Heart
Dark Domination

Amy Hopper
Le Coloc

Ellie Jade
About Last Night
More Than Anything

Emma S. James
Under the Rain
Upside Down

Sara June
Rider in the Dark
Sexy Wild Rider

Emily Jurius
Love to Hate You

Antinea Kane
In Love with My Enemy

Emily Kind
Fleurs de foudre

Allie Krown
High School Challenge

Marion Laurent
I Want You in My Bed!
Mr Alpha
My Fake Boyfriend

Charlie Lazlo
Kiss Me I'm Famous (en poche)
Mon insupportable boss
The Duke (en poche)

Sienna Lloyd
Mords-moi!

Nina Loren
Breaking the Ice
Teach Me Again. Impossible Desire

Ella Lores
Fucking King
Mariée par accident à un connard arrogant rencontré la veille...
My Best Enemy

Aimée Lou
Royal Bodyguard (en poche)

Jessica Lumbroso
Emma X. Secrète et insoumise

Émilie Maes
7 Days to Resist

Lili Malone
Coloc avec un inconnu

Luna March
Brooklyn Girl

Mila Marelli
Crazy Wedding
Dark Man in Love

Mag Maury
My Hipster Christmas

Sianna Milano
High School Initiation

Caroline Mongas
Mariage forcé. Un contrat indécent

Billie Morgan
Free Fighter

Zoé Murat
Boss Me Around (aussi en poche sous le titre *The New York Office*)

Clara Nové
Offside

Aurore Nox
Foutu menteur !

Lina Parker
Campus at Sea

Alix Parks
Never Kiss the Boss

Jeanne Pears
Colocs & Sex Friends
H.O.T. Hypnotique, Obstiné, Ténébreux
Insupportable coloc
Jamais avec mon coloc ! (en poche)
The Most Insolent Man

Alexia Perkins
Arrogant Fake Lover

Sophie S. Pierucci
Deep & Dark (en poche)
L'Inconnu de l'ascenseur & Moi (aussi en poche)
My Stepbrother. L'initiation (aussi en poche sous le titre *My First Step)*

Silvia Reed
Darkest. La dernière heure

Anita Rigins
J'aime pas Noël ni les voleurs de taxis !
My Rules
No Rules
Toxic Hell

Lise Robin
Forbidden Stepbrother (en poche)

Jana Rouze
Effet de vague – saisons 1, 2 et 3

Isla A. Rowley
Le Coloc de mon frère
The Ultimatum
Toxic Games

Gaëlle Sage
Arrogant Rider
Kiss, Kill & Ride
Lost Rider

Caroline Sauvage
I Hate my Boss !

Ana Scott
À corps brisés (aussi en poche)
Dark Ride
Entre nous le chaos
Evil Ride
Last Ride
Le Meilleur Ami de mon frère
Say Yes to the Boss
Sensual Stepbrother
The Dominant
Un enfoiré mais un coup d'enfer !
Vicious Ride

Camilla Simon
Fake Lovers (coécrit avec Mélodie Chavin)
Initiation with My Enemy
Le mec parfait est un inconnu… ou presque !
Le rockeur parfait est insolent et tatoué

Adora Sky
Decadent Lover

Léana Soal
Fight & Hope

Cara Solak
Perfect Obsession

Izia Soley
Fauve
Initiation. On Your Skin

Liv Stone
Initie-moi. Mes jours contre tes nuits
Love Lessons (en poche)

Lena K. Summers
Donovan, roi des connards
Perfect Bad Boy

Kaly Swann
Austin. Breathe with Me

Lisa Swann
Adore-moi !

Oly TL
Jardin Secret

Alexane Tolley
The Boss Rules (en poche)

Fanny Twice
Burning First Love

Louise Valmont
Campus Initiation
Mon insupportable voisin !

Anna Wendell
Arrogant Bad Boy
Break Your Chains
Colosse. Le maître du jeu

Chloe Wilkox
Dominant Boss. Apprends-moi
Immoral (aussi en poche sous le titre *Demi-Frère*)
Your Game, My Rules (en poche)

Mina Zadig
Arrogant Highlander
Be my Teacher
Just Sex & Tattoos

Elle doit lui dire « oui » pour la vie. Elle va tout faire pour qu'il crie « non » avant elle !

Sissi n'a pas d'autre choix que de respecter la dernière volonté de son père mourant : le roi de Santerra veut jouer les entremetteurs entre sa fille et le prince Sebastian, et elle va se plier à ses désirs… mais pas sans y mettre son grain de sel ! Si la princesse impétueuse accepte de rencontrer cet homme arrogant qui s'apprête à piétiner sa liberté, elle a un plan : elle va le faire fuir à toutes jambes, en se comportant comme une insupportable héritière. Après ça, aucune chance que Sebastian veuille encore obtenir sa main ! Sauf que le ténébreux prince a de bonnes raisons de vouloir se rapprocher de la princesse de glace… et qu'il n'abandonnera pas si facilement l'occasion de se fiancer avec elle. Entre conflits ouverts et attirance dissimulée, leur histoire semble n'avoir que deux issues possibles : un mariage ou un carnage ! À moins que Sissi et Sebastian ne trouvent un entre-deux aussi excitant qu'inattendu…

Autrice : Emma S. James

Edisource – Éditions Addictives
100, rue Petit, 75019 Paris
Imprimé par FINIDR – Lipova cp. 1965 – 73 701 Cesky Tesin,
République tchèque
Dépôt légal : juin 2023 – Achevé d'imprimer : mai 2023
ISBN : 978-2-37126-574-5
Réf. contrat : ZTAL_001